D0581066

BLT
Mit der Welt
auf Buchfühlung

Markus Tiedemann, geboren 1970 in Hamburg, studierte Geschichte, Philosophie und Erziehungswissenschaften. Er verfasste zahlreiche Publikationen über Fragen der Ethik und Erziehung. *Prinzessin Metaphysika* ist sein erster Roman.

Markus Tiedemann

Prinzessin Metaphysika

Eine fantastische Reise durch
die Philosophie

BLT
Band 92 097

1. Auflage: März 2002

Vollständige Taschenbuchausgabe

BLT ist ein Imprint der Verlagsgruppe Lübbe

Lizenzausgabe: Verlagsgruppe Lübbe GmbH & Co. KG,
Bergisch Gladbach
Einbandgestaltung: Gisela Kullowatz
Satz: hanseatenSatz-bremen, Bremen
Druck und Verarbeitung: Elsnerdruck, Berlin
Printed in Germany
ISBN 3-404-92097-X

Sie finden uns im Internet unter
http://www.luebbe.de

Der Preis dieses Bandes versteht sich einschließlich
der gesetzlichen Mehrwertsteuer.

Für meinen Großvater Heinrich Carls,
dem ich die Liebe zur Philosophie
und für Claudia,
der ich die Liebe zum Leben verdanke.

Liebe Leserin, lieber Leser!

Du kannst die Geschichte der Prinzessin Metaphysika und ihrer Freunde Platonicus-Kanticus und Kalle Max auf sehr verschiedene Weise lesen. Zunächst einmal als Abenteuergeschichte. Kluge Menschen haben aber Nachforschungen angestellt und erstaunliche Ähnlichkeiten mit Personen und Entwicklungen der Philosophiegeschichte entdeckt. Böse Zungen behaupten sogar, es seien ganze Gedankengänge einfach übernommen worden. Diese Aussagen sind natürlich sehr umstritten. Wie weit diese Vorwürfe berechtigt sind, magst du als Leser entscheiden. Die wichtigsten Ergebnisse der Nachforschungen sind am Ende des Buches festgehalten. Für dich bedeutet dies, dass du Namen und Begriffe nachschlagen kannst, wann immer du es möchtest. Selbstverständlich kannst du das Buch einfach als das ansehen, was es auch ist: eine Abenteuergeschichte.

Hamburg, im August 1999.

Markus Tiedemann

Inhalt

I. Ob der Nebel jemals vollkommen verschwinden wird?

Oder: Das Leben an den großen Seen

»Ob der Nebel jemals vollkommen verschwinden wird?« Platonicus-Kanticus ergriff die Ruder und legte sich in die Riemen. Die Blätter tauchten ein in die Oberfläche des Sees, und das Wasser wurde mit leisem Gurgeln zurückgeschoben. Er hatte sich diese Frage schon oft gestellt. Seit seine Familie an den großen Seen lebte, und das war, solange er denken konnte, hatte noch niemand das ganze Gewässer ohne den geringsten Nebel erlebt.

Es gab Tage, an denen war der Nebel so dick, dass man vom Boot aus kaum das Wasser sehen konnte. An solchen Tagen war es gefährlich, aus dem Haus zu gehen, und noch gefährlicher, zum Fischen hinauszurudern. Es gab natürlich auch Tage, sogar ganze Wochen und Monate, vor allem im Sommer, an denen der große See vom Sonnenlicht überflutet wurde. Die Strahlen glitzerten auf den Wellen, und man gewann schnell den Eindruck, den See vollkommen überblicken zu können. Doch selbst an solchen Tagen blieben die entfernten Ufer noch immer hinter feinen Nebelbänken verhüllt, und der Horizont zeigte sich von dünnen Schwaden durchzogen. Platonicus-Kanticus hatte versucht, auch diese Schleier zu überwinden. Als kleiner Junge war er so lange auf die Nebelbänke zugerudert, bis er klar erkennen konnte, was sich hinter ihnen verbarg. Aber seine Freude wurde immer wieder dadurch getrübt, dass der Nebel nun an einer anderen Stelle aufgezogen war.

Später ruderte Platonicus-Kanticus auf das Wasser hinaus und konzentrierte sich auf jene Abschnitte in der Ferne, die verschleiert vor ihm lagen. Doch immer dann, wenn er glaubte, sie endlich klar und deutlich erkennen zu können, war es ihm, als sei der Nebel ganz in der Nähe seines Bootes aufgezogen. Schließlich hatte er sich damit abgefunden, den großen See wohl nie in seinem vollen Ausmaß betrachten zu können.

»Nein! Ich werde den See wohl niemals im Ganzen sehen, aber ich werde versuchen, so viel wie möglich über ihn zu erfahren«, dachte Platonicus-Kanticus, als er auf die Bucht zuruderte, in der sein Dorf lag. Auch die Dorfältesten hatten den großen See noch nie in seiner Ganzheit überblicken können. Viele von ihnen wussten allerdings um Stellen auf dem Wasser, an denen sich nur selten Nebel sammelte und zu denen sie ruderten, wenn sie auf dem Wasser vom Unwetter überrascht wurden. Manchmal jedoch brach ein schrecklich dichter Nebel herein, der alles verdunkelte. Dann sagten die Alten, sie hätten angenommen, dass so etwas der Vergangenheit angehöre und in dieser Zeit eigentlich undenkbar sei.

Es gab im Dorf zwei Theorien über den Nebel. Die einen meinten, er nähme in regelmäßigen Abständen ab und würde sich ebenso regelmäßig erneuern. Die anderen sagten, der Nebel nehme trotz aller Schwankungen stetig ab, und eines schönen Tages könne jeder den ganzen See überblicken. Es gab im Dorf erbitterte Diskussionen und sogar Streitigkeiten um diese Frage. Neulich hatte Platonicus-Kanticus' Mutter aus diesem Grund sogar einen Fisch nach ihrer Nachbarin geworfen.

Platonicus-Kanticus stand vor dem Problem, dass die Fronten quer durch seine Familie verliefen. Seine Mutter war eine entschiedene Vertreterin des Epochenmodells. Sein Vater war nicht gerade der Wortführer derjenigen, die eine stetige Aufklärung vertraten, er wollte aber diese Möglichkeit auf keinen Fall verworfen wissen. Überhaupt waren die Platonici und die Kantici sehr verschieden. Der Zusammenhalt wurde vor allem durch die Namen männlicher Nachkommen bestärkt. Es war nämlich an den großen Seen üblich, den erstgeborenen Söhnen Doppelnamen zu geben.

Eine Ungerechtigkeit, fand Platonicus-Kanticus. Bei den Mädchen hatte man das nicht gewagt. Diese waren viel zu selbstbewusst und suchten sich ihre Namen selbst aus. Ein Privileg, das den Söhnen erst im reifen Mannesalter zuteil wurde. Es hatte Zeiten gegeben, in denen Platonicus-Kanticus sehr neidisch auf die Mädchen seines Dorfes gewesen war. Doch dann hatte ihn seine Cousine Simone Burmeister getröstet. »Weißt du, ich finde deinen Namen sehr schön«, hatte sie gesagt. »Eine Hälfte stammt von deiner Mutter und die andere von deinem Vater. Außerdem ist es nicht wichtig, ob man als Frau oder als Mann geboren wird. Viel entscheidender ist es, was man aus sich macht.«

Richtig verstanden hatte Platonicus-Kanticus Simone damals nicht, aber irgendwie hatte ihm das Gespräch ein gutes Gefühl gegeben.

Jetzt ruderte er mit kräftigen Schlägen auf das Dorf zu. Die schönsten Häuser, so meinte er, waren jene, die nicht ganz auf dem Land standen. Diese Häuser waren auf einer Plattform errichtet, die auf der einen Seite auf dem Festland auflag und auf der anderen Seite auf Pfeilern stand, die in den Grund des Sees gerammt worden waren.

Eines dieser Häuser gehörte seiner Familie. Ach ja, seine Familie! Sie war schon etwas ganz Besonderes. Jeder Einzelne von ihnen war sehr liebenswert, nur dachten sie gelegentlich einfach zu viel nach. Es kam fast jede Woche vor, dass sein Vater oder seine Mutter vom Steg ins Wasser fiel, weil sie beim Nachdenken einfach vergaßen, darauf zu achten, wohin sie ihre Füße zu setzen hatten. Die Nachbarn lachten dann über seine Eltern, was Platonicus-Kanticus schrecklich peinlich war.

Überhaupt waren seine Eltern ein seltsames Paar. Seine Mutter war eine typische Platonica. Die Platonici waren seit jeher eine bekannte und einflussreiche Familie im Dorf, und sie machten auch keinen Hehl daraus, dass sie sich selbst für etwas Besonderes hielten. Sie besaßen eine ausgeprägte Neigung, den Boden der Realität zu verlassen. »Wenn wir die Könige wären oder die Könige unser Format hätten, dann wäre alles zum Besten bestellt«, pflegten sie in solchen Momenten zu sagen.

Platonicus-Kanticus' Vater war da viel bodenständiger. Er war der Ansicht, es wäre schon viel gewonnen, dächte jeder Einzelne mehr nach. Er legte in seinen Gedanken viel Wert auf Disziplin und Genauigkeit, während seine Frau oft Gleichnisse verwendete und es glänzend verstand, das Leben zu genießen, während ihr Mann eher zurückhaltend war.

»Der Grund dafür, dass meine Eltern einander so sehr lieben, ist möglicherweise, dass sie sich unendlich lange über Ideen unterhalten können«, dachte Platonicus-Kanticus, während er sein Boot am Steg ihres Hauses befestigte. »Dabei sind sie gerade hier nur selten einer Meinung.«

Sein Vater nannte seine Frau dann »meine kleine Dogmatikerin«, und diese knurrte etwas wie: »Du hast nicht nur einen Schluck vom Wasser des Vergessens genommen, du bist hineingefallen!«

An solchen Abenden ging Platonicus-Kanticus früh zu Bett. Er wusste weder, was eine Dogmatikerin war, noch was es mit diesem Wasser des Vergessens auf sich hatte, und überhaupt endete das Ganze damit, dass beide ins Wasser fielen.

Platonicus-Kanticus stieg nun die kleine Treppe vom Bootsanleger zur Wohnplattform hinauf. Ja, er liebte dieses Haus. Es stand am Rande des Dorfes und ragte von allen Gebäuden am weitesten auf den See hinaus. Nur noch eine Ecke des Hausbodens lag auf dem Land. Sie wurde von einer vorragenden Felsnase getragen. Die anderen drei Ecken ruhten auf mächtigen Holzpfeilern.

Auch vor ihrem Haus hatte die Ideenliebe von Frau Platonica und Herrn Kanticus nicht Halt gemacht. Die Plattform, auf der das Haus errichtet worden war, nannten sie Prämisse, die Räume darauf, den Unterbau und das Dachgeschoss, wo sie schliefen oder musizierten, den Überbau. Seine Mutter hatte sich durchgesetzt und auf den höchsten Punkt des Daches das Wort »Gerechtigkeit« geschrieben.

Sein Vater hatte dafür verlangt, die drei Stützen des Hauses nach seinen Vorstellungen verzieren zu dürfen. Auf ihnen befanden sich die Worte Ich, Welt und Gott. Allen drei Pfeilern gemein war, dass auf ihrer Rückseite in kleinen Buchstaben »notwendige Annahme« geschrieben stand. Man war gezwungen, um den Pfeiler herumzuschwimmen, um diesen Schriftzug zu finden.

Vor Jahren hatte Platonicus-Kanticus seinen Vater einmal nach dem Grund für diese Inschrift gefragt.

»Dafür gibt es eine einfache Erklärung«, hatte dieser geantwortet. »Du weißt ja, dass die Pfeiler unser ganzes Haus tragen. Findest du, dass sie diese Aufgabe gut erfüllen?«

»Natürlich. Sie haben sich auf jeden Fall noch nie gelöst oder gar nachgegeben.«

»Und woher weißt du, dass sie sicher stehen?«, fragte sein Vater weiter.

»Das schließe ich aus der Tatsache, dass unser Haus nicht schwankt«, hatte Platonicus-Kanticus geantwortet.

»Das tue ich auch«, sagte sein Vater. »Aber wir können den

Grund des Sees, in den die Pfeiler eingerammt sind, nicht sehen. Wir müssen darauf vertrauen, dass sie ganz tief in der Erde stecken, aber sehen können wir es nicht.«

»Wir können uns doch nicht ständig Sorgen darüber machen, ob sich bald ein Pfeiler lösen wird oder nicht«, hatte Platonicus-Kanticus eingewandt.

»Genau das meine ich auch«, entgegnete sein Vater. »Und aus diesem Grunde müssen wir notwendig annehmen, dass sie fest stehen. Notwendige Annahmen sind Voraussetzungen, ohne die unser Denken und Handeln sinnlos wären. Ich, Welt und Gott sind die wichtigsten Annahmen dieser Art. Wir sprechen von uns selbst als ›Ich‹ und unterhalten uns ganz selbstverständlich über Gott und die Welt, dabei können wir diese Größen weder genau erklären noch beweisen. Was meinen wir eigentlich, wenn wir ›Ich‹ sagen? Was ist das eigentlich, ›die Welt‹? Und was ist ein ›Gott‹, gibt es ihn und wenn ja, wozu?«

»Ich weiß nicht, ob ich das wirklich begriffen habe«, gestand Platonicus-Kanticus.

»Vielleicht später«, hatte sein Vater ihn vertröstet und dann verschmitzt hinzugefügt: »Erzähl deiner Mutter besser nichts von der Inschrift. Es wäre ihr sicher nicht recht.«

In Gedanken an das damalige Gespräch betrat Platonicus-Kanticus das Haus. Seine Eltern waren nicht anwesend, hatten jedoch etwas für ihn auf die Tafel geschrieben, die seit jeher an der Wand im Flur hing. Es war die Schrift seiner Mutter. Platonicus-Kanticus musste lächeln, als er las, was dort geschrieben stand.

»Wir sind auf dem Dorfplatz. Komm bitte auch dorthin. Ein Bote vom Königshof wird erwartet. P. S. Bitte mach die Fenster nicht wieder so weit auf, sonst kommen die Motten herein, und du weißt ja, wie sehr dein Vater Motten hasst!«

Platonicus-Kanticus drehte sich auf den Fersen um, rannte

aus dem Haus und sprang über die Felsnase an Land. »Ein Bote vom Königshof«, dachte er. »Endlich geschieht mal etwas in diesem Nest!«

Auf dem Dorfplatz hatten sich schon alle Bewohner eingefunden. Die Menschenmenge wurde von einem Ritter überragt, der auf einem mächtigen Schlachtross saß. Platonicus-Kanticus erkannte ihn sofort. Es war der Großherr Feudalicus. Ein finsterer Geselle, der nie einen Hehl daraus gemacht hatte, dass er die Menschen an den großen Seen nicht mochte. Er hatte sich sogar schon einmal beim König darüber beschwert, dass es an den Seen keinen Ritter gab, der das Sagen hatte. Die Stimmung unter den Leuten war auch aus einem anderen Anlass gespannt.

»Das wäre ja noch schöner!«, rief einer der Dorfältesten.

»Ach, weißt du«, sagte ein Greis, »vielleicht ist mir das sogar ganz recht.«

Auch die Eltern von Platonicus-Kanticus machten einen sehr erregten Eindruck. »Verflixt noch einmal«, fluchte seine Mutter, »merkt ihr denn gar nicht, was hier gespielt wird? So ein Vorschlag kann doch nur von den Epikureern kommen.«

»Sie hat ganz Recht«, pflichtete sein Vater ihr bei. »Was bleibt dann noch übrig von unserer Autonomie?«

Wie gewöhnlich kam keine Antwort auf ihre Einwände, weil niemand die Begriffe kannte, mit denen sie um sich geworfen hatten.

»Was ist denn überhaupt los?«, erkundigte sich Platonicus-Kanticus bei einer seiner Freundinnen.

»Genau kann ich es dir auch nicht sagen, aber der Ritter hat verkündet, dass der Zauberer vom Hofe König Huxleys einen Trank zusammengebraut habe, der glücklich macht.«

»Und was ist daran so schlimm?«, wollte Platonicus-Kanticus wissen.

»Der Ritter hat mitgeteilt, dass dieses Getränk in zwei Monaten zum Grundnahrungsmittel erklärt werden soll. Es wird dann erste Bürgerpflicht sein, den Trank zu sich zu nehmen.«

»Aber dann wären wir ja alle immer glücklich! Ist das denn keine schöne Vorstellung?«

»Vielleicht«, sagte seine Freundin. »Aber ich habe kein gutes Gefühl bei dieser Sache, und du siehst ja, wie sich zum Beispiel deine Eltern aufregen. Es wird von großen Vorhaben gemunkelt, die König Huxley verwirklichen will, sobald das neue Grundnahrungsmittel eingeführt worden ist.«

»Ruhe!«

Der Ritter unterbrach das Gemurmel. Er stellte sich in die Steigbügel seines Rappen und herrschte die Leute an: »Wie ich euch schon gesagt habe, beschlossen ist beschlossen! Knappe!«

»Ja, Herr!«, antwortete eine Stimme aus dem Hintergrund.

Die Leute traten beiseite und ein kleiner, etwas rundlicher Junge schob sich durch die Gasse. Er sah müde und ein wenig blass aus. »Ja, Herr, ich höre, Herr!«, wiederholte er.

»Wo hast du lahmer Trottel bloß gesteckt?«, grollte der Ritter. »Ich will weiter!«

»Vergebung, Herr! Ich musste mich noch um den Packesel kümmern, Herr!«, stammelte der Junge unterwürfig.

Platonicus-Kanticus sah zu seinen Eltern hinüber. Sein Vater war beim Anblick dieser Szene kreidebleich geworden, seine Mutter verzog indes keine Miene.

»Auf geht's, Bursche«, forderte Feudalicus. »Wir reiten heim.«

»Ich bitte um Vergebung, Herr«, druckste der Knappe. »Aber der Esel lahmt, und ich fürchte, er wird nicht Schritt halten können. Ich möchte Sie bitten, zurückbleiben zu dürfen, bis sich das Tier erholt hat.«

»Gut, Knappe«, antwortete der Ritter nach kurzem Bedenken. »Drei Tage will ich dir gewähren. Nach Ablauf dieser Frist hast du dich wieder am Hofe einzufinden!«

Dann wandte er sich erneut den Dorfbewohnern zu. »In zwei Monaten kommt die erste Lieferung des Trankes. Freut euch bis dahin schon einmal auf das ewige Glück!«

Im nächsten Augenblick gab er seinem Rappen die Sporen und sprengte hocherhobenen Hauptes davon.

Auf dem kleinen Dorfplatz herrschte bestürztes Schweigen. Dann begannen alle gleichzeitig zu reden, und schließlich schrien sie einander an, um dann wieder zu verstummen. Gerade als sich alle umwandten, um nachdenklich nach Hause zu gehen, erhob der Knappe seine Stimme.

»Bitte, wartet noch einen Augenblick!«

Die Leute blieben verwundert stehen. Der Junge grinste fröhlich und stieß einen frechen Pfiff aus. Zum Erstaunen der Dorfbewohner kam daraufhin sein Packesel leichtfüßig herangetrabt.

»Dein Esel geht gar nicht lahm«, rief ein kleines Mädchen.

»Nein, dem geht es prächtig«, lachte der Knappe.

»Dann hast du deinen Ritter angelogen«, empörte sich eine ältere Frau.

»Ich glaube, dass es manchmal erlaubt ist zu lügen«, entgegnete der Junge.

Platonicus-Kanticus' Vater hätte gern etwas dazu gesagt, ob man jemals lügen dürfe, aber ein strenger Blick seiner Frau hielt ihn zurück.

»Wie heißt du, mein Junge«, fragte sie.

»Ich heiße Kalle Max«, antwortete der Knappe.

»Und warum bist du jetzt bei uns geblieben?«

»Weil ich euch von der Prinzessin Metaphysika eine Nachricht überbringen will, von der weder ihr Vater König Huxley noch Ritter Feudalicus etwas erfahren dürfen.«

Ein Raunen ging durch die Menge. Eine Geheimbotschaft!

»Wie lautet diese Nachricht?«, wollte eine junge Frau schließlich wissen.

»Prinzessin Metaphysika ist sehr beunruhigt über den neuen Zaubertrank. Sie weiß jedoch nicht, ob ihre Sorge berechtigt ist. Aus diesem Grund bittet sie kluge Menschen aus vielen Gemeinden des Reiches so schnell wie möglich zu einer geheimen Beratung in das Schloss.«

Wieder ging ein Raunen durch die Menge. Schließlich rief ein Fischer: »Natürlich schicken wir jemand, aber wen?«

»Frau Platonica oder Herrn Kanticus«, kam es aus der Menge.

»Nein, das finde ich nicht gut«, sagte einer der Dorfältesten, »Frau Platonica wird ohnehin kein Zutritt gewährt, weil jeder weiß, dass sie den ganzen Staat regieren will, und Herr Kanticus hat unser Dorf noch nie verlassen. Er mag ja sehr kluge Gedanken haben, aber in der Fremde findet er sich nicht zurecht.«

»Wie ist es mit dem jüngeren Bruder von Frau Platonica, dem Herrn Lasse Aristotel?«, wollte ein junger Fischer wissen.

»Oh nein!«, rief eine ältere Frau entsetzt, »den lassen wir an keinen jungen Menschen mehr heran. Man weiß ja, was dann geschieht!«

Die Menge lachte belustigt und ein bisschen boshaft.

Platonicus-Kanticus hasste es, wenn die Leute derart über seinen Onkel sprachen. Er hatte nie wirklich erfahren, was es mit dessen Vergangenheit auf sich hatte. Sein Vater hatte berichtet, dass dieser Onkel, Lasse Aristotel, von einem fernen Königshof als Lehrer engagiert worden war. Jahre nach seiner Rückkehr ging im Dorf das Gerücht um, dass einer seiner Zöglinge missraten sei und für gewaltige Verwirrung gesorgt habe. Seit dieser Zeit lebte Lasse Aristotel in einem kleinen Haus außerhalb des Dorfes und beschäftigte sich unter anderem mit fremden Pflanzen, die ihm sein missratener Zögling aus der Ferne zusandte.

Platonicus-Kanticus wusste auch, dass seine Mutter in vielen sachlichen Fragen mit ihrem Bruder nicht übereinstimmte. Da sie ihn aber sehr liebte, versuchte sie stets, diese Streitigkeiten herunterzuspielen. An eine Formulierung seiner Mutter konnte Platonicus-Kanticus sich noch sehr genau erinnern. »Ach, weißt du, dein Onkel und ich, wir streiten uns nicht wirklich, es ist mehr ein Spiel. Er schlägt manchmal nach mir aus, wie ein junges Füllen nach der Mutter!« Tatsache war jedoch, dass die beiden mit großer Regelmäßigkeit in Streit gerieten.

Platonicus-Kanticus' Vater hatte eine hohe Meinung von seinem Schwager. »Oh, ich schätze vor allem Lasses Urteile sehr«, hatte Herr Kanticus einmal zu seinem Sohn gesagt, während sie gemeinsam in der Sonne auf dem Steg ihres Hauses auf- und abgingen. Dann hatte er noch etwas von einer Tafel und von Vollständigkeit gemurmelt, doch noch bevor er das Wort Kategorie ganz ausgesprochen hatte, war er wieder einmal ins Wasser gestürzt.

»Nein, den Herrn Lasse Aristotel schicken wir nicht. Er würde ohnehin nicht gehen, wenn wir ihn fragen. Wie ihr wisst, entzieht er sich gern unserem Urteil!«, rief jemand aus der Menge.

»Wen schicken wir aber dann?«, fragte jemand mit enttäuschter Stimme.

Es herrschte Schweigen. Alle waren geschäftige Leute. Wer wollte schon freiwillig seine Arbeit verlassen. Von Zeit zu Zeit sahen alle gern für ein Gespräch im Hause Platonici-Kantici vorbei und hüteten sich davor, den Kontakt abzubrechen; aber nur für eine Beratung eine lange und beschwerliche Reise anzutreten, dazu waren sie nicht bereit. Sie verspürten schon das Bedürfnis, sich mit Prinzessin Metaphysika zu beraten, aber schließlich waren da noch ihre Arbeit und ihre Familien, und im Übrigen wussten sie gar nicht, was eigentlich an diesem neuen Zaubertrank auszusetzen war. Nur ihre Zweifel trennten sie noch von der durch den Trank ermöglichten schönen, neuen Welt.

Die schweigende Dorfversammlung wirkte wie gelähmt.

Schließlich erhob sich der Dorfälteste und ging mühsam durch den Kreis der Umstehenden auf die Sippe der Platonici-Kantici zu. Beide, Frau Platonica und Herr Kanticus, lächelten geschmeichelt. Doch plötzlich ergriff der Alte die Hände ihres Sohnes und sah diesem lange in die Augen.

»Ich glaube, dass du der Richtige bist, mein Junge«, sagte der Alte leise, aber deutlich und bestimmt. »Du hast die Anlagen deiner Eltern. Ich selbst habe auch dich schon einige Male ins Wasser fallen sehen. Aber du bist jung und ungebunden. Ich meine, du solltest gehen und dich mit der Prinzessin Metaphysika beraten.«

Platonicus-Kanticus war ein wenig elend zumute. Niemand sprach ein Wort. Es war an ihm, Ja oder Nein zu sagen. Seltsamerweise hatte er diese Frage kommen sehen. Die Gemeinschaft und die Regeln des Dorfes waren ihm so vertraut, dass es schwer fiel, diese Sicherheit aufzugeben.

Auf der anderen Seite war ihm das Dorf gerade in letzter Zeit immer enger und kleiner erschienen. Ein Ausspruch seines Onkels kam ihm in den Sinn: »Wie du dich auch entscheidest, du wirst es bereuen.« Doch plötzlich erinnerte sich Platonicus-Kanticus an jene Gedanken, die ihm gekommen waren, während er durch den Nebel gerudert war. Hatte er sich nicht vorgenommen, so viel von den Seen und der Welt zu erfahren, wie es irgend möglich war? Ja, richtig, das hatte er sich doch versprochen. Was blieb ihm also anderes übrig?

»Nun ja, wenn ihr es wünscht, werde ich gehen«, brachte er mühsam hervor.

Zu seiner großen Erleichterung brach die Menge in Jubel aus. Noch glücklicher fühlte er sich, als er seine Eltern um ihr Einverständnis bitten wollte. Beide machten den Eindruck, als würden sie jeden Moment vor Stolz platzen. Ihre liebevollen Blicke waren nicht zu übersehen.

Alles Weitere war schnell veranlasst. Es wurde beschlossen, dass Platonicus-Kanticus am nächsten Morgen zusammen mit Kalle Max zum Hof des Königs aufbrechen sollte. Ebenso selbstverständlich war es, dass seine Mutter für ihn ein großes Fest veranstaltete. Sie hatte es immer verstanden, Feste zu feiern. Es wurde bis tief in die Nacht gelacht, getanzt und gesungen.

Der Erste, der zu Bett ging, war wie immer Herr Kanticus. Platonicus-Kanticus nahm ihm das nicht übel. Es war seinem Vater nun einmal zur Gewohnheit geworden. Dafür würde er am nächsten Morgen zusammen mit seinem Sohn aufstehen, während Frau Platonica, die mit Gewissheit zu den letzten Feiernden zählen würde, vor Mittag nicht geweckt werden konnte.

Dem Dorf blieb jenes Fest lange in Erinnerung. Es war der Tag, an dem sich Platonicus-Kanticus entschieden hatte, die Prinzessin Metaphysika aufzusuchen.

II. Die Reise zum Schloss

Oder: Gespräche über Angst und Revolution

Die Reisegefährten brachen am frühen Morgen des folgenden Tages auf. Beide waren sehr müde.

Kalle Max führte den Esel, und Platonicus-Kanticus freute sich, dass sein Vater mit ihnen aufgestanden war und sie aus dem Dorf hinausgeleitete. Dort, wo der Weg scharf abbog und zu den Hochebenen führte, blieb Herr Kanticus schließlich stehen. Er umarmte seinen Sohn mehrmals innig, was Platonicus-Kanticus in Kalles Anwesenheit schrecklich unangenehm war.

Endlich ließ Herr Kanticus von seinem Sohn ab. Bevor sie gehen durften, erteilte er ihnen noch ein paar weise Ratschläge, denen Platonicus-Kanticus, wie es bei Söhnen üblich ist, leider nur geringe Aufmerksamkeit schenkte. Sein Vater sprach über die Bedingungen der Möglichkeit von etwas. Auch von einem Weltbürgertum und einer Absicht war die Rede.

Platonicus-Kanticus war dankbar, als sie nach einer Biegung des Weges außer Sichtweite kamen. Nun war er nicht mehr gezwungen, seinem Vater unablässig zurückzuwinken.

»Bürgertum! Und dann auch noch Weltbürgertum!«, sagte Kalle Max mit einem plötzlichen und völlig überraschenden Ausdruck von Ekel.

Platonicus-Kanticus gab keine Antwort. Er war noch viel

zu müde für eine Diskussion, und außerdem hatte Kalle seinen Vater bestimmt nicht richtig verstanden.

»Irgendwie ist das schon merkwürdig«, dachte er bei sich. »Kaum bin ich einmal meinen Eltern entronnen, da habe ich so einen komischen Kauz zum Gefährten.«

Sie gingen schweigend nebeneinander her und zogen ihre langen Mäntel fest um sich.

Der Nebel war noch dicht, und seine feuchte Kälte kroch erbarmungslos unter ihre Kleider. Plötzlich blieb der Esel stehen. Er sträubte sich mit allen vieren, als fürchte er etwas, das auf der anderen Seite der dicken Nebelbänke auf sie wartete. Platonicus-Kanticus und Kalle Max rückten dichter zusammen, und wirklich, durch die Nebelschwaden hindurch erkannten sie eine Gestalt. Sie stand mitten auf dem Weg und hielt einen mächtigen Stock in den Händen.

»Oh verdammt, ein Ausbeuter!«, rief Kalle Max und warf sich in die Büsche, während er sich mit beiden Händen die Augen zuhielt. Platonicus-Kanticus blieb stehen, verschanzte sich aber vorsichtshalber hinter dem Esel.

»Wer bist du?«, fragte er mit dem ganzen Mut, den er aufbringen konnte.

»Ich bin jemand, der zuerst seinen Sinnen vertraut. Es ist wichtig, seine Augen und Ohren zu benutzen, bevor man sich etwas einbildet. Die Sinne finden sehr oft heraus, was hinter dem Nebel steckt!«, kam die Antwort.

»Onkel Lasse!«, brachte Platonicus-Kanticus erleichtert hervor. »Du hast uns einen schönen Schrecken eingejagt.«

»Das habe ich nicht gewollt«, sagte sein Onkel, während er durch den Nebel auf ihn zutrat. »Aber ich musste meinem Neffen doch wenigstens alles Gute wünschen!«

Nun, als Platonicus-Kanticus seinen Onkel klar erkennen konnte, fiel ihm zum ersten Mal auf, dass er sehr schmächtig war und auch etwas kränklich wirkte.

»Du kannst wieder hervorkommen, Kalle!«, rief Platonicus-Kanticus. »Es besteht keine Gefahr.«

Kalle raffte sich mühsam hoch. Dabei murmelte er etwas in sich hinein, was so klang wie: »Verfluchter Sklavenhalter!«

Herr Aristotel beachtete Kalle gar nicht.

»Ich möchte dir noch etwas mit auf den Weg geben«, sagte er zu seinem Neffen.

Platonicus-Kanticus lächelte skeptisch. Geschenke aus seiner Familie waren meistens zweischneidige Angelegenheiten.

»Es handelt sich um diesen Wanderstab«, sagte sein Onkel schließlich.

»Danke!«, lachte Platonicus-Kanticus. »Endlich einmal ein normales, nützliches Geschenk!«, dachte er bei sich.

»Es ist kein gewöhnlicher Wanderstab«, fügte sein Onkel hinzu.

»Natürlich, das dicke Ende musste ja noch kommen!« Platonicus-Kanticus fühlte sich bestätigt.

»Dieser Stab ist seit sehr langer Zeit im Besitz unserer Familie. Ein Wanderstab ist etwas sehr Nützliches. Wenn du zum Beispiel an ein Gewässer kommst und nicht weißt, wie tief es ist, musst du nicht immer hineinspringen, um es herauszufinden. Du kannst den Stab hineinstecken, um die wirkliche Tiefe zu ergründen. Dieser Wanderstab heißt Kognitum. Wie du siehst, hat sein Holz viele Knoten, und so ist es möglich, ihn auf verschiedenste Weise zu gebrauchen. Er ist außergewöhnlich hart, und wenn es sein muss, stellt er eine Waffe dar, der kein Schwert gewachsen ist. Das ganz Besondere ist aber seine Fähigkeit, mit dir zu sprechen und dir Ratschläge zu geben. Dies geschieht allerdings erst, wenn du ihn schon lange mit dir führst und er sozusagen ein Teil von dir geworden ist.«

»Onkel Lasse«, brachte Platonicus-Kanticus erstaunt hervor. »Ich weiß nicht, ob ich etwas so Wertvolles annehmen kann.«

»Wertvoll wird er erst dadurch, dass du ihn gebrauchst«, kam die Antwort. »Im Übrigen dürfte sein Schöpfer es wollen, dass du ihn bei dir trägst.«

»Wer war das?«, fragte Platonicus-Kanticus erregt.

»Ein Mann namens Tales soll das Holz vom Baum geschnitten haben, aber bearbeitet wurde es durch einen deiner Vorfahren. Es war Sokraticus, der das Holz formte und als Erster mit dem Stab auf Wanderschaft ging. Er benutzte ihn auch, um den Weingott Dionysos zu beraten, dessen Erzieher er gewesen sein soll«, erzählte Lasse Aristotel.

»Oh Onkel, ich glaube, ich bin seiner nicht würdig«, rief Platonicus-Kanticus.

»Unsinn«, lachte Aristotel. »Es wird sich zeigen, ob du seiner würdig bist oder nicht. Sokraticus wäre in jedem Fall dafür. Er war sehr daran interessiert, junge Menschen mit Kognitum vertraut zu machen, besonders wenn es sich um so gut aussehende Knaben handelte, wie du einer bist. So, und nun viel Glück damit.«

Platonicus-Kanticus bekam den Wanderstab von seinem Onkel in die Hand gedrückt.

»Versuche, auf der Reise deine Fähigkeiten zu entfalten, und der Wanderstab wird zu dir stehen!«, sagte er, bereits abgewandt. »Bitte entschuldige, dass ich so wenig Zeit habe, aber ich arbeite an einem Buch, in dem ich alle geschriebenen Verfassungen der Welt zusammentragen möchte. Das erfordert unglaublich viel Arbeit.«

»Was ist eine Verfassung?«, wollte Platonicus-Kanticus noch fragen, aber da war sein Onkel bereits im Nebel verschwunden.

»Können wir jetzt weitergehen?«, fragte Kalle Max, der sich nur langsam von dem Schock erholt hatte.

»Natürlich«, sagte Platonicus-Kanticus. »Bitte entschuldige. Meine Verwandten sind oft etwas seltsam.«

»Ach, das macht nichts!«, rief Kalle. »Auf diese Weise wird es dir leichter fallen, mich zu ertragen.«

Der Nebel war fast verschwunden.

»Eine aufregende Angelegenheit, das mit dem Wanderstab, nicht wahr?«, meinte Kalle Max.

»Ja, wirklich großartig«, sagte Platonicus-Kanticus, während er im Gehen den dicken Knauf betastete.

Sie gingen nebeneinander her. Irgendwann begann Kalle, ein Lied zu pfeifen. Nach einer Weile stimmte Platonicus-Kanticus mit ein. Sie pfiffen sehr lange und sehr laut. Dies sollte der Beginn einer wunderbaren Freundschaft sein.

Als es Nacht wurde, lagerten sie am Fuße eines gewaltigen Baumes. Eigentlich liebte es Platonicus-Kanticus, im Freien zu schlafen, doch die Hochmoore waren nicht der rechte Ort dafür. Nur gut, dass sie schon am nächsten Tag den Palast erreichen würden.

»Wusstest du eigentlich, dass die Menschen in alter Zeit diejenigen, die sie loswerden wollten, ins Moor gejagt haben?«, fragte er seinen Gefährten.

»Das ist gut möglich«, antwortete Kalle, der mit einem langen Stock in ihrem Lagerfeuer stocherte.

Platonicus-Kanticus zog Kognitum näher zu sich heran. »Die Vorstellung, dass an diesem Ort einmal Menschen zugrunde gegangen sein könnten, ist schon ein wenig unheimlich!«

»Pah!«, protzte Kalle. »Ich glaube nicht an Geister. Alles, was für uns von Bedeutung ist, kann man anfassen oder es existiert nicht.«

»Tu mal nicht so mutig«, erwiderte Platonicus-Kanticus. »Heute Morgen, als mein Onkel plötzlich vor uns auftauchte, hast du vor Angst geschlottert.«

»Das ist richtig, aber der war verdammt real, dein Onkel!«, schnaubte Kalle.

»Es muss ja auch keine Geister geben«, gab Platonicus-Kanticus zu. »Aber stell dir einmal vor, es würde nun jemand aus dem Nebel auftauchen!«

»Meinst du, es könnte hier Räuber, Mörder oder Sklavenjäger geben?«, schluckte Kalle Max.

»Ich weiß nicht, aber vorstellen könnte ich es mir«, sagte Platonicus-Kanticus mit heiserer Stimme.

Das genügte. Den Rest des Abends verbrachten die beiden damit, sich ausgiebig zu gruseln. Sie erfanden eine schreckliche Geschichte nach der anderen und rückten dabei immer näher zueinander.

Schließlich versuchten sie zu schlafen.

Nach einer Weile murmelte Kalle: »Schläfst du schon?«

»Nein, dafür habe ich viel zu viel Angst.«

»Mir geht es ebenso. Wir werden diese Nacht wahrscheinlich kein Auge zumachen. Dann sind wir morgen völlig erledigt. Warum mussten wir uns auch so ängstigen?«

Sie schwiegen.

»Was ist Angst überhaupt?«, fragte Platonicus-Kanticus nach einiger Zeit. »Man sagt so oft: ›Ich habe Angst‹ oder ›Davor brauchst du keine Angst zu haben.‹ Doch was das eigentlich ist, ›die Angst‹, dürfte nicht leicht zu beantworten sein.«

»Ich bin einmal mit meinem Ritter zum Nordmeer gereist«, berichtete Kalle. »Dort gibt es eine kleine Stadt, die heißt Kierke. Sie hat einen sehr schönen Garten, in dem ein kluger Mann arbeitet. An einem meiner freien Nachmittage habe ich diesen Herrn aufgesucht und viele Fragen stellen dürfen. Unser Gespräch behandelte unter anderem das Phänomen der Angst.«

»Und welche Ansichten hat dieser Mann vertreten?«

»Er hat gesagt, es sei wichtig, zwischen Angst und Furcht zu unterscheiden. Wir fürchten uns vor konkreten Gegenständen, Personen oder Ereignissen. Wenn wir aber Angst haben, so betrifft dies unser ganzes Dasein. Die Angst ist eine Stimmung, die uns als Ganzes erfasst.«

»Ja, das ist richtig!«, ergänzte Platonicus-Kanticus. »Vorhin haben wir uns vor einem Räuber oder Mörder gefürchtet. Als wir aber noch länger im Nebel saßen und redeten, da ist langsam die Angst über mich gekommen. Es war, als wenn das ganze Leben plötzlich leer wäre. Als ob man ins Bodenlose stürzte. Die Furcht endet, wenn ihr konkreter Anlass beseitigt werden konnte. Mit der Angst ist das etwas anderes. Es ist kaum möglich, sie auf eine konkrete Ursache zurückzuführen. Daher ist es auch sehr schwierig, sie zu überwinden.«

»Vielleicht hat die Angst ja auch etwas Gutes«, überlegte Kalle.

»Wie meinst du das?«, wollte Platonicus-Kanticus wissen.

»Na ja. Siehst du diesen Strauch dort drüben?«

»Ja. Ich weiß sogar, wie man diese Pflanze nennt. Es ist ein Heideegger. Sie gehört zur Gruppe der so genannten Existenzpflanzen.«

»Es ist nicht wichtig, wie sie heißt, wichtig ist jetzt nur, dass sie sich nicht fürchtet und auch keine Angst hat.«

»Aber dann geht es ihr ja besser als uns.«

»Das möchte ich bezweifeln«, grummelte Kalle. »Sie hat keine Angst, weil sie gar nichts weiß.«

»Ich glaube, jetzt verstehe ich, was du sagen willst«, pflichtete Platonicus-Kanticus anerkennend bei.

»Die Pflanze hat keine Angst, weil sie nicht weiß, dass sie ist. Sie gehört einfach so zum Seienden, ohne sich dessen bewusst zu sein. Wir Menschen haben zwar Angst, auf diese Weise aber werden wir uns unseres Seins bewusst.«

»Ja. So ähnlich, nur in weniger umständlichen Worten wollte ich das auch ausdrücken«, neckte Kalle.

»Die Angst kann für uns Menschen aber neben dieser positiven auch eine negative Auswirkung haben«, überlegte Platonicus-Kanticus weiter.

»Was meinst du damit?«, wollte Kalle nun wissen.

»Ich kann doch auch Angst vor mir selbst und dem Leben bekommen, wenn ich mir meiner Verlorenheit in der Welt bewusst werde«, erklärte Platonicus-Kanticus. »Wenn es nichts gibt, das mich bestimmt, dann bin ich ganz allein verantwortlich für das, was aus mir wird. Ich finde, das kann einem Angst machen.«

»Und damit hast du vollkommen Recht, mein lieber Paul!«, lachte Kalle.

»Warum hast du mich Paul genannt?«, wollte Platonicus-Kanticus wissen.

»Entschuldige bitte! Nimm es als einen Versprecher.«

Sie schwiegen wieder eine Weile.

»Hast du eigentlich Angst vor deinem Ritter?«, fragte Platonicus-Kanticus nach einiger Zeit, als ihm die unschöne Szene des Vortages wieder in den Sinn kam.

»Oh nein«, sagte Kalle und richtete sich ruckartig auf. »Ich habe keine Angst vor ihm. Manchmal fürchte ich mich vor seiner Peitsche, aber wenn er klug wäre, was er nicht ist, hätte er sicher Angst vor mir.«

»Wie ist das zu verstehen?«, fragte Platonicus-Kanticus staunend.

»Schau mal. Ich könnte jederzeit ohne den Ritter leben, aber er würde niemals ohne mich zurechtkommen, er kann nicht einmal ein Pferd satteln, ein Ei kochen oder ein Rad instand setzen. Er glaubt zwar, Macht über mich zu haben, tatsächlich aber ist er hoffnungslos von mir abhängig.«

»Das mag ja stimmen, aber ist das nicht ein sehr schwacher Trost?«, überlegte Platonicus-Kanticus.

»Nicht, wenn man entschlossen ist, diese Macht eines Tages zu nutzen«, rief Kalle.

»Willst du den Ritter verjagen?«, staunte sein Gefährte.

»Ja, und ob ich das will!«

»Aber wie soll das gehen? Er ist doch gut bewaffnet!«

»Sicher, das wird nicht einfach, aber du musst wissen, dass ich nicht allein bin. Da sind die anderen Knechte, die Mägde, Köche und Bauern. Wenn wir alle zusammenhalten, ist der Ritter völlig machtlos.«

»Das klingt einleuchtend«, stimmte Platonicus-Kanticus zu.

»Nicht wahr?«, meinte Kalle mit leuchtenden Augen. »Allerdings wird es wohl noch eine Weile dauern, bis auch die anderen dies begriffen haben. Es bedarf noch einiger Überzeugungsarbeit.«

»Wärest du sehr traurig, wenn es dir nicht gelänge, sie für deinen Plan zu gewinnen?«, fragte Platonicus-Kanticus.

»Nein«, erklärte Kalle Max mit fester Stimme. »Früher oder später geschieht das ohnehin von selbst. Ich glaube, die Geschichte der Menschen läuft nach einem gewissen Plan ab. Am Anfang waren alle Menschen gleich. Sie lebten in Stämmen, und alles gehörte allen. Irgendwann aber kam es dazu, dass einige herrschten und die anderen für sie arbeiteten.

Weil die Herrscher aber nicht mehr selbst die Arbeit verrichteten, waren sie bald völlig von den Arbeitenden abhängig. Zudem bekämpften sie sich untereinander. So kam es, dass es heute wenige Herrschende und immer mehr Arbeiter gibt. Irgendwann ist der Widerspruch zwischen dem Herrschaftsanspruch der wenigen und der Arbeitsleistung der vielen so groß, dass die Beherrschten sich dieses Sachverhaltes bewusst werden und die Herrscher einfach zum Teufel jagen.«

»Das klingt großartig!«, rief Platonicus-Kanticus begeistert. »Aber wenn alles von selbst geschieht, warum gibst du dir dann überhaupt so große Mühe, die Leute für diesen Plan zu gewinnen?«

»Na, das ist doch wohl klar«, meinte Kalle. »Weil ich die Revolution noch miterleben will. Ich glaube zwar nicht, dass Menschen den Gang der Geschichte wesentlich verändern können, aber sie können ihn durch geschicktes Handeln beschleunigen.«

»Das dürfte sehr schwierig sein!«, überlegte Platonicus-Kanticus.

»So einfach ist das auch nicht«, antwortete Kalle. »Man muss wissen, wann die Zeit gekommen ist. Am Hofe meines Ritters lebt ein junger Stallknecht, mit dem ich gut befreundet bin. Er heißt Wladimir Iljitsch. Um ihn mache ich mir ernste Sorgen. Er kann überhaupt nicht warten. Er sagt ständig, dass die Zeit reif sei, um loszuschlagen.«

»In jedem Fall ist dies eine aufregende Vorstellung«, meinte Platonicus-Kanticus und gähnte. »Ich habe zwar schon einmal darüber nachgedacht, ob so etwas wie ein Geist existieren könnte, der die Entwicklung der Menschheit nach seinem Plan lenkt. Der Gedanke, dass der Wandel der Dinge durch die menschlichen Beziehungen entsteht, ist mir aber völlig neu.«

»Nun ja«, murmelte Kalle selbstzufrieden. »Man muss diesen Geist eigentlich nur vom Kopf auf die Füße stellen.«

Sie redeten noch einige Zeit über die Veränderungen in der Menschheitsgeschichte, während sie immer tiefer in ihre Schlafsäcke krochen. Selbst der Wanderstab Kognitum schien sich angesichts ihrer Gespräche genüsslich am Feuer zu räkeln.

Schließlich schliefen beide ein. Sie hatten ihre Angst überwunden. Platonicus-Kanticus, weil er über das Gehörte so entspannt nachdenken konnte, und Kalle, weil er das Gesagte schon so oft erzählt hatte, dass es ihm zur Gewohnheit geworden war, darüber einzuschlafen.

Am nächsten Morgen weckte Platonicus-Kanticus seinen

neuen Freund. Er hatte schon das Frühstück bereitet und auch den Esel gefüttert. Es war ihm sehr wichtig gewesen, sich nicht wie ein Ausbeuter zu betragen.

»Guten Morgen!«, rief er, als Kalle die Augen öffnete. »Hast du von einem Gespenst geträumt?«

»Das schon«, grinste Kalle verschmitzt. »Aber es war so recht nach meinem Geschmack, und es ging um in diesen Landen.«

Gemeinsam nahmen sie das karge Frühstück ein, rollten ihre Schlafsäcke zusammen, bedeckten die letzte Glut des Feuers mit Sand und machten sich auf den Weg.

Sie sprachen wenig und kamen bei guter Stimmung schnell voran. Beide wollten in Ruhe durch den Morgen laufen und ihren Gedanken nachhängen. Platonicus-Kanticus überlegte sich, wie wunderbar es doch ist, wenn man sich manchmal so ganz ohne Worte versteht.

Erst gegen Mittag wandte er sich wieder an seinen Begleiter: »Kann ich dich noch etwas fragen?«

»Gerne. Schieß los!«, erwiderte Kalle, der nun ebenfalls munter wurde.

»Glaubst du, dass nach der Revolution, von der du gestern erzählt hast, niemand mehr über den anderen herrschen wird?«

»Das ist eine schwierige Frage. Ich bin mir nicht so sicher, ob es mit diesem einen Mal getan sein wird. Wahrscheinlich werden wir das Eigentum der Ritter unter uns aufteilen, und niemand wird mehr das Recht haben, einen anderen unter seine Gewalt zu zwingen.«

»Dann ist doch alles gut.«

»Zunächst schon. Aber einige Menschen werden erfolgreicher sein als andere. Sie werden mehr Geld verdienen. Mit dem Geld kaufen sie dann Maschinen, die noch bessere Sachen herstellen und somit noch mehr Geld erwirtschaften.

Schließlich wird der Erfolgreichere seine Arbeit nicht mehr allein schaffen. Also fragt er jemanden, der weniger Erfolg hat, ob dieser für ihn arbeiten möchte.«

»Darin sehe ich noch kein Problem«, überlegte Platonicus-Kanticus. »Solange er ihm dafür einen guten Lohn bezahlt, ist das doch in Ordnung!«

»Sicher. Aber wenn die Entwicklung so weiter voranschreitet, dann gibt es bald sehr wenige, die Maschinen besitzen, und sehr viele, die für sie arbeiten. Wenn aber viele diese Arbeit für ihren Lebensunterhalt brauchen, dann wird es leicht sein, immer schlechtere Löhne zu bezahlen und die Arbeiter auf diese Weise auszubeuten«, erklärte Kalle.

»Das ist dann wie mit dem Ritter und den Knechten«, ergänzte Platonicus-Kanticus.

»Genau!«, bestätigte Kalle. »Die Herrscher nenne ich Kapitalisten und die Ausgebeuteten Proletarier.«

»Aber auch hier sind die Kapitalisten doch in der Minderzahl und irgendwie abhängig von den Arbeitern.«

»Und aus diesem Grund werden auch die Kapitalisten eines schönen Tages zum Teufel gejagt werden«, triumphierte Kalle.

»Eine Welt ganz ohne Herrschaft wäre dann möglich«, überlegte Platonicus-Kanticus. »Man könnte dafür sorgen, dass die Maschinen allen gleichermaßen gehören und alle den gleichen Lohn bekommen.«

»Die Herrschaft ist damit aber noch nicht ganz verschwunden«, dozierte Kalle. »Eine Zeit lang müssen die Arbeiter noch über die ehemaligen Kapitalisten herrschen, weil diese sonst versuchen, alles rückgängig zu machen. Das wäre dann die Diktatur des Proletariats. Danach verschwindet die Herrschaft ganz aus dieser Welt. Alles gehört allen, und jedermann ist glücklich.«

»Und wer organisiert das Zusammenwirken, zum Beispiel

beim Straßenbau, in den Schulen, beim Deichbau, in den Krankenhäusern und so weiter?«, fragte Platonicus-Kanticus.

»Das macht die Partei der Arbeiter«, war die Antwort.

Plötzlich verspürte Platonicus-Kanticus große Lust, seinen Freund zu necken.

»Oh, so ist das also«, stichelte er. »Einige arbeiten also doch nicht und regieren lieber!«

»Sie regieren nicht, sie verwalten!«, muffelte Kalle.

»Na großartig. Ich werde dann ein Verwalter. Die Verwaltung werde ich so gut führen, dass ohne mich nichts mehr läuft, und wenn das geschafft ist, erhöhe ich als Erstes mein Gehalt!«, erklärte Platonicus-Kanticus.

»Das darfst du nicht. Alle sind doch gleich!«

»Na und? Ich bin halt gleicher als andere.«

»Das geht nicht!«

»Oh doch, das geht schon. Außerdem darfst du nicht vergessen, dass ich die Verwaltung organisiere. Diesmal ist die Masse von den Wenigen abhängig, nicht andersherum. Ich verwalte die Masse, oder soll ich lieber sagen, ich regiere die Masse?«, rief Platonicus-Kanticus lachend und schritt wie ein eitler König vor Kalle und dem Esel her.

»Au, bist du verrückt?«

Kalle hatte ihm einen dicken Grasbüschel mit viel Erde in den Nacken geworfen.

»Ich habe gerade beschlossen, mit der Revolution von vorne anzufangen«, kicherte Kalle.

»Na warte!«, flachste Platonicus-Kanticus.

Schon bald hatte er Kalle gefasst, und es dauerte nicht lange, da rollten sie wie eine Kugel unter lautem Jauchzen und Lachen einen Abhang hinunter.

Platsch! Sie waren in ein Gewässer gerutscht. Glücklicherweise war es angenehm warm, und sie konnten sofort Fuß fassen.

»Na bitte!«, kicherte Kalle. »Das ist der Schlosssee. Ich habe gar nicht bemerkt, wie schnell wir vorangekommen sind.«

»So nass können wir jedenfalls nicht im Schloss auftauchen!«, prustete Platonicus-Kanticus.

»Wir müssen ohnehin bis zum Abend warten, oder hast du vergessen, dass es sich um eine geheime Beratung handelt? Wenn es möglich ist, unbemerkt in ihre Gemächer vorzudringen, wird die Prinzessin uns rechtzeitig ein Zeichen geben.«

»Wir haben also noch bis zum Abend Zeit?«, fragte Platonicus-Kanticus nicht ohne Hintergedanken.

»Ja«, sagte Kalle.

»Gut«, lachte Platonicus-Kanticus und tauchte Kalle kräftig unter.

III. Die Frage der Prinzessin Metaphysika

Oder: Sapere aude!

Den Rest des Tages verbrachten die beiden Wanderer damit, ihre Vorräte zu verspeisen und, wie es für Jungen ihres Alters üblich war, über Mädchen zu sprechen. Platonicus-Kanticus liebte solche Gespräche mit Altersgenossen. Mit Erwachsenen machte es einfach keine Freude. Am schlimmsten war sein Vater, der ging diese Dinge viel zu theoretisch an. Die beiden Jungen saßen sich gegenüber, ihre Rücken bequem an einen Baum gelehnt, und erzählten von ihren Liebesabenteuern, wobei die Wahrheit zugunsten reiner Dichtung zunehmend auf der Strecke blieb.

Plötzlich und aus heiterem Himmel schlug ein brennender Pfeil in einen der beiden Bäume ein und blieb surrend einige Zentimeter über Platonicus-Kanticus' Kopf stecken.

»Was ist das?«, rief Platonicus-Kanticus und warf sich flach auf die Erde.

»Das Zeichen«, meinte Kalle und erhob sich gelassen.

»Das war kein Zeichen, das war ein Mordversuch!«, beschwerte sich Platonicus-Kanticus.

»Das ist nun einmal die Art der Prinzessin«, lachte Kalle. »Sie ist eine seltsame Person und nicht leicht zu begreifen. Komm, wir machen uns auf den Weg!«

Während sie im Dunkeln durch den Park auf das Schloss zuschlichen, fragte sich Platonicus-Kanticus, was für ein Mensch diese Prinzessin Metaphysika wohl sei. Es war nicht gerade üblich, jemanden zu sich zu rufen, indem man mit brennenden Pfeilen auf ihn schoss. Sie musste anders sein als alle Menschen, die er bisher kennen gelernt hatte. Dennoch spürte Platonicus-Kanticus, wie er sich auf die Begegnung freute.

Es war beinahe ein Verlangen, dieser ganz anderen Person gegenüberzutreten. Während er mit Kalle durch eine Geheimtür in das Schloss schlüpfte, fragte sich Platonicus-Kanticus, ob nicht alle Menschen ein Bedürfnis nach dem ganz anderen hätten.

Eine Zofe hatte sie durch die Geheimtür ins Schloss geführt. Nun geleitete sie die beiden Freunde durch einen dunklen Gang. Brennende Fackeln hingen in großen Abständen an den feuchten Wänden. Nachdem sie sich einige Zeit schweigend vorangetastet hatten, gab ihnen die Zofe zu verstehen, dass sie nun besonders leise sein müssten.

Erst jetzt bemerkte Platonicus-Kanticus, dass sie sich in einem Tunnel befanden. Offensichtlich standen sie gerade unter einem großen Raum. Die Stimmen über ihnen konnten sich derartig leicht entfalten, dass sie jedes Wort verstanden. Besonders interessant wurde es für Platonicus-Kanticus, als er hörte, wie über seine Familie gesprochen wurde.

»König Huxley«, grüßte eine kratzige Stimme. »Hier bringen wir Eurer Majestät die letzten Bücher des Herrn Lasse Aristotel, die sich noch in der Dorfschule befanden.«

»Sehr schön«, antwortete ein tiefer Bass. Die Stimme klang majestätisch, und Platonicus-Kanticus wusste sofort, dass es König Huxley war, der da sprach.

»Sollen wir sie verbrennen, mein König?«, fragte die kratzige Stimme.

»Oh nein!«, befahl der König. »Legt sie zu den Werken seiner Schwester und seines Schwagers. Ich will diese Bücher nicht vernichten. Es soll aber allein dem Zauberer und mir vorbehalten bleiben, sie zu lesen.«

Platonicus-Kanticus hätte vor Empörung beinahe aufgeschrien. Seine ganze Familie, und besonders sein Vater, hatte immer dafür gekämpft, dass ihre Schriften allen Menschen zugänglich gemacht wurden. Auch der Wanderstab Kognitum schien in seiner Hand vor Wut zu glühen.

»Was ist aber mit der Familie selbst und mit all den anderen Grüblern, die in unserem Land leben? Was machen wir mit ihnen, wenn sie es nicht unterlassen, ihre Überlegungen mündlich weiterzugeben, Eure Majestät?«, fragte die erste Stimme.

»Wir werden sehen«, meinte der König. »Zunächst bekommen sie ja den Glückstrank. Ich hoffe, dann erledigt sich das Problem von selbst.«

»Hier stimmt etwas nicht«, dachte Platonicus-Kanticus. Warum wollte man die Bücher seiner Familie verbieten, und was sollte mit seinen Leuten geschehen, wenn sie weiter die Menschen zum Nachdenken brachten?

Das Schlagen einer Tür, das Rasseln von Ketten und ein leises Stöhnen erregte erneut seine Aufmerksamkeit. Offensichtlich war ein Gefangener in den Saal gestoßen worden.

»Was ist denn das für eine jämmerliche Erscheinung?«, fragte König Huxley.

»Das ist Kassandrus, der Postmann«, erklärte der Zauberer. »Wir haben ihn ergriffen, als er beim Austragen der Post zum Protest gegen den Glückstrank aufrief.«

»Mein lieber Postbote«, sagte König Huxley mit beißendem Hohn. »Du kannst es wohl nicht ertragen, wenn die Menschen glücklich sind.«

»Oh doch, das kann ich, Eure Majestät, aber ich halte Euer Vorhaben für ein großes Unglück«, entgegnete Kassandrus mit zitternder Stimme.

»Lächerlich«, schnaubte der König. »Es handelt sich um einen Glückstrank, nicht um einen Unglückstrank, schließlich verabreiche ich meinen Untertanen kein Gift!«

»Ich spreche doch nicht von Vergiftungserscheinungen«, rief Kassandrus. »Es ist nicht der Körper, sondern der Geist, der mir Sorgen bereitet.«

»Was soll damit sein«, lachte der König. »Die Leute werden glücklich sein, kein Leid wird mehr ihre Stimmung trüben, selbst während der härtesten Arbeit werden sie sich amüsieren.«

»Sie werden sich zu Tode amüsieren«, schrie der Postmann. »Ich will ...«

Die scharfe Stimme des Zauberers brachte den Gefangenen augenblicklich zum Schweigen. Er sprach eine magische Formel und von Kassandrus war kein Laut mehr zu vernehmen. König Huxley und sein Zauberer lachten böse. Es vergingen viele Wochen, bis Platonicus-Kanticus erfahren sollte, was Kassandrus, dem Postmann, widerfahren war.

Er hätte die Unterhaltung gerne noch länger belauscht, aber die Personen über ihm schienen den Saal zu verlassen und die Zofe drängte zum Weitergehen.

Nach einer scharfen Biegung endete der Geheimweg vor einer Wendeltreppe.

»Dies ist die geheime Treppe zu den Gemächern der Prinzessin«, erklärte die Zofe im Flüsterton. »Sie befindet sich im selben Turm wie die andere, die allen Schlossbewohnern bekannt ist. Auf der anderen Seite dieser Wand gehen offizielle Besucher nach oben oder unten.«

Die Zofe tippte gegen die Wand. »Wir laufen spiegelverkehrt nach oben. Es handelt sich um eine Treppe hinter der Treppe, eine Hintertreppe sozusagen. Es ist ein Meisterwerk der Baukunst. Ihr müsst aber dennoch sehr vorsichtig auftreten, damit der Boden nicht knarrt, und auf der anderen Seite niemand erschrickt und Verdacht schöpft.«

Ohne eine weitere Erklärung huschte die Zofe voran, und Kalle und Platonicus-Kanticus folgten ihr.

»Ein Meisterwerk der Baukunst!«, dachte Platonicus-Kanticus. Die eigentliche Leistung bestand gar nicht im Erbauen dieser Treppe, sondern in der Genialität des Einfalls. Es war schon merkwürdig, dass die Idee wertvoller sein konnte als die Ausführung.

Wie viel heimlichen Besuchern der Baumeister wohl auf diese Weise einen Besuch bei der Prinzessin ermöglicht hatte? Gerade als er darüber nachdachte, entdeckte er in einem der schweren Mauersteine eine kleine Inschrift. »Gezeichnet: Der Baumeister. Graf Weis von Schedel«, entzifferte er.

Leider blieb Platonicus-Kanticus keine Zeit, sich genauer mit der Inschrift zu befassen, denn seine Begleiter waren längst weitergegangen.

Er beeilte sich, die anderen wieder einzuholen und brauchte nur zwei Windungen der Treppe zu folgen, um Kalle und die Zofe, eng umschlungen vor einer schweren Holztür stehend, zu überraschen. Die beiden fuhren auseinander, als sie Platonicus-Kanticus bemerkten.

»Offenbar hat Kalle die Zeit genutzt, um der Zofe wieder einmal seine Solidarität zu bekunden«, dachte Platonicus-Kanticus amüsiert.

»Tretet nun ein!«, sagte die Zofe, während sie verlegen an ihrem Kleid zupfte.

Sie öffnete die Tür, und ein helles, warmes Licht flutete ihnen entgegen. Sie blinzelten, um sich an das Licht zu gewöhnen, während sie eintraten. Das Erste, was Platonicus-Kanticus sah, waren Bücher. Nahezu alle Wände waren mit Büchern bedeckt, die in mächtige Regale eingeordnet waren. Vom Boden bis zur Decke reichten die Regale.

Nur an einigen Stellen gab es Aussparungen, in denen Bilder von unterschiedlicher Art hingen. Eine Wand des Zimmers bestand fast gänzlich aus einer riesigen Fensterscheibe. Tagsüber musste man von dort einen grandiosen Ausblick haben. Es war sicher möglich, durch dieses Fenster die Natur auf das Genaueste zu beobachten. Nun war allerdings die Nacht hereingebrochen, und so übten die Bücher auf Platonicus-Kanticus einen stärkeren Reiz aus.

Bücher, Bücher, Bücher! Selbst die Geheimtür war damit ausgestattet. Nun, nachdem die Zofe sie wieder geschlossen hatte, war der geheime Zugang nicht mehr zu erkennen.

»Herzlich willkommen«, sagte eine freundliche Stimme.

Erst jetzt wandten sich Platonicus-Kanticus und Kalle der Gesellschaft am anderen Ende des Raumes zu. Inmitten vieler Kerzen saßen mehrere Personen im Kreis auf weichen, großen Kissen und tranken Wein und Tee. Platonicus-Kanticus meinte, drei Gruppen ausmachen zu können.

Eine bestand aus drei Knappen, die sich um einen jungen Ritter scharten. Der Rittersmann bot einen imponierenden Anblick. Er war schwer gerüstet, lange blonde Locken fielen auf seine Schultern, sein Kettenhemd funkelte im Kerzenschein, und ein Knappe war damit beschäftigt, ein langes Schwert zu polieren.

Nicht weniger beeindruckend wirkte ein sehr alter Mann, um den mehrere Mönche versammelt waren. Der Alte beteiligte sich nicht an der Unterhaltung und schien stattdessen in Gedanken versunken. Auf seinem Schoß ruhte ein vergoldeter Stab. Jedes Kind im Lande kannte diesen Stab. Es war der goldene Stab des Dogmas.

Platonicus-Kanticus war klar, um wen es sich handelte. Vor ihm saß der berühmte Oberweise der Mönche des Nordens. Platonicus-Kanticus musste tief schlucken. Irgendwie fühlte er sich in Anwesenheit dieser Leute wie ein kleiner, dummer Fischerjunge. Ihm wurde erst wieder wohler, als er die dritte Gruppe betrachtete.

Diese Menschen wirkten zwar alle hochelegant, aber weniger Respekt einflößend als die anderen. In der Mitte dieser

Gruppe saß eine Dame, die wie alle ihre Begleiter stark geschminkt zu sein schien. Sie hatte ihre hübschen Beine kokett übereinander geschlagen, strich sich auffallend oft durch ihr langes rotes Haar und prostete allen Anwesenden immer wieder zu, wobei sie selbst kaum zu trinken schien. Es ging ihr vornehmlich darum, mit dem Wein die roten Lippen zu benetzen.

»Willkommen«, wiederholte die angenehme Stimme.

Erst jetzt bemerkte Platonicus-Kanticus die Prinzessin Metaphysika. Sie saß an der Stirnseite des Kreises und lächelte ihnen freundlich zu. Sie musste so etwa in seinem Alter sein. Für Platonicus-Kanticus war sie mit Abstand die angenehmste Erscheinung im Raum, und er fragte sich, warum er sie nicht sogleich bemerkt hatte. Sie sah gar nicht aus, wie man sich eine Prinzessin vorstellt.

Sie trug weder ein prächtiges Seidenkleid noch ein Diadem oder einen Schleier. Stattdessen hatte sie Hosen und ein T-Shirt an. Ihre Augen jedoch hatten einen geheimnisvollen Glanz, und die Art ihrer Bewegungen zog den Betrachter unwiderstehlich in ihren Bann. Sie unterschied sich von den anderen in geradezu faszinierender Weise, sie war nicht so wie diese, aber sie war auch alles andere als gewöhnlich. Sie war nicht so stolz wie der Rittersmann, ließ dafür aber eine natürliche Würde erkennen. Sie besaß nicht die Autorität, die von dem Oberweisen der Nordmönche ausging, aber in ihr schien Klugheit, ja sogar Weisheit zu schlummern. Auch wirkte sie nicht so aufreizend wie die geschminkte Frau, sondern besaß eine entwaffnende, natürliche Schönheit.

»Willkommen«, sagte sie noch einmal.

»Was für eine Stimme!«, dachte Platonicus-Kanticus.

»Ich glaube, nun sind wir alle versammelt, und ich danke euch herzlich für euer Kommen«, fuhr die Prinzessin mit ihrer einladenden Stimme fort. »Wie ihr alle wisst, hat mein Vater zusammen mit seinem Zauberer beschlossen, an das Volk einen Glückstrank zu verteilen. Dieser Trank soll zum Grundnahrungsmittel werden und jeden für alle Zeit glücklich machen. Wie ihr euch denken könnt, bin ich aus diesem Grunde sehr besorgt. Es ist mir aber nicht gelungen, meinen Vater von seinem Vorhaben abzubringen, und der Zauberer hat dafür gesorgt, dass ich das Schloss nicht mehr verlassen darf. Ich habe euch nun hierher gebeten, damit wir gemeinsam beraten, was zu tun ist. Mir fehlen die Argumente, um zu belegen, dass der Trank nicht gut ist, und Ideen, um seine Verteilung zu verhindern, falls sich meine Befürchtung als richtig herausstellen sollte. Wir müssen uns fragen, ob ein derartiger Trank gut für den Menschen sein kann. Entspricht es wirklich unserer Natur, auf diese Weise glücklich zu werden? Lasst uns also beraten, ob meine Zweifel berechtigt sind, was zu tun ist und welche Hoffnung besteht!«

Platonicus-Kanticus musste schlucken. Wären doch bloß sein Vater oder seine Mutter statt seiner gegangen. Ihnen wäre es sicher nicht schwer gefallen, vor all diesen Persönlichkeiten zu sprechen. In diesem Augenblick verspürte er einen kleinen Stoß in seiner Hüfte. Es war sein Wanderstab, Kognitum, der ihn in die Seite stieß. Platonicus-Kanticus war sich ganz sicher, dessen Stimme zu vernehmen.

»Schäm dich, du Angsthase! Du glaubst doch nicht etwa, dass deine Gedanken weniger wert sind als die der anderen dort, nur weil sie einen Titel haben, sehr angesehen sind, hohe Posten bekleiden und du nicht?«

»Natürlich nicht, aber die können sich sicher besser ausdrücken als ich«, flüsterte Platonicus-Kanticus zurück.

»Und wenn schon!«, zischte Kognitum. »Was ist wohl wichtiger, die Form oder der Inhalt einer Aussage?«

»Der Inhalt«, meinte Platonicus-Kanticus und wunderte sich, wie selbstverständlich er mit einem Wanderstab sprach.

»Bitte lass mich dennoch erst einmal hören, was die anderen zu sagen haben.«

»In Ordnung«, erwiderte Kognitum. »Aber wehe, du verschweigst etwas, obwohl du es für wichtig hältst. Wenn du das nämlich zu oft tust, dann werde ich für immer verstummen.«

Platonicus-Kanticus sah sich um. Niemand schien das Gespräch gehört zu haben.

»Wie wundervoll!«, dachte Platonicus-Kanticus. Er besaß einen Wanderstab, mit dem er sich beraten konnte, ohne dass andere etwas davon bemerkten. Das machte Mut. Er wandte seine Aufmerksamkeit wieder den Anwesenden zu.

Der Rittersmann hatte sich erhoben und sprach nun mit selbstsicherer Stimme.

»Edles Fräulein«, begann er. »Ich bitte Euch, die einfache, aber immer richtige Erklärung eines bescheidenen Ritters anzuhören.«

»Oh, ich bitte darum«, sagte die Prinzessin und lächelte. »Ich lege auf Eure Meinung großen Wert, Ritter Hero von Dot!«

»Wohlan!«, begann dieser. »Der Trank ist etwas Schlechtes, und es gibt hierfür eine einfache Erklärung. Wenn die Menschen nur noch glücklich sind, werden sie sich nicht mehr streiten, wenn sie sich aber nicht mehr streiten, dann wird es auch keine Kriege mehr geben. Wenn es aber keine Kriege mehr gibt, dann ist dies etwas Verwerfliches, denn der Krieg ist der Vater aller Dinge! Nur wo Krieg ist, gibt es Tapferkeit, edle Freundschaft, Wachstum und Fortschritt. Aus diesem Grund führe ich seit langem in meinem Wappen den Wahlspruch: Der Krieg ist der Vater aller Dinge.«

»Da muss ich aber widersprechen«, wollte die Prinzessin einwenden, aber der Ritter ließ sie nicht weiterreden.

»Einen Augenblick, mein Fräulein!«, unterbrach er sie.

»Sie sollten eigentlich wissen, dass man keinem Edelmann, schon gar nicht einem Ritter, widerspricht. Hinzu kommt, dass ich neben der Erklärung natürlich auch noch die Lösung unseres Problems mitzuliefern weiß. Also, der Glückstrank ist abzulehnen, denn er verhindert den Krieg. Der Krieg ist aber der Vater aller Dinge und somit gut. Was also zu tun ist, ist ganz klar. Wir müssen Krieg führen. Prinzessin, erklären sie ihrem Vater den Krieg!«

Alles schwieg. Platonicus-Kanticus hatte seine Gedanken noch nicht richtig zu sortieren vermocht, doch er verspürte das Bedürfnis, dem Ritter einen Tritt zu versetzen. Den meisten anderen schien es ähnlich zu ergehen. So waren alle erleichtert, als die Prinzessin ruhig und gelassen antwortete.

»Es tut mir Leid, wenn ich nicht ihrer Meinung bin, Ritter Hero von Dot. Ob es sich ziemt, Ihnen zu widersprechen oder nicht, ist mir gleichgültig. Ich habe immer sehr großen Wert auf den Rat Ihrer Familie gelegt, aber soweit ich mich erinnere, lautet der Wahlspruch Ihres Hauses: ›der Kampf ist der Vater aller Dinge‹ und nicht ›der Krieg ist der Vater aller Dinge‹.«

»Das ist richtig«, erwiderte der Ritter überrascht. »Unser Urvater, Graf Hero von Dot, hat gemeint, der Kampf sei der Vater aller Dinge. Mit der Zeit jedoch ist dieser feine Unterschied in Vergessenheit geraten. Im Übrigen ist das völlig gleichgültig, edles Fräulein, denn was ist der Krieg anderes, als die höchste Form des Kampfes.«

»Auch dies sehe ich entschieden anders«, erwiderte die Prinzessin. »Die Formulierungen machen für mich einen großen Unterschied. Der Krieg ist zwar eine Form des Kampfes, aber er ist für mich böse und grausam. Der Krieg ist immer ein Kampf gegen etwas. Ich glaube aber, dass Ihr Vorfahr einen Kampf um oder für etwas gemeint hat. Eine solche Form des Kampfes, für oder um etwas, kann geführt werden, ohne einen Krieg auszutragen. Ich kann zum Beispiel um Erkenntnis, Liebe oder Frieden kämpfen, ohne etwas anderes bekämpfen oder zerstören zu müssen. Es ist mir auch möglich, mit jemandem im Rahmen einer Diskussion einen geistigen Kampf auszutragen. Wenn es sich aber um ein gutes Gespräch handelt, kämpfen wir nicht gegen den anderen, um ihn zu besiegen, sondern um miteinander zu einer Erkenntnis zu gelangen.«

Ritter Hero von Dot musste tief Luft holen. Er wollte widersprechen, atmete dann jedoch hörbar aus, ohne ein Wort zu sagen, holte nochmals Luft, brachte aber auch diesmal kein Wort hervor. Schließlich warf er ärgerlich den Kopf in den Nacken und setzte sich.

»Unwichtiger Detailkram«, brummte er. »In der Sache habe ich Recht. Wir sollten gegen König Huxley Krieg führen.«

»Ich will diese Möglichkeit nicht ausschließen«, sagte Metaphysika jetzt weniger spitzfindig. »Vielleicht gibt es so etwas wie den gerechten Krieg. In jedem Fall halte ich es aber für falsch, gegen jemanden zu kämpfen, ohne sich vorher genau Rechenschaft zu geben, warum man so vorgehen will. Schließlich ist nicht einmal geklärt, wofür wir kämpfen wollen. Dies ist der Grund unserer Versammlung: Wir wollen herausfinden, was wir als gut und was wir als schlecht bezeichnen wollen.«

Nun richteten sich alle Augen auf den Weisen der Mönche des Nordens.

Der Alte saß zunächst nur schweigend da, ohne die Prinzessin eines Blickes zu würdigen. Er war es gewohnt zu warten, bis absolute Stille herrschte und auch der Letzte nur auf seine Worte achtete.

»Meine Tochter«, begann er schließlich mit langsamer, tragender Stimme. »Die Entscheidung ist einfach. Tue das, was gut ist!«

Alle senkten den Blick zu Boden, als suchten sie dort jenen tieferen Sinn, den sie den Ausführungen des Alten nicht hatten entnehmen können.

»Weiser Vater«, sagte die Prinzessin nach einer Weile. »Ich will ja gerne tun, was gut ist, aber woher kann ich das wissen?«

»Tue das, was Gott will«, lautete die Antwort.

»Aber woher weiß ich, was Gott will? Ich weiß ja nicht einmal, ob es ihn überhaupt gibt. Und wenn es ihn gibt, woher weiß ich, dass das, was er will, das Gute ist? Was kann ich überhaupt wissen?«

Es entstand ein unruhiges Geflüster, das allerdings sofort aufhörte, als der Alte gebieterisch seinen Stab hob.

»Du weißt es durch den Glauben!«, sagte er streng.

»Glauben ist aber doch nicht Wissen, Vater.«

»Glaube!«, befahl der Alte.

Platonicus-Kanticus und Kalle sahen sich missmutig an. Auch Metaphysika schien ihre Bemühungen aufgegeben zu haben.

»Nun gut, Vater«, sprach sie. »Die große Frage lautet aber doch: Was soll ich tun?«

»Tue gar nichts!«, sprach der Alte scharf. »Gott wird auch diese Sache nach seinem Willen lenken. Tue also nichts. So wie es kommt, so ist es von Gott gewollt.«

»Opium! Opium! Und nochmals Opium!«, schrie Kalle plötzlich und stampfte mit den Füßen.

Die Versammlung wandte sich entsetzt um. Allen war klar, dass dies eine krasse Beleidigung für den alten Weisen sein musste.

Ritter von Dot sprang sofort auf. Er warf seinen Umhang, den ein blutrotes Kreuz schmückte, über die Schulter und stürmte mit gezogenem Schwert auf Kalle los. Der erste Streich verfehlte Kalles Hals nur knapp, weil dieser sich wie eine Katze wegduckte. Einem weiteren Schlag entging Kalle dadurch, dass er dem Ritter ein Kissen in das Gesicht schleuderte. Im nächsten Augenblick aber hatte der Ritter Kalle an die Wand geschoben und holte zum tödlichen Schlag aus. Das Schwert sauste herab. Doch es prallte von einem Gegenstand ab, der so hart war, dass die Waffe dem Ritter aus der Hand geschleudert wurde und unter einem Bild in der Wand stecken blieb. Das Bild war von einem gewissen A. Paul Kleber und hieß »Der Schlag ins Leere«.

Es war Kognitum, von dem das Schwert abprallte. Der Wanderstab lag quer über Kalles Kopf und wurde auf einer Seite von Platonicus-Kanticus und auf der anderen von der Prinzessin gehalten.

»Niemand benutzt eine Waffe in diesem Raum«, befahl die Prinzessin mit ungeahnter Schärfe. »Weiser Alter, ich glaube nicht, dass sich dieser Akt von Gewalt mit Ihrer Lehre verträgt. Und Ihr, Ritter Dot, setzt Euch wieder, oder schließt Euch meinem Vater an!«

Die Parteien standen sich einen Augenblick wie erstarrt gegenüber. Dann warf der Ritter erneut seinen Kopf in den Nacken und stolzierte auf seinen Platz zurück. Kalle atmete erleichtert auf. Er lächelte Metaphysika und seinem Freund dankbar zu und schwankte mit unsicheren Schritten zu seinem Sitzkissen, wobei er peinlich darauf achtete, dass Platonicus-Kanticus, der Kognitum respektvoll streichelte, zwischen ihm und Hero von Dot saß. Platonicus-Kanticus schwieg.

»Was für eine Frau!«, dachte er.

»Sehr richtig! Ein gutes Gefühl, von ihrer Hand geführt zu werden!«, bestätigte Kognitum.

Wieder nahm niemand von ihrem Wortwechsel Notiz.

Es herrschte eine bedrückende Stille. Schließlich versuchte es Metaphysika erneut.

»Weiser Vater«, begann sie. »Ich will herausfinden, was gut und richtig ist. Um sicher zu gehen, ist es notwendig zu fragen, was ich tun soll und was ich wissen kann. Es ließe sich auch fragen, ob Gott überhaupt will, dass ich ihm alles überlasse. Warum sollte er uns mit Vernunft ausgestattet haben, wenn er nicht will, dass wir diese Fragen stellen und versuchen, selbst etwas zu verändern?

Das hat nichts damit zu tun, dass wir Gott beleidigen wollen. Im Gegenteil! Sein Wirken ist mir sehr wichtig. Ich stelle mir laufend die Frage, was ich hoffen darf.«

Sie hätte genauso gut gegen eine Wand reden können. Der Alte schenkte ihr keine Beachtung. Er schüttelte nur vielsagend den Kopf und warf einige Knochen vor sich auf den Boden, die er sortierte, mischte und wieder auf den Boden warf, wobei er nicht aufhörte, vielsagend den Kopf zu schütteln.

»Nun ja«, meldete sich schließlich die geschminkte Dame zu Wort. »Ich bin der Meinung, dass die ganze Angelegenheit diesen Streit nicht wert ist. Was ist denn so schlimm daran, wenn alle glücklich sind?«

»Sie haben also kein Problem mit den Plänen meines Vaters, Gräfin Barbie?«, fragte Metaphysika.

»Nun. Es ist dann natürlich so, dass man von niemandem mehr wegen Schönheit und Reichtum beneidet wird, weil alle ja mit dem glücklich sind, was sie haben«, antwortete die geschminkte Gräfin und fuhr fort: »Können wir denn glücklich sein, wenn wir alle gleich sind?«

»Warum denn nicht?«, warf Kalle ein, der sich langsam von seinem Schock erholte.

»Ich bin mir nicht sicher«, sagte die Gräfin Barbie. »Natürlich wird man es vermissen, wenn niemand einen bewundert, aber wir brauchen dann nur einen Schluck von diesem Getränk zu nehmen und sind glücklich. Wir werden auch kein

Problem mehr mit dem Alter haben. Wir nehmen einen Schluck und fühlen uns bald jung, glücklich und schön.«

»Aber fühlen wir uns dann nur glücklich, ohne es zu sein?«, überlegte Metaphysika.

»Natürlich, aber was macht das schon?«, lächelte die Gräfin und strich sich durch das Haar. »Wissen sie, alles, was wir im Leben wollen, ist Freude und Lust. Es geht doch nur darum, Schmerz zu vermeiden und Lust zu gewinnen. Dieses Getränk mag ja eine merkwürdige Methode sein, aber wenn es uns wirklich glücklich macht, sollte man den Trank vielleicht doch einnehmen.«

»Ich befürchte nur, dass wir dann nicht mehr das sind, was wir einmal waren«, wandte die Prinzessin traurig ein.

»Ja, meine Liebe, das mag sein, aber das ist nun einmal unsere Zeit. Ich denke, das Beste wird sein, wir lassen uns alle glücklich machen. Wenn wir darüber nachdenken, geschieht doch nur das, was wir nicht wollen. Wir werden traurig. Cheers!«

Sie prostete den Anwesenden zu. Ein Mann aus ihrer Begleitung gab ihr zarte Küsse auf beide Wangen. »Wunderschöne Ansprache, Darling«, sagte er.

»Es wird mir also geraten, entweder in den Krieg zu ziehen, auf Gott zu vertrauen oder mit der Zeit zu gehen«, folgerte Metaphysika. »Möchte noch jemand etwas sagen?«

Kalle gab Platonicus-Kanticus einen Schubs, doch der druckste vor sich hin.

»Will das Haus Platonicus-Kanticus sich überhaupt nicht äußern?«, fragte Metaphysika herausfordernd.

»Ich bin mir meines Standpunktes bei weitem nicht so sicher wie die anderen Herrschaften«, begann Platonicus-Kanticus langsam. »Ich möchte meine Haltung zunächst weder für noch gegen jemanden abgrenzen, sondern lediglich als kritisch bezeichnen. Ich denke, wir wissen einfach noch zu wenig, um ein Urteil fällen zu können. Meiner Meinung nach hätten wir zunächst versuchen müssen, die großen Fragen zu behandeln, die Sie vorhin gestellt haben. Solange wir uns nicht um eine eigene Position bemüht haben, ist es schwer, eine andere Meinung zu beurteilen.«

»Genau das war der Grund, warum ich euch alle hierher rief«, lachte Metaphysika begeistert. »Sprich, welche meiner Fragen meinst du: Was soll ich tun? Was kann ich wissen?, – oder: Was darf ich hoffen?«

»Ich glaube, dass diese drei Fragen alle gleich wichtig sind. Sie sind Teile einer anderen Frage«, antwortete Platonicus-Kanticus. »Was kann ich wissen?, Was soll ich tun?, und Was darf ich hoffen? All das lässt sich in einer Frage zusammenfassen.«

»Wie lautet diese Frage?«, erkundigte sich die Prinzessin.

»Sie lautet: Was ist der Mensch?«, antwortete Platonicus-Kanticus. »Ob der Glückstrank positiv oder negativ zu bewerten ist, hängt von der Antwort auf diese Frage ab.«

Ein Raunen ging durch die kleine Gesellschaft.

»Ich glaube, du hast Recht«, sagte Metaphysika.

»Na und! Das bringt uns auch nicht weiter!«, knurrte Ritter Hero von Dot.

»Ich denke doch!«, widersprach Metaphysika. »Am Anfang haben wir uns gefragt, was das Gute sei, damit wir danach unser Handeln ausrichten können. Wir haben aber nicht gefragt, für wen dieses gut sein soll. Die Antwort kann ja wohl nur heißen: Für uns Menschen. Wenn wir also wüssten, was den Menschen ausmacht, dann könnten wir auch sagen, ob die Pläne meines Vaters gut für die Menschen sind oder nicht.«

»Aber meine Liebe! Wie sollen wir das herausfinden? Der Mensch ist doch immer das, für das er sich ausgibt«, warf Gräfin Barbie ein.

»Es gibt einen Weg«, sagte Metaphysika. »Wir müssen in

das Land Philosophica gehen. In meinen Büchern steht, dass die Menschen schon seit uralter Zeit dorthin reisen, um Antworten auf ihre Fragen zu finden. Ich hoffe, dass einige von euch bereit sind, mich auf dieser Reise zu begleiten.«

Nun herrschte plötzlich jene Stille, die eintritt, wenn Menschen Angst vor der eigenen Courage bekommen.

»Verdammt«, sagte Ritter Hero von Dot. »Ich habe gehört, dorthin kann man kein Schwert mitnehmen.«

Der alte Weise der Nordmönche murmelte nur etwas von Inquisition.

Gräfin von Barbie versuchte, ihre Heiterkeit zurückzugewinnen. »Aber Liebling, der Zugang nach Philosophica ist doch vor langer Zeit in Vergessenheit geraten.«

»Das ist richtig, aber ich habe ihn wieder entdeckt«, erklärte die Prinzessin. »Auf dem Dachboden des Schlosses hat der Zauberer meines Vaters einen alten, geheimnisvollen Spiegel versteckt.

Man kann diesen Spiegel durchschreiten. Auf der anderen Seite liegt Philosophica.«

Nun war Platonicus-Kanticus nicht mehr zu halten. »Was stehen wir dann hier noch herum?«, fragte er.

»Fragende aller Länder, vereinigt euch!«, rief Kalle.

»Es gilt, keine Zeit zu verlieren«, sagte die Prinzessin. »Jetzt, da ich weiß, nach welchen Antworten ich suche, werde ich sofort aufbrechen. Ich bitte alle, die dazu bereit sind, mich zu begleiten.«

»Wohlan«, rief von Dot. »Eine Mutprobe!«

»Eine Bewusstseinserweiterung«, lachte Gräfin Barbie und hakte sich lächelnd bei ihm unter.

Auch der Oberweise der Mönche des Nordens erhob sich mühsam. Er grummelte etwas von einem guten Hirten und von schwarzen Schafen, stützte sich auf Dogma, seinen goldenen Stab, und folgte ebenfalls der Prinzessin.

Sie gelangten durch eine weitere Geheimtür auf eine staubige Treppe. Nur einige mitgeführte Kerzen spendeten ihnen ein spärliches Licht. Sie stiegen in Zweierreihen aufwärts. Plötzlich bemerkte Platonicus-Kanticus, dass neben ihm die Prinzessin ging. Er schaute zu ihr hinüber und lächelte ihr schüchtern zu.

Die Prinzessin blickte ihn prüfend an. Endlich hatte Platonicus-Kanticus den rettenden Einfall, um ein Gespräch zu beginnen.

»Woher wusstest du, dass mein Wanderstab das Schwert des Ritters abwehren konnte?«

»Ich wusste es nicht, ich habe es gehofft.«

»Aber du wusstest, dass es ein besonderer Wanderstab ist.«

»Natürlich. Er heißt Kognitum und ist seit vielen Jahren im Besitz deiner Familie.«

»Du sprichst von meiner Familie, als würdest du sie gut kennen.«

»Ich kenne deine Familie. Ich habe, so meine ich, alle deine Verwandten schon einmal gesehen.«

»Wirklich? Wann?«

»Schon als ich ein kleines Kind war. Weißt du denn nicht, dass deine Familie zu den eifrigsten Wanderern im Lande Philosophica gehört?«

»Ich hätte es mir denken können.«

»In den glücklichen Tagen, als der Spiegel noch nicht versteckt wurde, sind sie immer wieder durch mein Kinderzimmer gegangen. Einige sind länger geblieben. Dein Onkel Lasse hat mir sogar meinen Namen gegeben.«

»Mein Onkel Lasse Aristotel ist dein Namensgeber?«, rief Platonicus-Kanticus.

»Nun ja, eigentlich ein Freund von ihm, der seine Schriften hier am Hofe gesammelt und aufgelistet hat.«

»Wie hieß dieser Freund?«

»Andronicos von Rhodos.«

»Kennst du auch meine Eltern?«

»Ja, sicher. Sie haben beide einen großen Eindruck auf mich gemacht. Deine Mutter ist sehr liebevoll mit mir umgegangen.«

»Und mein Vater?«, wollte Platonicus-Kanticus wissen.

»Er konnte sehr streng sein«, antwortete Metaphysika. »Wenn er auf mich Acht gab, hatte ich nicht viele Freiheiten. Alles, was ich tun wollte, hat er an unumstößliche Bedingungen geknüpft.«

Platonicus-Kanticus hätte gerne noch weiter gefragt, aber sie hatten den Dachboden erreicht.

Im fahlen Mondschein, der durch ein kleines Fenster fiel, sahen sie sich um. Sie befanden sich in einem großen, halbdunklen Raum. Nachdem sie eine Kerze entzündet hatten, sahen sie eine große Anzahl alter, meist unnützer Gegenstände.

Allerlei merkwürdige Dinge waren zu sehen. Da war eine Vase mit einer blauen Blume darin. In der Ecke stand eine rote Fahne inmitten vieler flacher Mützen. Daneben lag ein Gemälde, das einen Mann zeigte, der von einem Berg zu einer großen Menschenmenge sprach. Hinter einem Spielzeugschiff stand eine merkwürdige Frauenfigur mit einer Fackel in der Hand, einem Buch unter dem Arm und einem Reif über der Stirn. Daneben war eine Zeichnung zu sehen, die den Menschen in einer langen Kette von Tieren und Pflanzen zeigte. Viele Abbildungen, Zeichnungen und Drucke waren so vergilbt, dass sie kaum zu erkennen waren.

Auf einem Druck stand in schwarzen Buchstaben: »I have a dream!« Auf einem anderen las Platonicus-Kanticus den unvollständigen Satz: »Es gibt keinen Weg zum Frieden, der Frieden ist der ...« Der Rest war mit brauner Farbe überdeckt.

»Kommt hier herüber!«, rief Metaphysika. »Hier ist der Eingang nach Philosophica.«

Sie zog ein Tuch zur Seite und enthüllte einen mächtigen Spiegel.

Es herrschte respektvolles Schweigen. Platonicus-Kanticus betrachtete den Spiegel genau.

Dieser war eingefügt in einen massiven goldenen Rahmen, auf dem eine Unzahl von Figuren zu erkennen war. Das Glas war dick und schien sehr stabil zu sein. Platonicus-Kanticus sah hinein, aber er sah nichts als sein Spiegelbild. An der Kopfseite des Rahmens war in breiten Buchstaben ein Schriftzug eingraviert.

»Sapere aude!«, war dort zu lesen.

»Weißt du, was das bedeutet?«, fragte Platonicus-Kanticus Kalle Max.

»Nein, keine Ahnung.«

»Ich beherrsche die lateinische Sprache leider nicht«, bedauerte Platonicus-Kanticus. »Aber irgendwie klingt das nach meinem Vater.«

»Wollen wir hier ewig herumstehen oder endlich ans Werk gehen?«, unterbrach Hero von Dot ihre Überlegungen.

»Wir können sofort aufbrechen«, sagte Metaphysika. »Man braucht nur in den Spiegel zu steigen, und schon befindet man sich auf der anderen Seite.«

»Wohlan! Den Mutigen gehört die Zukunft«, rief Hero von Dot und schritt auf den Spiegel zu. In seinem Ungestüm wurde er jedoch gebremst, als es plötzlich rauschte und knisterte. Eine Stimme erklang, aber niemand war zu sehen. Plötzlich streckte jemand sein Bein durch den Spiegel. Dann tauchte ein Arm auf. Die Hand tastete um sich und ergriff mit einem Mal Kalles Schulter.

»Verfluchte Mystik!«, schrie Kalle ängstlich.

»Weiche von ihm!«, rief der Weise der Nordmönche.

Doch weder der Arm noch das Bein verschwanden. Stattdessen tauchte ein ganzer Körper aus dem Spiegel auf. Schließlich stand ein Mann vor ihnen auf dem Dachboden.

»Wer sind denn Sie?«, fragte Kalle empört und machte sich los.

Der Mann zog bereitwillig seine Hand zurück.

»Oh, verzeihen Sie, wenn ich Sie erschreckt habe.«

»Sie haben mich nicht erschreckt!«, sagte Kalle beleidigt. »So etwas kann mich nicht erschrecken.«

Der Mann hustete leise und lächelte. »Entschuldigen Sie bitte trotzdem. Mein Name ist Gery Matthust. Wissen Sie, es ist immer besser, etwas vorsichtig zu sein, wenn man wieder aus dem Spiegel steigt. Manchmal liegen hier spitze Gegenstände. Es hat auch schon einmal jemand eine Falle für uns aufgestellt.«

Während er dieses sagte, bat er die Gesellschaft mit einer Geste, einige Schritte von dem Spiegel zurückzutreten. Sie waren alle so erstaunt, dass sie bereitwillig gehorchten.

»Wen meinen Sie, wenn sie von ›wir‹ sprechen?«, wollte Gräfin Barbie schließlich wissen.

»Einen Augenblick«, sagte Herr Matthust und lächelte freundlich, während er eine alte Matratze vor den Spiegel legte. Dann ging er ganz nahe an den Spiegel heran und steckte mühelos seinen Kopf hinein.

»Ihr könnt jetzt kommen. Ich habe etwas Platz gemacht!«, war seine Stimme von der anderen Seite zu vernehmen.

»Verstanden, wir kommen!«, antwortete ihm jemand, der sich ebenfalls auf der anderen Seite befinden musste.

Herr Matthust trat beiseite. Das Rauschen wurde wieder stärker, die Stimmen lauter, und mit einem Mal sprangen viele fröhliche Kinder aus dem Spiegel. Zwei weitere Männer folgten ihnen.

»Großartig!«, rief ein Junge. »Das war ja heute wieder aufregend!«

»Unglaublich, nicht wahr?«, pflichtete ihm ein Mädchen bei. »Wenn es nach mir ginge, könnten wir jeden Tag mit der Schule nach Philosophica reisen.«

Die Kinder beachteten die Fremden nicht weiter. Stattdessen drehten sie sich zu den drei Männern um, mit denen sie aus dem Spiegel gekommen waren.

»Tschüss, ihr drei«, riefen sie. »Gebt uns Bescheid, wenn es wieder losgehen soll!«

Daraufhin wandten sie sich um und verschwanden lachend im Dunkel des Dachbodens. Sie benutzten offensichtlich ihren eigenen Geheimgang. Die drei Männer aber blieben stehen. Sie spürten wohl, dass von ihnen eine Erklärung erwartet wurde. Sie schienen eine schöne Zeit gehabt zu haben, denn sie waren guter Laune und lachten einander zu. Einer von ihnen sah etwas bedächtiger drein. Dieser Eindruck konnte natürlich trügen und wurde wohl durch seine gewaltige Unterlippe verursacht. Dieser Lippenmann, wie ihn Platonicus-Kanticus im Geiste nannte, war es auch, der Metaphysika ansprach.

»Oh, Prinzessin«, sagte er. »Wie ich sehe, sind Sie im Begriff, nach Philosophica zu reisen.«

»Das scheint für Sie nichts Besonderes zu sein«, bemerkte Metaphysika.

»Ja. Ich habe da meine Erfahrungen«, sagte der Lippenmann. »Wenn Sie wollen, kann ich Ihnen einen meiner Reiseführer mit auf den Weg geben.«

»Nein danke«, lachte die Prinzessin. »Ich möchte mir alles selbst erobern.«

»Schade«, meinte ihr Gesprächspartner. »Darf ich Ihnen übrigens meine Freunde vorstellen. Herrn Gery Matthust kennen Sie ja schon, und dies ist Herr Mart Henns.«

Gery Matthust und Mart Henns nickten freundlich.

»Die beiden verzichten leider ebenfalls auf meine Reiseführer«, sagte der Lippenmann, »aber Sie müssen ja wissen, was Sie tun.«

Die beiden reagierten auf diese kleine Spitze mit Schmunzeln. Platonicus-Kanticus konnte beobachten, wie sie einander vergnügt zuzwinkerten.

»Wir gehen schon seit einiger Zeit mit den Kindern in dieses Land«, sagte Matthust schließlich. »Es ist viel leichter, durch den Spiegel zu gelangen, wenn man mit Kindern zusammen ist. Sie haben sozusagen einen natürlichen Zugang.«

»Die Kinder, die mit mir gehen, werden von mir geführt«, erklärte der Lippenmann.

»In meiner Gruppe führen wir uns gegenseitig«, lachte Matthust. »Wir wundern uns gemeinsam und erleben viele spannende Abenteuer.«

»Bei mir kann man eigentlich auch nicht von einer Führung sprechen, eher von einer Entdeckungsreise«, meinte Mart Henns. »Wir wagen uns in ein Unternehmen und versuchen, uns gemeinsam zu orientieren.«

Platonicus-Kanticus hatte sich Gery Matthust genähert.

»Wie ist es denn so in diesem Land?«, wollte er wissen.

»Diese Frage kann man leider kaum beantworten«, lachte Gery. »Jeder, der es besucht, erlebt das Land auf seine Weise, und jeder, der durch den Spiegel geht, betritt es an einer anderen Stelle.

Die Landschaft ändert sich ständig. Es gibt nur wenige Flüsse und Gebirgsketten, die keinem Wandel unterworfen sind.«

Jetzt schienen die drei Männer ihr Lieblingsthema gefunden zu haben. Sie vertieften sich in ein Gespräch, über das sie die Prinzessin und ihre Begleiter völlig vergaßen.

»Die wichtigsten Merkmale des Landes Philosophica sind die Wasserstraßen der Logik«, argumentierte der Lippenmann.

»Ich weiß nicht«, meinte Mart Henns. »Die Urwälder der Begriffe und die Bilder der nichtverbalen Verständigung scheinen mir ebenso wichtig zu sein.«

»Den See des Sich-Wunderns würde ich auch nicht vergessen wollen«, hörte man Gery noch sagen, dann verschwanden die drei in dem Dunkel, das vor ihnen schon die Kinder verschluckt hatte.

»Eine tolle Geschichte«, dachte Platonicus-Kanticus. Er hatte das Gefühl, dass es kein Zufall gewesen war, der sie mit dem Lippenmann, Matthust und Mart Henns hatte zusammentreffen lassen.

»Und was nun?«, fragte Gräfin Barbie.

»Na, was wohl! Wir gehen hinein. Was die mit ihren Kindern schaffen, das können wir doch erst recht«, rief Ritter von Dot.

Er baute sich vor dem Spiegel auf und sprach: »Wir haben ein Problem, das wir lösen müssen, also lass uns hinein. Sobald wir die Antwort gefunden haben, werden wir dich wieder verlassen.« Daraufhin lief er entschlossen auf den Spiegel zu und brach sich prompt das Nasenbein. Der Spiegel hatte keinen Zentimeter nachgegeben.

»Verflucht!«, schrie er. »Lass mich gefälligst durch.«

Wieder rannte er auf den Spiegel zu, und wieder prallte er ab. Das Schauspiel wiederholte sich nun noch etliche Male, wobei der Ritter erheblich ramponiert wurde. Der Spiegel bekam dabei keinen Kratzer. Aus Angst, er könne ernsthaft zu Schaden kommen, versuchte die kleine Gesellschaft, ihn zurückzuhalten. Nur Kalle rührte keinen Finger, sondern genoss belustigt das Schauspiel. Schließlich lag der Ritter von Dot vor dem Spiegel auf dem Bauch und trommelte mit den Fäusten gegen die Scheibe.

»Du widerliches Ungetüm«, rief er. »Du kannst mir gestohlen bleiben. Du meinst wohl, ich war erpicht darauf, die andere Seite zu sehen. Du irrst dich. Ich wollte nur eine unmissverständliche Antwort. Ich wollte wissen, wie ich mit König Huxley verfahren soll. Ich wäre ohnehin so schnell wie möglich wieder auf diese Seite zurückgekehrt.«

Der Oberweise der Mönche des Nordens kniete sich voller Mitleid neben ihn und fasste seine Schulter.

»Lass ab, mein Sohn«, sagte er. »Dein Platz liegt auf dieser Seite des Spiegels.«

Hero von Dot setzte sich auf. Er wischte sich die Tränen aus den Augen und putzte sich mit einem Taschentuch, das ihm der Alte gereicht hatte, die Nase. »Aber was soll ich denn nun machen, Vater? Ich fühle mich verunsichert.«

»Geh und suche dir ein Feindbild, dann wirst du dich wieder besser fühlen«, sagte der Alte.

»Ja, das ist eine Lösung«, stammelte Ritter von Dot, während er seine Fassung zurückgewann. Er stand auf und warf sich in Positur. »Wohlan!«, rief er seinen Knappen zu. »Wir suchen uns ein Feindbild. Wir verzichten auf dieses Unternehmen! Hier werden wir nicht gebraucht. Wer uns sucht, der soll sich nur umsehen. Einen Hero von Dot gibt es überall!«

Kaum hatte er dies gesagt, verschwand er.

Die Gesellschaft stand unterdessen ratlos vor dem Spiegel.

»Was er wohl falsch gemacht hat?«, fragte Kalle nicht ohne Genugtuung.

»Ich glaube, es hat dem Spiegel nicht gefallen, dass er sich nur für eine einzige Antwort interessiert hat, ohne sich auf das Land auf der anderen Seite zu freuen«, meinte die Prinzessin.

»Ja, ja«, seufzte Gräfin Barbie, die in den Spiegel schaute, um ihre Haare zu ordnen.

»Was mich betrifft, so habe ich ehrliches Interesse an Philosophica«, sprach der Oberweise der Nordmönche. »Mich wird der Spiegel wohl hineinlassen.«

Mit diesen Worten trat er an den Spiegel heran.

Die anderen verharrten in gespanntem Schweigen.

Der Alte streckte zuerst seinen Fuß aus. Tatsächlich: Fuß und Bein verschwanden mit Leichtigkeit im Spiegel.

»Na bitte«, sagte der Alte und versuchte es weiter. Bald darauf war er fast völlig verschwunden. Nur ein Arm war noch zu sehen. Die Hand dieses Arms umklammerte Dogma, den goldenen Wanderstab. Dieser passte aber durchaus nicht hinein. Sosehr der Alte sich auch bemühte, Dogma blieb immer am Rahmen des Spiegels hängen. Immer dann, wenn der Stab das Glas des Spiegels berührte, gab es ein grässliches Geräusch. Der Oberweise war gezwungen, wieder aus dem Spiegel herauszuklettern und es von neuem zu versuchen. Bei seinem letzten Versuch ragten nur noch seine beiden Arme aus dem Spiegel und zerrten mit aller Kraft an seinem Stab. Doch es half alles nichts. Der Spiegel ließ Dogma nicht passieren.

»Lassen sie ihn doch einfach los«, rief Platonicus-Kanticus.

»Bist du verrückt, mein Junge!«, kam die Stimme des Alten von der anderen Seite.

»Ohne mein Dogma gehe ich nirgendwohin. Und wenn mein Stab hier nicht willkommen ist, dann soll dieses ganze Land zum Teufel gehen.«

Kaum hatte er dieses ausgesprochen, da stand er auch schon wieder vor ihnen. Es war, als habe der Spiegel ihn freundlich aber bestimmt vor die Tür gesetzt.

»Eine Frechheit«, empörte sich der Alte.

»Was haben Sie auf der anderen Seite gesehen?«, wollte Metaphysika wissen.

»Nicht viel, meine Tochter. Ich war viel zu sehr damit beschäftigt, Dogma festzuhalten.«

»Und was soll jetzt geschehen?«, fragte Kalle.

»Macht doch, was ihr wollt«, knurrte der Alte. »Euch lässt er bestimmt hinein. Die heutige Jugend hält sich ja meistens an Orten auf, an denen die alten Werte nicht zählen. Ich verzichte in jedem Fall. Was für eine Zumutung! Ich soll Dogma loslassen! Als wenn ich ohne den Stab noch gehen könnte. Wo bleibt da der Respekt vor dem Alter? Viel Glück und auf Wiedersehen!«

Mit diesen Worten drehte er sich um und stieg mit seinen Mönchen die Treppe hinunter.

»Unsere Gemeinschaft wird immer kleiner«, bemerkte Kalle Max.

»Sie müssen beide einen entscheidenden Fehler begangen haben«, sagte Platonicus-Kanticus.

»Ich glaube, der Ritter hat den Fehler gemacht, Philosophica nur als Mittel zum Zweck zu betrachten. Das Land hat ihn überhaupt nicht interessiert«, überlegte Metaphysika. »Der Oberweise wollte zwar wegen des Landes selbst hinein, war aber nicht bereit, sich von Altbekanntem zu trennen und einen Neubeginn zu wagen.«

»Wie steht es mit uns?«, fragte Platonicus-Kanticus.

»Ich bin mir nicht sicher«, sagte die Prinzessin, »aber ich hoffe, bei uns ist es anders. Wir wollen doch nicht nur nach Philosophica, damit wir erfahren, was gegen meinen Vater zu tun ist. Wir sind doch aufgebrochen, weil wir wissen wollen, was der Mensch ist.«

»Richtig!«, sagte Platonicus-Kanticus. »Ich aber bin mir sicher, dass diese Frage bedeutend genug ist. Sie dürfte im Land Philosophica an oberster Stelle stehen. Und wie du richtig gesagt hast, wollen wir Philosophica nicht als Mittel zum Zweck benutzen, sondern etwas über dieses Land erfahren.«

»Wollen wir es wagen?«, fragte Metaphysika, während sie Platonicus-Kanticus die Hand reichte.

»Ja«, sagte Platonicus-Kanticus und ergriff ihre Hand. »Bei den Kindern vorhin hat es so leicht ausgesehen.«

»Es mag ein Vorteil für uns sein«, sagte die Prinzessin. »Wir sind zwar keine Kinder mehr, aber richtig erwachsen sind wir doch auch noch nicht.«

Sie standen dem Spiegel nun genau gegenüber und konnten ihr Spiegelbild deutlich erkennen. Es zeigte, wie sie dastanden und sich an den Händen hielten.

Plötzlich drückte Metaphysika fest Platonicus-Kanticus' Hand.

»Wir sind bereit, uns von alten Vorstellungen zu trennen!«, verkündete sie.

»Wir kommen aus Interesse am Wissen selbst!«, erklärte er.

In diesem Moment rannten sie los.

»Aus Freude an der Erkenntnis«, rief Metaphysika.

»Aus Liebe zur Weisheit!«, ergänzte Platonicus-Kanticus, als sie die Augen schlossen und sprangen.

Es machte schwupp, und sie befanden sich auf der anderen Seite. Auf weichem, warmem Sand waren sie gelandet.

Beide hielten die Augen geschlossen. Zum einen freuten sie sich darüber, dass sie es geschafft hatten, zum anderen war da das wundervolle Gefühl, dass sie sich noch immer bei den Händen hielten. Sie lagen still und genossen den Augenblick. Schließlich warteten sie, ob ihnen noch jemand folgen würde.

Es dauerte nicht lange, da vernahmen sie über sich einen dumpfen Aufprall. In der Ferne konnte man Kalle fluchen hören. Ob er wohl an seinem eigenen Dogma hängen geblieben war? Sie lächelten und drückten einander die Hände. Nach einer Weile gab es einen zweiten Aufprall. Ob Kalle sich nicht von alten Vorstellungen trennen konnte?

Plötzlich jedoch hörten sie seine Stimme sehr deutlich. »Achtung, ich komme.« Eine kleine Erschütterung verriet, dass Kalle irgendwo in ihrer Nähe gelandet war. Offensichtlich geschah dies auf eine weniger angenehme Weise, wie weitere Fluchorgien vermuten ließen. Das Gelände schien nicht für einen Kalle Max bestimmt zu sein.

Trotz allem öffneten sie nicht die Augen. Sie waren viel zu müde. Kalle schien es ähnlich zu ergehen, denn schon bald wich sein Fluchen einem eindeutigen Schnarchen. So lagen sie nur und warteten noch darauf, dass Gräfin Barbie ihnen folgte.

Das Warten war vergebens. Über Gräfin Barbies Verbleib ist nichts bekannt. Böse Stimmen behaupten, sie habe lange vor dem Spiegel gestanden und sich nachdenklich im Spiegelbild betrachtet. Sodann soll sie ihre Haare hochgesteckt und neue Lippenstifte ausprobiert haben. Als sie sich gerade fragte, ob sie wohl ein Herbst- oder ein Sommertyp sei, sei sie schließlich neben ihrem Schminkköfferchen vor dem Spiegel eingeschlafen. Als sie am nächsten Morgen erwachte, hatte sie das Land Philosophica völlig vergessen. Sie benutzte den Spiegel, um sich frisch zu machen und verließ den Dachboden mit dem festen Entschluss, ihre Kosmetikberatung aufzusuchen.

Auch Metaphysika und Platonicus-Kanticus schliefen schließlich ein. Die Abenteuer mussten warten. Anders als im Lande Phantasia ist es in Philosophica wichtig, ausgeruht auf die Wanderschaft zu gehen.

IV. Die Savanne der Ästhetik

Oder: Die Hexe des Chaos und der Gnom des Skeptizismus

Als Platonicus-Kanticus am nächsten Morgen erwachte, fiel sein Blick auf Metaphysika. Sie saß mit angezogenen Beinen im Sand und schaute in die Ferne.

Es war schon merkwürdig. Platonicus-Kanticus wusste nicht recht, wie er sie ansprechen sollte. Gestern war alles so vertraut gewesen. Hatten sie wirklich eine ganze Nacht nebeneinander gelegen und Händchen gehalten?

»Das führt zu nichts«, sagte er schließlich zu sich selbst. »Schau dich erst einmal um!«

Der Sand, auf dem sie am Vorabend gelandet waren, gehörte zu einer ausgedehnten Dünenkette, die in eine weite Savannenlandschaft mündete. Platonicus-Kanticus ging die wenigen Meter zu Metaphysika die Düne hinauf. Er setzte sich neben sie und sah ebenfalls in die Ferne. Sie betrachteten die endlose Grasebene und die großen Tierherden, die darauf weideten.

An manchen Stellen wuchs das Gras so hoch, dass es fast einem Wald ähnelte. Vereinzelt gab es auch wunderschöne Bäume. Einige waren so gewaltig, dass man meinen konnte, sie wären eine Welt für sich. Andere Bäume standen wohl auf trockenem Boden und waren verschwindend klein. Wenn das hohe Gras neben diesen winzigen Bäumen stand, so konnte man kaum unterscheiden: Was war Gras und was war Baum? Was machte eigentlich einen Baum zum Baum und Gras zu Gras?

»Bist du auch so gefesselt von diesem Anblick wie ich?«, fragte Metaphysika.

»Das kann ich wohl sagen«, bestätigte Platonicus-Kanticus. »Wo ist eigentlich Kalle?«

Die Prinzessin musste nicht antworten. Kalle kam gerade schnaufend zu ihnen die Düne hinauf.

»Verflucht, hätte ich das gewusst!«

»Was meinst du?«, fragte Metaphysika.

»Na, dass hier oben so feiner, weicher Sand ist. Ich habe die ganze Nacht dort unten zwischen den Steinen geschlafen«, lachte Kalle. »Wo sind wir übrigens?«

»Wenn wir das wüssten«, sagten Platonicus-Kanticus und die Prinzessin wie aus einem Mund.

Kalle ließ sich breitbeinig neben sie in den Sand fallen. »Na, dann sitzen wir wohl in der Klemme.«

»In jedem Fall ist es sehr schön hier«, sagte die Prinzessin und stützte den Kopf auf die angezogenen Knie.

Plötzlich besann sich Platonicus-Kanticus auf seinen Wanderstab.

»Kognitum!«, rief er, während er den Stab in die Luft hielt. »Du bist doch schon in Philosophica gewesen. Weißt du, wo wir uns befinden?«

»Brüll mich nicht so an!«, erwiderte der Stab. »Ich fühle mich nicht wohl, wenn jemand so schreit.«

»Entschuldige bitte!«, sagte Platonicus-Kanticus.

Metaphysika und Kalle waren hochgeschreckt. Offensichtlich konnten auch sie Kognitum nun deutlich verstehen.

»Ich hätte nie gedacht, dass er wirklich spricht«, platzte es aus Kalle heraus.

»Nun weißt du es. Also sei so freundlich und sprich von jemandem, der dich versteht, nicht in der dritten Person!«, reagierte Kognitum auf Kalles Bemerkung.

»Entschuldige vielmals!«, sagte Kalle.

»Bist du denn wirklich schon einmal hier gewesen?«, wandte sich nun Metaphysika an den Wanderstab, wobei sie ihm zart über sein Kopfstück strich.

Kognitum wurde sofort sanfter. Die Berührung ihrer Hände bereitete ihm offensichtlich großes Wohlbehagen, und er war jetzt in glänzender Laune.

»Oh ja, ich war schon einmal hier«, begann er. »Wir befinden uns in der Savanne der Ästhetik.«

»Deswegen ist es also so schön hier«, lachte Metaphysika und lehnte sich selbstbewusst zurück, als sie merkte, dass sie Kognitum um den Finger gewickelt hatte. »Ästhetik hat doch etwas mit Schönheit zu tun.«

»Sehr richtig, schönes Fräulein«, dozierte Kognitum wie ein alter Lehrer. »Für einige ist die Ästhetik die Lehre vom Geschmack oder vom Schönen.«

»Für uns etwa nicht?«

»Nicht während dieses Abenteuers«, sagte Kognitum. »Ihr erinnert euch sicher daran, dass unsere erste Frage hieß: Was kann ich wissen?, und nicht: Was ist das Schöne?«

»Das stimmt«, meinte Platonicus-Kanticus. »Aber was bedeutet das für uns?«

»Das bedeutet, dass wir nach Nordosten zu den Bergen der Erkenntnis wandern müssen. Unser Weg wird uns leider durch die Steppe der transzendentalen Methode führen. Wäre es uns um die Schönheit gegangen, so müssten wir in die entgegengesetzte Richtung ziehen. Wir würden über die Hügel der Harmonie und durch die Wälder des Wohlgefallens schweifen. Vielleicht hätten wir sogar aus dem erfrischenden Wasser der Ausdrucksstärke trinken können.«

»Du scheinst unsere Wahl sehr zu bedauern,« stellte Kalle fest. »Ist der Weg denn so gefährlich?«

Kognitum schwieg geheimnisvoll.

»Na, komm schon«, lachte Platonicus-Kanticus. »So

schlimm wird es doch wohl nicht sein. Auf der Suche nach der Schönheit gibt es doch sicher auch Gefahren.«

»Natürlich«, stimmte Kognitum zu. »Es lauern dort der schreckliche Herrscher des Alleinanspruchs und seine gnadenlosen Schergen von der Inquisition der Entartung.«

»Na also. Was uns erwartet, kann ja wohl kaum schlimmer sein.«

»Ich wäre mir da nicht so sicher«, erklärte Kognitum. »Ich bin einmal mit deinem Vater in diese Richtung gegangen.«

»Mein Vater ist hier gewesen?«

»Ja, sicher!«

»Und ihr seid zusammen durch die Savanne der Ästhetik gewandert?«

»Worauf du dich verlassen kannst, mein Junge. Und es war damals nicht ungefährlich.

Dein Vater konnte uns oft nur mit Mühe retten. Es gab ausgesprochen kritische Situationen.«

»Was erwartet uns da draußen?«, fragte Metaphysika. Sie war aufgestanden und schirmte mit einer Hand die Augen vor der Sonne ab.

»In dieser Savanne lauern zwei Gefahren: die Hexe des Chaos und der Gnom des Skeptizismus«, erklärte Kognitum.

»Was macht sie so gefährlich?«, bohrte Platonicus-Kanticus hartnäckig.

»Beide werden versuchen, euch die Orientierung zu nehmen, sodass ihr schließlich den Verstand verliert oder ganz ohne Hoffnung seid. Seht ihr die Windhose dort drüben?«

Alle drei nickten. In der Ferne war gerade die aufsteigende Spirale eines Wirbelsturms zu erkennen.

»Das ist die Hexe des Chaos«, erklärte der Wanderstab. »Wir müssen versuchen, das Gebirge der Erkenntnis zu erreichen, bevor sie uns bemerkt und in ihren Strudel zieht.«

»Na, dann besser jetzt als gleich!«, rief Kalle, sprang auf und ging entschlossenen Schrittes die Düne hinab.

Sein Beispiel war so überzeugend, dass die anderen ihm spontan folgten.

Sie wanderten schweigend fast den ganzen Tag hindurch. Es gab viel zu viel zu sehen, um sich in ein Gespräch vertiefen zu können. Sie sahen unzählige Tierarten, unbekannte Pflanzen und verschiedenartiges Felsgestein. Es war unmöglich, alles in sich aufzunehmen. Platonicus-Kanticus wurde von dem Anblick ganz verwirrt. Gerade als er ernste Kopfschmerzen bekam, erinnerte er sich an einen Trick, den ihm sein Onkel Lasse einmal verraten hatte.

»Wenn die Vielfalt der Dinge dich verwirrt«, hatte Herr Aristotel damals zu ihm gesagt, »dann sortiere sie einfach. Bilde Einheiten, Untereinheiten und Sammelbegriffe.«

Genau das tat Platonicus-Kanticus nun, und die Kopfschmerzen verflogen. Wenn sie an einer fast unüberschaubaren Tierherde vorbeikamen, versuchte er nicht mehr, jedes einzelne Tier zu bewundern. »Das ist eine Herde«, sagte er dann zu sich.

Bald begann ihm diese Methode richtig Spaß zu machen. »Der Punkt dort oben ist ein Adler«, sagte er zu sich. »Ein Adler ist ein Wirbeltier. Genauer gesagt, ein Vogel. Genauer gesagt, ein Greifvogel. Der Adler beobachtet ein Kaninchen. Ein Kaninchen ist auch ein Wirbeltier. Genauer gesagt, ein Säugetier. Genauer gesagt, ein Nagetier, ein Pflanzenfresser. Es ernährt sich von Pflanzen. Genauer gesagt, von Wurzeln und Gräsern.«

Die Kopfschmerzen waren wie weggeblasen. »Schön, wenn nicht alles so unkontrolliert auf einen einstürzt«, dachte Platonicus-Kanticus.

Erst am Abend tauschten sie ihre Gedanken aus, während sie um ein Lagerfeuer saßen. Platonicus-Kanticus berichtete, was er gegen seine Kopfschmerzen unternommen hatte, und die anderen sagten, dass es ihnen ähnlich ergangen war.

Eine Zeit lang sprachen sie noch darüber, wie hilfreich diese Möglichkeit des Sortierens sein konnte.

»Allerdings glaube ich, dass man sich davor hüten sollte, die Dinge, die man sieht, nur noch sortieren und benennen zu wollen«, sagte Metaphysika. »Es besteht dann die Gefahr, die eigentliche Schönheit der Tiere, Pflanzen und Landschaften zu übersehen.«

In diesem Punkt waren sich alle einig. Sie saßen um das Feuer herum, aber eine fröhliche Stimmung wollte nicht aufkommen.

Endlich schnitt Kalle ein Thema an, das sie alle beschäftigte.

»Du hast uns noch nicht erklärt, was es mit dem Gnom des Skeptizismus auf sich hat«, sagte er zu Kognitum.

»Ja, das ist aber auch eine besonders schwierige Geschichte«, erklärte Kognitum.

»Nun lass dich doch nicht immer bitten«, drängte Metaphysika.

»Ich bin dem Gnom einmal begegnet«, sagte Kognitum, »und zwar, als ich mit Herrn Kanticus hier war. Der Gnom hat uns damals sehr zugesetzt, aber wir sind ihm entkommen.«

»Erzähle uns mehr!«, forderte Platonicus-Kanticus, der begann, seinen Vater mit ganz anderen Augen zu sehen.

»Nun gut«, stimmte Kognitum zu. »Bevor ich aber anfange, möchte ich euch bitten, mich aufrecht in den Sand zu stecken oder mich gegen einen Baum zu lehnen. Es ist auch für einen Wanderstab kein angenehmes Gefühl, so flach auf dem Boden zu liegen und immer zu euch aufsehen zu müssen.«

Sie erfüllten seinen Wunsch, und da sie möglichst viel erfahren wollten, bauten sie ihm eine besonders bequeme Rückenlehne aus ihren Rucksäcken.

»Oh ja!«, lachte der Wanderstab. »So ist es herrlich!«

»Du wolltest von dem Gnom berichten«, erinnerte Kalle ihn höflich.

»Ja richtig«, begann Kognitum. »Der Gnom des Skeptizismus ist ein seltsames und gefährliches Wesen.«

»Wie sieht er denn aus?«, fragte Metaphysika.

»Das kann ich euch nicht sagen. Der Gnom nimmt immer wieder eine neue Gestalt an. Er lauert hinter einem Felsen, einem Baum oder sitzt ganz einfach auf der Straße. Als er damals Herrn Kanticus und mir begegnete, hatte er die Gestalt eines englischen Edelmanns angenommen. Er schließt sich den Wanderern an, die durch die Steppe der Ästhetik ziehen. Er gibt sich sehr freundlich, aber er hat nur ein Ziel: Er will den Menschen die Hoffnung nehmen! Es ist sehr gefährlich, sich mit ihm zu unterhalten, denn er stellt alles infrage, bis er seine Gesprächspartner davon überzeugt hat, dass sie niemals eine Antwort auf ihre Fragen erhalten werden. Wenn es ihm dann gelungen ist, die Menschen aller Hoffnung zu berauben, lacht er lauthals und verschwindet.«

»Merkwürdig!«, sagte Platonicus-Kanticus. »Meine Eltern haben mich immer gelehrt, dass es richtig ist, die Dinge infrage zu stellen.«

»Und da hatten sie auch ganz Recht, mein Junge«, antwortete Kognitum. »Allerdings besteht ein großer Unterschied darin, ob man bessere Erklärungen für die Fragen der Menschheit sucht, oder ob man behauptet, jede Suche nach Antworten sei sinnlos. Das eine nennt man Zweifeln, das andere Skeptizismus.«

»Woher kommt dieser Gnom?«, wollte Platonicus-Kanticus wissen.

»Man sagt, er sei ein Nachfahre von René dem Zweifler. Habt ihr schon einmal von René dem Zweifler gehört?«

»Ich glaube ja«, rief Platonicus-Kanticus. »Mein Vater hat

mir von ihm erzählt. Er hatte eine hohe Meinung von diesem Gelehrten. Er nannte ihn manchmal sogar René den Großen.«

»Das ist richtig«, fuhr Kognitum fort. »Dieser René war sehr klug. Er wanderte oft durch Philosophica. Er tat dies vor allem deswegen, weil er auf der anderen Seite des Spiegels große Schwierigkeiten mit der Lehre der Mönche des Nordens hatte.«

»Glaubte er denn nicht an einen Gott?«, fragte Metaphysika.

»Oh doch«, lachte Kognitum. »Er meinte sogar, Gott beweisen zu können. Ihn störte nur, dass die Mönche von den Menschen verlangen, sich so zu benehmen, wie es in ihren heiligen Schriftrollen steht. René war der Meinung, es müsse zunächst alles angezweifelt werden, und erst, nachdem eine sichere Erkenntnis erreicht sei, dürfe man Forderungen stellen.«

»Aber dann ist er doch auch nicht besser gewesen als der Gnom des Skeptizismus«, sagte Kalle.

»Doch, das war er«, unterbrach ihn Kognitum. »René stellte alles infrage, um herauszufinden, was man nicht mehr infrage stellen kann. Er begann mit der Frage, ob die Welt, in der wir leben, mit Sicherheit ›Wirklichkeit‹ genannt werden könne. Wenn wir träumen, glauben wir ja auch, dies sei die Wirklichkeit.«

»Und was ist es, das sich nicht mehr bezweifeln lässt?«, fragte Metaphysika.

»Wenn wir alles bezweifeln, so ist doch eines sicher, nämlich, dass da jemand ist, der zweifelt«, sagte Kognitum. »Wenn alles bezweifelt wird, so muss da auch jemand sein, der zweifelt. Und wer da zweifelt, das sind die Menschen. Die Menschen können sich also sicher sein, dass sie sind.«

»Jetzt verstehe ich auch den Unterschied zum Skeptizismus«, sagte Kalle. »René der Zweifler hat am Ende seiner Überlegung den Menschen wieder Hoffnung gemacht.«

»Das ist richtig«, bestätigte Kognitum. »›Ich denke, also bin ich!‹ hat René gesagt. Damit hat er den Menschen einen festen Halt gegeben. Aus dieser Sicherheit heraus glaubte er sogar, ableiten zu können, dass die Menschen auch die Welt richtig erkennen.«

»Und was ist mit Gott?«, fragte Metaphysika.

»René meinte auch, Gott über das Denken der Menschen beweisen zu können.«

»Dieser Beweis ist doch sicherlich umstritten!«, meinte Kalle.

»Allerdings«, sagte Kognitum. »Insbesondere Herr Kanticus war da ganz anderer Ansicht.«

»Und der Gnom des Skeptizismus ist ein Nachfahre von René dem Zweifler?«, fragte Kalle, dem das Gerede von Gott sichtlich unbehaglich war.

»Wie ich schon sagte. René ist oft durch Philosophica gewandert. Bei einer dieser Wanderungen ist es zu einer Liebesbeziehung mit der schönen Inselbewohnerin Anglicanica gekommen. Sie gebar ihm mehrere Kinder. Da Anglicanica aber eine sehr eigenwillige Frau gewesen ist, hat sie René nicht gestattet, sich an der Erziehung zu beteiligen. Eines dieser Kinder ist der Gnom des Skeptizismus, der hier in der Steppe sein Unwesen treibt.«

Sie saßen eine Weile schweigend um das Feuer.

»Den Bergen der Erkenntnis sind wir schon viel näher gekommen«, meinte Kalle schließlich. »Wie lange werden wir noch brauchen, um die Steppe zu durchqueren?«

»Drei Tage werden wir sicher noch benötigen«, sagte Metaphysika.

»Ich glaube, wir haben gute Chancen, das Gebirge zu erreichen, ohne dem Gnom oder der Hexe in die Hände zu fallen«, machte Platonicus-Kanticus ihnen Mut. »Den Wirbelsturm der Chaoshexe habe ich heute den ganzen Tag nicht mehr gesehen, und der Gnom kann uns doch nichts anhaben, solange Kognitum bei uns ist. Du wirst ihn doch hoffentlich wieder erkennen, Kognitum?«

»Ich denke schon«, stimmte der Wanderstab zu. »Er wird zwar eine andere Gestalt annehmen, aber man erkennt diese Wesen schließlich an ihren Gedankengängen.«

Bald herrschte Ruhe um das kleine Lagerfeuer. Sie rollten sich in ihre Decken und versuchten zu schlafen.

»Wenn ich gleich träume, dann weiß ich nicht, dass es ein Traum ist«, dachte Platonicus-Kanticus. »Wenn ich aber wach bin, kann ich mich fragen, ob dies nur ein Traum ist. Das gibt mir die Gewissheit, dass ich bin.« Damit drehte er sich zur Seite und schlief ein. Metaphysika dagegen lag noch sehr lange wach. »Hier in Philosophica kommen einem schon merkwürdige Gedanken«, überlegte sie. »›Ich denke, also bin ich!‹ Kann das richtig sein? Und wenn es zutrifft, kann man dadurch auch wissen, dass das, was man denkt, richtig ist?« Die Prinzessin war sich ganz sicher, dass sie wach lag und überlegte. Tatsächlich war sie jedoch fest eingeschlafen.

Kalle hatte diese Probleme nicht. Ihn hatte nur geärgert, dass jemand Gott beweisen wollte. Nach seiner Meinung waren alle Götter nur Erfindungen, die die Menschen sich ausgedacht hatten, um nicht selbst für alles verantwortlich zu sein. Wenn man nun tatsächlich Gott durch Denken entdecken könnte, so würde dies gar nicht in Kalles Konzept passen. Aus diesem Grund könnte man Kalles Schnarchen als lauten Protest verstehen.

Am nächsten Morgen wurden sie von Metaphysika geweckt.

»Ich mache mir große Sorgen«, sagte sie. »Der Wirbelsturm der Hexe ist wieder zu sehen und kommt jetzt bedrohlich näher.«

Es war keine Zeit zu verlieren. Die Freunde brachen das Lager in Windeseile ab und bedeckten die Feuerstelle mit Sand, um keine Spuren zu hinterlassen.

Sie liefen so schnell sie ihre Beine trugen, und während sie vorwärts hasteten, sahen sie sich immer wieder um. Der Wirbelsturm der Hexe rückte unaufhaltsam näher.

»Ich fürchte, sie hat uns entdeckt«, sagte Metaphysika.

»Noch ist Hoffnung«, rief Kalle. »Also weiter!«

Bis zum Mittag glaubten sie tatsächlich, ihren Abstand zum Wirbelsturm aufrecht erhalten zu können. Ihre Kräfte ließen aber stetig nach, und bald war allen klar, dass dieses Tempo nicht durchzuhalten war.

»Es hilft nichts«, sagte Platonicus-Kanticus. »Wir müssen eine Pause machen.«

Sie setzten sich erschöpft auf einige Felsbrocken.

Gerade, als sie ihre Rucksäcke abnahmen, kamen ein Mann und eine Frau aus der Richtung des Wirbelsturms auf sie zugerannt. Die beiden schienen keine Angst zu haben. Sie lachten und tanzten.

»Alles, alles!«, rief der Mann.

»Jetzt, jetzt!«, lachte die Frau.

»Kann einer von ihnen der Gnom sein?«, fragte Platonicus-Kanticus seinen Wanderstab.

»Man kann nie wissen«, sagte Kognitum. »In diesem Fall bin ich mir jedoch ziemlich sicher, dass er es nicht ist. Der Gnom wäre unauffälliger.«

Die beiden Personen schienen auch gar keine Notiz von ihnen zu nehmen. Hätte Kalle sich ihnen nicht in den Weg gestellt, wären sie einfach an ihnen vorbeigetanzt.

»Alles, alles!«, rief die Frau.

»Jetzt, jetzt!«, lachte der Mann.

Kalle hielt die beiden am Arm fest.

»Was ist mit Ihnen? Kommen Sie aus dem Wirbelsturm? Können Sie uns etwas über die Hexe sagen?«

Die beiden schienen ihn gar nicht zu bemerken.

»Alles, alles jetzt!«, rief der Mann.

»Jetzt, jetzt alles!«, lachte die Frau.

»Was soll das?!«, schrie Kalle.

»Jetzt alles, alles auf einmal«, rief die Frau.

»Alles jetzt, auf einmal alles!«, lachte der Mann.

Kalle wurde ungeduldig und schüttelte die beiden kräftig durch.

»Es ist nicht alles auf einmal!«, brüllte er. »Ich bin nur ich, und ich stelle ihnen gerade eine Frage.«

Die beiden lachten und hüpften aber nur weiter und wiederholten die Worte »Jetzt« und »Alles« in immer neuen Kombinationen.

»Lass sie gehen«, sagte Metaphysika. »Siehst du denn nicht, dass die Hexe sie schon ganz verrückt gemacht hat?«

Kalle gab die beiden frei, und das Paar tanzte davon.

»Alles jetzt. Jetzt alles«, war noch eine Weile zu hören.

»Weiter!«, rief Kalle laut. »Ich habe keine Lust, so zu enden.«

»Zu spät!«, sagte Platonicus-Kanticus. »Die Hexe wird uns in wenigen Augenblicken erwischen.«

Sie wandten sich um und sahen die Windhose eines gigantischen Wirbelsturmes auf sich zurasen.

»Haltet euch fest!«, rief Metaphysika.

»Das hat keinen Sinn!«, schrie Kognitum mit letzter Kraft. »Flieht in eure Gedanken, wenn der Sturm euch erfasst. Es gibt noch eine Rettung. Die Hexe des Chaos wird euch ein Rätsel stellen. Wenn ihr das Rätsel lösen könnt, muss sie euch unbeschadet ziehen lassen.«

Mehr konnte er ihnen nicht sagen, denn er wurde als Erster

vom Wirbelsturm erfasst und in die Höhe geschleudert, um dann im Chaos des Sturms zu verschwinden.

Die drei Freunde griffen einander bei den Händen.

»Wir müssen ganz fest daran denken, was wir wissen können«, schrie Metaphysika.

»Wir denken, also sind wir!«, riefen alle wie aus einem Mund.

Im nächsten Augenblick wurden sie vom Sturm erfasst und auseinander gerissen. Jeden schleuderte es in eine andere Richtung.

Platonicus-Kanticus überkam das beängstigende Gefühl, er würde sich auflösen, so wurde er herumgewirbelt. Alles um ihn herum verschwand. Er glaubte sich verloren und schrie mit letzter Kraft: »Ich denke, also bin ich! Ich denke, also bin ich!«

Das half. Die Welt um ihn blieb zwar ein einziges Chaos, aber er selbst war sich seiner wieder sicher. Er war jemand, der sich in diesem Chaos befand.

Plötzlich hörte er eine grelle, böse Stimme: »Nun gut, mein Kleiner! Dass du es bist, der da denkt, hast du also herausgefunden. Damit bist du mir aber noch lange nicht entwischt. Wenn du mir nicht die Bedingungen deiner Wahrnehmung nennen kannst, werde ich solange die Welt als Chaos auf dich einstürzen lassen, bis du den Verstand verlierst. Nenne mir die Bedingungen deiner Wahrnehmung!«

Platonicus-Kanticus zitterte erbärmlich. Er hatte schreckliche Angst, den Verstand zu verlieren.

»Die Bedingungen meiner Wahrnehmung. Die Bedingungen meiner Wahrnehmung«, dachte er krampfhaft.

Aber wie sollte man denken in diesem Chaos. Nichts war zu erkennen. Ein Gewirr aus Farben, Formen, Gerüchen und Tönen stürzte auf ihn ein. Diese Eindrücke waren nicht voneinander zu trennen. Sie stürmten alle gleichzeitig und zusammen auf ihn ein. Alles wurde eins, und alles war zugleich. Besonders schlimm war, dass er keinen Körper mehr zu haben schien. Sicher hatte er noch einen Körper, aber es war ihm unmöglich, diesen in dem bunten Brei, der ihn umgab, zu erkennen. Alles war zugleich, und nichts war verschieden.

Platonicus-Kanticus schloss die Augen. Er wusste nicht, ob er tatsächlich die Augen schloss, denn er hatte ja keinen Körper mehr, aber er wollte dem Chaos um sich keine Bedeutung mehr schenken.

»Wenn ich weiter darauf achte, werde ich verrückt!«, dachte er, während der Sturm ihn umherschleuderte. »Ich muss über die Bedingungen meiner Wahrnehmung nachdenken.« Endlich vermochte er sich zu konzentrieren.

»Die menschliche Wahrnehmung besteht aus Sehen, Riechen, Fühlen und Schmecken!«, schrie er. »Wir haben eine Nase, Augen, Ohren, einen Mund und Hände.«

Die Hexe lachte hämisch: »Das sind die Organe deiner Wahrnehmung, mein Kleiner. Sie sind es doch gerade, die das Chaos verursachen, weil ich sie von ihren Bedingungen entbunden habe. Finde die Bedingungen der Wahrnehmung, oder du verfällst dem Wahnsinn!«

Platonicus-Kanticus wurde erneut durch die Luft gewirbelt.

»Nur nicht auf das Chaos um dich achten!«, sagte er zu sich.

Was konnten die Bedingungen seiner Wahrnehmung sein? Der Zauber der Hexe vermochte offensichtlich, die menschliche Wahrnehmung von Bedingungen zu befreien, in der diese sonst von Geburt an eingebunden waren.

Plötzlich fiel Platonicus-Kanticus das seltsame Paar ein, das ihnen begegnet war, bevor der Sturm sie erfasst hatte. »Alles jetzt. Jetzt alles«, hatten die beiden gerufen.

Das war es. Das war eine genaue Beschreibung des Chaos.

Das Chaos entstand dadurch, dass alles auf einmal auf ihn einströmte und alles ineinander verschwamm.

»Ich muss verhindern, dass weiterhin alles zugleich auf mich einwirkt, und dafür sorgen, dass die Dinge besser zu erkennen sind«, dachte er. Der rettende Gedanke war ihm so klar, dass er beinahe schmerzte.

»Wenn ich will, dass die Dinge nacheinander zu sehen sind, brauche ich Zeit, und wenn sie besser zu erkennen sein sollen, dann brauchen sie Körper, sie müssen eine Ausdehnung, einen Raum haben.«

Platonicus-Kanticus fasste all seinen Mut zusammen und schrie:

»Die Bedingungen der menschlichen Wahrnehmung sind Raum und Zeit!«

Die Hexe antwortete nicht, man hörte nur einen spitzen, wütenden Schrei.

Jetzt wagte Platonicus-Kanticus, sich umzusehen. Wirklich, er hatte wieder einen Körper, und es waren wieder Dinge um ihn herum zu erkennen. Auch das Rauschen des Wirbelsturms hatte etwas nachgelassen. Leider war die Welt, die ihn umgab, immer noch nicht in Ordnung.

Es war ihm zwar möglich, erst das eine und dann etwas anderes zu erkennen. Die Dinge hatten einen Körper und waren also zu sehen, zu riechen, zu schmecken und zu fühlen, aber dennoch war alles in großer Unordnung. Die Umgebung erinnerte ihn an ein Spielzeug, das er einmal besessen hatte. Bei diesem Spiel war es möglich, Teile verschiedener Tiere zusammenzusetzen. Man konnte zum Beispiel aus einem Affen und einem Tiger einen Schimpansentiger zusammenpuzzeln. Genauso durcheinander war die Welt in diesem Wirbelsturm.

Es flog ein Elefant an Platonicus-Kanticus vorüber, der den Kopf einer Maus hatte und wie eine Ziege meckerte. Mit

Schrecken stellte Platonicus-Kanticus fest, dass sein linkes Bein das der Prinzessin Metaphysika war. Merkwürdigerweise erschienen alle Dinge gleich groß. Der Mäuseziegenelefant war ebenso groß wie ein Berg oder eine Heuschrecke.

»Lass dir keine Angst einjagen!«, dachte Platonicus-Kanticus bei sich. Er hatte sich nun beinahe an das Drehen und Wirbeln gewöhnt und vermochte wieder klar zu denken.

»Das hat alles nichts zu bedeuten«, schärfte er sich ein. »Das Erscheinen eines Mäuseziegenelefanten bedeutet nur, dass hier ein Elefant, eine Ziege und eine Maus herumgewirbelt werden.

Das Bein von Metaphysika ist in Wirklichkeit immer noch ihr Bein. Meine Sinnesorgane nehmen diese Dinge wahr, ordnen sie aber falsch zu.«

»Was noch fehlt, ist eine Ordnungsinstanz!«, schrie Platonicus-Kanticus in den Sturm.

»Du bist wohl ein ganz Schlauer«, kam die Antwort der Hexe. »Aber du glaubst doch selber nicht, dass ich dir verraten werde, welche Instanzen diese Ordnung bewirken.«

Doch nun war Platonicus-Kanticus nicht mehr zu bremsen.

»Wenn du willst, dass ich verrückt werde, dann willst du mir den Verstand nehmen! Also ist die Ordnungsinstanz, die ich brauche, der Verstand!«

»Verdammter Schlaumeier!«, schrie die Hexe.

Dieser Ausbruch konnte Platonicus-Kanticus nicht mehr schrecken. Er wusste, dass er jetzt auf dem richtigen Weg war.

»Nachdem ich Raum und Zeit zurückbekommen habe, will ich meinen Verstand gebrauchen, um die Wahrnehmung zu ordnen. Er wird zum Beispiel die Dinge erfassen, die zusammengehören, und die Dinge voneinander trennen, die nicht zusammengehören. Was nicht zusammengehört, wird aber ein Verhältnis zueinander bekommen. So wird ein Elefant wieder größer sein als eine Maus. Und eine Ziege wird wieder den Körper einer Ziege haben. Alles andere ist Unsinn.«

Kaum hatte er dies gesagt, wurde er schon aus dem Sturm herausgetragen und etwas unsanft am Boden abgesetzt. »Gemeinheit! Bodenlose Frechheit!«, hörte er die Hexe noch fluchen.

Platonicus-Kanticus sah sich um. Die Ordnung der Welt war wiederhergestellt. Er sah erst einen Baum, dann einen Stein. Der Baum war größer als der Stein, und der Baum war der Baum, und der Stein war der Stein. Was Platonicus-Kanticus dann sah, machte ihn besonders glücklich. Er erblickte Metaphysika, die in einiger Entfernung erschöpft im Gras lag. Auch sie bemerkte ihn. Die beiden liefen aufeinander zu. Sie waren so glücklich, sich wieder gefunden zu haben, dass sie sich in die Arme fielen, weinten und lachten.

»Du bist ihr entkommen!«, rief Metaphysika.

»Ja! Ich habe meinen Verstand benutzt«, berichtete Platonicus-Kanticus.

»Ich auch«, lachte die Prinzessin. »Erst habe ich Raum und Zeit verlangt, dann den Verstand, um die Dinge, die ich gesehen habe, ordnen zu können!«

»Genau das habe ich auch getan, und dann hat sie mich freigelassen«, freute sich Platonicus-Kanticus.

»Wie schön, dass wir wieder beisammen sind«, sagte Metaphysika, aber dann wurde sie plötzlich sehr ernst und traurig.

»Hast du Kalle schon gesehen?«, fragte sie, während ihr die Tränen in die Augen stiegen.

»Nein. Leider nicht!«, sagte Platonicus-Kanticus und schluckte.

Sie blickten gebannt auf den Wirbelsturm, der immer noch in nächster Nähe seine Spiralen drehte.

Plötzlich entdeckte Metaphysika den Freund.

»Da ist er«, schrie sie.

Tatsächlich. Kalle steckte noch immer im Sturm und wurde herumgewirbelt. Sie konnten ihn deutlich erkennen. Er selbst schien dort in einer schlechten Lage zu sein, denn er ruderte mit den Armen, als hätte er Flügel.

»Du brauchst Raum und Zeit«, rief Metaphysika.

»Das weiß ich selbst!«, schrie Kalle. »So weit bin ich schon lange. Aber hier oben ist immer noch alles durcheinander. Beispielsweise hat jemand meine Arme mit den Flügeln eines Adlers vertauscht.«

»Das bildest du dir nur ein!«, schrie Platonicus-Kanticus zu ihm hinauf. »Benutze deinen Verstand! Du brauchst etwas, das Ordnung schafft!«

»Ich versuche es ja!«, rief Kalle verzweifelt, »aber hier oben sind weit und breit keine Produktionsverhältnisse zu erkennen.«

Platonicus-Kanticus und Metaphysika sahen sich verwundert an. Kalle war offensichtlich bereits dabei, den Verstand zu verlieren. Dann war er plötzlich verschwunden. Platonicus-Kanticus schluchzte. Metaphysika legte tröstend den Arm um ihn, aber auch ihr war zum Heulen zumute.

Doch plötzlich hörten sie einen lauten Knall, und Kalle wurde aus dem Sturm herausgeschleudert.

»Natürlich. Der Verstand ordnet die Wahrnehmung nach gewissen Eigenschaften, wie Qualität und Quantität!«, rief er noch im Flug.

Nachdem er sehr unsanft gelandet war, fuhr er triumphierend fort, seine Erkenntnisse zu verkünden.

Platonicus-Kanticus und Metaphysika achteten nicht auf das, was er sagte. Sie waren überglücklich und nahmen ihn immer wieder in die Arme. Erst nach einiger Zeit war es Kalle möglich, sich von ihnen zu befreien.

»Lasst das!«, sagte er peinlich berührt. »Ihr benehmt euch überhaupt nicht, wie es eurer Klasse zusteht. Selbst mein bester Freund Friedrich hat mich noch nie so in den Arm genommen, und der ist schon beinahe ein Engel.«

»Vielleicht ist das sein Problem«, lachte Metaphysika und warf sich erneut auf Kalle, um ihn gehörig durchzukitzeln.

Platonicus-Kanticus wollte sich gerade in das Getobe werfen, als er etwas sehr Merkwürdiges bemerkte.

»Seht doch mal!«, rief er laut.

Metaphysika und Kalle hielten inne und sahen sich um. Vor ihren Augen fiel der große Wirbelsturm in sich zusammen. Er wurde immer kleiner und kleiner, schrumpfte zu einem Wölkchen und verschwand schließlich völlig. An der Stelle, wo sich das letzte Staubwölkchen in Nichts auflöste, blieb eine winzige Gestalt zurück. Sie sahen eine alte Frau mit schwarzem Schlapphut.

»Das ist die Hexe des Chaos!«, rief Kalle und rannte wutschnaubend auf die Zwergenfrau zu. »Du widerliche, alte Kröte! Deinetwegen hätte ich um ein Haar den Verstand verloren.«

»Nur schwache Menschen sind nachtragend«, antwortete die kleine, hässliche Frau. Ihre Stimme war tatsächlich die der Hexe.

»Lass es, Kalle!«, sagte Platonicus-Kanticus. »Es hat doch keinen Sinn, sich noch länger zu ärgern!«

Doch da war es schon zu spät. Kalle hatte die Hexe mit einer Hand gepackt und schüttelte sie kräftig durch.

»Hast du nicht gehört, du Grobian?«, geiferte die Hexe. »Lass mich sofort los! Hat denn niemand mehr Respekt vor dem Alter?«

»Das könnte dir so passen, du kleine, pickelige Kartoffel«,

knurrte Kalle. »Erst wirst du uns verraten, wie es dir gelingt, die Menschen verrückt zu machen. Mit welchem Zauberspruch verhext du die Menschen?«

»Ich verhexe niemanden«, sagte die Hexe bereitwillig, nachdem Kalle aufgehört hatte, sie zu schütteln. »Das steht gar nicht in meiner Macht.«

»Was tust du dann?«, fragte Metaphysika.

»Ich hebe nur die Regeln auf, nach denen die Menschen die Welt erleben«, erklärte die Hexe.

»Und das sind Raum und Zeit sowie die Ordnung durch den Verstand?«, drängte die Prinzessin.

»Richtig, mein Mädchen«, sagte die Hexe. »Die Menschen können von Geburt an nur in einem zeitlichen Nacheinander riechen, sehen, schmecken und fühlen. Wenn diese Bedingung aufgehoben wird, dann sind sie völlig überfordert. Menschen sind nicht in der Lage, alles auf einmal wahrzunehmen. Genau so ist es mit dem Raum. Die Natur hat den Menschen so eingerichtet, dass alles, was er wahrnimmt, einen Körper hat. Wenn das nicht so ist, verschieben sich die Dinge ineinander und durcheinander, und der Mensch weiß weder ein noch aus.«

»Und mit dem Verstand verhält es sich genauso?«, fragte Metaphysika.

»Beinahe, mein Mädchen«, fuhr die Hexe fort, während sie sich aufführte wie ein armes, altes Mütterchen. »Im menschlichen Verstand befinden sich von Natur aus gewisse Schubladen, so genannte Kategorien, nach denen die Wahrnehmung sortiert wird.«

»Und das sind Qualität, Quantität, Modalität und Relation«, knurrte Kalle.

»Sehr richtig, junger Mann«, lächelte die Hexe verlegen. »Genau genommen sind es zwölf Kategorien, aber die wichtigsten hast du genannt.«

»Und diese natürliche Veranlagung der Menschen hebst du auf?«, fragte Metaphysika.

»Richtig!«, antwortete die Hexe mit einem Anflug von Stolz. »Dinge, die schon immer im Menschen angelegt sind, ohne dass er sie sich aneignen muss, nennt man a priori. Ich brauche nur meinen Zauberspruch zu sagen: Simsalabim, immer herein. Anti-a-priori, verwirre sie, Groß und Klein! Nachdem ich dies gesagt habe, kann ich die Menschen ganz leicht in meinen Wirbelsturm saugen. Bei dem Chaos, das dann um sie herrscht, verlieren fast alle den Verstand!«

»Alte Giftschlange!«, fluchte Kalle und ließ die Alte zu Boden fallen.

»Au, du tust mir weh!«, beschwerte sich die Hexe.

»Du bist eine sehr böse alte Frau«, sagte Metaphysika.

»Ihr seid ganz schön selbstgerecht«, zeterte die Hexe, während sie sich aufraffte und davonstapfte. »Ich gehöre in dieser Geschichte nun einmal zu den bösen Gestalten. Ich habe mir diese Rolle doch nicht ausgesucht!«

Mit diesen Worten verschwand sie.

Die drei Freunde sahen ihr erleichtert nach. Schließlich suchten sie ihre Sachen zusammen. Sie fanden beinahe alles wieder. Nur etwas blieb verschollen. Kognitum, der Wanderstab, war trotz langen Suchens unauffindbar. Erst nach vielen Stunden gaben die Freunde die Suche verzweifelt auf und beschlossen schweren Herzens, weiterzuziehen. Sie schulterten ihre Rucksäcke und gingen traurig in die schon herabsinkende Dämmerung auf die Berge der Erkenntnis zu.

Sie wanderten die halbe Nacht hindurch, schliefen nur einige Stunden und machten sich früh wieder auf den Weg. Wenige Worte wurden gewechselt. Besonders Platonicus-Kanticus war sehr bedrückt. Wie sollte er seiner Familie den Verlust von Kognitum erklären?

Während sie den Bergen der Erkenntnis immer näher kamen, wurde ihnen der Verlust erst richtig klar. Wer sollte sie führen, wenn nicht Kognitum. Wohin sollten sie sich wenden, wenn sie die Berge erreicht hatten? Aus diesem Grund waren sie sehr erleichtert, als sich ihnen am zweiten Tag ein junger Mann anschloss, der angab, dasselbe Reiseziel zu haben. Er stellte sich als David Hummel vor und behauptete, die Berge gut zu kennen.

Besonders Kalle verstand sich auf Anhieb mit dem Fremden und führte mit ihm lange Gespräche.

»Wie ist das Gebirge der Erkenntnis denn so?«, erkundigte sich Kalle.

»Ich fürchte, es ist nicht sehr zu empfehlen«, sagte David Hummel. »Die Berge sind für uns Menschen viel zu steil. Niemand sollte glauben, jemals die Gipfel der Erkenntnis erklimmen zu können.«

»Aber sie haben doch gesagt, dass sie die Berge gut kennen!«

»Und ob ich sie kenne. Ich bin sehr oft um sie herumgeritten. Schließlich bin ich zu dem Schluss gekommen, dass man dieses Gebirge meiden sollte.«

»Warum heißen die Berge dann überhaupt Gebirge der Erkenntnis, wenn sie nicht für Menschen geschaffen sind?«, fragte Metaphysika, als sie nach einer Weile das Gespräch wieder aufnahmen.

»Reiner Zufall«, antwortete David Hummel. »Wahrscheinlich ist irgendwann einer dieser Idealisten hier vorbeigekommen und hat das Gebirge so benannt. Es kann natürlich auch ein Vertreter der Rationalisten gewesen sein.«

»Was sind das für Leute?«, wollte Kalle wissen.

»Das sind Leute, die meinen, der Mensch könne zu wahren Erkenntnissen über die Welt gelangen«, erklärte Hummel.

»Ist das denn nicht möglich?«, fragte Kalle.

»Nein«, sagte Hummel. »In Wirklichkeit bilden wir uns

doch nur ein, etwas zu wissen. Natürlich muss man im täglichen Leben mit den Dingen umgehen, als wüsste man, was sie sind, doch sichere Erkenntnis kann es nicht geben.«

Sie schritten schweigend nebeneinander her. Metaphysika und Kalle waren bei den Worten von David Hummel sehr traurig geworden. Es schien keinen Grund mehr zu geben, in die Berge der Erkenntnis zu ziehen. Platonicus-Kanticus hingegen lauschte aufmerksam.

Als sie am Abend den Fuß des Gebirges erreicht hatten, entfachten sie ein kleines Feuer und überlegten, was nun geschehen solle. Weil sie während des Tages mehrfach Wölfe gesehen hatten, legten sie zudem einige Wachsfackeln bereit, die David Hummel in seinem Gepäck mit sich führte.

»Sie sind also der Meinung, dass wir lieber um das Gebirge der Erkenntnis herum ziehen sollten, statt uns hinauf zu wagen?«, frage Metaphysika ihren neuen Begleiter.

»Ihr könnt selbstverständlich hinaufklettern«, meinte dieser, »aber es ist sinnlos. Ihr werdet eure Kräfte vergeuden und trotzdem zu keiner Erkenntnis gelangen.«

»Sie können einen ganz schön hoffnungslos machen«, klagte die Prinzessin.

»Das tut mir wirklich Leid, aber es ändert nichts an der Tatsache, dass wir Menschen nie sicher sein können, das Wesen der Welt erkannt zu haben«, erklärte Hummel.

»Aber ein Stein ist doch ein Stein, und wenn ich sage, das ist ein Stein, dann wisst ihr alle, was ich meine«, mischte sich Kalle in das Gespräch ein.

»Natürlich ist das so«, antwortete Hummel. »Aber dies ist doch nur so, weil die Menschen sich darauf geeinigt haben, solche Gegenstände Steine zu nennen.«

»Ist das etwa keine Erkenntnis?«, fragte Kalle.

»Nein, das ist eine Vereinbarung. Die Menschen haben aus

praktischen Gründen verabredet, so etwas Stein zu nennen. Ob es sich bei diesen Dingen wirklich um Steine handelt, weiß niemand.«

»Aber unsere Sinnesorgane sagen uns doch, dass dies ein Stein ist.«

»Das tun sie«, gab Hummel zu. »Aber unsere Sinne können uns täuschen oder selbst getäuscht werden. Zudem verändern sich die Dinge ständig.«

»Und das bedeutet?«, fragte Kalle.

»Das bedeutet, dass wir nie sicher sein können, eine wahre Erkenntnis zu erlangen«, erklärte Hummel.

»So schlimm kann es einfach nicht sein«, sagte Kalle. »Die Fackel neben mir ist eine Fackel, und zwar, weil ich sie als eine Fackel wahrnehme und nicht, weil wir vereinbart haben, sie eine Fackel zu nennen. Ich nehme sie heute als eine Fackel wahr, und das werde ich auch morgen noch.«

»Ich glaube, da täuschst du dich«, wandte Hummel ein. »Wenn ich darf, werde ich dir das Gegenteil beweisen.«

»Ich höre«, sagte Kalle gespannt.

»Na gut«, begann Hummel. »Um was für eine Fackel handelt es sich?«

»Um eine Wachsfackel«, antwortete Kalle.

»Und was macht eine Wachsfackel aus?«, lautete die nächste Frage.

»Na, dass sie aus Wachs ist«, sagte Kalle.

»Woher kannst du so sicher sein, dass sie aus Wachs ist?«, wollte Hummel wissen.

»Weil sie die Eigenschaften von Wachs hat.«

»Was sind die Eigenschaften von Wachs?«

Kalle fühlte sich langsam unbehaglich. »Wenn man Wachs berührt, so ist es fest, klebrig und kühl«, sagte er.

»Streck bitte deine Hand aus«, bat Hummel. Kalle tat, wie ihm geheißen. Hummel entzündete die Fackel am Lagerfeuer und tropfte von der brennenden Fackel etwas Wachs auf Kalles Hand.

»Au!«, rief Kalle empört. »Sie haben mir heißes Wachs auf die Hand getropft!«

»Hast du nicht eben gesagt, Wachs sei fest und kühl?«, fragte Hummel lächelnd.

»Ja!«, gab Kalle zu.

»Nun ist es aber flüssig und heiß«, stellte sein Gegenüber fest.

»Ja, leider«, sagte Kalle und blies sich über die Finger.

»Wie ist Wachs denn nun: fest und kühl oder flüssig und heiß?«, fuhr Hummel fort.

»Es ist beides«, sagte Kalle eingeschnappt.

»In welchem Zustand ist es denn besser als Wachs zu erkennen?«

»Das weiß ich nicht.«

»Siehst du? Deshalb kann der Mensch auch nie wissen, ob er die Dinge richtig erkennt.«

Platonicus-Kanticus überlegte, ob er eingreifen sollte. Nicht zufällig war es zu dieser Szene mit dem Wachs gekommen. Seine Mutter hätte sicher gesagt, dass man Wachs dann als ein solches erkennt, wenn es Anteil an der Idee des Wachses hat. Diesen Gedankengang wollte Platonicus-Kanticus sich jedoch für später aufbewahren. Er glaubte längst zu wissen, wen er vor sich hatte. Es kam nun darauf an, aufmerksam zu sein und sich im richtigen Moment einzuschalten.

Zunächst allerdings übernahm Metaphysika die Initiative.

»Es mag ja vieles ungewiss sein, eines ist jedoch sicher«, sagte die Prinzessin, während sie sich an das erste Gespräch erinnerte, das sie und die Freunde mit Kognitum am Tage ihrer Ankunft in Philosophica geführt hatten. »Ich denke, also bin ich.«

»Auch hier kann ich leider nicht recht zustimmen. Allerdings führt es zu weit, sich jetzt mit dieser Frage zu befassen«, entgegnete Hummel. »In jedem Fall ist diese Erkenntnis nicht viel wert.«

»Oh doch«, lachte Metaphysika. »Wenn ich sicher sein kann, dass ich bin, dann kann ich ja wohl auch sicher sein, dass das, was ich denke, richtig ist.«

»Da wäre ich mir nicht sicher«, sagte David Hummel. »Sie wissen ja noch nicht einmal genau, was dieses Ich ist, von dem Sie da reden.«

»Na. Das Ich, das ist mein Bewusstsein.«

»Sehen Sie, und genau da liegt das Problem«, triumphierte Hummel. »Sie haben nämlich keine Kontrolle über Ihr Bewusstsein.«

»Wieso. Ich habe doch wohl eine eigenständige Persönlichkeit«, erwiderte Metaphysika beleidigt.

»Ja sicher. Sie sind anders als andere Menschen«, erklärte Hummel mit listigen Blicken. »Soll ich ihnen auch sagen, warum dies so ist?«

»Ich bitte darum.«

»Die Ursache ihrer Individualität liegt in der Tatsache, dass Sie andere Erfahrungen gemacht haben als Ihre Mitmenschen.«

»Das mag sein«, stimmte die Prinzessin zu.

»Wenn das aber so ist, dann ist Ihre Persönlichkeit eben nicht selbstbestimmt. Sie ist das zufällige Ergebnis rein zufälliger Eindrücke! Ihr Bewusstsein ist wie die Bühne in einem Theater. Es tauchen Personen und Dinge auf und verschwinden wieder. Über das Kommen und Gehen haben Sie keine Kontrolle. Auf diese Weise werden Persönlichkeiten geprägt. Der eine sitzt zufällig in einer Heldensage, der nächste vielleicht in einer Tragödie. Es ist der Zufall, der uns die Eindrücke unseres Lebens liefert und uns somit zu dem macht, was wir sind. Das Sein bestimmt das Bewusstsein, nicht andersherum.«

»Das hätte von mir sein können«, sagte Kalle Max nachdenklich.

Metaphysika war nicht einverstanden, aber sie wusste nicht, was sie entgegnen sollte. Es war hoffnungslos.

»Jetzt!«, dachte Platonicus-Kanticus.

»Sehr geehrter Herr Hummel!«, begann er.

»Ja, mein Lieber.«

»Meinen Sie nicht, dass Sie etwas Entscheidendes übersehen haben?«

»So, was denn?«

»Sie haben das Bewusstsein nur passiv dargestellt. Die Eindrücke kommen und formen die Persönlichkeit.«

»Das ist auch richtig so.«

»Nun, ich sehe das anders«, sagte Platonicus-Kanticus. »Ich sehe das Bewusstsein als etwas Aktives an. Andernfalls wäre es nicht zu erklären, dass zwei Menschen, die unter gleichen Umständen aufwachsen, unterschiedliche Persönlichkeiten entwickeln. Sie haben dieselben Erfahrungen gemacht, und dennoch können sie zum Beispiel ganz verschiedene moralische Urteile fällen.«

David Hummel rutschte unbehaglich hin und her.

»Ich glaube, dass der Mensch nicht ausschließlich von der Umwelt bestimmt wird«, fuhr Platonicus-Kanticus fort. »Vielmehr bin ich der Meinung, dass der Mensch die Möglichkeit zur freien Entscheidung hat.«

»Das mag ja sein, aber die Dinge der Welt erkennt er dennoch nicht richtiger«, warf Hummel ein.

»Sie mögen wohl mit Ihrem Zweifel an der Erkenntnis in mancher Beziehung Recht haben«, sagte Platonicus-Kanticus. »Oder soll ich lieber sagen mit Ihrer Skepsis?«

Metaphysika und Kalle schreckten auf.

»Nennen Sie es ruhig Skepsis«, antwortete Hummel beinahe bösartig. »Ich bleibe dabei: Der Mensch kann zu keiner sicheren Erkenntnis gelangen.«

»Ja und nein«, entgegnete Platonicus-Kanticus. »Man sollte alles von zwei Seiten sehen. Sie haben vollkommen Recht damit: alles, was ich wahrnehme, ist nur eine Erscheinung. Die Dinge können an sich ganz anders sein, als ich sie erfahre. Zum einen können meine Sinne getäuscht werden, zum anderen haben wir gerade lernen müssen, dass für uns Menschen alles innerhalb von Raum und Zeit geschieht. Dies lässt jedoch keinen Schluss darauf zu, wie die Dinge an sich beschaffen sind. Vielleicht sind die Dinge selbst gar nicht innerhalb von Raum und Zeit.«

»Na bitte, ich habe also Recht!«, jubelte Hummel. Irgendwie hatten die Freunde den Eindruck, dass sich sein Gesicht veränderte. Es wurde unansehnlich, ja hässlich.

»Lassen Sie mich bitte ausreden«, unterbrach ihn Platonicus-Kanticus. »Ich wollte doch von den zwei Seiten berichten, die jedes Ding für mich hat. Das, was wir wahrnehmen, ist nur eine Erscheinung, die von unserem menschlichen Vermögen, die Dinge zu sehen, bestimmt wird. Aber hinter jeder Erscheinung muss etwas sein, das diese Erscheinung bewirkt, das die Wahrnehmung durch den Menschen verursacht.«

»Unsinn, Unsinn!«, lachte Hummel. Sein Äußeres hatte sich völlig gewandelt. Von David Hummel, ihrem eleganten und klugen Reisebegleiter, war kaum etwas übrig geblieben. Er wirkte wie ein riesiger Frosch in Menschenkleidung.

»Der Gnom des Skeptizismus!«, entfuhr es Kalle.

»Gut erkannt!«, lachte der Frosch. »Nur leider kommt diese Einsicht ein wenig zu spät, findest du nicht? Vielleicht hat die Hexe es nicht geschafft, euch die Orientierung zu nehmen, aber eure Hoffnung habe ich hiermit vernichtet.«

»Erkenntnis darf nicht nur Zufall sein!«, sagte Metaphysika traurig.

»Traurig, nicht wahr!«, lachte der Frosch und hüpfte ums Feuer. »Aber selbst wenn dein kleiner Freund Recht hat, und alle Dinge eine Erscheinung und einen ursprünglichen Charakter haben, so hilft euch das wenig. Ihr könnt doch nicht hinter die Erscheinungen gucken!«

»Vielleicht doch!«, rief Platonicus-Kanticus, so laut er konnte. Der Frosch hielt erstaunt inne. Metaphysika und Kalle blickten hoffnungsvoll auf ihren Freund.

»Es mag sein, dass wir nicht wissen, ob die Dinge wirklich so sind, wie sie uns erscheinen«, sagte Platonicus-Kanticus streng. »Eines hast du aber übersehen, Frosch! Viele wichtige Dinge sind ohnehin ohne Erscheinung.«

»Was meinst du?«, zischte der Frosch, offensichtlich in die Enge getrieben.

»Die großen Fragen der Menschen betreffen Dinge, die man mit den Sinnesorganen gar nicht wahrnehmen kann. Ich spreche von Gerechtigkeit, von Liebe, Freiheit und Glück. Hier handelt es sich um Ideen«, setzte Platonicus-Kanticus nach.

»Und du bist sicher, dass du Ideen richtig erkennst«, blubberte der Frosch.

»Das habe ich nicht gesagt«, antwortete Platonicus-Kanticus. »Ich bin mir nicht sicher, aber ich bin auch nicht ohne Hoffnung. Diese Ideen werden gedacht. Wir Menschen können uns mit solchen Ideen auseinander setzen. Wir haben dafür unsere Vernunft. Die Sinne vermitteln uns Eindrücke, und der Verstand ordnet diese Wahrnehmungen. Die Vernunft ist in der Lage, mit Gedanken zu arbeiten. Warum sollten wir also keine Dinge erkennen, die aus Gedanken bestehen?«

»Das ist alles nicht sicher!«, sagte der Frosch und starrte Platonicus-Kanticus aus seinen hervorquellenden Augen an.

»Natürlich ist das nicht sicher«, sagte dieser. »Aber es ist auch nicht hoffnungslos.«

Nun begann der Frosch, sich auf dem Boden zu wälzen und zu stöhnen: »Wenn man nicht sicher sein kann, ist man ohne Hoffnung! Es bleibt nur ein Weg: Man muss gegen alles und jedes skeptisch sein. Es bleibt nur der Skeptizismus.«

»Falsch«, konterte Platonicus-Kanticus. »Wenn man nicht ganz sicher sein kann, reicht es, kritisch und aufmerksam zu sein. Die Möglichkeit sicherer Erkenntnis muss nicht ausgeschlossen werden. Es bleibt also Hoffnung!«

Metaphysika und Kalle sprangen auf.

»Mein Freund hat Recht, du glitschige Schleimkreatur!«, rief Kalle.

»Das war großartig!«, sagte Metaphysika zu Platonicus-Kanticus, während sie ihm die Hand auf die Schulter legte.

Der Gnom hatte endgültig aufgegeben und kroch in seiner Froschgestalt langsam aus dem Lichtschein ihres Lagerfeuers.

»Na, dann behaltet eben eure Hoffnung«, quakte er und wollte sich davonmachen.

»Halt!«, rief Platonicus-Kanticus streng.

Der Frosch verharrte wie angewurzelt.

»Bevor du dich davonschleichst und andere Wanderer in die Hoffnungslosigkeit stürzt, will ich dir noch die Grausamkeit deines eigenen Skeptizismus vor Augen führen.«

Alle schwiegen gespannt.

»Du sagst doch den Leuten, dass eine Erkenntnis niemals sicher sein kann.«

»Richtig«, quakte der Gnom.

»Man muss also immer skeptisch bleiben und alles anzweifeln?«

»Ja, das sage ich doch die ganze Zeit!«

»Das gilt also immer?«

»Allerdings!«

»Und man muss immer alles anzweifeln?«

»Alles und jedes!«, antwortete der Gnom.

»Dann musst du auch skeptisch gegenüber deiner eigenen Lehre sein«, sagte Platonicus-Kanticus triumphierend. »Du musst anzweifeln, dass man immer alles anzweifeln muss!«

Der Frosch stöhnte auf und kroch langsam weiter.

»Das war ein Volltreffer!«, lachte Kalle, während der Gnom in der Dunkelheit verschwand.

Ob er die Lektion verstanden hatte? Offensichtlich, denn nach einer Weile war sein gequältes Quaken aus dem Dunkel der Nacht zu hören: »Wenn ich allem gegenüber skeptisch bin, dann muss ich auch mir selbst gegenüber skeptisch sein. Wenn ich sage, es darf keine Beurteilungen geben, dann ist das selbst eine Beurteilung. Wenn alles angezweifelt werden soll, so doch auch die Lehre, wonach alles anzuzweifeln ist. Ich drehe mich im Kreis. Noch einmal: Wenn ich allem gegenüber skeptisch bin ...«

Schließlich hatte der Frosch sich so weit entfernt, dass er nicht mehr zu hören war.

»Du liebe Güte!«, stöhnte Kalle erleichtert. »Das hätte ins Auge gehen können.«

»Du hast wirklich aufgepasst und meisterlich argumentiert«, lobte Metaphysika, zu Platonicus-Kanticus gewandt.

»Na ja. Ich hatte eben Glück«, sagte Platonicus-Kanticus bescheiden. Aber er lehnte sich selbstbewusst zurück und verschränkte die Arme hinter dem Kopf. Er hatte das Gefühl, das Problem einer ganzen Epoche gelöst zu haben.

»Seit wann wusstest du, dass es sich um den Gnom des Skeptizismus handelt?«, fragte Kalle.

»Ich wusste es nicht, aber vermutete es, als er uns abriet, in die Berge der Erkenntnis zu ziehen. Als er die Möglichkeit wahrer Erkenntnis abstritt, war ich mir sicher.«

Metaphysika sah Platonicus-Kanticus auf eine Weise an, dass ihm das Blut in die Wangen schoss und er ganz rote Ohren bekam.

»In jedem Fall war dies eine Glanzleistung!«, sagte plötzlich eine leise, heisere Stimme.

Sie fuhren zusammen.

»Wer spricht da?«, rief Kalle.

»Na, ihr seid mir ja schöne Freunde, wenn ihr einen Gefährten so schnell vergesst!«, krächzte es recht kläglich über ihnen.

»Kognitum!«, jubelte Metaphysika und ergriff eine Fackel. »Wo bist du?«

»Ich stecke hier oben«, antwortete Kognitum aus dem Dunkel.

Metaphysika verließ den Kreis des Feuerscheins und leuchtete mit ihrer Fackel in die Höhe.

»Hier, hier oben im Baum!«, jammerte Kognitum.

Es dauerte nicht lange, da hatten sie ihn entdeckt. Kognitum, ihr schmerzlich vermisster Wanderstab, hing in der hohen Krone eines Baumes.

»Wie bist du da hinaufgekommen?«, wollte Platonicus-Kanticus wissen.

»Dumme Frage!«, antwortete Kognitum. »Die Hexe hat mich aus ihrem Wirbelsturm hierher geschleudert.«

»Warte, ich hole dich herunter!«, sagte Metaphysika. Sie drückte Kalle die Fackel in die Hand und kletterte wie eine Katze den Baum hinauf.

»Sorgt für etwas Licht!«, rief sie.

»Wie gut, dass Mädchen so gern klettern«, flüsterte Kalle, während er sich bemühte, der Prinzessin beim Klettern mit der Fackel zu leuchten. »Sie hat wirklich Mut. Ich wäre nicht so gern im Dunkeln auf einen solch mächtigen Baum gestiegen.«

Platonicus-Kanticus dachte gerade über den Unterschied zwischen Mut und Tapferkeit nach, da stand Metaphysika mit Kognitum wieder vor ihnen. Gemeinsam gingen sie zurück zum Lagerfeuer und setzten sich. Auch Kognitum wurde ein Lager bereitet.

»Als die Hexe mich erkannte, hat sie mich gleich in hohem Bogen ausgespuckt«, begann Kognitum.

»Wir haben dich so lange gesucht«, berichtete Platonicus-Kanticus. »Wir fürchteten schon, wir würden dich nie wiedersehen.«

»Auch ich hatte alle Hoffnung aufgegeben«, lachte der Wanderstab. »Doch dann kommt ihr plötzlich dahergelaufen und lagert unmittelbar unter mir. Erst habe ich mich natürlich sehr gefreut, aber als ich sah, wer da bei euch saß, war ich wie gelähmt.«

»Warum hast du uns nicht gewarnt, als du den Gnom erkannt hast?«, wollte Kalle wissen.

»Ich habe gerufen, wie ein Wanderstab nur rufen kann. Doch niemand von euch hat mich gehört«, erklärte Kognitum. »Erst jetzt kam meine Stimme zu euch durch.«

»Und da war es nicht mehr nötig, uns zu warnen«, betonte Metaphysika und sah Platonicus-Kanticus wieder auf diese seltsame Weise an.

Sie saßen noch lange um das Feuer und berichteten einander, wie es ihnen im Sturm der Chaoshexe und mit dem Gnom des Skeptizismus ergangen war. Der Erste, der sich in seinen Schlafsack rollte, war Platonicus-Kanticus. Das Streitgespräch mit dem Frosch hatte ihn ermüdet, und die Blicke der Prinzessin beschämten ihn.

»Es ist schon merkwürdig, dass man sich für etwas schämen kann, obwohl es einen gleichzeitig glücklich macht«, dachte er. »Vielleicht schäme ich mich, weil ich glücklich bin.«

Metaphysika, Kalle und Kognitum hockten noch eine Weile beisammen.

Schließlich beendete Kalle die Unterhaltung.

»Wir sollten jetzt schlafen«, sagte er gähnend. »Das wird morgen ein langer Tag. Vor uns liegen die Berge der Erkenntnis.«

V. Die Höhle

Oder: Die Kunst der Hebamme und der Funken des gemeinsamen Feuers

Als sie am nächsten Morgen aufbrachen, waren sie glänzender Laune. Sie hatten es geschafft, bis jetzt beisammen zu bleiben, und die Gefahren der Savanne der Ästhetik zu überstehen. Mit frischem Mut wandten sie sich neuen Abenteuern zu.

Zunächst waren sie einfach drauflosmarschiert. Erst nachdem sie den ersten Ausläufer der Gebirgskette erreicht hatten, überlegten die Freunde, wohin sie sich wenden sollten.

»Ich schlage vor, den Felsen des Pythagoras zu besteigen«, sagte Kognitum. »Er gehört zu den höchsten Erhebungen des Erkenntnisgebirges, und man hat von dort einen guten Überblick.«

»Ich halte das für eine gute Idee«, sagte Kalle. »Ist es sehr weit dorthin?«

»Ich denke, wir können ihn bis zum Abend erreichen«, antwortete Kognitum. »Seht einmal da hinüber. Der Granitfelsen, der aussieht wie eine ägyptische Pyramide, das ist er.«

»Die Landschaft dort wirkt sehr öde und karg«, bemerkte Metaphysika.

»Das täuscht«, beruhigte Kognitum. »Aus der Ferne wirkt sie etwas lieblos, aber wenn man sich ihr nähert, wird die Landschaft viel interessanter.«

Sie liefen den ganzen Tag über, stiegen stetig bergan und kamen dem Felsen immer näher. Schließlich hatten sie ihn erreicht und arbeiteten sich mühsam hinauf, denn der Weg wurde immer unbegehbarer. Anfangs benutzten sie einen kleinen Pfad, der Einmaleins genannt wurde, dann kamen die Treppen der Logarithmen, die besonders schwierig zu besteigen waren, da von allen Seiten Wurzeln in den Weg ragten. Am Abend waren sie jedoch glücklich am Gipfel des Felsens angelangt und fanden hier eine Plattform, die seitlich von einer Felswand überragt wurde.

Der Ort bot einen wunderbar geschützten Lagerplatz. Man hatte von hier oben einen herrlichen Ausblick. Platonicus-Kanticus und Metaphysika traten an den Rand der Plattform und sahen in die Ferne. Kalle machte sich sogleich daran, das Lager zu bereiten.

»Willst du denn nicht auch die Aussicht genießen?«, fragte ihn Kognitum.

»Das mache ich morgen!«, sagte Kalle.

»Morgen hast du aber nicht die gleiche Aussicht wie heute.«

»Morgen ist Sonnenaufgang, und jetzt ist Sonnenuntergang, das ist dasselbe.«

»Das ist nicht dasselbe«, widersprach Kognitum. »Das ist noch nicht einmal das Gleiche.«

»Dummer Oberlehrer!«, knurrte Kalle.

»Ich finde es nur schade, wenn du dir nicht die Zeit nimmst, einen so schönen Augenblick zu genießen«, verteidigte sich Kognitum.

»Damit ich auch so ein weltfremder Romantiker werde wie unsere beiden Turteltauben«, lachte Kalle und nickte mit dem Kopf in die Richtung, in der Platonicus-Kanticus und Metaphysika den Sonnenuntergang betrachteten. »Ich bin nun einmal praktisch veranlagt. Wenn ich zum Beispiel jetzt nicht die Bohnen in die Pfanne werfe, dann gibt es nichts, womit wir unseren Hunger stillen können.«

»Ich will deine Arbeit gar nicht schlecht machen. Im Gegenteil, sie verdient hohe Anerkennung«, sagte Kognitum. »Aber ich meine, du solltest dir darüber im Klaren sein, dass alles, was wir erleben, einzigartig ist.«

»Hör auf zu reden wie meine Mutter! Das Gebirge ist morgen für mich dasselbe wie heute.«

»Da bin ich anderer Ansicht. Ich glaube, dass sich alles, was wir erleben, ständig verändert. Alles fließt.«

»Willst du damit sagen, dass das Gebirge morgen weggeflossen ist?«

»Natürlich nicht, aber du wirst das Gebirge morgen anders empfinden als heute. Vielleicht wirst du schlecht schlafen und morgen mit so übler Laune aufwachen, dass du die Schönheit dieser Landschaft gar nicht zu würdigen weißt. Das Gebirge hat sich natürlich bis dahin auch gewandelt. Der Regen hat die Felswände gewaschen, und morgen wird alles in ein ganz anderes Licht getaucht sein als heute. Das meine ich, wenn ich sage, dass alles fließt. Es ist wie mit einem Fluss, in dem man baden möchte. Natürlich ist der Fluss auch morgen noch da, aber er hat sich verändert. Man kann nie zwei Mal in den gleichen Fluss steigen.«

»Du sprichst wie meine alte Lehrerin, Frau Hera Kliet«, bemerkte Kalle. Er wollte Kognitum offensichtlich beleidigen, denn wer will schon mit einer Lehrerin verglichen werden! Nach einer Weile erhob er sich jedoch und schlenderte wie zufällig zum Rande der Plattform, wobei er sich große Mühe gab, einen möglichst gelangweilten Eindruck zu machen.

»Carpe diem!«, rief ihm Kognitum lachend nach.

Kalle sollte es nie bereuen, dass er sich noch aufgerafft hatte. Der Ausblick war einmalig. Die letzten Strahlen der Sonne tauchten die Welt in einen roten Glanz. In der Ferne waren noch Teile der Savanne der Ästhetik zu sehen. Endlose grüne Weiten. In der anderen Richtung waren zwischen den gewaltigen, schneebedeckten Bergen Flüsse und ein Meer zu erahnen. Das Wasser reflektierte das schwindende Licht und funkelte in der Ferne.

»Merkwürdig«, dachte Kalle. »Licht scheint in Philosophica eine ganz besondere Rolle zu spielen.«

Eine Stunde später saßen sie um das Feuer herum und aßen die inzwischen etwas angebrannten Bohnen.

»Warum heißt der Berg eigentlich Felsen des Pythagoras?«, erkundigte sich Platonicus-Kanticus bei Kognitum.

»Weil hier ein Mann namens Pythagoras zwei Zeichen in den Fels gemeißelt hat, die er für ewige Erkenntnisse hielt.«

»Und wo sind diese Eintragungen?«

»Dreh dich einfach um und sieh nach oben!«

Sie betrachteten die glatte Felswand, die hinter ihnen aufragte. Zu ihrer großen Enttäuschung erkannten sie im Licht des Feuerscheins nur, dass jemand ein Dreieck und einen Kreis in den Felsen gemeißelt hatte.

»Ein Kreis und ein Dreieck!«, rief Platonicus-Kanticus. »Soll das alles sein?«

»Ich finde das grandios!«, begeisterte sich Kognitum.

»Das sollen wichtige Erkenntnisse sein?«, wunderte sich Metaphysika. »Jedes Kind weiß, was das ist.«

»Aber genau das ist der Punkt!«, lachte Kognitum. »Jeder erkennt einen Kreis und ein Dreieck.«

»Und das findest du bemerkenswert?«, fragte die Prinzessin.

»Und wie!«, bestätigte der Wanderstab.

»Das musst du uns erklären«, forderte Platonicus-Kanticus.

»Ich finde es erstaunlich, dass alle Menschen einen Kreis als einen Kreis und ein Dreieck als ein Dreieck erkennen. Bei anderen Dingen ist dies oft nicht so«, begann Kognitum. »Erinnert ihr euch noch an die kleinen Bäume, die in der Savanne der Ästhetik neben den riesigen Gräsern wuchsen?«

»Allerdings«, bestätigte Metaphysika. »Es war sehr schwer auszumachen, was ein Baum war und was Gras.«

»Genau das meine ich«, sagte Kognitum. »Einen Kreis erkennen wir alle als Kreis. Mit einem Baum ist das häufig nicht so. Der eine sagt, es sei ein Baum, der andere meint, es handle sich noch um einen Busch, der nächste hält ihn für einen großen Strauch. Es ist sehr schwer zu sagen, wann ein Baum ein Baum ist oder vielleicht nur ein dicker Busch.«

»Das stimmt!«, überlegte Kalle. »Das ist nicht nur mit Bäumen so. Bei Bergen gibt es das gleiche Problem. Wenn zwei Menschen vor einer Erhebung stehen, kann der eine sagen: ›Das ist ein Berg‹ und der andere: ›Das ist ein Hügel‹«

»Und wenn zwei vor einem Gewässer stehen, dann hält der eine es für einen Bach, sein Freund aber spricht von einem Fluss!«, ergänzte Metaphysika.

»Ihr habt das Problem erkannt!«, lobte Kognitum. »Das Besondere an Kreis und Dreieck ist, dass es hier keine Missverständnisse gibt. Wenn wir ein Dreieck sehen, dann sagen wir alle: Das ist ein Dreieck. Auch wenn ich euch von einem Dreieck erzähle, kann ich sicher sein, dass wir alle dasselbe vor Augen haben. Wenn ich aber von einem Bach berichte, kann es gut sein, dass ihr dasselbe Gewässer als Fluss bezeichnen würdet.«

»Solche Missverständnisse können wir aber vermeiden, indem wir uns einigen«, wandte Kalle ein. »Wir können uns zum Beispiel darauf verständigen, erst von einem Baum zu sprechen, wenn sein Stamm eine gewisse Stärke erreicht hat, oder von einem Fluss, wenn er so oder so viele Meter breit ist.«

»Richtig, aber das Großartige ist doch, dass eine solche Vereinbarung bei Kreisen nicht nötig ist!«

»Was macht eigentlich einen Baum zum Baum und einen Fluss zum Fluss?«, überlegte Metaphysika. »Es muss doch etwas im oder am Baum geben, das man halt nur bei Bäumen findet.«

»Du meinst so etwas wie das Wesen des Baumes?«, fragte Platonicus-Kanticus.

»Ja«, antwortete die Prinzessin. »Das ›Baumhafte‹ des Baumes oder das Wesen des Baumes, das für einen Baum typisch ist.«

»Ich glaube, Pythagoras würde sich sehr freuen, wenn er eurem Gespräch lauschen könnte«, unterbrach Kognitum ihre Überlegungen. »Auch er meinte, dass in den Dingen etwas Bestimmtes ist, was sie zu dem macht, was sie sind.«

»Ich habe es!«, rief Metaphysika plötzlich.

Platonicus-Kanticus und Kalle sahen sie erwartungsvoll an.

»Das Besondere an Kreis und Dreieck ist, dass sich ihr Wesen ganz genau bestimmen lässt. Es handelt sich um mathematische Gesetze. Wer von einem Kreis oder einem Dreieck spricht, meint eine Form, die ganz bestimmten mathematischen Gesetzen unterworfen ist. Beim Kreis handelt es sich um das Gesetz, nach dem alle Punkte vom Mittelpunkt gleich weit entfernt sein müssen.«

»Genau!«, sagte Kalle und pfiff durch die Zähne. »Das Gesetz des Dreiecks sagt, dass die Winkelsumme 180 Grad betragen muss.«

»Das ist fantastisch«, schwärmte Metaphysika. »Wenn Pythagoras Recht hat, können wir sicher sein, das Wesen eines Dinges richtig erkannt zu haben, wenn wir es in eine mathematische Formel bringen können.«

Sie schwiegen zufrieden und genossen ihr Bohnengemüse.

Platonicus-Kanticus blieb jedoch nachdenklich. Seine Mutter wäre mit dieser Unterhaltung sicher sehr zufrieden gewesen. Aber die kritische Grundhaltung blieb, er hatte sie wohl von seinem Vater geerbt.

»Können wir wirklich sicher sein, etwas richtig erkannt zu haben, wenn es sich in eine mathematische Formel bringen lässt?«, begann er nach einer Weile.

»Warum denn nicht?«, fragte Metaphysika und lächelte ihm zu.

»Erinnert ihr euch an das, was wir über Raum und Zeit gelernt haben? Vielleicht ist das, was wir Dreieck nennen, gar nicht innerhalb von Raum und Zeit.«

»Du sprichst wie der Gnom«, lachte Metaphysika. »Erinnere dich daran, was du selbst gesagt hast! Vielleicht ist das Ding nicht innerhalb von Raum und Zeit, und vielleicht gehorcht es auch nicht dem Gesetz des Dreiecks, aber die Erscheinung, die wir von ihm haben, gehorcht diesem Gesetz.«

»Und wie ist es, wenn alles nur ein Betrug ist? Es könnte doch einen bösen Gott geben, der uns zu seinem Vergnügen an der Nase herumführt.«

»Das ist eine Überlegung von René dem Zweifler«, sagte Kognitum. »Du weißt doch, dass er eine Lösung gefunden hatte! Eines ist gewiss. Du denkst, also bist du! In diesem Punkt kann dich nicht einmal ein böser Gott betrügen.«

»In Ordnung«, gestand Platonicus-Kanticus. »Dass ich bin, ist also sicher. Aber meine Erkenntnisse müssen nicht sicher sein. Vielleicht gibt es gar keine mathematischen Gesetze. Vielleicht ist das alles nur Einbildung.«

»Nicht, sofern du sie klar und deutlich denkst«, sagte Metaphysika. »Wenn du bist, dann existiert auch alles, was du dir im Denken erschließt, sofern du es bewusst tust.«

»Im Übrigen war René der Überzeugung, dass Gott kein Betrüger ist«, ergänzte Kognitum. »Er fand heraus, dass Gott als Betrüger gar nicht zu denken sei.«

Das war alles etwas zu viel für Platonicus-Kanticus. Er versuchte, sich an sein Gespräch mit dem Gnom des Skeptizismus zu erinnern. Da war ihm alles so klar erschienen, und nun ging merkwürdigerweise alles wieder durcheinander. Während er sich zurücklehnte und in die Nacht hinausschaute, beschloss er, vor dem Einschlafen alles noch einmal zu überdenken.

Unterdessen waren Metaphysika und Kalle über die Frage in Streit geraten, ob die Geschichte der Menschheit nach mathematischen Gesetzen verläuft oder nicht.

»Seid mal still!«, rief Platonicus-Kanticus plötzlich. Er hatte im Dunkel der Nacht etwas entdeckt. Tief unter ihnen war in einem Tal ein Lichtschein zu sehen.

»Dort unten muss eine Höhle sein, in der ein Feuer brennt.«

»Oh nein, die Höhle«, stöhnte Kognitum.

»Wieso, was ist mit der Höhle?«, wollte Metaphysika wissen.

»Ach nichts. Ich hatte nur gehofft, dass ihr sie nicht entdeckt«, seufzte der Wanderstab.

»Erzähl!«, riefen Metaphysika, Kalle und Platonicus-Kanticus wie aus einem Mund.

»Es handelt sich um einen äußerst gefährlichen Ort. Dort unten werden Menschen gefangen gehalten. Viele Wanderer, die durch Philosophica ziehen, gehen dorthin und versuchen, die Gefangenen mit immer neuen Methoden zu befreien. Ich hatte gehofft, dass es mir mit euch erspart bleibt.«

»Bist du mit meinem Vater dort unten gewesen?«, wollte Platonicus-Kanticus wissen.

»Natürlich, dein Vater war geradezu ein Befreiungsfanatiker.«

»Und meine Mutter?«

»Deine Mutter kennt die Höhle so gut, dass man meinen könnte, sie habe sie erfunden.«

Die drei Freunde waren hellwach.

»Eine Höhle!«, staunte Kalle.

»Feuer!«, rief Metaphysika.

»Gefangene«, sagte Platonicus-Kanticus fasziniert.

Kognitum machte an diesem Abend noch viele Versuche, die drei auf andere Gedanken zu bringen. Immer wieder sprach er von einem Fest im Hause eines gewissen Kephalos. Doch alle Mühe war vergebens. Die drei waren nicht davon abzubringen, am nächsten Tag zur Höhle hinabzusteigen. Sie schmiedeten bis tief in die Nacht hinein Pläne. Schließlich beschlossen sie, erst einmal die Lage auszukundschaften, um dann bei einer zweiten Aktion die Gefangenen zu befreien.

Kognitum sprach kein Wort. Nur gelegentlich gab er missbilligende Laute von sich. Gegen Morgengrauen verloren sich die Freunde in ihren Vermutungen über die Gefangenen und die Höhle und schliefen darüber ein.

Nur Kalle erwachte einmal in dieser Nacht. Als er sah, dass Metaphysika und Platonicus-Kanticus fest schliefen, kroch er zu Kognitum hinüber.

»Heh, schläfst du?«, fragte er und gab dem Wanderstab einen Knuff.

»Ich schlafe nie, ich bin höchstens manchmal geistesabwesend«, flüsterte Kognitum.

»Bist du auch der Meinung, dass diese mathematischen Gesetze feste und sichere Erkenntnisse darstellen?«, erkundigte sich Kalle.

»Im Großen und Ganzen schon«, antwortete Kognitum.

»Sie sind also sicher und verändern sich nicht?«

»So ist es.«

»Na, dann solltest du aber deine Erklärung, wonach alles fließt, noch einmal gründlich überdenken«, sagte Kalle und kroch kichernd in seinen Schlafsack zurück.

Kognitum holte empört Luft. Er wollte gerade erklären,

dass sich diese Aussage allein auf die Empfindungen der Menschen beziehe und dass wahre Erkenntnisse davon nicht betroffen seien. Kognitum verzichtete aber darauf, denn Kalle tat, als sei er fest eingeschlafen.

Er kicherte leise in sich hinein und genoss das Gefühl, Kognitum verärgert zu haben.

Es war früh am Morgen, als sie auf die Höhle zuschlichen.

Noch vor Sonnenaufgang waren sie aufgestanden und stiegen ins Tal hinab. Dabei hatte Platonicus-Kanticus sich gefragt, ob es ein Widerspruch sei, zum Erlangen neuer Erkenntnisse nach unten zu steigen. Kalle war auf dem Weg etwas anderes aufgefallen. Als er einmal die Gruppe verließ, hatte er hinter einigen Büschen ein großes Pferd aus Holz entdeckt. Er untersuchte das Gebilde jedoch nicht, sondern lief zurück zu den anderen. Selbst in Philosophica konnte man nicht alles genau betrachten.

Nun lagen sie unmittelbar vor dem Höhleneingang und duckten sich ins taufeuchte Gras. Der Eingang zur Höhle klaffte vor ihnen wie ein großes, dunkles Loch. Ein flackernder Lichtschein verriet ihnen, dass im Inneren der Höhle noch immer das Feuer brannte.

»Es muss sich um eine mächtige Flamme handeln«, flüsterte Metaphysika.

»Jetzt könnten wir den Ritter Hero von Dot gut gebrauchen«, sagte Kalle. »Der war doch immer so versessen auf Gefahr und Kampf, der wäre bestimmt gleich in die Grotte eingedrungen. Ich weiß nicht, ob ich den Mut dazu aufbringe.«

»Niemand verlangt Mut von dir. Sei einfach nur tapfer«, antwortete Metaphysika. Sie sprang auf und lief in gebückter Haltung auf den Höhleneingang zu.

Platonicus-Kanticus folgte ihr wortlos. Kalle sah ihnen beklommen nach.

»Sei einfach nur tapfer«, sagte er schließlich, indem er die Stimme der Prinzessin nachahmte. Dann sprang auch er auf und rannte seinen Freunden hinterher. Dicht an die nasskalte Höhlenwand gepresst, hatten die beiden auf ihn gewartet. Kalle hockte sich neben sie.

»Und jetzt?«, flüsterte er.

»Na, wir sehen uns an, was dort beim Feuer vor sich geht«, antwortete Platonicus-Kanticus mit heiserer Stimme.

Sie hatten es nicht weit. Der Gang, der auf das Feuer zuführte, war nur etwa fünfzig Meter lang. Sie huschten Meter um Meter voran und versteckten sich hinter einigen Felsbrocken. Von hier aus konnten sie einen großen Raum überblicken.

Es bot sich ihnen ein merkwürdiges Bild.

Sie sahen in Ketten gefesselte Menschen, die, mit dem Gesicht zur Höhlenwand, auf dem Boden saßen. Sie schienen seit langer Zeit dort gefangen zu sein. Die Fesseln bestanden aus eisernen Ringen, die ihnen um die Knöchel und den Hals gelegt worden waren.

So war es ihnen unmöglich, den Kopf herumzudrehen; sie konnten nur nach vorn auf die Höhlenwand schauen. Hinter den Gefangenen loderte ein gewaltiges Feuer, das sein helles Licht auf die Wand warf.

Dieser Anblick war an sich schon ungewöhnlich, aber es kam noch aufregender.

Zwischen dem großen Feuer und den Gefangenen verlief ein Weg. Entlang dieses Weges, direkt hinter den Gefangenen, war eine Mauer errichtet. Diese glich der Barriere, die Puppenspieler benötigen, um ihr Theater aufzuführen. Hinter dieser Mauer trugen seltsame Gestalten vielerlei Geräte vorbei, die über die Mauer hinwegragten. Es handelte sich um Bildsäulen sowie steinerne und hölzerne Figuren verschiedenster Art. Einige der Träger unterhielten sich, andere schwiegen. Am häufigsten wurde die Figur eines Pferdes vorübergetragen. Das Feuer warf gewaltige Schatten dieser Gegenstände auf die Wand, vor der die Gefangenen saßen.

Jedes Mal, wenn ein neuer Schatten auftauchte, hoben sie die Hände, zeigten auf ihn und riefen den entsprechenden Begriff. Derjenige, der den Schatten zuerst erkannte, wurde von seinen Mitgefangenen herzlich beglückwünscht. Aber die, welche die Gegenstände vorübertrugen, kümmerten sich nicht um die Gefangenen. Offensichtlich wurde dieses hinterlistige Spiel schon sehr lange mit den Gefangenen betrieben. Platonicus-Kanticus hätte die Gefesselten gern sofort befreit, doch dies schien sehr gefährlich zu sein. Sie sahen viele Wächter, die mit großen Schwertern, Lanzen oder Äxten bewaffnet waren.

Vor lauter Staunen hatte Platonicus-Kanticus gar nicht bemerkt, dass sich Metaphysika bereits viel weiter vorgewagt hatte. Sie war schon bedenklich nahe an das Feuer herangeschlichen. Voll Entsetzen erkannte Platonicus-Kanticus, dass sich jetzt eine Wache auf ihrem Rundgang dieser Stelle näherte. Noch einen Augenblick, und die Prinzessin musste entdeckt werden. In letzter Sekunde ergriffen zwei Hände die Prinzessin und drückten sie in den Schatten eines Felsens.

»Vorsicht!«, zischte Kalle, während er Metaphysika den Mund zuhielt.

Die Wache ging beängstigend nah an ihnen vorüber.

»Wir müssen zurück und uns erst einen Plan ausdenken«, flüsterte Platonicus-Kanticus, der zu ihnen gekrochen war. »Es wird Zeit zu verschwinden.«

Metaphysika und Kalle nickten und folgten Platonicus-Kanticus, der sich langsam zurückzog. Sie beeilten sich, den Ausgang der Höhle zu erreichen. Dann sprangen sie ins Tageslicht und verschwanden im Schutz der Wälder. Erst jetzt wagten sie es, sich wieder miteinander zu unterhalten.

»Es war sehr mutig von dir, mir zu Hilfe zu kommen«, sagte Metaphysika dankbar zu Kalle.

»Oh, du kannst sicher sein, dass es höchstens tapfer war. Ich bin nämlich viel zu klug, um keine Angst zu haben«, antwortete Kalle und grinste.

Den Rest des Tages verbrachten sie damit, das Gesehene zu verarbeiten und sich zu beraten.

»Was das ganze Theater wohl soll?«, fragte Kalle. »Da wird ein riesiger Aufwand betrieben und nichts Sinnvolles produziert.«

»Ja. Es ist schon rätselhaft«, gab ihm Metaphysika Recht.

»Ich glaube, dass dort jemand einen grausamen Versuch mit dem Erkenntnisvermögen des Menschen macht«, sagte Platonicus-Kanticus nachdenklich.

»Wie meinst du das?«, wollte Metaphysika wissen, »was haben diese seltsamen Gefangenen mit uns und unserem Erkenntnisvermögen zu tun?«

»Sie sind uns ganz ähnlich!«, antwortete Platonicus-Kanticus. »Oder meinst du, dass diese Menschen etwas anderes zu sehen bekommen als die Schatten, die das Feuer auf die Höhlenwand wirft?«

»Nein, sie sehen nur die Schatten. Wie sollten sie denn etwas anderes bemerken, wenn sie ihr Leben lang gezwungen sind, den Kopf bewegungslos zu halten«, sagte Metaphysika.

»Da haben wir's!«, rief Platonicus-Kanticus. »Die Schatten sind aber nicht identisch mit den vorbeigetragenen Gegenständen.«

»Natürlich nicht«, bestätigte die Prinzessin.

»Ob die Gefangenen glauben, über die Dinge an sich zu sprechen, wenn sie auf die Schatten zeigen?«, fragte Platonicus-Kanticus Metaphysika weiter.

»Notwendigerweise werden sie das«, antwortete die Prinzessin. »Aber du vergisst, dass einige Träger sich unterhalten. Die Gefangenen werden ihre Stimmen hören.«

»Wenn die Gefangenen schon immer dort sitzen, dann glaube ich, dass sie die Stimmen und Geräusche nichts anderem zuordnen, als den vorübergleitenden Schatten.«

»Da magst du Recht haben!«, sagte Metaphysika nachdenklich.

»Das ist es, was ich meine«, fasste Platonicus-Kanticus zusammen. »Wenn wir mit unseren Überlegungen Recht haben, dann können die Gefangenen nichts anderes für wahr halten, als die Schatten der vorübergetragenen Gegenstände. Sie halten die Schatten für die Wirklichkeit und wissen nichts von den Gegenständen, den Trägern, dem Feuer und den Wachen.«

»Dann müssen wir sie befreien!«, rief Metaphysika.

»Ja, das müssen wir«, bestätigte Platonicus-Kanticus.

»Müssen wir das?«, fragte Kalle. »Ich hasse es zwar, Menschen in Ketten zu sehen, aber in diesem Fall wissen wir nicht, ob die Gefangenen mit ihrem Los nicht doch zufrieden sind.«

»Ich verstehe deine Bedenken«, sagte Metaphysika. »Wenn diese Menschen wirklich nichts anderes kennen, dann wissen sie auch nicht um das, was ihnen entgeht. Wie soll man etwas vermissen, von dem man nicht weiß, dass es existiert. Sie vermissen nichts, und darum können sie auch nicht darunter leiden.«

»Man kann aber unter einem Zustand leiden, ohne genau zu wissen, wie es besser sein könnte«, sagte Kalle.

»Da hast du allerdings Recht«, stimmte Metaphysika zu. »Ich bin mir auch nicht sicher, ob wir sie so einfach befreien dürfen. Was ist, wenn sie nach der Befreiung viel unglücklicher sind als zuvor? Vielleicht möchten sie in ihrer kleinen überschaubaren Höhle bleiben, sich von einem Feuer wärmen lassen, das sie nicht kennen, und an Dinge glauben, die eigentlich nur Abbilder sind.«

»Das ist alles richtig, was du gesagt hast«, meinte Platonicus-Kanticus. »Wir sollten aber auch nicht vergessen, dass die Gefangenen sicher nicht freiwillig in diese Lage gekommen sind. Jeder Mensch sollte selbst bestimmen, welches Leben er führen will.

Wenn er sich aber aus freien Stücken für die Unwissenheit entscheidet, dann ist das etwas anderes. Alle Menschen haben zunächst ein Recht darauf, sich so weit zu entwickeln, wie es ihnen möglich ist.«

»Meinst du damit, dass es so etwas wie ein Recht auf Wahrheit gibt?«, wollte Kalle wissen.

»Ein Recht und vielleicht sogar eine Pflicht«, bestätigte Platonicus-Kanticus.

Sie sprachen noch lange darüber, ob es immer richtig sei, Menschen aus ihrer Höhle oder ihrer Unwissenheit herauszuholen. Nach einer Weile einigten sie sich darauf, dass der Mensch in jedem Fall ein Wesen sei, das zu Erkenntnissen fähig ist. Diese Möglichkeit, Erkenntnis zu erlangen, dürfe nicht von anderen beschnitten werden. Die freie Entfaltung der Persönlichkeit erschien ihnen als ein sehr hoher Wert, der auch dann noch zu verteidigen sei, wenn er die Gefahr des Unglücks in sich berge. Die Befreiung war jetzt beschlossene Sache.

»Na wunderbar«, lachte Metaphysika. »Wir sind vielleicht Helden. Nun haben wir zwei Stunden darüber diskutiert, ob es richtig ist, was wir tun wollen. Dabei haben wir noch nicht einmal den leisesten Schimmer, wie wir unsere Beschlüsse in die Tat umsetzen können.«

»Ihr könnt von Glück sagen, dass ich bei euch bin!«, rief Kalle Max. »Ich bin nämlich ein ausgesprochener Experte in der Planung von großen Unternehmungen! Als Erstes brauchen wir einen Namen für unsere Befreiungsaktion.«

»Warum denn das? Wir wissen doch, um was es geht«, meinte Platonicus-Kanticus.

»Na, damit es professioneller klingt«, sagte Kalle.

»Diese Vorgehensweise ist in der Tat in Philosophica üblich«, meldete sich Kognitum nach langer Zeit zu Wort. »Viele Wanderer haben ihren wichtigen Unternehmen und Entdeckungen eigene Namen gegeben.«

»Vielen Dank für die Unterstützung«, fuhr Kalle Max fort. Hierbei ergriff er Kognitum und fuchtelte mit ihm herum, wie ein Lehrer mit einem Zeigestock.

»Ich schlage vor, unseren Befreiungsplan, Aktion ›Spartacus‹ zu nennen.«

»Dieser Begriff sagt mir überhaupt nichts!«, bemerkte Platonicus-Kanticus.

»Das macht nichts«, antwortete Kalle. »Du solltest es bei Gelegenheit nachschlagen. Für den Augenblick reicht es, wenn du es als einen persönlichen Wunsch von mir betrachtest. Bitte tut mir doch den Gefallen!«

»Es lebe die Aktion Spartacus!«, riefen Metaphysika und Platonicus-Kanticus kichernd.

»Wohlan«, sagte Kalle und imitierte Ritter von Dot, indem er wie ein General auf und ab schritt. »Unsere Aktion steht vor zwei Schwierigkeiten. Problem Nr. 1: Wie überzeugen wir die Gefangenen davon, dass wir ihnen helfen wollen? Problem Nr. 2: Wie schalten wir die Wachen aus? Ich bitte um Meldungen!«

Kalle setzte sich vergnügt und legte Kognitum neben sich.

»Das mit den Gefangenen wird wirklich sehr schwierig«, sagte Platonicus-Kanticus. »Ich glaube nicht, dass sie uns als Befreier willkommen heißen werden.«

»Wie ist das zu verstehen?«, fragte Kalle.

»Na ja. Stell dir vor, wir befreien einen von ihnen und bringen ihn dazu aufzustehen, den Kopf umzudrehen und zu gehen. Er wird von dem Licht des Feuers ganz geblendet sein. Er wird nichts erkennen können und wahrscheinlich starke Schmerzen haben.«

»Meine Güte!«, entfuhr es Kalle. »Daran habe ich nicht gedacht.«

»Ich glaube, es kommt noch schlimmer«, überlegte Metaphysika. »Er wird uns nicht glauben, dass das, was wir ihm zeigen, die Wirklichkeit ist. Er kann ja kaum etwas erkennen. Stattdessen wird er versuchen, sich wieder umzudrehen und zu den Schatten zurückzukehren, die ihm vertraut sind. Vielleicht wird er sich sogar heftig wehren.«

»Dann müssen wir ihn eben mit sanfter Gewalt den steinigen und steilen Weg nach oben bringen und ihn nicht loslassen, bis wir ihn an das Licht der Sonne geschleppt haben«, entschied Kalle.

»Das wird nicht viel ändern«, meinte Platonicus-Kanticus. »Gerade in der Sonne werden seine Augen geblendet sein, und er wird sehr leiden. Wir sollten uns klar darüber sein, dass er nichts von dem erkennen wird, was wir ihm als das Wahre vor Augen führen.«

»Gewöhnung«, sagte Kalle. »Alles, was er dann braucht, ist Zeit, um sich an das Licht zu gewöhnen. Danach wird er schon von allein entdecken, was Wirklichkeit ist.«

Sie begannen, ein Eingewöhnungsprogramm zu erarbeiten. Zunächst würden die Befreiten auch draußen die Schatten erkennen können. Danach wollten die Freunde ihnen Spiegelbilder im Wasser zeigen, und dann, so hofften sie, würde es den Befreiten möglich sein, die Dinge selber zu betrachten. Man erwog auch, ihnen den Mond bei Nacht und schließlich die Sonne am Tage zu zeigen, um ihnen die Ursache des Lichtes zu erklären.

Es dauerte nicht lange, da beglückwünschten sie sich gegenseitig für ihre Einfälle.

Erst Kognitum erinnerte sie an eine wichtige Voraussetzung.

»Ich denke, ihr solltet zu Punkt zwei übergehen«, sagte der Wanderstab. »Wie wollt ihr eure Schützlinge überhaupt befreien?«

Alle schwiegen nachdenklich.

»Wir sollten es bei Nacht versuchen«, rief Platonicus-Kanticus nach einer Weile. »Im Dunkeln ist es sicherer.«

»In der Höhle ist es nicht dunkel«, erinnerte ihn die Prinzessin. »Das Feuer brennt schließlich auch nachts. Und Wachen haben sie dann bestimmt auch aufgestellt.«

»Dann stürmen wir einfach hinein und versuchen es auf gut Glück«, schlug Platonicus-Kanticus vor.

Die mitleidigen Blicke seiner Freunde ließen ihn verstummen.

»Ich bin doch nicht lebensmüde und lasse mich aufspießen. Auch habe ich keine Lust, den Rest meines Lebens damit zu verbringen, gefesselt die Schatten von vorübergetragenen Pferdefiguren zu zählen«, entgegnete Metaphysika vorwurfsvoll.

»Pferde!«, rief Kalle plötzlich. »Pferde! Das ist es! Das ist vielleicht eine Lösung!«

»Was meinst du?«, fragten seine Freunde.

»Ist euch nicht aufgefallen, dass die Träger erstaunlich viele Pferdefiguren vorübergeschleppt haben?«

»Doch, aber was willst du damit sagen?«, wunderte sich Platonicus-Kanticus.

»Vielleicht haben diese Menschen ein besonderes Verhältnis zu Pferden. Vielleicht verehren sie einen Pferdegott«, überlegte Kalle.

»Na und?«, fragte Metaphysika.

»Ich habe heute Morgen, als ich einen Augenblick zurückgeblieben bin, ein aus Holz gezimmertes Pferd gesehen. Das könnte uns vielleicht weiterhelfen. Kommt mit!«

Mit diesen Worten sprang Kalle auf und lief davon. Metaphysika und Platonicus-Kanticus hatten Mühe, ihm zu folgen.

»Ich fürchte, Kalle wird immer sonderbarer«, keuchte Platonicus-Kanticus.

»Wahrscheinlich hast du Recht«, erwiderte Metaphysika. »Was das wohl mit dem hölzernen Pferd soll?«

Endlich erreichten sie den Ort, an dem Kalle das Pferd gesehen hatte. Sie fanden das seltsame Bauwerk hinter hohen Büschen. Es war doppelt so groß wie ein Kaltblüter und war wohl vor langer Zeit dort zurückgelassen worden. Die Freunde gingen um das Pferd herum und befühlten das alte Holz. Metaphysika bemerkte dabei eine kleine Aufschrift.

»Prototyp für Troja. Alle Rechte beim königlichen Patentamt Ithaka«, war dort zu lesen.

»Schon wieder etwas, was ich nachschlagen muss!«, seufzte Platonicus-Kanticus.

Auf einmal entdeckte er eine Klappe unter dem Bauch des Pferdes, die sich öffnen ließ.

»Das Tier ist hohl!«, rief er.

»Das hatte ich gehofft«, lachte Kalle. »Sonst ergäbe das ja auch keinen Sinn.«

»Was meinst du damit?«, fragte Metaphysika.

»Na, der Trick ist doch so alt wie der Dichter Homer«, begann Kalle. »Wir schieben das Pferd vor die Höhle und verstecken uns in seinem Bauch. Die Wächter glauben, es ist ein Geschenk und schieben es in die Höhle. Wenn die Wachen schlafen, kriechen wir hinaus, befreien die Gefangenen und machen uns aus dem Staub.«

Mit diesen Worten ging Kalle hinter das Holzpferd und versuchte zu schieben.

»Könntet ihr bitte mit anfassen? Ich habe keine Lust, mich allein abzuquälen!«

Metaphysika und Platonicus-Kanticus fühlten sich überrumpelt. Ohne ein Widerwort halfen sie ihrem Freund beim Schieben und Zerren. Sie mühten sich die ganze Nacht hindurch. Aber schon im Morgengrauen stand das hölzerne Pferd, mit den Freunden in seinem Bauch, vor dem Eingang der Höhle.

Sie selbst waren vor Erschöpfung sofort eingeschlafen, nachdem sie sich im Bauch des Pferdes verborgen hatten. Geweckt wurden sie durch einen erstaunten Aufschrei. Man hatte das Pferd entdeckt. Bald darauf hörten sie ein Gewirr von vielen Stimmen. Plötzlich gab es einen Ruck, und das Pferd wurde in Bewegung gesetzt. Der Plan von Kalle Max schien zu funktionieren. »Na, was habe ich gesagt?«, flüsterte er triumphierend. So waren Metaphysika und Platonicus-Kanticus nicht ohne Schadenfreude, als Kalle sich beim nächsten Ruck kräftig den Kopf stieß. Die Höhlenbewohner hatten offensichtlich erhebliche Schwierigkeiten damit, das Ross in die Grotte zu schaffen.

Noch mehrere Stöße und mancher harte Aufprall machten ihnen zu schaffen, bis plötzlich Stille herrschte. Sie vernahmen nachdenkliche, dann feierliche und schließlich fröhliche Stimmen. Später erklang Musik, und draußen begannen die Menschen zu lachen und zu tanzen. Erst nach vielen Stunden legte sich der Lärm. Bald waren nur noch vereinzelte Stimmen zu hören. Aber auch diese verstummten nach und nach. Als draußen alles ruhig geworden war, wagten die drei Freunde, sich zu bewegen.

»Auf geht's«, flüsterte Platonicus-Kanticus. »Aber denkt daran, wir können nicht mehr als zwei oder drei befreien. Alles andere würde zu großen Lärm machen.«

Nach diesen Worten öffnete er vorsichtig die Klappe.

Ganz langsam ließ er sie hinunter. Lautlos entstiegen sie ihrem Versteck und erschraken über das wüste Bild, das sich ihnen bot. Um sie herum lagen schlafende Menschen zwischen Weinkrügen, Speiseresten und einzelnen Kleidungsstücken. Kalle zwinkerte Platonicus-Kanticus vergnügt zu. So leise sie konnten, machten sie sich auf den Weg zu den Gefangenen.

Alles schien zu schlafen. Nur einige wenige Gestalten waren damit beschäftigt, das große Feuer in Gang zu halten. Diese Arbeiter aber befanden sich auf der anderen Seite des Feuers und wirkten nicht gerade sehr munter.

So fiel es den Freunden leicht, sich unbemerkt an die schlafenden Gefangenen heranzuschleichen.

Die Fesseln waren ohne Probleme zu lösen. Man hatte nur einen Metallstift aus der Rückseite des Eisenringes zu ziehen und den Verschluss zu öffnen. Platonicus-Kanticus kniete sich neben einen der Gefangenen und befreite ihn. Metaphysika tat es ihm gleich. Gerade als Platonicus-Kanticus die Halsfessel löste, erwachte der Gefangene. Zwei klare grüne Augen starrten ihn verwirrt an. Der Befreite ließ zunächst alles mit sich geschehen. Nachdem Platonicus-Kanticus ihm jedoch geholfen hatte aufzustehen und ihn dem Feuer zuwenden wollte, stöhnte er laut auf und hielt die Hände vor das Gesicht.

Platonicus-Kanticus versuchte, ihn zu beruhigen und alles zu erklären, indem er abwechselnd auf das Feuer und die Höhlenwand zeigte. Dabei bemühte er sich, seinen Schützling zum Höhlenausgang zu ziehen. Für den Befreiten schien das alles ein Schock zu sein, und es trat genau das ein, wovor Platonicus-Kanticus sich so sehr gefürchtet hatte: Sein Schützling wehrte sich und fing an zu schreien.

»Oh nein, das darfst du nicht«, schrie Platonicus-Kanticus verzweifelt. »Du bringst uns alle in große Gefahr.«

Es half nichts. Der Befreite schrie aus Leibeskräften und wehrte sich energisch. Schon waren die ersten überraschten Stimmen zu hören. Metaphysika bemühte sich fieberhaft, auch ihren Gefangenen von den Fesseln zu befreien. Doch als dieser erwachte, schrie auch er und trat um sich. Der Lärm war nicht mehr zu überhören. Vom anderen Ende der Grotte kamen schrille Alarmrufe. Es dauerte nicht lange, da stürzten die ersten Bewaffneten auf die Freunde zu. Platonicus-Kanticus zerrte seinen Schützling mit aller Gewalt vorwärts.

»Metaphysika. Lass es und komm mit uns!«, rief Kalle der Prinzessin zu, die noch immer verzweifelt darum rang, ihren Gefangenen den Fesseln zu entreißen. Plötzlich wurde sie von einem Wärter gepackt und zu Boden gerissen. Nur ein gezielter Steinwurf von Platonicus-Kanticus befreite sie von diesem Angreifer. Schon rannte ein anderer Wächter mit gezogenem Schwert auf Platonicus-Kanticus zu. Allein Kalles Geistesgegenwart rettete ihm das Leben. Er ließ Kognitum durch die Luft wirbeln, traf den Mann mit großer Wucht und streckte ihn zu Boden.

»Vorwärts!«, befahl Metaphysika und kam auf sie zugerannt. »Wir müssen hier raus!«

Gemeinsam stürzten sie dem Ausgang der Höhle zu, wobei sie ihren einzigen Befreiten vor sich her stießen. Eine Horde wutschnaubender Wächter war ihnen dicht auf den Fersen. Plötzlich verlor Kalle das Gleichgewicht und schlug der Länge nach auf den Boden. Metaphysika und Platonicus-Kanticus blieben erschrocken stehen.

»Komm hoch, Kalle!«, schrie Platonicus-Kanticus. »Sie packen dich sonst!«

Und wirklich, der erste Verfolger hatte ihn fast erreicht. Kalle krümmte sich zusammen, während der Wächter eine Streitaxt schwang.

»Das ist das Ende. Das ist die Konterrevolution!«, stöhnte Kalle.

Diesmal rettete Metaphysika Kalle das Leben. Sie rannte mutig zurück, nutzte geschickt den am Boden hockenden Kalle als Sprungbock und warf sich mit aller Kraft gegen den zum Schlag ausholenden Wärter, sodass dieser das Gleichgewicht verlor und rücklings gegen seine Kumpane stürzte.

»Nun aber schnell!«, keuchte sie, während sie Kalle auf die Beine half. Die beiden hasteten vorwärts. Schon bald hatten sie Platonicus-Kanticus und den Befreiten erreicht.

»Ihr müsst mir helfen«, rief Platonicus-Kanticus verzweifelt. »Ich kriege den Burschen nicht mehr von der Stelle. Er klammert sich an diesem Stein fest.«

»Verdammt!«, rief Kalle. »Da kommen die Kerle schon wieder!«

»Jetzt habe ich aber genug!«, fluchte Metaphysika und verabreichte dem hysterisch Schreienden einen Schlag auf das Kinn.

Dieser sackte in sich zusammen. Platonicus-Kanticus und Kalle ergriffen seine Arme und Beine und rannten mit ihm davon. Gemeinsam erreichten sie den Ausgang und sprangen ins Freie. Draußen graute bereits der Morgen, und sie beeilten sich, den Waldrand zu erreichen. Ihre Vorsicht war berechtigt, wie ein nachgesandter Pfeil zeigte, der dicht hinter Platonicus-Kanticus in einen Baum einschlug. Dennoch: Die größte Gefahr war überstanden. Sie waren aus der Höhle entkommen.

Sie liefen und liefen, ihren jungen Schützling mit sich schleppend, bis sie ganz sicher waren, dass ihnen niemand folgte. Erst nach vielen Stunden machten sie am Ufer eines kleinen Bergsees Halt.

Die nächsten Wochen verbrachten sie voller Harmonie. Sie hatten sich an dem idyllischen See häuslich eingerichtet.

Metaphysika und Kalle bauten sogar eine Hütte, und Platonicus-Kanticus fertigte geschickt ein Netz, um sie mit Fischen zu versorgen. Am aufregendsten war es natürlich für alle, die Entwicklung des befreiten Jungen zu verfolgen. Er war nicht älter als sie selbst und stand nun vor der Aufgabe, die Welt für sich zu erschließen. Platonicus-Kanticus kümmerte sich besonders fürsorglich um ihn. Er war es auch, der klugerweise dem Befreiten am ersten Morgen eine Decke über den Kopf gelegt hatte, damit dieser nicht gleich vom Tageslicht geblendet wurde.

Als der Junge erwachte, wimmerte er leise vor sich hin, blieb jedoch unter der Decke liegen. Platonicus-Kanticus kniete sich neben ihn und sprach beruhigend auf ihn ein.

»Hör zu! Es ist sicher alles sehr schwer für dich, aber lange Zeit hat man dir eine falsche Welt vorgegaukelt, und wir, wir haben dich aus dieser Scheinwelt befreit.«

»Ich dachte, die Menschen, die neben mir saßen, seien die einzigen auf der Welt«, hörte er ihn unter der Decke sagen.

»Wir werden dir helfen, alles zu verstehen«, antwortete Platonicus-Kanticus leise. »Wie ist dein Name?«

»Glaukon«, jammerte der Junge. »Ich heiße Glaukon. Ich weiß nicht, wie mir geschieht. Alles ist so hell und schmerzt meinen Augen, wenn ich unter der Decke hervorschaue. Ich bin völlig durcheinander.«

Platonicus-Kanticus legte ihm tröstend die Hand auf die Schulter. Von diesem Tage an waren die beiden ein Herz und eine Seele. Platonicus-Kanticus kümmerte sich sehr um Glaukon, aber auch Kalle und Metaphysika gingen liebevoll mit ihrem neuen Freund um.

Die ersten Schritte tat Glaukon jedoch allein. Es verhielt sich genauso, wie sie es erwartet hatten. Zunächst betrachtete er die Schatten der Gegenstände um sich herum, dann entdeckte er die Spiegelbilder auf der Oberfläche des Sees. Auf diese Weise lernte er auch die Gesichter seiner Befreier kennen. Erst viele Tage später vermochte er, die Dinge selbst und seine Freunde zu betrachten.

Seine Zweifel waren jedoch noch lange nicht überwunden. Glaukon beschäftigte besonders die Frage, wie er sicher sein könne, dass die Welt außerhalb der Höhle nicht auch ein Gaukelspiel sei.

Eines Nachmittags saß er zusammen mit Platonicus-Kanticus am Ufer und angelte.

»Ich bin noch immer sehr verwirrt«, begann Glaukon das Gespräch. »Ich kann nun alle Dinge gut erkennen, und wenn ich sie betrachte, wird mir deutlich, dass sie wirklicher sind als die Schatten, die ich in der Höhle gesehen habe. Aber wie kann ich sicher sein, dass ihr wirklich Recht habt?«

»Das ist eine sehr schwierige Frage«, sagte Platonicus-Kanticus und steckte einen Köder an den Haken seiner Angel.

»Vor zwei Tagen habe ich Metaphysika die gleiche Frage gestellt«, berichtete Glaukon. »Wir waren in die Berge gewandert und haben oben auf einer Alm Wildpferde gesehen. Mein Gefühl sagte mir sofort, dies müssen richtige Pferde sein. Dann bemerkte ich, dass auch diese lebendigen Pferde einen Schatten haben. Also habe ich Metaphysika gefragt, woher ich wissen kann, dass die Schatten zu den Pferden und nicht die Pferde zu den Schatten gehören.«

»Was hat sie dir geantwortet?«, fragte Platonicus-Kanticus gespannt.

»Sie hat mir gezeigt, dass es sehr leicht ist, eine Hierarchie zwischen Schatten und Gegenständen nachzuweisen. Stellt man einen Gegenstand ins Dunkel, so wirft er keinen Schatten. Der Gegenstand ist aber weiterhin vorhanden. Ebenso verhält es sich mit einem Ding, das man von allen Seiten anstrahlt. Der Schatten verschwindet, aber das Ding hat weiterhin Bestand. Sie hat mir gezeigt, dass die Dinge ohne ihren Schatten sein können. Die Schatten können aber niemals ohne die Dinge existieren.«

»Da hatte sie aber einen guten Einfall«, meinte Platonicus-Kanticus anerkennend. Er drehte sich um und winkte Metaphysika zu, die in einiger Entfernung vor der Hütte in der Sonne saß.

»Aber wie können wir sicher sein, dass dies die wirkliche Welt ist? Wie kommt es überhaupt, dass das lebendige Pferd wirklicher erscheint als die Schatten, die ich damals sehen musste?«, begann Glaukon erneut das Gespräch.

Platonicus-Kanticus wandte sich ihm wieder zu, wobei er überlegte, ob er Glaukon von ihren Abenteuern in der Savanne der Ästhetik erzählen sollte. Nein, das würde er zu einem späteren Zeitpunkt tun. Er beschloss, es mit einer anderen Erklärung zu versuchen.

»Meine Mutter hat sich sehr mit dieser Frage beschäftigt«, sagte er und warf seine Angelschnur aus. »Sie würde sicher sagen, dass du das Pferd als wirklicher erkennst, weil es näher an der Wirklichkeit ist.«

»Aber ich weiß doch nicht, was die Wirklichkeit ist!«, wandte Glaukon ein.

»Meine Mutter würde sagen, dass du einmal gewusst hast, was das Wahre ist. Du hast es nur vergessen. Sie nannte ihre Theorie eine ›Ideenlehre‹.«

»Das verstehe ich nicht! Wie soll ich mir das vorstellen?«

»Du erkennst ein Pferd als ein Pferd und einen Schatten als sein Abbild, weil das echte Pferd näher an der Idee des Pferdes ist.«

»Die Idee des Pferdes?«, wiederholte Glaukon ungläubig.

»Ja. Die Ideen stellen das eigentlich Wahre dar. Du erkennst ein Ding als ein Pferd, weil es Anteil an der Idee des Pferdes hat.«

»Aber woher kommen diese Ideen?«

»Meine Mutter war davon überzeugt, dass sie tief in dir angelegt sind. Sie sind in deiner Seele. Du hast sie nur vergessen. Die Ideen schlummern sozusagen in dir. Wenn dir jedoch etwas begegnet, was diesen Ideen ähnelt, so kommt es zu einer Wiedererkennung, ohne dass du dir dieses Vorganges bewusst wirst.«

»Das erklärt aber noch nicht, woher diese Ideen kommen«, hakte Glaukon ein. »Wenn deine Mutter Recht hat, dann muss sie auch sagen können, woher diese Ideen stammen und wie es kommt, dass wir sie wieder vergessen haben.«

»Das ist in der Tat die große Schwierigkeit in ihrer Theorie«, gab Platonicus-Kanticus zu. »Meine Mutter hat sehr viele Geschichten und Mythen ersonnen, mit denen sie zu beschreiben versucht, wie man sich das Schauen der Ideen vorstellen kann.«

»Sie glaubt also, dass wir alle schon einmal die ewigen Ideen geschaut haben?«, fragte Glaukon.

»So ist es«, bestätigte Platonicus-Kanticus.

»Wie soll das vor sich gehen?«

»Man könnte zum Beispiel von einer Seelenwanderung ausgehen«, erklärte Platonicus-Kanticus. »Nachdem wir gestorben sind, werden wir für unser Leben entweder bestraft oder belohnt. Danach erblicken wir die ewigen Ideen. Schließlich dringt unsere Seele in einen neuen Körper ein, und wir werden erneut geboren.«

»Wie kommt es dann, dass wir uns nicht an die Ideen erinnern können?«, wollte Glaukon wissen.

»Das habe ich vergessen zu erklären!«, ergänzte Platonicus-Kanticus. »Meine Mutter meinte, dass die Seelen vor ihrer Wiedergeburt vom Wasser des Vergessens trinken müssen.«

»Ach so«, lachte Glaukon. »Die Dummen haben dann einen sehr großen Schluck genommen und die Klugen nur einen ganz kleinen!«

»Vielleicht«, grinste Platonicus-Kanticus. »Ich glaube aber, dass meine Mutter diese Geschichten nur benutzt, um ihre Theorie zu verdeutlichen.«

»Wie ist das mit dem Schönen oder der Gerechtigkeit?«, fragte Glaukon. »Sind dies auch Ideen? Lassen sie sich auch erkennen?«

»Die Gerechtigkeit ist sogar die höchste und wichtigste aller Ideen!«, bestätigte Platonicus-Kanticus. »Wer sich darum bemüht zu erfahren, was Gerechtigkeit ist, der kommt ihrer Idee Schritt für Schritt näher. Wer die Gerechtigkeit aber erkennt, der erkennt auch die anderen Dinge; denn die Gerechtigkeit erhellt die Wahrheit, wie die Sonne die Gegenstände der Welt.«

»Meinte deine Mutter denn auch, dass es möglich ist, eine Idee ganz und gar wieder zu erkennen?«

»Ich glaube schon. Sie spricht oft davon, dass Menschen, die etwas Wichtiges erkannt haben, in einen Glückszustand verfallen. Diesen Zustand nennt sie Euphorie. Er stellt sich nur ein, wenn Menschen eine Idee wieder erkennen.«

Sie saßen eine Weile schweigend nebeneinander. Die Welt um sie herum schien versunken zu sein. Nicht einmal auf dem See kräuselte sich das Wasser.

»Wenn das stimmt, dann haben alle Menschen einmal die Ideen geschaut«, sagte Glaukon nach einigen Minuten.

»Das ist richtig«, antwortete Platonicus-Kanticus.

»Dann haben auch alle einmal die Gerechtigkeit erkannt?«, fragte Glaukon.

»Ja, davon kann man ausgehen«, bestätigte Platonicus-Kanticus.

»Die bösen und ungerechten Menschen haben also nur vergessen, was das Gute ist«, überlegte Glaukon.

»So scheint es«, stimmte sein Freund zu.

»Diejenigen aber, die die Gerechtigkeit erkennen, werden auch gerecht handeln, weil die Gerechtigkeit schön und erstrebenswert ist«, sagte Glaukon.

»Ich denke, so ist es gemeint«, antwortete Platonicus-Kanticus. »Nur wer unwissend ist, handelt böse. Wer um das Gute weiß, handelt zwangsläufig in diesem Sinne.«

»Deine Mutter ist eine sehr kluge Frau«, bemerkte Glaukon anerkennend.

»Es wird sie freuen, das zu hören«, lachte Platonicus-Kanticus.

»Meinst du, dass Lehrer diese Theorie genauso gern hören?«, fragte Glaukon.

»Was meinst du damit?«, wollte Platonicus-Kanticus wissen.

»Ich denke, Lehrer dürften nach dieser Theorie so ähnlich wie Angler sein!«

»So?«

»Ja«, meinte Glaukon. »Wenn wir gleich einen Fisch aus dem See ziehen, dann bringen wir ihn nur an die Oberfläche, wir haben ihn aber nicht in den See hineingebracht. Bei Lehrern und Lehrerinnen ist dies ganz ähnlich. Sie können den Schülern nur helfen, hervorzubringen, was schon in ihnen angelegt ist. Sie können die Ideen nicht in die Schüler pressen, sondern nur eine selbstständige Entfaltung unterstützen.«

»Das könnte stimmen«, überlegte Platonicus-Kanticus. »Nach diesem Vergleich wären jene, die nach der Wahrheit suchen, wie Hebammen. In der Tat sprach mein Vorfahre Sokraticus von einer Hebammenkunst. Die Hebamme hilft, etwas hervorzubringen, was in der Frau bereits angelegt ist.«

Sie schwiegen und lächelten sich hin und wieder selbstzufrieden zu. Diese Ideenlehre war schon eine tolle Sache!

Trotz ihrer Zufriedenheit über jenes Gespräch am See wirkte Glaukon seit dem Tag sehr nachdenklich. Er kam in den folgenden Tagen immer wieder auf das Beispiel mit den Lehrern zurück. Ein Lehrer, so argumentierte Glaukon, müsse wissen, was gut und gerecht sei, und habe danach zu handeln. Platonicus-Kanticus begann, sich ernste Sorgen um Glaukon zu machen, der wie ein kleiner Bruder für ihn geworden war. Auch Metaphysika bemerkte Glaukons bedrückte Stimmung.

Eines Tages, als Kalle und Platonicus-Kanticus im Wasser tobten, führte sie ein langes Gespräch mit Glaukon. Er wollte wissen, warum sie sich zu seiner Befreiung entschlossen hatten. Zudem unterhielten sie sich lange über das Thema Verantwortung. Am folgenden Tag war Glaukon noch verschlossener. Er wollte nicht mit seinen Freunden hinausschwimmen und erklärte, er würde lieber den Abwasch machen. Metaphysika nutzte die Gelegenheit, um sich ungestört mit Kalle und Platonicus-Kanticus zu beraten. »Unser Freund ist in letzter Zeit sehr bedrückt«, begann sie.

»Was ist los?«, brummte Kalle. »Will er vielleicht zurück in die Höhle?«

»Das gewiss nicht«, empörte sich Platonicus-Kanticus.

»Na, wer weiß«, sagte Kalle. »Glaukon hat mir erzählt, dass er von seinen Mitgefangenen sehr verehrt wurde, weil er die Schatten zumeist als Erster erkannte.«

»Das ist ihm heute völlig gleichgültig«, erklärte Metaphysika. »Nachdem er aus der Höhle entkommen ist, legt er auf die Ehrungen der Höhlenbewohner keinen Wert mehr.«

»Nun gut. Was will er also noch? Der See ist wunderschön, wir haben genug zu essen und teilen unsere Arbeit zu gleichen Teilen auf. Ich kann mir keinen schöneren Zustand denken!«, rief Kalle und tauchte für einen Augenblick unter.

»Du hast eines vergessen«, sagte Platonicus-Kanticus, als sein Freund wieder aufgetaucht war. »Wir sind nicht nach Philosophica gegangen, um unser Leben an einem abgeschiedenen See zu verbringen.«

»Zugegeben!«, gestand Kalle. »Du hast leider nur allzu Recht. Wir müssen an die denken, die von König Huxley ausgebeutet werden.«

»Ich bin froh, dass ihr von allein darauf gekommen seid«, sagte Metaphysika. »Ich wollte euch schon seit einigen Tagen zum Aufbruch bewegen.«

Die Freunde hielten inne. Es bedurfte keiner Diskussion, sie waren sich einig.

»Na, dann werde ich mal zu unserem traurigen Entlein zurückschwimmen und ihm berichten, dass wir morgen aufbrechen. Vielleicht wird ihn das aufheitern«, lachte Kalle schließlich und kraulte in Richtung der Hütte davon. Metaphysika und Platonicus-Kanticus folgten ihm langsam. Platonicus-Kanticus war froh darüber, dass Kalle sie allein gelassen hatte. Es war schon ein aufregendes Gefühl, so unbekleidet neben der Prinzessin zu schwimmen. Auch Metaphysika fand offensichtlich Gefallen an dieser Situation, denn sie verminderte ihr Schwimmtempo zusehends.

Als sie endlich an der Hütte ankamen, erwartete Kalle sie bereits. »Da seid ihr ja endlich! Ich dachte schon, wir müssten allein weiterziehen, weil ihr beiden Hübschen ertrunken seid.«

»Hast du schon mit Glaukon gesprochen?«, fragte Platonicus-Kanticus, bemüht, Kalles Anspielung zu übergehen.

»Das habe ich!«, lachte Kalle. »Seine Stimmung hat sich deutlich verbessert.«

In der Tat schien Glaukon erleichtert zu sein. Er hatte eine Suppe gekocht und packte bereits einige Sachen für den bevorstehenden Aufbruch. Was blieb, war die Frage der Richtung, in die sie weiterziehen sollten. »Ich denke, wir können das Gebirge verlassen«, sagte Kalle, während sie vor dem Haus auf dem Boden hockten und die Suppe löffelten. »Wir haben hier wirklich genug erlebt.«

»Warum heißen diese Berge eigentlich das Gebirge der Erkenntnis?«, wandte sich Metaphysika an Kognitum.

»Weil in diesen Bergen nicht nur das Höhlenfeuer, sondern auch das Feuer der Erkenntnis brennt«, erklärte dieser.

»Und das sagst du uns erst jetzt!«, platzten die vier Freunde heraus.

»Es fällt mir eben sehr schwer, ungebeten etwas zu sagen. Ihr müsst mich schon fragen«, verteidigte sich Kognitum.

»Wo befindet sich dieses Feuer?«, wollte die Prinzessin wissen.

»Nicht weit von hier. Es liegt hinter diesem Bergrücken auf der anderen Seite des Sees«, sagte Kognitum.

»Wer dafür ist, dass wir uns zunächst dieses Feuer ansehen, bevor wir die Berge der Erkenntnis verlassen, der hebe die Hand!«, rief Platonicus-Kanticus.

Glaukon war der Erste, der seinen Arm in die Höhe riss. Platonicus-Kanticus und die Prinzessin taten es ihm nach. Kalle folgte nur langsam ihrem Beispiel. Geheimnisvolle Feuer und Berge waren nicht die Sache eines Kalle Max. Den Rest des Tages verbrachte jeder von ihnen auf seine Weise damit, von dem kleinen See Abschied zu nehmen. Glaukon betrachtete den ersten Baum, den er, als sie damals hierher gekommen waren, hatte erkennen können. Er ging zu jener Stelle am See, wo er die Spiegelbilder der Gegenstände und Lebewesen betrachtet hatte, und pflückte von den Blumen, an denen er zum ersten Mal gerochen hatte.

Kalle Max schwamm noch auf den See hinaus. Dabei fragte er sich, wie viele Menschen dieser See wohl ernähren könne. Wenn viele Fischer sich zusammentäten, überlegte Kalle, dann könnten sie auch größere Netze und bessere Boote einsetzen.

Prinzessin Metaphysika nutzte den Tag für einen langen Spaziergang, um der Landschaft Lebewohl zu sagen. Am Abend traf sie dabei auf Platonicus-Kanticus, der still auf einem Baumstumpf saß und die Beine im Wasser baumeln ließ.

»Bist du traurig?«, erkundigte sie sich.

»Es ist nichts«, sagte Platonicus-Kanticus. »Es fällt mir nur immer sehr schwer, einen solch schönen Ort zu verlassen.«

Die Prinzessin setzte sich neben ihn und legte den Arm um seine Schultern. Es war wunderschön, so nebeneinander zu sitzen. Beide hatten denselben Gedanken, wagten jedoch nicht, darüber zu sprechen. Sie saßen nur da und genossen schweigend den Ausblick, bis die Dunkelheit hereinbrach. Dann gingen sie Hand in Hand zur Hütte.

Am Morgen des nächsten Tages brachen sie zeitig auf und hatten nach wenigen Stunden ihren kleinen See weit hinter sich gelassen. Sie erstiegen den Bergrücken auf der anderen Seite des Tales und wanderten in eine Hochebene hinein. Hier war alles nur karg bewachsen, und die Freunde hatten einige Mühe, ihr tägliches Feuerholz zusammenzutragen.

Am dritten Abend ihrer Wanderung erspähten sie in der Ferne einen Feuerschein. Es fiel ihnen nicht schwer, dieses fremde Feuer im Auge zu behalten, denn am nächsten Tag verdunkelten Wolken den Himmel. Es war nur wenig heller als bei Nacht, und die Freunde beeilten sich, das Feuer zu erreichen, da sie ein Unwetter fürchteten. Je näher sie dem Ziel kamen, desto sicherer wurden sie, dass es sich um einen Vulkan handeln musste.

»Kein Mensch kann ein solch gigantisches Feuer entfachen«, sagte Platonicus-Kanticus.

Nach wie vor wurde der Himmel von schwarzen Wolken

verdunkelt, doch für die Wanderer klarte die Umgebung am fünften Tage mehr und mehr auf. Alles um sie herum wurde zunehmend durch den Feuerschein erhellt.

Ihre Vermutung war richtig. Es handelte sich wirklich um einen Vulkan. Die riesige Flamme wurde aus den Tiefen der Erde gespeist. Dennoch fehlten wichtige Merkmale, die einen Vulkan auszeichnen. Es floss keine Lava aus der Glut, und es wurde kein heißes Gestein aus der Tiefe emporgeschleudert. Dieses Feuer brannte stetig in gleicher Höhe und Stärke aus der Erde.

»Es scheint so etwas wie eine ewige Flamme zu sein«, bemerkte Metaphysika, als sie sich näher heranwagten.

Zu ihrem großen Erstaunen saß am Feuer ein alter Mann, der emsig Zahlen in ein dickes Buch eintrug. Sie grüßten ihn mehrfach, doch der Alte schien sie gar nicht zu bemerken.

»Ist dies das Feuer der Erkenntnis?«, fragte Kalle endlich.

Der Alte sah kurz auf. »Das Feuer der Erkenntnis? Ja, ja, ihr steht davor!«

»Können wir denn hier zur Erkenntnis gelangen?«, forschte Platonicus-Kanticus.

»Wieso ihr? Ihr habt doch schon erhalten, was ihr braucht, oder etwa nicht?«, sagte der Alte und blätterte einige Seiten zurück. Danach widmete er sich wieder seinen Eintragungen.

Die vier Freunde sahen sich ratlos an.

»Vielleicht sollten wir versuchen, durch das Feuer zu laufen«, schlug Kalle nach einer Weile vor. »Es könnte ja sein, dass auf diese Weise die Erkenntnis über uns kommt.«

Der vorwurfsvolle Blick seiner Begleiter genügte als Antwort, und Kalle verstummte.

»Am Licht des Feuers kann es aber auch nicht liegen«, bemerkte Glaukon. »Man kann zwar um das Feuer herum auf viele Meilen alles erkennen, aber die Erkenntnis muss immer noch Bestand haben, wenn wir den Umkreis wieder verlassen haben.«

»Der Alte scheint nicht sehr gesprächig zu sein«, sagte Platonicus-Kanticus. »Aber ich werde nicht eher gehen, bis ich erfahren habe, warum diese Flamme das Feuer der Erkenntnis genannt wird. Wir sind doch wohl nicht den ganzen langen Weg umsonst hierher gekommen!«

»Vielleicht sollte man überlegen, ob die kollektive Not nicht ein gewaltsames Vorgehen rechtfertigt«, ergriff Kalle das Wort.

»Aber erst, wenn alle anderen Mittel versagt haben«, betonte Metaphysika.

»Und woran denken Euer Hochwohlgeboren?«, neckte Kalle.

»An Charme, mein lieber Stallknecht, an Charme!«, konterte die Prinzessin und ging auf den alten Mann zu.

»Sind Sie so etwas wie der Hüter dieser ewigen Flamme, mein Herr?«, fragte sie mit besonders freundlicher Stimme.

»Ich bin so etwas wie der Hausmeister!«, brummte der Alte.

»Es ist sicher eine sehr verantwortungsvolle Aufgabe, das Feuer der Erkenntnis zu hüten!«

»Es ist ein unglaublicher Verwaltungsaufwand«, sagte der Alte und schrieb weiter.

»Sie sind sicherlich ein sehr weiser Mann«, schmeichelte die Prinzessin weiter.

»Ach, Mädchen!«, seufzte der Alte und sah kurz auf. »Um Hausmeister in der größten Bibliothek der Welt zu sein, muss man kein einziges Buch gelesen haben.«

»Wollen Sie damit sagen, dass Sie gar keinen Anteil an der Weisheit der Flamme haben?«

»Nicht mehr als du und deine Freunde. Jeder besitzt nur einen Funken.«

»Wie ist das zu verstehen?«, wollte Metaphysika wissen.

Der Alte seufzte und legte sein Buch beiseite.

»Da ihr mich ohnehin nicht in Ruhe arbeiten lasst, werde ich eure Fragen beantworten.«

»Haben Sie herzlichen Dank«, lachte die Prinzessin. »Mein Name ist Metaphysika und das sind meine Freunde Kalle Max, Glaukon und Platonicus-Kanticus.«

»Ich heiße Poltin«, sagte der alte Mann, während sich zwischen seinen vielen Falten ein Lächeln zeigte. »Möchtet ihr einen Tee?«

Sie nickten. Die lange Wanderung hatte sie durstig gemacht.

Poltin griff hinter seinen Sitz, zog eine Teekanne hervor und warf einige Kräuter hinein. Dann ging er zum Feuer hinüber und hielt die Kanne für einige Sekunden in die Flamme.

»Ist der Tee nun ein erleuchtetes Getränk?«, fragte Glaukon.

»Nein, aber er ist jetzt heiß«, lachte der Alte. »Man sollte bei aller Nachdenklichkeit niemals den Sinn für das Praktische verlieren.«

»Warum wird dieser Vulkan denn nun das Feuer der Erkenntnis genannt?«, kam Kalle auf das Thema zurück.

»Weil das Feuer eine ewige Helligkeit erzeugt«, erklärte Poltin und goss ihnen Tee ein.

»Ist Erkenntnis also nur dort möglich, wo Licht ist?«, fragte Platonicus-Kanticus.

»Richtig, mein Junge!«

»Aber was ist dort, wo der Schein des Lichtes nicht hingelangt?«

»Na, da ist halt Unwissenheit. Dunkel ist die Abwesenheit von Licht. Das Böse ist dort, wo das Gute nicht ist, und Erkenntnis beginnt dort, wo Unwissenheit verdrängt wird.«

»Dann tappen wir also immer im Dunkeln, bis wir zufällig auf ein Licht stoßen«, sagte Glaukon traurig.

»Kopf hoch, Kleiner!«, brummte der Alte. »Ganz umsonst sitze ich auch nicht hier. Meine Aufgabe ist es, dafür zu sorgen, dass jeder immer ein kleines Licht mit sich trägt.«

»Verteilen Sie Lampen?«, fragte Metaphysika.

»So ähnlich könnte man das formulieren, mein Mädchen!«, schmunzelte Poltin. »Ich registriere die Funken, die für die Seelen der Menschen dem Feuer der Erkenntnis entnommen werden.«

Er wies auf das dicke Buch, das er zugeklappt hatte.

»Was meinen Sie damit?«

Der Alte holte tief Luft. »Bevor die Menschen geboren werden, kommen ihre Seelen hierher und erhalten einen Funken vom Feuer der Erkenntnis. Auf diese Weise tragen sie einen Teil des Feuers stets in sich. Jeder Mensch kann mit seiner kleinen Flamme Licht in die Dunkelheit bringen.«

Metaphysika und Kalle konnten ihr Staunen nicht verbergen. Glaukon und Platonicus-Kanticus zwinkerten einander vergnügt zu. Sie mussten an das Gespräch denken, das sie beim Angeln geführt hatten.

Nach einer Weile ergriff Kalle das Wort.

»Wie ist die Verteilung geregelt?«, wollte er wissen. »Bekommt jeder eine Einheitsportion, oder erhalten einige eine größere Flamme als die anderen?«

»Das ist ein Betriebsgeheimnis«, sagte Poltin verlegen. »Die Größe des Funkens ist dabei gar nicht so wichtig. Viel entscheidender ist, was man aus ihm macht. Ich kann euch sagen, einige blasen so gewaltig in die Glut, dass sie mit ihrer Flamme ganze Generationen erhellen. Andere stellen ihr Licht unter den Scheffel oder lassen ihren Funken zu einem Glühwürmchen verkümmern.«

Sie saßen noch sehr lange mit Poltin zusammen und ließen

sich über den Ursprung der Weisheitsfunken aufklären. Metaphysika und Kalle waren weitaus überraschter über die Ausführungen des Alten als Glaukon und Platonicus-Kanticus.

»Die Schau der Ideen«, flüsterte Platonicus-Kanticus seinem Freund zu, während Poltin darüber sprach, wie er in jede menschliche Seele einen Funken vom Feuer der Erkenntnis einzupflanzen pflegte. Als der Alte davon sprach, dass einige aus dem Funken in ihrer Seele ein Feuer entfachten, während andere ihn beinahe erlöschen ließen, zwinkerte Glaukon Platonicus-Kanticus zu.

»Ich glaube, wir haben genug erfahren«, sagte Glaukon plötzlich. »Wir sollten nun gehen. Es wird Zeit, dass wir uns in der Kunst der Hebamme betätigen.«

»Worüber redest du da?«, erkundigte sich Metaphysika.

»Glaukon spricht vom Angeln«, warf Platonicus-Kanticus amüsiert ein.

Metaphysika und Kalle sahen sich verwundert an. Der alte Poltin schien allerdings genau zu wissen, wovon die beiden sprachen.

»Habt ihr euch schon überlegt, wohin ihr euch wenden wollt, nachdem ihr die Berge der Erkenntnis verlassen habt?«, erkundigte sich der Alte.

»So weit haben wir noch nicht geplant«, gestand Metaphysika. »Wir sind nach Philosophica gekommen, weil wir uns darüber klar werden wollen, was der Mensch ist. Wir wollen erfahren, was wir wissen können, was wir tun sollen, und was wir hoffen dürfen.«

Der Alte nickte bedächtig. »Und was habt ihr bisher herausgefunden?«

Die Freunde sahen einander an. Der Erste, der sich einen Ruck gab, war Platonicus-Kanticus.

»Wir haben zum Beispiel herausgefunden, dass die Wahrnehmung der Menschen sich innerhalb von Raum und Zeit bewegt und dass der Verstand diese Wahrnehmung anhand gewisser Kategorien ordnet.«

»Die Wahrnehmung kann uns natürlich täuschen«, ergänzte Kalle. »Es gibt nicht viele Dinge, von denen wir sicher sagen können, dass wir sie richtig erkennen. Aus diesem Grund ist es wichtig, dass viele bedeutende Dinge wie Gerechtigkeit, Freundschaft oder das Gute nicht mit den Sinnen zu erkennen sind. Es handelt sich ausschließlich um Gedankengebäude, die man mit der Vernunft erfassen muss.«

»Welche Dinge sind es denn, die klar und deutlich erkannt werden können?«, fragte der Alte mit wohlwollendem Interesse.

»Das ist nicht leicht zu beantworten«, schaltete sich Metaphysika ein. »Wir meinen aber, dass der Mensch, der denkt, sicher sein kann, dass er es ist, der da denkt. Sofern er denkt, kann der Mensch also wissen, dass er ist.«

»Und was ist mit den Dingen um ihn herum?«, fragte Poltin.

»Da wird es noch schwieriger«, gestand die Prinzessin. »Sofern der Mensch diese Dinge denkt, müsste es auch möglich sein, dass er die Richtigkeit seiner Erkenntnisse im Denken überprüft. Eine sichere Möglichkeit dieser Kontrolle sind mathematische Gesetze. Was sich in mathematische Formeln fassen lässt, scheint zumindest für alle Menschen Geltung zu haben.«

»Einige Menschen erfahren aber mehr über sich und die Welt als andere«, erklärte der Alte.

»Sicher!«, rief Glaukon. »Entweder hast du ihnen verschieden große Funken vom Feuer der Erkenntnis eingepflanzt, oder sie pflegen diese Flamme unterschiedlich gut.«

»Eine andere Erklärung wäre, dass die Menschen vor ihrer Geburt das Wahre, die ewigen Ideen geschaut haben. Einige erinnern sich später besser daran als andere«, ergänzte Platonicus-Kanticus.

Der Alte murmelte anerkennende Worte. »Ich glaube, ihr könnt die Berge der Erkenntnis fürs Erste verlassen. Denkt aber daran, bei Gelegenheit zurückzukehren. Es gibt hier noch viele Gipfel, die sehr sehens- und erlebenswert sind, von denen ihr noch gar keine Vorstellung habt.«

Mit diesen Worten öffnete er wieder sein dickes Buch und fuhr mit seinen Aufzeichnungen fort.

»Können Sie uns nicht noch einen Rat geben, wohin wir uns jetzt wenden sollen?«, fragte Metaphysika.

Poltin sah kurz auf. »Ach ja! Verzeiht, daran hätte ich denken sollen. Also, welcher Frage wollt ihr als Nächstes nachgehen?«

»Was soll ich tun.«, antwortete die Prinzessin nach kurzer Rücksprache mit ihren Freunden.

»Was soll ich tun?«, wiederholte der Alte grummelnd. »Wie wäre es, wenn ihr euch im Reich von König Nieetsche einmal umseht. König Nieetsche behauptet bei jeder Gelegenheit, dass er sein Volk optimal erzogen habe. Jemand, der so etwas verkündet, müsste über die Frage, was der Mensch tun soll, doch einiges zu sagen haben.«

»Wo liegt dieses Reich?«, fragte Kalle.

»Es ist nicht schwer zu finden. Ihr müsst gen Süden wandern. Am zweiten Tag erreicht ihr die letzte Erhebung des Gebirges, den so genannten Felsen der Entscheidung. Dort entspringt der Fluss des Willens, der durch das Reich von König Nieetsche fließt. Ihr habt nur dem Strom zu folgen.«

Mehr war nicht aus dem Alten herauszubringen. Er wünschte ihnen viel Glück und vertiefte sich in seine Aufzeichnungen.

Die vier Freunde zogen davon. Sie alle hielten die Zeit für gekommen, um der Frage nach dem Guten und Schlechten nachzugehen. Sie hatten einiges darüber herausgefunden, wie sie als Menschen zu Erkenntnis gelangen konnten. Die Frage war nun, ob sie auch erkennen sollten oder wollten. Wissen konnte unbequem sein. Vielleicht war es besser, unwissend und sorglos zu bleiben. Hatte Glaukon vor seiner Befreiung unter seiner Unwissenheit gelitten? Und wie war das mit dem Glückstrank von König Huxley? Würde damit eine Zeit ungeahnter Glückseligkeit anbrechen, oder erwartete die Menschheit hier eine neue Höhle mit besonders raffiniertem Gaukelspiel?

»Auf zu König Nieetsche!«, rief Kalle.

»Ja, auf zum Felsen der Entscheidung!«, lachte Glaukon.

Die folgenden zwei Tage verliefen äußerst friedlich, sie genossen die abwechslungsreiche Landschaft und kamen gut voran. Kalle hatte die beste Laune von allen. Er freute sich sehr darauf, endlich wieder auf einen Herrscher und dessen Untertanen zu stoßen.

Auch Glaukon sah viel fröhlicher drein. Es schien, als habe er sich von einer Last befreit. Hin und wieder scherzte er sogar und bemühte sich, zu allen besonders nett und liebenswürdig zu sein.

»Wenn du dich weiter so aufführst, könnte man meinen, du wolltest einen guten Eindruck hinterlassen, um dich bald von uns zu trennen«, scherzte Metaphysika und knuffte ihn in die Seite. »Vielleicht willst du nur, dass wir dich in guter Erinnerung behalten.«

Glaukon antwortete nicht, aber er lächelte verlegen.

Wie Poltin vorausgesagt hatte, erreichten sie am zweiten Tag den Felsen der Entscheidung. Von hier hatten sie eine weite Sicht über die grüne Landschaft, die sich vom Fuße der Berge bis in die Ferne erstreckte. Dem Felsen entsprang eine kräftige Quelle, deren Wasserlauf schnell breiter wurde und unten in der Ebene bereits als mächtiger Strom dahinfloss.

»Ihr solltet euch ein Floß bauen, damit ihr bequemer reisen könnt«, sagte Glaukon.

Die anderen erschraken. »Wieso wir? Kommst du nicht mit?«

»Ich kann nicht mitkommen, und ihr wisst das genauso gut wie ich«, erwiderte Glaukon ruhig.

»Du willst doch wohl nicht zurück in die Höhle?«, klagte Platonicus-Kanticus.

»Ich gehe wirklich nicht gern«, antwortete Glaukon. »Aber ich habe doch eine Verantwortung für die, die noch immer so elend gefangen sind, wie ich es einst war.«

»Dann komme ich mit dir«, rief Platonicus-Kanticus.

»Ich glaube, das wäre nicht gut«, sagte Glaukon. »Deine Aufgabe ist es, weiterzureisen.«

»Aber allein hast du doch gar keine Chance!«

»Mir wird schon etwas einfallen.«

Platonicus-Kanticus traten die Tränen in die Augen.

»Wie willst du die Gefangenen überhaupt befreien?«, warf Kalle hilflos ein. »Für so etwas braucht man einen genauen Plan.«

»Vielleicht sind die Wächter alle fortgegangen«, scherzte Glaukon.

»Selbst wenn es so wäre, lieber Glaukon«, sagte die Prinzessin mit ihrer ruhigen Stimme. »Kannst du dich noch daran erinnern, wie du dich dagegen gewehrt hast, befreit zu werden? Die anderen werden ähnlich reagieren. Wir waren zu dritt, du aber bist allein.«

»Vielleicht muss ich ihnen nur die Fesseln lösen und etwas über die Welt außerhalb der Höhle erzählen. Dann werden sie von selbst die Grotte verlassen.«

»Sie werden dir kein Wort glauben«, prophezeite Platonicus-Kanticus. »Sie werden dich erschlagen.«

»Wie meinst du das?«, fragte Glaukon und legte ihm die Hände auf die Schultern.

»Wenn du ihnen erzählst, dass du eine Welt gesehen hast, die viel wirklicher ist als die ihre, dann werden sie dich fragen, warum du dich dann so ungeschickt im Dunkel der Höhle bewegst. Sie werden dir nicht glauben, dass sich deine Augen erst an die Dunkelheit gewöhnen müssen. Sie werden sagen, dass man mit verdorbenen Augen von dort oben zurückkehrt und dass man jeden zum Schweigen bringen muss, der versucht, andere dorthin zu bringen.«

»Ja«, sagte Glaukon traurig. »So werden sie wohl reden.«

»Bitte bleibe doch bei uns!«, sagte Platonicus-Kanticus und ergriff seine Hand.

»Ich verlasse euch wirklich nur schweren Herzens, aber ich kann nun einmal nicht anders«, erwiderte Glaukon. »Geleitet ihr mich noch ein Stück?«

Traurig und schweigsam begleiteten die Freunde Glaukon noch eine ganze Weile. Schließlich nahmen sie auf einem Hügelrücken Abschied voneinander. Die letzten Schritte ging Platonicus-Kanticus allein mit seinem Freund. Schließlich blieben auch sie stehen.

»Kannst du wirklich nicht anders?«, fragte Platonicus-Kanticus ein letztes Mal.

»Du weißt, dass es so ist«, entgegnete Glaukon.

»Wir werden uns nie wiedersehen«, meinte Platonicus-Kanticus und seufzte.

»Da bin ich nicht so sicher«, sagte Glaukon und versuchte zu lachen. »Ich hoffe, dies wird nicht deine einzige Reise nach Philosophica bleiben.«

Mit diesen Worten drückte er Platonicus-Kanticus kurz an sich und lief, ohne sich noch einmal umzusehen, den Hügel hinunter. Platonicus-Kanticus sah ihm lange nach. Erst nach einer Weile bemerkte er, dass Kalle und Metaphysika neben ihm standen.

»Ich glaube, dies war die letzte Lektion, die das Gebirge für uns bereitgehalten hat«, sagte Kalle. »Wir hatten noch zu lernen, dass Einsichten und Erkenntnisse schmerzhafte Folgen haben können.«

Damit wandten sich die drei Freunde um und kehrten schweigend zu ihrem Lagerplatz zurück.

VI. Der böse König

Oder: Der Wille zur Macht

Am nächsten Morgen brachen sie auf. Jeder hatte die Nacht genutzt, um auf seine Weise den Verlust des Freundes zu betrauern. Kalle hatte gleich nach ihrer Ankunft im Lager ein Beil ergriffen und sich daran gemacht, einen Baum nach dem anderen zu einem Floß zu verarbeiten. Er war mit solcher Wut ans Werk gegangen, dass das Floß bis zum Morgen fertig wurde. Metaphysika hatte sich darum bemüht, Platonicus-Kanticus zu trösten. Sie waren sich in ihrer Trauer sehr nahe gekommen. Allein Kalles lautes Fluchen verhinderte jeden Anflug von Zärtlichkeit.

Nun saßen sie auf dem Floß und ließen sich stromabwärts treiben. Kalle lag auf dem Bauch und erholte sich laut schnarchend von seiner nächtlichen Schwerstarbeit. Der Strom wurde stetig breiter und mächtiger. Vereinzelt begleiteten Segelboote ihr Floß, und zuweilen sahen sie, wie Fischer am Ufer ihre Netze einholten. Die Freunde winkten den Fremden eifrig zu. Merkwürdig war nur, dass niemand ihren Gruß erwiderte. Alle schienen sehr beschäftigt zu sein.

Am dritten Tag erreichten sie eine große Stadt. Sie ließen sich in den Hafen treiben und machten fest. Obwohl die Stadt mit ihren prächtigen Gebäuden sehr wohlhabend sein musste, wirkte sie nicht sehr einladend. Die Straßen und Häuserfluchten waren einfach zu steril und nüchtern. Alles blieb geradlinig und übersichtlich. Uniformierte Passanten bewegten sich steif und oft im Gleichschritt, wobei sie nur durch die verschiedenen Ausführungen ihrer Uniformen zu unterscheiden waren. Ihre Mienen waren ernst und unbewegt.

»Na, ich will hoffen, dass es hier auch ein paar lustige Kameraden gibt«, sagte Kalle missmutig. »Endlich sind wir mal wieder unter Menschen, und die Leute laufen herum wie Gespenster.«

»He, Sie!«, rief er einem Passanten zu. »Wir suchen eine Hafenkneipe.«

»Bitte, was?«, erkundigte sich der Mann.

»Na, eine Hafengaststätte. So einen herrlich verrauchten Keller, in dem viel getanzt und laut gelacht wird«, erklärte Kalle.

»Ich glaube nicht, dass ich verstehe, was Sie meinen.«

»Also, so was! Ich spreche von Vergnügen, Unsinn, Spaß, Fete, Party!«, rief Kalle.

»Sie meinen sicher Lebensfreude«, sagte der Mann.

»Genau das meine ich!«, lachte Kalle erleichtert.

»Lebensfreude ist nur jeden ersten Sonntag im Monat vorgesehen«, antwortete der Mann.

»Aber warum?«, schaltete sich Metaphysika ein.

»Na, weil sonst geschieht, was jetzt gerade der Fall ist. Man wird von der Arbeit abgehalten. Alles wird unübersichtlich, und es ist keine Kontrolle mehr möglich. Guten Tag.«

Der Mann zog den helmartigen Hut und ging davon.

»Ach du meine Güte«, kicherte Metaphysika und lehnte sich gegen Kalles Schulter.

Es dauerte nicht lange, da sahen sie eine ganze Gruppe Uniformierter auf sich zukommen.

»Ist Ihr Floß an diesem Liegeplatz angemeldet?«, fragte der Anführer streng.

»Nein, wir sind gerade erst angekommen«, erklärte Platonicus-Kanticus höflich.

»Sie hätten sich anmelden müssen«, entgegnete der Uniformierte. »Ohne Anmeldung dürfen Sie hier nicht festmachen.«

»Wir konnten uns nicht anmelden, wir sind gerade erst angekommen.«

»Dann hätten Sie sich eben vorher anmelden müssen!«

»Man kann sich doch nicht anmelden, wenn man noch gar nicht da ist«, lachte Platonicus-Kanticus.

»Kommen Sie mir nicht mit logischen Ausreden!«, herrschte ihn der Mann an.

»Sie gefährden die Ordnung. Melden Sie sich sofort ab und verschwinden Sie!«

»Wir haben uns doch noch gar nicht angemeldet«, versuchte Metaphysika zu beruhigen.

»Machen Sie es nicht noch schlimmer, als es ohnehin schon ist«, sagte der Anführer. »Sie melden sich gefälligst ab. Ordnung muss sein!«

»Für wen gilt denn diese Ordnung?«, wollte Metaphysika wissen.

»Für die Menschen und den Staat«, lautete die Antwort.

»Aber wir sind Menschen, und uns verdrängt diese Ordnung!«, protestierte die Prinzessin.

»Der Staat braucht nun einmal Ordnung. Ohne Ordnung keine Kontrolle, und ohne Kontrolle keine Macht, und der König will Macht!«, schrie der Anführer der Prinzessin erregt ins Gesicht.

»Lieber, geschätzter Ordnungshüter«, sagte Kalle mit Engelsstimme.

»Hat Sie schon einmal jemand richtig versohlt? Wenn ja, dann wissen Sie, was Ihnen blüht, sollten sie Ihr Betragen nicht auf der Stelle ändern. Gern würde ich Ihr Benehmen in die hier so hoch geschätzte Ordnung bringen.«

Kalle hätte sich zu dieser Äußerung besser nicht hinreißen lassen sollen. Der Anführer errötete vor Wut, ergriff eine Trillerpfeife und ließ zwei schrille Pfiffe ertönen.

»Ergreift die Ordnungsfeinde!«, schrie er.

Innerhalb von Sekunden waren sie umstellt. Ein von zwei Rappen gezogener Gefängniswagen fuhr vor. Man legte den Freunden Fesseln an, warf sie in den Verschlag, und der Wagen polterte mit ihnen davon.

»Oh, Kalle«, stöhnte Metaphysika und setzte sich mühsam auf. »Das hättest du besser für dich behalten sollen. Ausgerechnet du bringst uns in diese Lage. Ich habe immer vermutet, dass eine stramme Organisation genau in deinem Sinne sei.«

»Das stimmt«, sagte Kalle. »Aber du übersiehst, dass ich die Organisation zum Glück der Menschen einsetzen will. Wer Organisation ohne Rücksicht auf menschliche Bedürfnisse betreibt, der hat mich falsch verstanden.«

Der Wagen rumpelte mit ihnen über das Pflaster der Straßen, die leicht bergan stiegen. Nach einer Weile hörten sie wieder eine Trillerpfeife. Der Wagen hielt an, die Türen wurden aufgerissen, und ein älterer gefesselter Mann wurde zu ihnen hineingeworfen.

Nachdem die Kutsche sich erneut in Bewegung gesetzt hatte, halfen sie ihrem Mitgefangenen, sich aufzurichten.

»Uff!«, stöhnte der alte Mann. »Dass ich so etwas noch erleben muss!«

»Haben Sie auch etwas gegen die Ordnung gesagt?«, erkundigte sich Metaphysika.

Der alte Mann nickte. Er hatte graue Haare, und die vielen Falten in seinem Gesicht ließen ihn sehr bekümmert aussehen.

»Wissen Sie, wohin man uns bringen wird?«, fragte Platonicus-Kanticus.

»Zu König Nieetsche«, antwortete der Alte. »Heute ist der erste Freitag im Monat. An diesem Tag sitzt König Nieetsche über alle zu Gericht, die es wagen, etwas gegen seine Ordnung und seinen Willen zur Macht zu sagen.«

»Kennen Sie den König?«, fragte Kalle.

Der Alte nickte wieder und sah dabei noch trauriger aus. »Ich bin sogar dafür verantwortlich, dass er an die Macht gekommen ist.«

»Das müssen Sie uns erklären«, drängte Metaphysika.

»Warum eigentlich nicht«, seufzte der alte Mann. »Wir haben ohnehin noch etwas Zeit, bis wir den Palast erreichen.« Er lehnte sich mühsam mit dem Rücken gegen den Verschlag der Kutsche. »Mein Name ist Thomas Hupps«, sagte er mit trauriger Stimme. »Ich lebe schon seit vielen, vielen Jahren in diesem Land. Ihr müsst wissen, dass hier nicht immer eine peinlich strenge Ordnung herrschte. Es gab damals weder Gesetze noch eine Regierung. Die Menschen taten und ließen, was sie wollten.«

»Und, waren sie damals glücklicher als unter König Nieetsche?«, wollte Kalle wissen.

»Das kann man nicht sagen«, fuhr der Alte fort. »Die Menschen dachten nur an ihren eigenen Vorteil und nahmen keine Rücksicht auf ihre Mitmenschen. Wer stark war, nahm sich, was er wollte und unterdrückte die anderen. Aber selbst die Starken waren nicht wirklich glücklich, denn auch sie konnten nicht ruhig schlafen; sie hatten Angst, dass sich ein Schwacher rächen könnte.«

»Und wie kam es dazu, dass heute König Nieetsche das Land beherrscht?«, fragte Platonicus-Kanticus.

»Wir haben ihn gewählt«, sagte Hupps. »In dieser dunklen und gefährlichen Zeit hatte ich die Idee, einen König zu wählen. Ich rief die Menschen zusammen und versuchte, sie zu überzeugen, dass es besser für alle wäre, wenn wir einen mächtigen König hätten. Ich sagte ihnen, alle Menschen hätten von Natur her gewisse Rechte und Interessen, die sich häufig überschnitten. Das Beste sei daher, sich freiwillig einem König zu beugen. Er allein solle für Ordnung sorgen und die Macht besitzen, Strafen zu verhängen. Der Einzelne müsse in diesem Fall zwar darauf verzichten, seine Interessen mit Gewalt durchzusetzen, genieße aber dafür den Schutz des Königs. Auf diese Weise könnte jeder beruhigt schlafen, ohne Angst vor seinem Nachbarn haben zu müssen. Wenn es Streit geben sollte, bräuchte man sich nicht mehr gegenseitig zu bekämpfen, sondern könnte den König um sein Urteil bitten.«

»Aber das hört sich doch sehr gut an«, staunte Metaphysika.

»Eigentlich schon«, antwortete Hupps. »Wir haben Nieetsche zum König gewählt, und es kehrte wirklich Ordnung ein. Doch bald begann der König, sich seiner Macht bewusst zu werden und diese immer mehr auszuweiten.«

»Und das hat Sie so gestört, dass auch Sie heute den Mund aufgemacht haben?«, fragte Kalle.

»Ja. Ich musste erleben, dass von unseren Rechten nichts mehr geblieben war, und habe darüber öffentliche Reden gehalten. Ich wusste, dass ich dafür verhaftet werden würde, aber ...«

Thomas Hupps hätte sicher noch weiter berichtet, doch der Wagen blieb abrupt stehen. Die Türen wurden aufgerissen, und bewaffnete Männer zerrten die Insassen ins Freie. Sie hatten kaum Gelegenheit, sich umzusehen. Man führte sie in einen Palast, der mehr einer Festung als einem Schloss ähnelte. Schießscharten statt Fenster waren in die mächtigen Mauern eingelassen. Man stieß sie durch kalte und lieblos eingerichtete Räume, bis sie in einen großen Saal kamen, in dem sich viele Menschen versammelt hatten. Entlang der Wände standen mit Lanzen und Schwertern bewaffnete Wachen. Der König saß auf einem gewaltigen Thron und blickte mit unbewegter Miene finster über die Menge hinweg. Diese imposante Erscheinung trug einen Furcht einflößenden Schnauzbart, der den ganzen Mund bedeckte.

Hinter der von ernsten Falten zerfurchten Stirn fiel das Haar wie eine Löwenmähne in den Nacken. Vor dem Thron verharrte eine kleine Gruppe von Männern und Frauen mit gesenkten Köpfen. Platonicus-Kanticus und seine Freunde wurden zu ihnen geführt. Nach einer Weile betrat ein buckliger Zeremonienmeister den Raum und stieß mit seinem silberbeschlagenen Stab energisch auf den Marmorboden. Sogleich herrschte Schweigen.

»Die Rechtsprechung Seiner Majestät König Nieetsche ist eröffnet«, rief der Bucklige.

»Sprich, du Mächtiger!«, antwortete die Menge in demütiger Erwartung.

»Ich muss zu meinem großen Unbehagen feststellen, dass es noch immer Undankbare gibt, die sich gegen mich auflehnen«, begann der König mit langsamer, tiefer, rauer Herrscherstimme. »Hat einer von euch Frevlern etwas zu seiner Verteidigung zu sagen?«

Es dauerte einige Sekunden, bis Thomas Hupps es wagte, als Erster die Stimme zu erheben.

»Eure Majestät«, begann er. »Wie Ihr wisst, habe ich selbst Eure Krönung ermöglicht. Die Abschaffung vieler Missstände haben wir Euch zu verdanken. Nun aber zeigt sich, dass Eure Herrschaft auch Nachteile mit sich bringt, auf die wir gerne hinweisen möchten. Ich bin der Meinung ...«

»Du wagst es, an mir Kritik zu üben!«, unterbrach ihn die wütende Stimme des Königs. »Du selbst hast bei der Wahl dem König die alleinige Macht zugesprochen. Nun besitze ich die Macht. Ich gebrauche sie, ich allein. Also hüte dich davor, dich einzumischen!«

»Aber Eure Majestät!«, stammelte Hupps.

»Schluss jetzt!«, befahl König Nieetsche. »Entweder ihr fallt wieder wie die Wölfe übereinander her, oder ihr akzeptiert meine uneingeschränkte Macht! Schafft mir den Alten aus den Augen.«

Zwei Wachen ergriffen Thomas Hupps und zerrten ihn davon.

»Ich protestiere!«, rief Platonicus-Kanticus. »So können Sie mit einem alten Mann nicht umgehen!«

Alles schaute ihn an. Auch König Nieetsche warf ihm einen finsteren Blick zu.

»So, und warum kann ich das nicht?«, fragte er mit tiefer Stimme.

»Weil das gegen die Menschenwürde verstößt. Man tut so etwas einfach nicht«, empörte sich Platonicus-Kanticus.

»Warum sollte ich nicht? Ich habe die Macht dazu!«, erwiderte Nieetsche gelassen.

»Das ist keine Frage der Macht, sondern eine Frage von gut und böse!«, entgegnete Platonicus-Kanticus. »Es ist eine Frage der Gerechtigkeit. Eine Frage der Moral.«

»Und woher kommt diese Moral, mein vorwitziger Knabe?«, höhnte König Nieetsche. »Und sag nicht, sie käme von einem Gott. Ich glaube weder an etwas Überirdisches noch an die Vorschriften irgendeiner Moral. Ich lebe jenseits von gut und böse.«

»Die Moral entspringt aus etwas, von dem Sie anscheinend zu wenig besitzen. Die Moral entspringt aus der Vernunft«, schnaubte Platonicus-Kanticus erbost.

Ein Raunen ging durch die Menge. Zwei Wachen kamen auf Platonicus-Kanticus zugestürmt und wollten ihn ergreifen. Völlig unerwartet verhinderte König Nieetsche diesen Zugriff.

»Haltet ein!«, befahl er. »Der Knabe hat Mut. Er redet

zwar großen Unsinn, aber vielleicht kann ich ihn eines Tages brauchen. Er ist nach der Versammlung in mein Arbeitszimmer zu führen.«

Die Wachen zerrten Platonicus-Kanticus an die Wand des Saales und zwangen ihn, sich niederzuknien.

»Hat noch jemand etwas zu sagen?«, fragte König Nieetsche gebieterisch.

Alle schwiegen bedrückt. Umso größer war das Erstaunen, als plötzlich ein junger Mann aus der kleinen Gruppe vor den Thron trat.

»Ja, ich habe etwas zu sagen, Vater!«, rief der junge Mann mit entschlossener Stimme.

»Wer ist das?«, fragte Metaphysika eine Frau, die neben ihr stand.

»Das ist Johnny Locke, der Sohn des Königs«, flüsterte die Frau.

Auch König Nieetsche brauchte eine Weile, um sich zu fangen.

»Auch du, mein Sohn Johnny!«, sagte er verbittert.

»Ja, Vater«, sprach Johnny Locke. »Auch ich kritisiere deine Herrschaft. Ich halte es nicht für gut, dass du allein die Macht innehast. Ich fordere dich auf, sie zu teilen.«

»Die Macht teilen! Du bist wohl völlig von Sinnen?«, schrie der König seinen Sohn an.

»Nein«, antwortete dieser ruhig. »Vor allem solltest du nicht mehr der oberste Richter sein.«

Unruhe brach im Saal aus. Der König tobte.

»Lasst sofort den Saal räumen!«, schrie er. »Bringt meinen Sohn, diesen Platonicus-Kanticus und Arthuro Weltschmerz in mein Arbeitszimmer! Die anderen werft in den Kerker!«

Wutschnaubend verließ er den Raum.

Alles geschah nun sehr schnell und in großer Hektik. Das Volk wurde aus dem Saal getrieben, und Johnny Locke musste neben Platonicus-Kanticus ebenfalls niederknien. Die anderen Angeklagten wurden abgeführt. Das Letzte, was Platonicus-Kanticus von seinen Freunden sah, war Kalle, dem es gelang, Kognitum heimlich unter seinem Mantel zu verbergen. Kurz darauf wurden Platonicus-Kanticus und Johnny hochgerissen und zusammen mit einem anderen Leidensgenossen durch die Flure des Palastes geführt.

»Sind Sie dieser Arthuro?«, erkundigte sich Platonicus-Kanticus bei dem Fremden.

»Ja, das bin ich«, sagte der Mann. »Mein Name ist Arthuro Weltschmerz. Ich war der Lehrer des Königs. Von mir hat er sehr viel gelernt, doch nun hat er mich verhaften lassen, weil ich behaupte, er missbrauche meine Abhandlungen über den Willen.«

»Ich hoffe, es hat Sie nicht zu hart getroffen«, sagte Johnny Locke bedauernd.

»Ach, weißt du, mein Junge«, bemerkte Weltschmerz verbittert. »Das Leben besteht ohnehin nur aus Leid.«

Kaum hatte er diesen Satz gesagt, da befanden sie sich vor einer großen, dunklen Holztür.

»Das Arbeitszimmer Seiner Majestät König Nieetsche«, verkündete eine der Wachen und stolzierte hinein. Kurz darauf kehrte sie zurück und öffnete ihnen die Tür.

Bei ihrem Eintreten saß der König in einem breiten, tiefen Ledersessel. Er hatte sich offensichtlich gefangen und machte einen ruhigen und entspannten Eindruck. Der Raum, in dem sie sich nun befanden, wirkte bei weitem nicht so kalt und nüchtern wie die anderen Teile des Schlosses. Ein Kaminfeuer spendete Licht und Wärme. Die hohen Wände waren über und über mit Büchern bedeckt, und vielerlei wertvolle Gegenstände standen herum. Dennoch machte der Raum einen finsteren und düsteren Eindruck. Der König deutete ihnen mit einer Handbewegung an, dass sie sich setzen sollten. Danach sah er sie lange mit seinen stechenden Augen an.

»Willst du uns nicht sagen, was du mit uns vorhast?«, fragte Johnny Locke nach einiger Zeit.

»Oh ja, das will ich«, antwortete sein Vater mit einer Mischung aus Leutseligkeit und Anmaßung. »Ich habe euch zu mir bringen lassen, weil ich euch vielleicht gebrauchen kann. Kluge Köpfe in seinem Gefolge zu haben, ist ein nicht zu unterschätzender Machtfaktor.«

»Aber du weißt doch, dass wir deine Macht ablehnen!«, entgegnete sein Sohn.

»Das ist mir klar«, sagte der König, während er sich erhob und im Zimmer auf und ab schritt. »Ich habe aber vor, euch von eurer irrigen Haltung abzubringen. Wenn es mir gelingt, euch zu beweisen, dass meine Sicht der Dinge richtig ist, werdet ihr mir sicher treue Gefolgsleute sein.«

»Und wenn nicht?«, warf Platonicus-Kanticus ein.

Nieetsche lächelte nur und fuhr fort. »Wer von euch möchte beginnen. Wo meint ihr, liegen meine Fehler, und wie könnt ihr sie begründen?«

Platonicus-Kanticus holte tief Luft. »Meine Freunde und ich kamen hierher, weil wir von Ihrem Versuch, eine optimale Gesellschaft zu errichten, gehört hatten.«

»Das ist auch der Fall«, entgegnete der König. »Ich erschaffe eine optimale Gesellschaft zum Erhalt meiner Macht.«

»Ich hatte aber gehofft, dass dieser Zustand gut für alle wäre«, entgegnete Platonicus-Kanticus.

»Es ist immer noch besser, beherrscht zu werden, als sich gegenseitig umzubringen«, erwiderte Nieetsche gelassen. »Kommt mit, ich möchte euch etwas zeigen!«

Sie gingen zur anderen Seite des Raumes, wo auf einem langen Tisch ein riesiges Terrarium stand. In ihm sahen sie einen Ameisenhaufen, in dem es von Tieren wimmelte, die im

Bau verschwanden, wieder herauseilten, verschiedene Tätigkeiten verrichteten und erneut verschwanden.

»Man sieht es nicht, aber auch in diesem Staat herrscht eine strenge Ordnung«, sagte der König. »Alles ist auf die Königin und ihre Macht ausgerichtet.«

Johnny Locke wollte etwas sagen, aber sein Vater gebot ihm mit einer strengen Handbewegung zu schweigen. »Du hast hier nichts mehr zu sagen, mein Sohn«, brummte er. »Wie du siehst, herrscht in diesem Staat keine Teilung der Macht, und solange du mir nicht erklären kannst, warum dies kein Vorbild für uns Menschen sein kann, hast du zu schweigen.« Er wandte sich den beiden anderen zu.

»Die Ameisen sind ein hervorragendes Beispiel für die Ausübung von Macht. Sie sind die unumstrittenen Herrscher unter den Insekten, ja, vielleicht unter allen Erdbewohnern. Es gibt kein Lebewesen, das sie verdrängen kann. Und warum nicht? Weil ein unbeugsamer Wille sie vorantreibt. Der Wille zur Macht. Seht ihr, wie sie sich abschuften?«

Sie standen eine Weile vor dem Terrarium und bestaunten den unendlichen Fleiß der Ameisen.

»Aus welchem Grund sollten sie so arbeiten, wenn nicht deswegen, weil ein Wille sie vorantreibt. Der Wille, der Macht ihrer Königin zu dienen«, betonte der König noch einmal.

»Der Wille ist da, aber es handelt sich nicht um den Willen zur Macht«, sagte Arthuro Weltschmerz, nachdem er Mut zum Widerspruch gefasst hatte. »Es ist der Wille zum Leben und Überleben. In jedem Wesen dieser Welt ist der Überlebenswille verankert. Dafür kämpft es. Es kämpft und arbeitet, weil es leben will.«

»Aber dann sind wir doch einer Meinung!«, lachte der König.

»Wieso?«, fragte Arthuro Weltschmerz irritiert. »Ich spreche von einem Willen zum Leben und Sie von einem Willen zur Macht.«

»Aber meine Theorie entspringt doch aus der deinen«, erklärte der König. »Man muss deinen Gedanken nur konsequent zu Ende denken.«

»Das sehe ich nicht«, gestand Weltschmerz ein.

»Ich werde es dir erklären«, sagte der König gönnerhaft. »Deiner Meinung nach herrscht in der ganzen Welt ein Wille, ein Wille zum Leben. Richtig?«

»Richtig!«, bestätigte Arthuro Weltschmerz.

»Jedes Lebewesen, auch der Mensch, kämpft also mit aller Kraft ums Überleben und leidet darunter, dass es sterben muss.«

»Richtig.«

»Aber dann sind wir doch genau bei meinem Willen zur Macht! Wenn jedes Wesen leben will, dann wird es sich um alles bemühen, was zum Erhalt seines Lebens beiträgt. Das perfekte Mittel zum Schutz des eigenen Lebens ist Macht. Wer Macht über sich und andere hat, dessen Leben ist geschützt. Was die Lebewesen also bewusst oder unbewusst anstreben, ist Macht. Was sie vorantreibt, ist ein Wille zur Macht.«

Arthuro Weltschmerz senkte den Blick. Die Augen des Königs funkelten triumphierend.

Johnny Locke raffte sich auf und kam Weltschmerz zu Hilfe.

»Ich glaube, du hast einen Denkfehler gemacht, Vater!«, sagte er.

»So? Da bin ich aber gespannt«, bemerkte der König.

»Hast du nicht gesagt, der Wille zur Macht entspringe dem Willen zum Leben und stehe über diesem?«

»Richtig, das habe ich gesagt.«

»Wie kommt es aber dann, dass die Lebewesen zusammenarbeiten können und nicht unablässig versuchen, einander zu unterwerfen?«

»Ein guter Einwand!«, lachte Nieetsche. »Allerdings arbeiten die Lebewesen nicht freiwillig zusammen. Sie unterwerfen sich der Macht der Starken, weil sie sonst getötet werden. Die Macht ist nur für die Starken. Die Schwachen sind zum Dienen da. Es wäre Unsinn zu glauben, die Starken würden sich um die Schwachen kümmern. Sie tun dies nur, um sie zu benutzen.«

»Aber dann werden die Schwachen immer auf eine Gelegenheit warten, um selbst die Macht zu ergreifen«, sagte Platonicus-Kanticus.

»Das ist richtig, junger Freund«, lobte der König. »Aus diesem Grunde ist es so wichtig, seine Untertanen völlig unter Kontrolle zu haben. Ordnung ist so wichtig, damit man problemlos überblicken kann, was geschieht.«

»Das soll die ideale Gesellschaft sein?«, fragte Platonicus-Kanticus.

»Es ist die erfolgreiche Gesellschaft«, prahlte Nieetsche mit funkelnden Augen. »Bei strenger Erziehung führt sie dazu, dass der Einzelne seinen Lebenswillen unter die Macht der Starken stellt.«

»Wie meinen Sie das?«, fragte Platonicus-Kanticus entsetzt.

»Habt ihr noch nie darüber nachgedacht, was ein Krieg für die kleinen Soldaten bedeutet? Wartet, ich werde euch etwas demonstrieren!«, begann der König und lächelte. Er ging zu einem der Bücherregale und kam mit einem großen Einmachglas zurück. In dem Behälter befand sich eine Eidechse. Der König öffnete das Glas und ließ die Eidechse zu den Ameisen in das Terrarium fallen. Nun folgte ein grausames Schauspiel. Das Reptil landete auf einem flachen Stein und begann gierig, die Ameisen in seiner Umgebung zu verschlingen. Zunächst glich das Schauspiel dem Auftritt eines Drachen, der sich todbringend auf seine wehrlosen Opfer stürzte. Einer Ameise gelang es, bevor sie verschlungen wurde, eine andere mit den Fühlern zu berühren. Auf diese Weise löste sie Alarm aus. Die Ameise, die das Signal empfangen hatte, verschwand eilig in ihrem Bau, und schon nach wenigen Sekunden schoss ein Heer von Insekten daraus hervor, eilte auf die Eidechse zu und umschloss diese von allen Seiten.

Zuerst ließ sich das Reptil von der krabbelnden Flut nicht beirren und fuhr unbekümmert damit fort, unzählige Ameisen zu vertilgen. Plötzlich jedoch, als ihr Körper ganz schwarz von Ameisen bedeckt war, begann sie, sich zu winden und zu zucken. Sie stellte das Fressen ein und versuchte verzweifelt, die Insekten von ihrem Körper zu schütteln. Sie schlug wild mit dem Schwanz umher und wälzte sich, wobei sie eine Unzahl ihrer Feinde unter sich erdrückte. Doch so viele Ameisen auch den Tod fanden, es strömten immer neue nach. Nach einer knappen Minute brach die Eidechse in den Vorderbeinen ein. Ein paar Mal versuchte sie noch, die Glasscheibe hinaufzuklettern. Bei ihrem letzten Versuch fiel sie auf den Rücken, auf dem sie bald bewegungslos liegen blieb und unter den Tausenden von Bissen ihrer Peiniger starb.

König Nieetsche drehte sich begeistert zu ihnen um.

»Das dürfte wohl genügen, um zu zeigen, wie weit Untergebene bereit sind, ihr Leben für die Macht der Starken zu opfern. Es bleibt ihnen keine andere Wahl. Sie müssen sich opfern, oder sie werden alle nacheinander umkommen.

Die Herrscher haben das Glück, ihre Macht benutzen zu können und die Schwachen in den tödlichen Kampf zu schicken. Es ist bitter, aber so ist es nun einmal. Der Wille, der die Welt beherrscht, ist der Wille zur Macht!«

Die drei Gefangenen schwiegen, betroffen von dem grausamen Schauspiel.

»Ihr müsst euch entscheiden«, drängte der König. »Entweder ihr seht ein, dass in mir der Wille zur Macht erfolgreich Gestalt angenommen hat, und beschließt, mir zu dienen, oder ihr steht mir im Wege.«

»Und was würde es bedeuten, dir im Wege zu stehen«, fragte Johnny Locke mit fester Stimme.

»Nun ja«, antwortete König Nieetsche und lächelte. »Es bereitet mir keine Freude, grausame Beschlüsse zu fassen. Ich schrecke aber nicht davor zurück, wenn es mir notwendig erscheint.«

Diese Warnung wurde von den Gefangenen wohl verstanden.

»Ich will einfach nicht glauben, dass die Menschen genauso sind wie Ameisen«, sagte Platonicus-Kanticus trotzig. »Menschen sind nicht dafür geschaffen, sich derartig zu unterwerfen. Ihr Lebensinhalt besteht nicht nur aus Machtstreben.«

»Der Mensch ist nur komplizierter als die Ameise«, entgegnete Nieetsche streng. »Man muss geschickter sein, um ihn zu beherrschen. Gewalt allein reicht auf Dauer nicht aus, man muss auch die Grundbedürfnisse des Menschen nach Nahrung, Schlaf, Sexualität und Anregung befriedigen, um ihn gefügig zu machen. Man muss dem Volk Brot und Spiele geben. Das ist eine uralte Erkenntnis.

Was die Anregung betrifft, so lasse ich an jedem ersten Samstag im Monat eine große Schau, einen Zirkus veranstalten. Das lenkt die Leute ab, und sie bemerken nicht, wie ihr eigener Wille zur Macht unerfüllt bleibt.«

»Nein und nochmals nein!«, schrie Platonicus-Kanticus verzweifelt. »So ist es nicht! So kann es, so darf es nicht sein! Im Menschen ist etwas, was ihn grundlegend von den Tieren unterscheidet!«

»Dann beweise es, oder gehe in den Kerker!«, drohte König Nieetsche.

»Das vermag ich nicht, noch nicht«, sagte Platonicus-Kanticus mit allem Mut, den er aufbringen konnte. »Ich kann es nicht beweisen, aber das, was Sie tun, ist schlecht. Das ist eine Gewissheit meines Herzens, für die ich auch bereit bin, ins Gefängnis zu gehen.«

Plötzlich spürte er jemanden an seiner Seite.

»Ich werde mit dir gehen«, sagte Johnny Locke.

Der König starrte sie schweigend an. Er sah aus wie ein Raubtier, das zum Sprung ansetzt.

»Dann wünsche ich viel Vergnügen im Kerker«, presste er hervor und rief laut nach der Wache, die sogleich erschien. »Führt die drei ab! Diese Träumer wünschen Bekanntschaft mit den Gefängnisratten zu machen. Dort werden sie schmoren, bis ihnen der Idealismus vergeht, und sie einen Blick für die harte Realität bekommen.«

Die Gefangenen wurden an den Armen gepackt und abgeführt. Als sie im Türrahmen standen, drehte sich Arthuro Weltschmerz noch einmal zum König um.

»Ich bin überhaupt nicht gefragt worden«, sagte er.

»Deine Antwort kenne ich doch schon«, grollte der König. »Du hast schon lange genug an meiner Herrschaft herumkritisiert!«

»Dennoch will ich gefragt werden!«, trotzte Weltschmerz.

»Raus!«, schrie König Nieetsche.

»Leiden. Alle Welt ist Leiden!«, klagte Weltschmerz, als er fortgezogen wurde.

Wenige Fackeln spendeten ein fahles Licht, als die drei in den Kerker hinabgeführt wurden. Die Treppe endete in einem finsteren Gewölbe. Eine Wand aus Gitterstäben trennte einen kleinen Vorraum von den eigentlichen Zellen. Das Gefängnis erwies sich in der Tat als ein bedrückender Ort. In diesem nasskalten, schmutzigen Verließ ohne Tageslicht hausten Ratten und plagten die unglücklichen Insassen.

Das Einzige, was Platonicus-Kanticus tröstete, war, dass er hier seine Freunde wieder traf.

»Ein Glück, dass es dir gut geht!«, rief Metaphysika. Sie lief zu ihm und umschlang ihn mit ihren Armen. Auch Platonicus-Kanticus lächelte erleichtert. Es war schon merkwürdig, unter welchen Umständen Menschen zur Freude fähig waren.

»Oh ja. Wie schön, dass du bei uns bist«, stichelte Kalle. »Ist dies nicht ein wundervoller Ort, um beisammen zu sein?«, fügte er bissig hinzu. Doch auch er konnte es nicht unterlassen, seinen Freund kurz an die Brust zu drücken.

Sie versuchten, die Kerkerhaft mit Gleichmut zu ertragen. Tage vergingen, und ihre Verzweiflung wuchs. Stets aufs Neue setzten sie sich zusammen und berieten, was zu unternehmen sei.

»Eines ist wohl klar«, sagte ein kräftiger Kerl, der ein guter Freund von Johnny Locke zu sein schien. »So, wie es ist, kann es nicht bleiben.«

»Wir haben nur zwei Möglichkeiten«, erklärte ein anderer. »Entweder wir versuchen einen Ausbruch, oder wir unterwerfen uns dem König und geloben, ihm zu dienen.«

»Oder wir zetteln eine Revolution an und ergreifen selbst die Macht«, ereiferte sich Kalle.

»Das ist eine spätere Sorge«, sagte Johnny Locke. »Falls überhaupt ein Ausbruch gelingen sollte, können wir immer noch entscheiden, ob wir fliehen oder kämpfen.«

»Eine Revolution, wir wollen eine Revolution!«, schwärmte Kalle.

»Verdammt, komm wieder auf den Boden der Tatsachen zurück, Kalle Max!«, herrschte ihn Metaphysika an. »Wir wissen noch nicht einmal, wie wir hier herauskommen sollen, und du denkst bereits an Umsturz!«

»Gedanken sind frei!«, bemerkte Kalle und grinste.

»Wir sollten uns entscheiden«, sagte der Freund von Johnny Locke energisch. »Wollen wir uns unterwerfen oder einen Ausbruch wagen?«

»Wir sollten uns unterwerfen und das Leid ertragen«, klagte Arthuro Weltschmerz. »Ein Ausbruch ist ohnehin unmöglich, und wer weiß, vielleicht hat der König Recht mit seinen Ansichten.«

»Das hat er nicht«, protestierte Metaphysika. »Es ist unmoralisch, wie er vorgeht.«

»Das setzt allerdings voraus, dass es so etwas wie Moral überhaupt gibt«, wandte Weltschmerz ein. »Was ist, wenn es das Gute, an dem sich die Menschen orientieren, überhaupt nicht gibt? Wenn wir es wirklich nur mit einem Willen zur Macht zu tun haben, dann sollten wir uns dem König unterwerfen, um wenigstens ungeschoren davonzukommen.«

Die kleine Gesellschaft verfiel in bedrücktes Schweigen.

»Ich kann deine Ansichten bis zu einem gewissen Grade teilen«, schloss sich Kalle an. »Wahrscheinlich gibt es keine Moral. Aber wir sollten uns nicht unterwerfen, sondern selber versuchen, die Macht an uns zu reißen.«

»Die Moral ist keine Einbildung, sie existiert«, sagte plötzlich ein alter Mann, der all die Tage schweigend in einer Ecke gesessen hatte. Er war ihnen durch sein scharf geschnittenes Gesicht und seine hohe Stirn aufgefallen. Sein langes weißes Gewand schien aus einem einzigen Tuch zu bestehen.

»Ich wäre da nicht so sicher«, entgegnete Kalle, während sich der Alte langsam erhob und zu ihnen herüberkam. »Bisher ist es uns jedenfalls nicht gelungen, Moral nachzuweisen!«

»Es gibt Moral!«, wiederholte der Alte bestimmt. Er hob Kognitum vom Boden auf und schlug Kalle mit aller Kraft auf den Rücken.

Kalle jaulte laut auf. »Hast du den Verstand verloren, Väterchen?«

»Warum?«, fragte der Alte und schlug erneut energisch zu. Kalle schrie: »Das tut verdammt weh. Hör sofort auf damit!«

»Warum sollte ich?«, fragte der alte Mann mit ruhiger Stimme und schlug nochmals zu.

»Weil es Unrecht ist, verflucht noch einmal!«, stöhnte Kalle. »Ich bin ein Mensch und kein Schlagkissen. Man darf nicht so ohne weiteres auf einem Lebewesen herumprügeln!«

»Danke, das wollte ich nur hören«, sagte der Alte. Er legte Kognitum wieder auf den Boden und ging zurück in seine Ecke.

»Was wolltest du hören?«, fragte Kalle und rieb sich den Rücken.

»Du hast gerade zugegeben, dass es Moral gibt«, antwortete der Alte. »Wenn es sie nicht gäbe, hätte es überhaupt keinen Sinn, von mir zu fordern, dass ich aufhören soll. Vor allem wäre es sinnlos gewesen, sich darauf zu berufen, dass Lebewesen nicht ohne Not gequält werden dürfen.« Der Alte verneigte sich und ließ sich in seiner Ecke nieder.

»Das stimmt!«, rief Metaphysika. »Du hast eine moralische Forderung gestellt. Du hast verlangt, dass man aufhört, dir wehzutun, weil du ein Lebewesen, ein Mensch bist. Worin sonst soll sich Moral zeigen als in der Rücksicht, die Menschen aufeinander nehmen?«

»Ja!«, lachte Johnny Locke. »Wir wissen zwar nicht, was Moral ist, aber es wäre hiermit erwiesen, dass es sie gibt.«

»Na wunderbar!«, maulte Kalle und betastete seinen schmerzenden Nacken.

»Diese Frage dürfte damit geklärt sein«, schmunzelte Platonicus-Kanticus. »Der Mensch ist also zur Moral fähig und wird nicht nur durch den Willen zur Macht bestimmt.«

»Aus meiner Sicht folgt daraus, dass wir uns auf keinen Fall unterwerfen sollten«, sagte der Freund von Johnny Locke. »Wir müssen einen Ausbruch wagen!«

Sie grübelten tagelang über diesem Plan. Dann versuchten sie, ein Loch zu graben, einen Gitterstab zu lösen oder einen Stein aus der Wand zu ziehen. Nachdem dies alles vergeblich blieb, war klar, dass es nur eine Fluchtmöglichkeit geben konnte: Die Wärter mussten ausgeschaltet werden. Sie studierten die Gewohnheiten ihrer Bewacher aufs Genaueste.

»Wir sollten einen von ihnen überwältigen, dann könnten wir fliehen«, schlug Kalle vor.

»Aber wenn wir alle auf einmal gehen«, warf Johnny Locke ein, »werden wir nicht weit kommen. Man würde uns bereits im Palast wieder einfangen.«

»Ich bin dafür, einen von ihnen zu überwältigen. Dann könnte jemand von uns in dessen Kleider schlüpfen, unbemerkt entkommen und Hilfe holen.«

»Ja, aber woher soll er oder sie Hilfe holen?«, fragte Metaphysika.

Die meisten hoben ratlos die Schultern.

»Ich hab's!«, rief Johnny Locke. »Zwei Tage stromabwärts liegt die Stadt der Aalfischer. Auch sie sind Untertanen meines Vaters. Es lebt in dieser Stadt aber eine Gruppe von Menschen, die sich die Bedürfnislosen nennt. Diese Leute werden von meinem Vater zu keinerlei Tätigkeit gezwungen. Er sagt, sie seien viel zu stur, um für ihn nützlich zu sein. Allerdings haben sie noch nie etwas gegen ihn unternommen. Vielleicht werden sie uns helfen, wenn sie von unserer Lage erfahren.«

»Wir sollten also einem von uns die Flucht ermöglichen, damit er zu den Bedürfnislosen geht und Hilfe holt«, fasste Kalle zusammen.

Der Plan, wie man einen Wärter überwältigen könnte, war schnell gefasst. Nun blieb nur noch die Frage, wer den Versuch wagen sollte, aus dem Palast zu entkommen. Es wurde mehrfach abgestimmt, diskutiert und wieder abgestimmt. Am Ende gab es zwei Kandidaten: Johnny Locke und Platonicus-Kanticus. Im entscheidenden Augenblick ergriff noch einmal der Alte im weißen Gewand das Wort.

»Ich bin gegen Johnny Locke«, erklärte er.

Johnny fuhr enttäuscht herum.

»Dies ist kein Urteil gegen dich persönlich«, ergänzte der Alte. »Aber du bist der Sohn des Königs, und die Versuchung, uns im Stich zu lassen und sogar selbst die Macht zu ergreifen, ist für dich wesentlich größer als für jeden von uns. Daher stimme ich für Platonicus-Kanticus.«

Diese kleine Ansprache brachte die Entscheidung, und Johnny Locke selbst sprach sich für Platonicus-Kanticus aus.

»Du trägst nun eine große Verantwortung«, betonte der Alte und setzte sich.

Am Abend vor dem Ausbruch saß Platonicus-Kanticus nur mit seinen engsten Freunden zusammen.

»Auch du wirst noch einmal beweisen müssen, wie stark die Kraft der Moral ist«, überlegte Kalle.

»Wie meinst du das, Kalle?«, fragte Platonicus-Kanticus.

»Na, wenn du erst einmal auf freiem Fuß bist, wird die Versuchung groß sein, dich aus dem Staub zu machen und uns zu vergessen.«

»Ich werde euch nie im Stich lassen.«

»Das wollte ich nicht behaupten, aber du solltest dir darüber im Klaren sein: Solche Gedanken werden dir durch den Kopf gehen, sobald der Wind der Freiheit um deine Nase weht, und der Gestank des Kerkers weit hinter dir liegt.«

»Vielleicht hast du Recht«, gestand Platonicus-Kanticus

ein, »aber ihr könnt sicher sein, dass ich alles Menschenmögliche tun werde, um euch hier herauszuholen.«

Die drei Freunde legten ihre Hände übereinander.

»Wenn unser Plan gelingt«, sagte Platonicus-Kanticus, »dann bin ich morgen um diese Zeit bereits auf dem Weg zu den Bedürfnislosen.«

VII. Die Flucht zu den Bedürfnislosen

Oder: Keine Hilfe aus der Tonne

Am nächsten Morgen war es so weit. Sie wussten genau, welchen Wärter sie zu überwältigen hatten. Alles war bis ins Kleinste geplant. Ihre Wahl war auf einen sehr jungen Burschen gefallen, von dem sie wussten, dass er unter großem Liebeskummer litt.

Er hatte sich unsterblich in eine junge Adlige verliebt und wusste, dass seine Liebe erwidert wurde. Leider schrieb die Gesellschaftsordnung des König Nieetsche der jungen Dame eine andere Verbindung vor. Sie war bereits einem Mann aus dem Adel versprochen. Die Hochzeit einer Adligen mit einem Wärter war undenkbar. Adel heiratete Adel, so wollte es die Ordnung, und wer gegen diese Ordnung verstieß, der stellte die Macht des Königs infrage und landete im Kerker.

Die Angebetete hatte dem jungen Wärter ein Medaillon mit ihrem Bild darin geschenkt. Wenn dieser zum Frühdienst erschien, kam er immer wortlos die Stufen herunter, wobei er die Augen stets fest auf jenes Bild geheftet hielt. Er hängte die Gefängnisschlüssel an einen Haken in der Wand gegenüber der Zelle und setzte sich an einen Tisch, der genau an die Stäbe ihres Kerkers stieß. Dort legte er das Medaillon vor sich auf die Platte und betrachtete sehnsüchtig seufzend das Bild der Angebeteten. Endlich riss er sich los, stand auf und weckte den Kollegen von der Nachtwache, der in der

Regel in einer Ecke lag und schlief. Nachdem der Kollege ihm einen guten Tag gewünscht hatte und gegangen war, kehrte der junge Wärter zu seinem Medaillon zurück und begann wiederum, herzzerreißend zu seufzen, bis er abends abgelöst wurde. Dieses Schauspiel wiederholte sich Tag für Tag wie ein Uhrwerk und sollte ihm eines Morgens zum Verhängnis werden.

An diesem Tag fand er alles wie gewöhnlich vor. Die Gefangenen und sein Kollege schienen tief zu schlafen. Er konnte nicht wissen, dass ihm Kalle in einer dunklen Ecke dicht neben den Gitterstäben auflauerte. Da er aber nichts ahnte, hängte er den Kerkerschlüssel an den vorgesehenen Ort, setzte sich an den Tisch, legte das Bild der Geliebten vor sich und begann zu seufzen. Nach einer Weile weckte er seinen schlafenden Kollegen. Es kam zu einer kurzen Unterhaltung, der Kollege wünschte einen guten Tag und verschwand. Der junge Wärter reckte sich, gähnte und kehrte zu seinem Platz zurück. Da bemerkte er zu seinem großen Entsetzen, dass das Medaillon verschwunden war. Voller Schrecken sah er sich um. Die Gefangenen schienen fest zu schlafen. Hektisch suchte er im ganzen Raum. Es ist schon merkwürdig, wo der Mensch nach Dingen sucht, obwohl er genau wissen sollte, dass sie dort nicht zu finden sind. Gerade als er vor Verzweiflung aufschreien wollte, hörte er eine Stimme.

»Suchst du das hier?«

Es war Metaphysika. Sie saß im Schneidersitz und ließ das Medaillon an seiner goldenen Kette hin- und herbaumeln.

»Du hast durch die Gitterstäbe gelangt und mein Medaillon gestohlen«, rief der junge Wärter vorwurfsvoll.

»Sehr richtig«, lachte die Prinzessin.

»Gib es mir sofort wieder zurück!«

»Nein. Ich denke nicht daran!«

Der Arme wäre am liebsten in die Zelle gestürmt und hätte der Prinzessin die Kette entrissen, doch hier schien ihm Vorsicht geboten.

»Ich werde Verstärkung holen und dich bestrafen lassen«, drohte er.

»Das würde ich mir aber erst einmal genau überlegen«, sagte Metaphysika. »Man wird dich fragen, was los ist, man wird das Schmuckstück sehen wollen und herausfinden, dass du eine Liebschaft mit einer feinen jungen Dame hast. Noch schlimmer! Man wird erfahren, wer sie ist, und du hast sie dann um ihre Ehre gebracht.«

»Du bist gemein und grausam«, klagte der Wärter verzweifelt.

»Wie wahr! Man sollte von einer Gefangenen, die man tagelang in einem finsteren Verlies bei Wasser und Brot in Gesellschaft von Ungeziefer einkerkert, ein besseres Benehmen erwarten können«, höhnte Metaphysika.

»Dafür kann ich doch nichts! Bitte, gib es mir zurück.«

»Erst will ich wissen, welche Augenfarbe die Kleine hat«, sagte Metaphysika und beugte sich tief über das Bild. »Ah. Es sind braune. Schöne braune Augen.«

»Ihre Augen sind blau«, stöhnte der Wärter, am Ende seiner Leidensfähigkeit.

Als Metaphysika bemerkte, wie verzweifelt ihr Gegenüber geworden war, brach sie ihr grausames Spiel ab.

»Na gut«, sagte sie. »Hier hast du deine große Liebe wieder zurück.« Mit diesen Worten warf sie das Medaillon in Richtung des jungen Wärters, der vor den Gitterstäben kniete. Der Wurf war gelungen. Das Schmuckstück landete genau einen Meter vor den Gitterstäben im Inneren der Zelle. Der Wärter streckte verzweifelt seine Arme danach aus, doch er konnte es nicht erreichen. Er versuchte es mit einem Bleistift, doch es fehlten immer noch wenige Zentimeter.

»Bitte, hilf mir!«, stöhnte er schließlich. »Ich kann es nicht erreichen.«

»Tja, so ist das mit der großen Liebe«, spottete Metaphysika. »Manchmal ist sie einfach unerreichbar.«

»Bitte, gib es mir«, bettelte er.

»Nein. Warum sollte ich? Noch bin ich zu müde«, erklärte Metaphysika, rollte sich zur Seite und schlang ihre Decke um sich.

Der Wärter sah sich verzweifelt nach etwas um, mit dem er seine Reichweite verlängern konnte, doch es fand sich nichts Geeignetes im Vorraum der Zelle. Plötzlich fiel sein Blick auf das große Schlüsselbund. Er schaute auf die Gefangenen. Sie schienen zu schlafen. Dann blickte er wieder zu dem Schlüsselbund und zurück zu dem Medaillon mit dem Bild seiner Geliebten.

Schließlich stand er auf und huschte aufgeregt zur Wand hinüber. Wieder sah er zu den Gefangenen. Keiner rührte sich. Leise nahm er das Schlüsselbund vom Haken und schlich zu den Gitterstäben. Er kniete nieder und streckte langsam und vorsichtig seine Hand mit den Schlüsseln durch die Gitterstäbe.

Alles Weitere ging sehr schnell. Kalle sprang aus seinem Versteck hervor, ergriff den Arm des Wärters und zog ihn zwei Mal kräftig gegen die Gitterstäbe. Dieser stöhnte vor Schmerz und brach zusammen. Die anderen sprangen auf und alles verlief nach Plan.

Kalle griff nach dem Schlüsselbund und öffnete die Tür. Der Wärter wurde in die Zelle gezogen, entkleidet und hinter einer Strohmatratze versteckt. Platonicus-Kanticus schlüpfte in dessen Uniform und nahm Abschied. Es war ein bedrückender Augenblick.

»Ich werde euch nicht im Stich lassen«, versprach Platonicus-Kanticus und musste schlucken.

»Ich weiß«, sagte Kalle und umarmte seinen Freund.

Metaphysika sagte gar nichts, aber sie gab ihm einen Kuss, bei dem Platonicus-Kanticus warm ums Herz wurde. Dann riss er sich los und lief die Treppen hinauf.

Aus dem Palast zu gelangen, fiel ihm leichter, als er erwartet hatte. Er zog den Kragen der Wärteruniform hoch und erwiderte zugeworfene Grußworte nur kurz und undeutlich. Nach wenigen Minuten hatte er den Palastbereich verlassen und gelangte in die Stadt. Er lief hinunter zum Hafen und folgte dem Fluss stromabwärts, aus der Stadt hinaus.

Platonicus-Kanticus ging so schnell er konnte. Er wäre sicher besser vorangekommen, hätte er bei einem der Handelsschiffe um Aufnahme gebeten. Er wagte jedoch nicht, mit anderen Kontakt aufzunehmen. Seine Reise war schließlich nicht angemeldet, und er hätte sich schnell verdächtig gemacht. Anfangs versuchte er sogar, bei Nacht zu wandern und sich tagsüber im Schilf zu verbergen. Diese Taktik musste er allerdings bald aufgeben, da das sumpfige Flussufer für eine Nachtwanderung zu gefährlich war. Auch am Tage war es nicht einfach, voranzukommen. Immer wieder führte der Weg fort vom Flussufer oder endete im Moor. Mehrmals entschied sich Platonicus-Kanticus, längere Strecken im Fluss zu schwimmen, statt sein Leben dem tückischen Untergrund des Sumpfes anzuvertrauen. Wenn er fürchtete, vor Erschöpfung nicht mehr weiter zu können, zwang er sich, an seine Freunde im Kerker zu denken. Wie würde es ihnen wohl ergehen?

Es kam der Morgen des zweiten Tages, und sein Ausbruch durfte längst entdeckt worden sein. Er war sich sicher, dass seine Mitgefangenen dem jungen Wärter kein Leid zugefügt hatten. Dennoch würde man sie gewiss erbarmungslos bestrafen.

»Man wird versuchen, aus ihnen herauszubringen, wohin

ich geflohen bin«, überlegte Platonicus-Kanticus, während er sich erneut aufraffte. In diesem Augenblick hörte er Pferdegetrappel. Ein gewagter Sprung ins Schilf verschaffte ihm Deckung, und schon preschte eine Gruppe bewaffneter Reiter an ihm vorüber.

»Sie suchen mich also bereits«, dachte Platonicus-Kanticus. »Es ist keine Zeit zu verlieren!«

Er rappelte sich auf und erreichte in einem Gewaltmarsch bis zum Abend die Stadt der Aalfischer. Hier beschloss er, den Schutz der Dunkelheit abzuwarten, um in die Stadt zu schleichen. Die verbleibenden zwei Stunden ermöglichten ihm, das rege Treiben der Stadt zu beobachten, Kraft zu schöpfen und sich alles ins Gedächtnis zu rufen, was ihm von den Bedürfnislosen bekannt war. Johnny Locke hatte ihm nicht viel erzählen können. Diese Leute verweigerten König Nieetsche jede Gefolgschaft, hatten aber auch noch nichts gegen ihn unternommen. Immerhin hatte König Nieetsche es nicht vermocht, sie in sein Ordnungssystem und somit unter seine Macht und seinen Willen zu zwingen. Es musste gelingen, sie für ein gemeinsames Vorgehen gegen den König zu gewinnen. Der Anführer der Bedürfnislosen war ein gewisser Diogenes.

Ihn galt es, ausfindig zu machen.

Kurz nach Sonnenuntergang schlich Platonicus-Kanticus in die Stadt. Er bewegte sich so unauffällig und selbstsicher wie möglich. Doch wo sollte er diesen Diogenes aufspüren? In der großen Stadt herrschte zu fortgeschrittener Stunde ein geschäftiges Treiben. Schiffe legten an, bestätigten, dass sie angemeldet waren, löschten ihre Fracht, luden Aale und andere Fische ein, meldeten sich wieder ab und machten sich auf den beschwerlichen Weg den Strom hinauf.

Platonicus-Kanticus war verzweifelt. Wie sollte er diesen Diogenes erkennen? Er wusste ja nicht einmal, wie der Mann aussah. Alles, was Johnny Locke berichtet hatte, war, dass Diogenes in einem Fass leben sollte. Es hieß, er sei derartig bedürfnislos, dass ihm dieser Wohnraum genügte. Nachdem Platonicus-Kanticus mehrere Stunden erfolglos durch die Stadt geirrt war, beschloss er, jemanden nach den Bedürfnislosen zu fragen. Ein gefährliches Unterfangen, denn sicher lief die Fahndung nach ihm bereits.

»Ich werde ein Kind fragen«, entschied Platonicus-Kanticus. »Kinder schöpfen nicht so leicht Verdacht und sind besser zu täuschen.« Nach einer Weile hatte er einen geeigneten Gesprächspartner gefunden. Ein kleiner Junge in zerrissenen Hosen saß müde auf der Stufe eines Hauseinganges und betrachtete das Treiben im Hafen.

»He, du«, sagte Platonicus-Kanticus streng. »Ich brauche eine Auskunft.«

»Ja, Herr! Worum geht es?«, fragte der Junge und sah zu ihm auf.

Platonicus-Kanticus warf sich in seiner Uniform in Pose. »Ich bin ein Gesandter des Königshofes und habe den Auftrag, die Bedürfnislosen aufzusuchen. Kannst du mir den Weg zeigen?«

»Sicher, Herr«, antwortete der Junge und stand langsam auf. »Warum wollt Ihr zu den Bedürfnislosen?«

»Das Wohnen in Tonnen ist nicht angemeldet und wird von nun an, wie alles, was nicht angemeldet ist, verboten«, präsentierte Platonicus-Kanticus die Lüge, die er sich zuvor zurechtgelegt hatte.

»Lieber Mann, bist du ungeschickt!«, lachte der kleine Junge plötzlich. »Du hast wirklich Glück, dass du mich angesprochen hast, sonst wärest du wahrscheinlich schon wieder verhaftet.«

»Was redest du da. Ich bin eine Wache des königlichen Palastes«, stotterte Platonicus-Kanticus.

»Unsinn«, sagte der Junge. »Du bist der Fremde, den alle suchen und der verhaftet werden soll. Eine wirkliche Wache wäre nie zu einem Kind wie mir gekommen, um nach dem Weg zu fragen. Du bist nur zu mir gekommen, weil du glaubst, dass man Kinder besser hinters Licht führen kann.«

Platonicus-Kanticus schluckte.

»Keine Angst. Ich liefere dich nicht ans Messer«, beruhigte ihn der Junge. »Aber es sollte dir eine Lehre sein, uns Kinder nicht zu unterschätzen. Wir spüren sofort, wenn jemand sich unnatürlich verhält. Das nächste Mal, wenn du die Hilfe eines Kindes brauchst, lüge es bitte nicht an, sondern sage ihm die Wahrheit!«

Platonicus-Kanticus konnte nur kleinlaut zustimmen, so überrascht war er von der entwaffnenden Offenheit des kleinen Burschen.

»Ich werde dich führen«, versprach dieser. »Wenn du allein gehst, werden sie dich bald gefasst haben. Es gibt viele Patrouillen in der Stadt, die nach dir suchen. Zuvor jedoch musst du die Kleider wechseln. Es ist ein Wunder, dass du überhaupt so weit gekommen bist. Ich werde dir ein Hemd aus dem Schrank meines älteren Bruders geben.«

Platonicus-Kanticus ließ sich wortlos in das Haus führen und wechselte in einer bescheidenen Kammer die Kleidung.

»Warum hilfst du mir?«, brachte er erst nach einer Weile zögernd hervor.

»Na, das ist doch wohl klar«, antwortete der Junge und warf einen bunten Stein in eine Ecke, in der er viele kleine Sachen zu sammeln schien.

»Wenn es darum geht, sich gegen eine steife und eingefahrene Ordnung aufzulehnen, die jede Lebensfreude unterdrückt, dann sind wir Kinder die natürlichen Verbündeten.«

Platonicus-Kanticus nickte.

Wenige Minuten später führte ihn der Knirps durch ein Labyrinth von engen Gassen. Sie stiegen bergauf, wobei der kleine Führer darum bemüht war, ihren Aufenthalt auf größeren Straßen und weiten Plätzen so kurz wie möglich zu halten.

Schließlich erreichten sie eine beeindruckende Treppe, deren unzählige, breite Stufen mit vielen Zwischenetagen zu einem Tempel hinaufführten. Auf einer dieser Sohlen erblickte man ungefähr auf halber Höhe der Treppe ein großes Weinfass.

»In jener Tonne lebt Diogenes«, erklärte der Junge. »Ich hoffe, er ist da. Viel Glück!« Damit wandte er sich ab und wollte gehen.

»Lässt du mich jetzt allein?«, fragte Platonicus-Kanticus beinahe kläglich.

»Natürlich«, antwortete der Knirps, während er im Dunkel einer engen Gasse verschwand, »du kannst von einem Kind zwar spontane Hilfe erhalten, aber du kannst nicht erwarten, dass es sich für die Weltverbesserungspläne von Erwachsenen begeistert. Ich bin ein kleiner Junge. Gute Nacht!«

Platonicus-Kanticus stand allein vor der großen Treppe. Schnellen Schrittes erklomm er die Stufen zur Tonne des Diogenes.

Oben angekommen, erwartete ihn eine Enttäuschung. Die Öffnung der mannshohen Tonne erwies sich als ein dunkel gähnendes Loch.

»Sie ist leer«, rief Platonicus-Kanticus verzweifelt.

Er wollte sich gerade abwenden, als er eine Stimme vernahm.

»So weit solltest du eigentlich schon sein, um zu wissen, dass der erste Eindruck oftmals täuscht!«

Die Stimme kam aus dem Inneren der Tonne, und wirklich, es bewegte sich etwas im Dunkel der Öffnung. Nach und nach wurde der kahle Schädel eines älteren Mannes sichtbar.

»Warum störst du meine Nachtruhe?«, fragte der Alte, kroch nun ganz aus seiner Behausung und trat ins fahle Mondlicht. Er war spärlich bekleidet und trug einen dichten Vollbart, der die scharfen Züge der Nasen- und Stirnpartie noch hervorhob.

»Bist du Diogenes?«, erkundigte sich Platonicus-Kanticus.

»Ja, das ist richtig«, bestätigte jener und lächelte.

»Ich bin Platonicus-Kanticus und brauche deine Hilfe.«

Diogenes lachte freundlich. »Es ist zwar eine ungewöhnliche Zeit, aber ich helfe allen mit meinem Rat, die mich darum bitten.«

»Ich bitte dich aber nicht nur um deinen Rat, sondern um deine tatkräftige Hilfe«, sagte Platonicus-Kanticus. »Ich bin aus einem Kerker geflohen, in dem noch immer meine Freunde gefangen sind. Wir haben uns der Macht und der Ordnung von König Nieetsche widersetzt und wurden dafür eingesperrt. Ich bin entkommen und suche nun Verbündete, um den anderen Hilfe zu bringen.«

»Ich glaube nicht, dass ich dir da helfen kann«, erwiderte Diogenes und lehnte sich mit dem Rücken gegen seine Tonne.

»Aber du und die anderen Bedürfnislosen widersetzen sich doch der allgemeinen Ordnung.«

»Das ist richtig, aber wir bekämpfen sie nicht. Wir entziehen uns nur der allgemeinen Planung.«

»Wie macht ihr das?«, wollte Platonicus-Kanticus wissen.

»Wir streben einfach nicht nach dem, was die anderen zu erreichen suchen. Dieser Staat wird geprägt vom Willen zur Macht. Alle versuchen, an der Macht teilzuhaben. Jedermann ist bemüht, mächtiger zu sein als sein Nachbar oder sein Freund. Und wenn es nicht gelingt, die Gunst des Königs zu erringen, so bemüht man sich um Reichtum, denn Geld bedeutet ebenfalls Macht. Reichtum bedeutet Macht, und Macht bringt Sicherheit, und die Leute glauben, nur in dieser Sicherheit glücklich zu werden.«

»Und das ist nicht richtig?«

»Es ist sogar völlig falsch! Besitz macht nicht glücklich, er macht sogar unglücklich. Erst wenn man etwas besitzt, hat man Angst, es zu verlieren.«

Platonicus-Kanticus brauchte eine Weile, um über das Gesagte nachzudenken.

»Euch kann König Nieetsche also nicht beherrschen, weil er euch nichts wegnehmen kann?«, fragte er schließlich.

»So ist es!«, bestätigte Diogenes. »Je weniger du besitzt, desto glücklicher bist du!«

»Du, der du in einer Tonne lebst, bist glücklich?«, fragte Platonicus-Kanticus weiter.

»Und ob!«, sagte der Alte. »Niemand kann mir etwas fortnehmen. Ich bin mein eigener Herr. Ich habe keinen Besitz, um den ich mir Sorgen machen müsste, also kann ich der Zukunft gelassen entgegensehen.«

»Aber gibt es denn nichts, was du brauchst oder haben möchtest?«, fragte Platonicus-Kanticus.

»Ich will nur eines«, erwiderte Diogenes. »Ich will frei sein und das kann ich nur, wenn ich mir keine Sorgen machen muss. Darum lebe ich so bescheiden wie möglich und versuche, von nichts und niemandem abhängig zu sein.«

»Aber man hat doch gewisse Grundbedürfnisse. Du musst doch etwas essen«, überlegte Platonicus-Kanticus.

»Das stimmt«, gestand der Alte. »Du solltest aber einmal überlegen, wie klein die Zahl der Dinge ist, die du wirklich brauchst, und wie vielfältig die Dinge sind, derer du nicht bedarfst. Wenn du über einen Markt oder durch ein Geschäft gehst, könntest du die meisten Gegenstände dort zwar irgendwie gebrauchen, wirklich benötigen wirst du sie aber nicht.«

Platonicus-Kanticus war fasziniert.

»Du meinst also, dass der Mensch sich von der Angst befreien sollte, um glücklich zu sein?«

Diogenes nickte.

»Wie aber hältst du es mit dem Tod?«, fragte Platonicus-Kanticus. »Davor muss der Mensch natürlicherweise Angst haben.«

»Auch gegenüber dem Tod kann man eine gewisse Gleichgültigkeit entwickeln«, erklärte der Alte. »Es genügt zu erkennen, dass der Tod nur ein Teil einer endlosen Kette von Werden und Vergehen ist. Außerdem solltest du dich fragen, ob es sinnvoll ist, vor etwas Angst zu haben, dem man nie begegnet.«

»Wie meinst du das?«

»Na, wir erleben die Dinge der Welt doch wohl nur, solange wir leben. Wenn wir aber tot sind, leben wir nicht mehr, also erfahren wir den Tod gar nicht. Solange wir sind, ist der Tod nicht, und wenn der Tod ist, sind wir nicht.«

»Ich glaube, ich verstehe dich«, bestätigte Platonicus-Kanticus. »Wenn dir der Tod gleichgültig ist, dann hast du so gut wie keine Angst vor den Strafen eines bösen Königs. Er kann dir nichts nehmen, weil du nichts besitzt, und den Tod fürchtest du auch nicht.«

»Richtig«, lachte Diogenes. »Aus diesem Grund hat sich König Nieetsche mit mir abgefunden. Er kann mir nichts anhaben, und ich stehe seiner Macht nicht im Wege.«

Platonicus-Kanticus hatte noch viele Fragen über die Bedürfnislosigkeit. Sie saßen vor der Tonne und diskutierten, während schon die Sonne langsam aufging. Gerade als die ersten Strahlen die Tonne erreichten, musste Platonicus-Kanticus plötzlich stutzen.

»Hast du nicht gesagt, es sei dein Ziel, so wenig wie möglich zu besitzen oder zu wollen?«

»Das stimmt«, antwortete der Alte.

»Aber wie ist das mit Freunden?«, forschte Platonicus-Kanticus. »Hast du keine Freunde und willst du auch keine Freunde haben?«

»Oh, ich habe Freunde«, sagte Diogenes. »Allerdings verlangen wir nichts voneinander. Wir sind Freunde, weil wir uns mögen, ohne etwas von einander zu erwarten.«

»Was ist, wenn einer deiner Freunde krank wird und dich um Hilfe bittet?«

»Dann helfe ich ihm gern und aus freien Stücken, nicht aber aus einer Verpflichtung heraus.«

»Siehst du«, erklärte Platonicus-Kanticus. »Zurzeit sind meine Freunde in Not, und ich brauche Hilfe, um sie zu retten.«

»Da bist du bei mir an der falschen Adresse«, sagte Diogenes gelassen. »Mir sind solche Dinge gleichgültig.«

Platonicus-Kanticus spürte plötzlich eine ungeahnte Wut in sich aufsteigen.

»Soll das heißen, es ist dir gleichgültig, wenn ein Unrecht geschieht?«

»Das nicht, aber ich lasse mich davon nicht aus der Ruhe bringen. Ich möchte mich nicht mit der Aufgabe belasten, das Übel aus der Welt zu schaffen.«

»Das kann ich nicht fassen«, rief Platonicus-Kanticus. »Was wäre, wenn es sich um deine Freunde handelte?«

»Das würde nichts an meiner Haltung ändern!«

»Das darf nicht sein!«, rief Platonicus-Kanticus empört. »Wie kannst du Unrecht gegenüber so gleichgültig sein?«

»Du vergisst, es ist mein Ziel, frei zu leben«, erinnerte Diogenes ruhig. »Wenn mir meine Freunde zu viel bedeuten, wäre meine Freiheit eingeschränkt. Man könnte die Freunde benutzen, um mich zu erpressen. Also muss mir ihr Schicksal ab einem gewissen Grade gleichgültig sein.«

»Ich kann nicht glauben, was ich da höre!«, entsetzte sich Platonicus-Kanticus. »Du sprichst nicht über Freiheit, du sprichst über Selbstaufgabe. Was ist denn das für ein Leben, in dem einem die eigenen Freunde und die eigenen Werte gleichgültig sind?«

»Es bedarf auch einer gewissen Gleichgültigkeit gegen sich selbst«, sagte der Alte ruhig.

»Das ist abstoßend!«, wetterte Platonicus-Kanticus. »Sich den eigenen Vorstellungen von gut und böse verpflichtet zu fühlen, bedeutet nicht, unfrei zu sein; schließlich entspringen diese Vorsätze der eigenen Überzeugung. Im Gegenteil, es kann sogar eine Erfahrung der Freiheit sein, sich eine Pflicht aufzuerlegen, selbst wenn man sich dadurch in Gefahr begibt. Ich könnte meine Freunde einfach im Stich lassen. Wenn ich mich nicht mehr um sie sorgte, wäre mein Kopf sicher freier. Aber was bliebe dann noch von mir selbst? Ich könnte nicht einmal mehr mein eigener Freund sein.«

Sie schwiegen eine Weile ohne sich anzusehen.

»Du wirst mir also nicht helfen?«, fragte Platonicus-Kanticus, nachdem er sich beruhigt hatte.

»Wie könnte ich?«, erwiderte der Alte.

»Und das Leiden der anderen ist dir wirklich gleichgültig?«, fragte Platonicus-Kanticus kopfschüttelnd.

»Ja. Wie sollte ich auch sonst jemals glücklich sein?«, lautete die Antwort.

Platonicus-Kanticus zog die Stirn in Falten. Seine letzte Hoffnung war zerbrochen.

»Du weißt nicht zufällig jemanden, der mir helfen kann?«

Diogenes schüttelte sein kahles Haupt. Dann jedoch griff er unerwartet in seine Tonne.

»Vielleicht kann dir dies helfen«, sagte er und kramte einen goldenen Ring hervor.

»Ich dachte, du hast keinen Besitz«, wunderte sich Platonicus-Kanticus.

»Habe ich auch nicht«, lachte Diogenes. »Aber vor geraumer Zeit kam ein Hirte namens Gyges zu mir. Er hat den Ring hier verloren.«

»Dann kann ich den Ring nicht annehmen«, erklärte Platonicus-Kanticus. »Ich werde keinen armen Hirten bestehlen.«

»Aus meiner Sicht tust du ihm nur einen Gefallen, wenn du ihn von der Last dieses Besitzes befreist«, bemerkte Diogenes. »Im Übrigen trifft es keinen Armen. Der Hirte Gyges war auf dem Weg in das Land Lydien, wo er König werden wollte.«

Platonicus-Kanticus rollte den Ring in seiner Handfläche hin und her.

»Das mag ja sein«, erwiderte Platonicus-Kanticus. »Aber Diebstahl bleibt Diebstahl. Und überhaupt, was soll ich damit. Ein Ring wird mir wenig helfen, meine Freunde aus dem Kerker zu befreien.«

»Wer weiß, wer weiß?«, meinte Diogenes vieldeutig. »Dieser Gyges hat davon berichtet, dass seinem Ring magische Kräfte innewohnen.«

Platonicus-Kanticus wollte gerade den Alten über die Zauberkräfte des Ringes befragen, als der schrille, durchdringende Ton einer Trillerpfeife ertönte. Seit Tagen hatte er sich davor gefürchtet. Die Pfiffe gellten aus allen Richtungen. Platonicus-Kanticus fuhr herum. Und richtig, von allen Seiten stürmten Uniformierte auf ihn zu.

»Ich muss fliehen!«, rief Platonicus-Kanticus entsetzt und stürzte davon.

»Viel Glück!«, sagte Diogenes unbeeindruckt.

Platonicus-Kanticus sprang mit einem gewaltigen Satz

über ein Geländer und rannte, mehrere Uniformierte zur Seite stoßend, die Treppen hinunter auf die einzige Gasse zu, in der er noch keine Häscher erspähen konnte.

Eine Wache versuchte, ihn zu ergreifen, doch Platonicus-Kanticus riss sich los. Er entging dem Zugriff eines weiteren Häschers mit knapper Not, trat einem dritten mit aller Macht vor das Schienbein und rannte vorwärts. Es gelang ihm, die enge Gasse zu erreichen. Im Laufen steckte er den Ring des Gyges, den er noch immer umklammerte, an den Finger und lief in die Gasse.

Eine Horde von Wachen rannte ihm nach.

Inzwischen hatte eine andere Gruppe die Tonne des Diogenes umstellt.

»Was wollte der Fremde von dir?«, herrschte der Anführer den Alten an.

»Er suchte Hilfe, um seine Freunde zu befreien«, antwortete Diogenes wahrheitsgemäß.

»Das wissen wir selbst«, fuhr ihn der Anführer an. »Was hat er vor?«

»Das weiß ich nicht«, sagte der Bedürfnislose.

»Ich warne dich, Diogenes«, brüllte der Oberst.

»Wovor, wenn ich bitten darf?«, erkundigte sich dieser gelassen.

»Wir können dich bestrafen!«, drohte der Anführer.

»Oh, wollt ihr mir vielleicht meine Tonne wegnehmen, das wäre aber sehr bedauerlich«, überlegte Diogenes.

»Wir können dich auch ins Gefängnis werfen, Alter«, schnaubte der Uniformierte.

»Ich werde es geduldig ertragen«, antwortete dieser.

Der Anführer sah ein, dass er so nicht weiterkam.

»Hör zu, Diogenes«, sagte er. »Wir wollen diesen Burschen fangen, und jeder, der uns dabei hilft, kann mit einer Belohnung rechnen.«

Die Sonne war jetzt ganz aufgegangen. Diogenes lag ungerührt vor den bewaffneten Männern neben seiner Tonne und lächelte.

»Ihr wisst doch, dass ich nichts haben will.«

»Da wäre ich mir nicht so sicher«, versuchte es der Anführer zum letzten Mal. »Du musst wissen, jede Information ist für uns sehr wichtig. Als Belohnung sollst du alles erhalten, was dein Herz begehrt. Du brauchst uns nur zu sagen, was du möchtest.«

»Ach ja«, sagte der Alte ruhig. »Da gibt es etwas, was du für mich tun könntest.«

»Gut, lass hören!«, antwortete der Waffenträger.

»Sei so gut und geh mir aus der Sonne!«, sagte Diogenes freundlich. »Mich friert ein wenig in deinem Schatten.«

Der Anführer starrte den Alten sekundenlang böse an. Schließlich gab er es auf und wandte sich um.

»Alle Mann folgen mir«, schrie er, und die Männer stürzten mit gezogenen Schwertern die Treppen hinunter.

Diogenes blieb zurück und blinzelte vergnügt in die Sonne.

VIII. Der Ring des Gyges

Oder: Es ist mehr als nur Mitleid

Platonicus-Kanticus hetzte durch das Gewirr der Gassen. Hinter sich hörte er die Rufe seiner Verfolger.

»Schneller! Schneller!«, dachte er. »Wenn sie mich wieder gefangen nehmen, ist jede Hoffnung dahin.«

Er stürzte vorwärts in das lebhafte Treiben eines kleinen Gassenmarktes hinein. Es war erstaunlich, dass die Menschen trotz der lauten Pfiffe der Uniformierten nicht versuchten, ihn festzuhalten. Sie schienen ihn gar nicht zu bemerken und widmeten seiner wilden Flucht keinerlei Aufmerksamkeit. Erst wenn er sich zwischen ihnen hindurchzwängte oder sie in seiner Panik beiseite stieß, beklagten sie sich lautstark. Gerade, als er um eine Ecke hastete, stolperte er über einen Stapel Gemüsekisten und schlug der Länge nach auf das Pflaster. Seine Verfolger stürmten heran, drohend ihre Waffen schwingend. Platonicus-Kanticus versuchte verzweifelt, den Kopf mit den Armen zu schützen. Nun war es wohl um ihn geschehen!

Als die Männer ihn erreichten, fragte er sich, ob es klug gewesen wäre, Diogenes nicht nur über den Tod, sondern auch über das Sterben zu befragen.

Plötzlich jedoch geschah etwas Unfassbares. Seine Häscher rannten unbeirrt an ihm vorüber. Unmöglich konnten sie ihn übersehen haben, er lag doch beinahe quer über dem Weg. Einer der Kerle war beim Vorbeilaufen sogar gegen sein Knie gestoßen.

Platonicus-Kanticus rappelte sich hoch und lehnte sich erschöpft gegen die Wand. In diesem Augenblick kam die zweite Gruppe der Verfolger die Gasse heruntergestürmt. Auch sie liefen, mit ihrem Anführer an der Spitze, an Platonicus-Kanticus vorbei, als würden sie durch ihn hindurchsehen.

»Ich kann mir das alles nicht erklären«, sagte Platonicus-Kanticus laut zu sich selbst.

»Hast du etwas gesagt?«, fragte eine Frau ihren Begleiter, während sie unmittelbar an Platonicus-Kanticus vorbeigingen.

»Nein, ich nicht«, antwortete dieser.

»Der Ring«, fiel es Platonicus-Kanticus plötzlich wieder ein. »Der Ring hat magische Kräfte. Der Ring des Gyges hat mich unsichtbar werden lassen.«

Er beschloss, eine Probe zu machen. Auf dem Markt schritten zwei Waffenträger von Stand zu Stand und kontrollierten, ob diese angemeldet waren.

Platonicus-Kanticus schlich hinter ihnen her und gab dem älteren der beiden mit aller Kraft einen Tritt. Dieser fuhr herum.

»Was soll das?«, grollte er.

»Was meinst du?«, fragte der Jüngere und wandte sich seinem Begleiter zu.

»Ich warne dich, Freundchen. Dein Benehmen verstößt gegen die Dienstordnung«, drohte er und ging weiter. Der junge Mann blieb verunsichert stehen.

Platonicus-Kanticus lachte glücklich. Es bestand kein Zweifel. Der Ring des Gyges machte unsichtbar.

Mithilfe des Ringes war es ein Leichtes, aus der Stadt zu entkommen. Zwar hatten die Wachen dafür gesorgt, dass alle Stadttore geschlossen wurden, aber Platonicus-Kanticus machte sich einen Spaß daraus, einen Wärter zum Öffnen eines kleinen Seitentores zu bewegen. Er ging geradewegs auf den Mann zu, zog einen langen Dolch aus dessen Gürtel, fuchtelte damit herum und hielt die Klinge dem entsetzten Mann anschließend unter die Nasenspitze.

»Schließ das Tor auf«, befahl er.

Der Mann, der nur sein eigenes Messer vor sich auf und ab tanzen sah und dazu eine Stimme vernahm, stöhnte vor Angst.

»Fliegende Messer sind nicht angemeldet!«, stammelte er, während er sich beeilte, den Schlüssel im Schloss herumzudrehen.

Platonicus-Kanticus huschte durch die geöffnete Pforte aus der Stadt und lief zum Fluss hinunter. Erst als die Dämmerung sich herabsenkte, wagte er es, den Ring vom Finger zu ziehen.

Als er ein wenig zur Ruhe gekommen war, geriet er trotz des wundervollen Ringes und seiner gelungen Flucht in tiefe Verzweiflung. Niemand wollte ihm helfen, und nur mit dem Ring konnte er seine Freunde nicht befreien. Was nützte es schon, wenn er unbemerkt zu ihnen gelangen konnte. Nur eine Person konnte jeweils den Ring tragen und unbemerkt den Palast verlassen. Tränen liefen über seine Wangen. Es gibt kaum etwas Schlimmeres, als völlig ratlos zu sein. Schließlich legte er den Ring zusammen mit dem Dolch, den er der Wache abgenommen hatte, neben sich ins Gras und beschloss, kurz schwimmen zu gehen.

»Ich muss wieder auf andere Gedanken kommen«, sagte er zu sich, während er sich entkleidete und ins Wasser glitt. Nach dieser Erfrischung war ihm wieder wohler.

»Selbst wenn es mir kaum gelingen kann, die anderen zu befreien, so darf ich doch nichts unversucht lassen!«, dachte er bei sich. »König Nieetsche darf nicht Recht behalten. Freundschaft ist keine Einbildung.« Um sich Mut zu machen, zitierte Platonicus-Kanticus aus seinem Lieblingsgedicht, das ihm einmal sehr gefallen hatte: »Es rühme der blutige Tyrann sich nicht, dass der Freund dem Freund gebrochen die Pflicht!«

Als er dieses sagte, fiel sein Blick auf den Ring und den Dolch. Nachdenklich ergriff er das lange Messer und betastete die kühle Klinge.

»Ich weiß keinen anderen Ausweg, ich muss König Nieetsche töten!«, sagte er plötzlich.

»Tyrannenmord ist zwar Mord, aber ich glaube, es gibt Situationen, die eine solche Tat rechtfertigen.«

Mit diesen Worten kleidete er sich an, nahm Ring und Dolch an sich und ging in die Dunkelheit hinein.

Die Schwierigkeiten der Rückkehr zum Hofe des König Nieetsche waren bald gemeistert. Ununterbrochen kreisten seine Gedanken um das Thema Tyrannenmord. Konnte ein solcher Mord eine gute Tat sein, oder war die Tat trotz aller Zwänge und Nöte nicht zu rechtfertigen?

Am späten Abend des zweiten Tages hatte Platonicus-Kanticus die Stadt erreicht. Er streifte den Ring über den Finger und lief durch die Gassen zum Palast, wo er ohne Schwierigkeiten in die Gemächer des Königs gelangte.

»Es ist eine Verzweiflungstat«, überlegte Platonicus-Kanticus. »Ich werde König Nieetsche töten. Ich sehe einfach keinen anderen Weg, das Unrecht aufzuhalten.«

Und so schlich Platonicus-Kanticus mit dem Dolch im Gewande zu Nieetsche, dem Tyrannen. Er betrat unbemerkt das Schlafzimmer des Königs. Dieser ruhte in einem großen Bett mit breitem Baldachin und schien fest zu schlafen.

Platonicus-Kanticus huschte zu ihm hinüber und blieb neben dem schlafendem König stehen.

Langsam zog er den Dolch aus seinem Gürtel. Fest umschlossen seine Hände den kühlen Griff der Waffe und holten zu einem kräftigen Stoß aus. Doch seine Arme verharrten in der Luft. Die Brust des Königs hob und senkte sich unmittelbar unter der funkelnden Klinge. Es wäre ein Leichtes gewesen, ihm den Dolch in die Brust zu stoßen. Und schließlich hätte Platonicus-Kanticus für die Tat keine Strafe zu fürchten. Er war unsichtbar und konnte unbemerkt entkommen. Aber er brachte es nicht fertig. Etwas hielt ihn zurück. Er versuchte, dagegen anzukämpfen und seine Entschlossenheit wiederzugewinnen. Doch jedes Mal, wenn er zum entscheidenden Stoß ansetzte, wurden seine Arme wie von einer unsichtbaren Macht zurückgehalten.

Qualvolle Sekunden verstrichen. Schließlich zog Platonicus-Kanticus verzweifelt den Dolch zurück. Nein, er konnte den König nicht töten. Er senkte den Kopf und verließ zögernd das Schlafgemach.

Langsam schleppte er sich durch die Räume des Palastes. Er ging wie jemand, der weiß, dass er in die falsche Richtung geht, es aber nicht wagt, seinen Kurs zu ändern.

»Ich habe versagt«, dachte er, während er den Thronsaal betrat, in dem sie vor kurzem König Nieetsche begegnet waren.

Plötzlich gab es ein surrendes Geräusch. Platonicus-Kanticus fuhr herum und sah gerade noch, wie mehrere Netze auf ihn herniedersanken. Die Netze waren an den Rändern mit Metallkugeln beschwert und umschlossen seinen Körper im Nu. Plötzlich wurde der Saal, in dem es eben noch so still gewesen war, von vielen Stimmen erfüllt.

»Er ist gefangen«, rief eine Stimme.

»Wir haben ihn«, triumphierte eine andere.

Platonicus-Kanticus versuchte verzweifelt, den Netzen zu entkommen, verhedderte sich aber nur noch mehr darin. Kurz darauf wurde er von allen Seiten gepackt.

»Wie immer du dich unsichtbar machst, zeige dich!«, befahl eine herrische Stimme.

Platonicus-Kanticus gehorchte und zog den Ring vom Finger. Er befand sich in einem Kreis von bewaffneten Männern, die erstaunt aufschrien, als er sichtbar wurde.

»Womit hast du das gemacht?«, fragte einer der Männer.

»Hiermit!«, rief Platonicus-Kanticus, während er sich mit letzter Kraft aufbäumte und den Ring geschickt durch die Maschen der Netze aus dem Fenster warf. Wenigstens dieser Schatz sollte den Feinden nicht in die Hände fallen. Tatsächlich konnte der Ring des Gyges trotz intensiver Suche bis heute nicht gefunden werden. Man vermutet, dass er in einer Erdspalte verschwunden ist.

Zur Strafe wurde Platonicus-Kanticus hart auf den Rücken geworfen.

»Ich bin enttäuscht, Platonicus-Kanticus. Ich hatte von dir etwas mehr Courage erwartet!«, hörte er die herrische Stimme von König Nieetsche.

Die Wachen stießen Platonicus-Kanticus herum. König Nieetsche saß amüsiert auf seinem Thron. Er war völlig bekleidet und trug nicht das Nachthemd, das Platonicus-Kanticus eben noch an ihm gesehen hatte.

»Wäre es Ihnen lieber gewesen, wenn ich Sie erstochen hätte?«, grollte Platonicus-Kanticus.

»Sagen wir so, ich hatte gehofft, dass du dafür den Mumm in den Knochen hast«, lachte der König. »Ich hatte natürlich Vorsorge getroffen. In meinem Bett habe nicht ich gelegen, sondern einer meiner Diener, dessen Ergebenheit ich hiermit vortrefflich testen konnte.«

»Woher wussten Sie, dass ich Ihnen nach dem Leben trachten würde?«, fragte Platonicus-Kanticus.

»Das fragst du noch?«, grinste Nieetsche. »Das war doch vorherzusehen. Du solltest nicht vergessen, dass wir alle vom

Willen zur Macht angetrieben werden. Der schnellste Weg, meine Macht zu beenden, ist meine Ermordung. Ich wusste, dass dich der Wille zur Macht hierher bringen würde. Ich bin nur enttäuscht, dass du nicht deinem eigenen Willen gehorchen konntest. Es gibt nur zwei Arten von Menschen. Die Starken, die begriffen haben, dass sie das, was sie wollen, nur aus eigener Kraft erlangen können, und die Schwachen, die aus Mangel an Kraft auf einen Gott oder eine überirdische Gerechtigkeit hoffen, damit ihnen zu ihrem Recht verholfen wird. Die Starken bedürfen jener Hoffnungen nicht. Sie stehen über diesen Vorstellungen. Ich spreche daher gern vom Übermenschen. Ich hatte gehofft, dass du zu diesen Übermenschen, die ihr Schicksal selbst in die Hand nehmen, gehörst.«

»Es war nicht das Streben nach Macht, das mich an Ihr Bett geführt hat, ich tat es, weil ich mich für meine Freunde verantwortlich fühle«, rief Platonicus-Kanticus.

»Hast du immer noch nicht eingesehen, dass dies alles nur Hirngespinste sind?«

»Nein«, erwiderte Platonicus-Kanticus stolz.

»Nun gut.« König Nieetsche beugte sich vor. »Ich werde dir auf die Sprünge helfen. Immerhin warst du recht geschickt und hast bewiesen, dass man dich brauchen kann. Ich biete dir daher eine Stellung als hoher Beamter in meinem Gefolge mit allen Vorteilen einer solchen Position.«

»Was ist mit den anderen Gefangenen?«

Die Augen des Königs funkelten böse. »Vergiss sie! Sie stehen zwischen dir und der Macht. Du hast die Wahl zwischen dem Kerker und einem reichen, mächtigen Leben.«

»Den Kerker«, entschied Platonicus-Kanticus trotzig.

König Nieetsche sprang wütend auf. »Du dummer, idealistischer Träumer!«, rief er.

»Ich werde dir die Augen schon noch öffnen. Zum Teufel mit deinen verrückten Idealen.«

Eine kurze Handbewegung gab den Wachen zu verstehen, dass sie Platonicus-Kanticus abführen sollten. König Nieetsche erhob sich und verließ den Saal, während Platonicus-Kanticus gefesselt die Stufen zu den Kerkergewölben hinabgeführt wurde.

Als sie das Verlies erreichten, fand er die Gefangenen hellwach. Der Lärm war auch zu ihnen gedrungen und hatte sie ahnen lassen, dass etwas Wichtiges geschehen sein musste. Platonicus-Kanticus wurde in die Zelle gestoßen. Die anderen begrüßten und trösteten ihn. Sie versuchten, seine vielen Prellungen und Schürfwunden, so gut es ging, zu versorgen. Doch auch seine Zellengenossen schienen viel erlitten zu haben. Nachdem der Ausbruch entdeckt worden war, hatte man zur Strafe die ohnehin knappen Essensrationen halbiert. Selbst Kalle Max sah elend aus. Nur sein kleiner, runder Bauch schaute immer noch gemütlich unter seinem Hemd hervor.

Platonicus-Kanticus erzählte von seiner Reise und berichtete, dass von den Bedürfnislosen keine Hilfe zu erwarten sei. Auch von dem Ring des Gyges erzählte er und von dem Versuch, König Nieetsche zu töten.

»Ich weiß nicht warum, aber ich brachte es einfach nicht fertig«, gestand er bedrückt.

»Die Angst vor Strafe kann es nicht gewesen sein, die dich zurückhielt, denn du glaubtest ja, unbemerkt entkommen zu können«, sagte Metaphysika.

Kalle stand auf und klopfte Platonicus-Kanticus auf die Schulter. »Ich bin dir wirklich nicht böse«, erklärte er, »aber manchmal hast du einfach ein zu gutes Herz. Den alten Tyrannen hättest du ohne Gewissensbisse aus dem Wege räumen können. Irgendwann beginnt man der guten Sache zu schaden, wenn man den Feind der eigenen Klasse nicht erkennt.«

»Aber man kann doch nicht so ohne weiteres einen Menschen töten, auch wenn es sich um einen Tyrannen handelt«, verteidigte Metaphysika Platonicus-Kanticus.

»Warum nicht?«, fragte Johnny Locke. »Schließlich steht dieser Despot dem Wohl und dem Leben vieler guter Menschen im Wege. Es mag Gewissensqualen bereiten, einen Tyrannen zu beseitigen, aber es kann notwendig sein.«

»Das habe ich mir auch überlegt«, sagte Platonicus-Kanticus, »doch als ich an seinem Bett stand, hat mich mein Gewissen zurückgehalten.«

»Warum denn nur?«, erregte sich Johnny Locke. »Es gab doch gar kein moralisches Argument dafür, es nicht zu wagen.«

»Lacht mich bitte nicht aus«, stammelte Platonicus-Kanticus, »aber ich glaube, ich habe es aus Pflicht nicht getan. Irgendwie meinte ich, die Pflicht zu haben, mein Opfer als Menschen zu achten, auch wenn ich den Diktator in ihm hasse. Vielleicht gibt es so etwas wie die moralische Pflicht, einen Menschen niemals für die eigenen Ziele zu missbrauchen oder gar zu töten.«

»So eine Pflicht gibt es nicht!«, erregte sich eine Stimme. »Es gibt diese Pflicht nicht, weil es im strengen Sinne gar keine Moral gibt.«

Die Stimme gehörte Arthuro Weltschmerz, der aufgestanden war und in der Zelle aufgeregt hin- und herlief.

»Es gibt kein moralisches Bewusstsein!«, dozierte er. »Moral ist eine Frage des Mitleids.«

»Aber warum sollte ich Mitleid mit König Nieetsche gehabt haben?«, fragte Platonicus-Kanticus.

»Weil du dich leider in ihm wieder erkannt hast«, kam die Antwort.

»Das könnte ich als Beleidigung auffassen. Geben Sie mir sofort eine Erklärung«, rief Platonicus-Kanticus.

Arthuro Weltschmerz fuhr unbeirrt fort.

»Wir erinnern uns daran, dass alle Welt Leiden ist. Wir alle wollen leben, wissen aber, dass wir sterben müssen und leiden darunter. Da wir jedoch selber leiden, sind wir in der Lage, das Leid der anderen wahrzunehmen und uns mit ihnen zu solidarisieren. So entsteht in uns der Wunsch, allen so viel wie möglich zu helfen und so wenig wie möglich zu schaden. Dies ist aber keine Pflicht, keine Überzeugung, sondern ein Gefühl, das sich entweder einstellt oder ausbleibt. Entweder man hat Mitleid, oder man hat keines.«

»Aber wenn es keine Pflicht gibt und moralisches Handeln allein vom Mitleid abhängt, dann kann man von niemandem erwarten, gut zu handeln. Wir können dann zum Beispiel nicht von König Nieetsche verlangen, uns freizulassen, weil wir ein Recht darauf haben, besser behandelt zu werden, sondern wir können nur an sein Mitleid appellieren«, wandte Metaphysika ein.

»Genau so ist es«, bestätigte Weltschmerz.

»Das will ich einfach nicht glauben«, sagte Platonicus-Kanticus. »Ich meine, dass der Mensch ein freies Wesen ist, das sich selbst moralische Pflichten auferlegt.«

»Wie soll ich das verstehen?«, fragte Kalle.

»Es ist doch so: Der Mensch ist in der Lage zu beurteilen, ob ein gewisser Zustand anders sein sollte«, erklärte Platonicus-Kanticus. »Wenn wir meinen, dass eine Sache oder eine Handlung böse ist, fordern wir, dass sie geändert wird.«

Die anderen nickten.

»Diese ›Sollensforderungen‹ bezeichnet man als Imperative. Gerade weil wir diese Forderungen selbst entwickeln, glaube ich, dass aus ihnen moralische Pflichten erwachsen.«

»Aber die sind dann doch völlig relativ«, sagte Weltschmerz. »Der eine hat diese Sollensforderung, der Nächste eine andere. König Nieetsche fordert, seine Macht unangetastet zu lassen, und sein Sohn Johnny verlangt fortwährend mehr Rechte für die Bürger. Wenn jeder fordern kann, was er will, dann ist Moral die Sache jedes Einzelnen. Eine Ethik oder eine wirklich überzeugende Moral müsste aber verpflichtend für jeden sein, egal wann und wo er lebt!«

»Da bin ich ganz Ihrer Meinung«, betonte Platonicus-Kanticus. »Trotzdem halte ich an meiner Meinung fest.«

»Um deine Überzeugung von einer allgemein gültigen Forderung der Moral zu beweisen, brauchte man zwei Dinge«, überlegte Kalle Max. »Es muss etwas geben, das allen Menschen zukommt, und es muss etwas geben, was an sich gut ist. Nur so können alle Menschen gleichermaßen erkennen, was ihre Pflicht ist, und nur so existiert etwas, wonach alle Menschen zu beurteilen sind.«

»Aber so etwas gibt es doch!«, rief Platonicus-Kanticus. »Alle Menschen haben eine Vernunft. Die praktische Vernunft lässt sie ihre moralische Pflicht erkennen. Und es gibt den menschlichen Willen. Ich kann mir in dieser Welt und sogar außerhalb von ihr nur eines als vollkommen gut denken: den guten Willen. Wenn wir jemandem aus Versehen auf den Fuß treten und sagen: ›Entschuldigung! Das habe ich nicht gewollt‹, dann reagiert er meistens nicht ärgerlich.«

Metaphysika zog die Stirn in Falten. »Du meinst also, dass alle Menschen dank ihrer Vernunft eine allgemein gültige Sollensforderung oder einen kategorischen Imperativ entdecken können?«

»Ja«, erwiderte Platonicus-Kanticus.

»Und wie sollte dieser kategorische Imperativ lauten?«

Platonicus-Kanticus dachte nach. »Wie wäre es, wenn wir das Moralgesetz folgendermaßen formulierten: Handle so, dass der Wille, der dein Handeln bestimmt, jederzeit als ein allgemeines Gesetz verwendet werden könnte.«

»Das musst du erklären«, bat Metaphysika.

»Es soll nur bedeuten, dass man sich stets fragen sollte, ob die eigene Handlung auch dann noch gut wäre, wenn alle anderen in derselben Absicht handelten.«

Arthuro Weltschmerz lachte laut auf. »Das ist eine Moral für Engel«, prustete er.

»Ihre Forderung, allen zu helfen und niemandem zu schaden, ist doch nicht wesentlich anders«, bemerkte Metaphysika.

»Vielleicht«, lachte Weltschmerz. »Aber bei mir handelt es sich nicht um eine Einsicht aus Vernunft, sondern um das Gefühl des Mitleids.«

»Er hat Recht«, sagte Kalle zu seinem Freund Platonicus-Kanticus. »Warum sollten alle Menschen gerade dieses Moralgesetz aus ihrer Vernunft entwickeln können, obwohl sie doch in unterschiedlichen Verhältnissen leben und verschiedenen Klassen angehören.«

»Ich sage ja gar nicht, dass dies alle tun, aber sie könnten es. Der kategorische Imperativ ist kein überall vorhandenes Bewusstsein, sondern ein Maßstab zur Beurteilung menschlicher Handlungen.«

»Gut. Aber auf welche Weise lässt er sich aus dem Verstand herleiten?«, fragte Kalle.

»Nun ja, dies geschieht durch die Einsicht, dass eine andere allgemein gültige Moral entweder nicht zu wollen oder nicht zu denken ist«, antwortete Platonicus-Kanticus.

»Das musst du erklären«, verlangte Kalle.

Platonicus-Kanticus holte tief Luft. »Also. Stell dir vor, du möchtest jemandem die Schuhe stehlen, weil sie dir sehr gefallen. Wenn du dir überlegst, ob dies moralisch gerechtfertigt ist, kannst du den kategorischen Imperativ verwenden. Du musst dich dann fragen, ob du es denken oder wollen kannst, dass jeder dem anderen die Schuhe stiehlt, wenn diese ihm gefallen. Stell dir eine Gesellschaft vor, in der jeder jedem die Schuhe wegnimmt. Das kann man kaum denken. Wollen kann man es schon gar nicht.«

Alle schwiegen und hingen ihren Gedanken nach.

»Vielleicht hast du Recht, und der kategorische Imperativ ist wirklich das allgemein gültige Moralgesetz, das sich alle Menschen mit ihrer Vernunft erschließen können«, sagte endlich Johnny Locke. »Dennoch sehe ich viele Probleme. Was ist, wenn ich in eine Situation gerate, in der ich Böses tun muss, um etwas noch Schlimmeres zu vermeiden? Was ist mit Tyrannenmord? Soll sich mein Wille daran orientieren, dass die Würde jedes Menschen unantastbar ist, oder gilt es, das größtmögliche Glück für die größtmögliche Anzahl von Menschen zu erreichen?«

Er hätte gerne eine Antwort von Platonicus-Kanticus erhalten, aber dieser war vor Erschöpfung eingeschlafen. Sein Kopf war auf die Schulter der Prinzessin gerutscht und er begann, leise zu schnarchen. Kalle und Metaphysika trugen ihn zu den Strohballen hinüber und bereiteten ihm ein Lager zwischen ihren Decken. Danach diskutierten sie noch lange mit Johnny Locke und dessen kräftigem Freund darüber, ob es gerechtfertigt sei, einen Einzelnen für das Glück der Mehrheit zu opfern. Sie redeten bis tief in die Nacht miteinander, wobei sie noch eine weitere wichtige Frage entdeckten.

Was sollte mit jemandem geschehen, der den moralischen Argumenten zustimmt, sich aber ganz bewusst für das Böse entscheidet?

Noch am nächsten Morgen ging ihnen die Diskussion der vergangenen Nacht nicht aus dem Sinn.

»Die Frage nach dem ›Wollen‹, den wahren Absichten des Menschen, ist auch aus einem anderen Grund wichtig«, begann Metaphysika nach einer Weile das Gespräch.

»Was meinst du?«, fragte Platonicus-Kanticus.

»Na, es ist etwas anderes, einen Menschen danach zu beurteilen, was er getan hat, als nach dem, was er gewollt hat. Ein Rollstuhlfahrer, der erfolglos versucht, einen Ertrinkenden zu retten, weil er es für seine Pflicht hält, einem Menschen zu helfen, mag ›besser‹ sein als ein Leistungsschwimmer, der den Ertrinkenden nur rettet, um in der Zeitung gelobt zu werden.«

»Ja!«, rief Johnny Locke. »Der moralische Wert einer Handlung scheint nicht von deren Erfolg abzuhängen. Wir sind Platonicus-Kanticus dankbar, dass er alles versucht hat, uns zu befreien, obwohl er keinen Erfolg hatte.«

Sie hielten erschrocken inne, als sie das hässliche Lachen des Königs vernahmen.

IX. Der Kampf auf Leben und Tod

Oder: Die Erfahrung der Freiheit

»Wie ich höre, habt ihr euren Idealismus noch immer nicht überwunden«, bemerkte König Nieetsche, der lachend die Treppen des Verlieses herabstieg.

»So ist es! Allerdings haben wir viele Argumente gefunden, um dich zu überzeugen, dass du böse handelst«, sagte Johnny Locke stolz.

»Erspare dir die Mühe«, unterbrach ihn der König. »Ich habe euch gestern Nacht belauscht, und nichts von dem, was ich gehört habe, konnte mich überzeugen.«

»So, warum nicht?«

»Weil ich schon eure Grundgedanken nicht anerkenne. Ihr geht davon aus, dass so etwas wie das Gute und das Böse existiert und dass sich der Mensch für eines von beiden entscheiden muss. Ich sehe das ganz anders.«

»Willst du damit sagen, dass es kein Gut und kein Böse gibt?«

»Genau das! Ihr habt gestern selbst gesagt, dass Handlungen erst dadurch gut oder böse werden, dass sich ein Mensch aus freien Stücken für sie entscheidet.«

»Zu diesem Ergebnis sind wir gelangt«, bestätigte Metaphysika und trat an die Gitterstäbe.

»Seht ihr«, lachte der König. »Ich bestreite aber, dass es diese freie Entscheidung überhaupt gibt. Es existiert keine Freiheit. In Wirklichkeit ist alles nur Naturgesetz. Wir sind bestimmt durch unser Erbgut, unsere Veranlagung, unsere Gene. Auch der Wille zur Macht ist auf diese Weise in uns angelegt. Wir bilden uns nur ein, frei zu entscheiden; tatsächlich jedoch ist alles durch ein Naturgesetz bestimmt. Wenn aber alles von Naturgesetzen bestimmt wird, dann gibt es keine Freiheit, und ohne Entscheidungsfreiheit ist Moral nicht zu denken.«

»Sie irren«, sagte Kalle. Er erinnerte sich an die Lektion, die ihm wenige Tage zuvor erteilt worden war, als ihn der alte Mann auf den Rücken geschlagen hatte. »Wir haben vor einiger Zeit herausgefunden, dass es Moral gibt, und heute Nacht wäre es uns fast gelungen, ein Gesetz der Moral zu formulieren.«

»Aber dafür benötigt ihr die Freiheit«, erklärte Nieetsche.

»So ist es«, stimmte Johnny zu.

»Was aber, wenn es keine Freiheit gibt?«, spottete der König.

»Es gibt sie«, erwiderte Platonicus-Kanticus und erhob sich müde von seinem Lager.

»Dann beweise es!«, rief Nieetsche.

»Ich bin beispielsweise eben aus freien Stücken aufgestanden. Ich hätte genauso gut liegen bleiben können. Kein Naturgesetz hat mich dazu gezwungen.«

»Willst du damit vielleicht sagen, dass unsere Welt nicht von Naturgesetzen bestimmt wird?«, höhnte der König.

»Nein, die Naturgesetze bestimmen die Welt.«

»Und wo, bitteschön, soll dann deine Freiheit herkommen?«, fragte Nieetsche. »Etwa von außerhalb der Welt?«

»Nicht ganz«, sagte Platonicus-Kanticus. »Die Freiheit hat Platz im menschlichen Willen, auch wenn die Welt von Naturgesetzen bestimmt wird. Ich kann etwas tun wollen, auch wenn die Naturgegebenheiten mich an der Umsetzung meines Vorhabens hindern. Denken sie nur an den Rollstuhlfahrer!«

»Aber der Wille ist nicht frei, sondern wird beherrscht durch den Drang zur Macht«, erklärte Nieetsche.

»Ich befürchte, wir drehen uns im Kreise«, bemerkte Metaphysika. »Platonicus-Kanticus behauptet, der Wille des Menschen sei frei, und Sie meinen, dass alle Bereiche des Lebens von Naturgesetzen, Überlebenstrieb und Machtstreben beherrscht werden.«

»Du hast Recht, meine Liebe«, sagte Nieetsche boshaft. »Es wird mir nichts anderes übrig bleiben, als den Kreis zu durchbrechen.«

»Wie soll das geschehen?«

»Durch einen Beweis!«, rief Nieetsche. »Ich werde beweisen, dass Freiheit und Moral reine Einbildungen sind.«

»Da bin ich aber gespannt!«

»Ich auch, meine Liebe, ich auch«, grollte Nieetsche. »Platonicus-Kanticus! Behauptest du nicht, dass der menschliche Wille frei sei?«

»Ja, das tue ich«, antwortete Platonicus-Kanticus.

»Und du, mein Sohn Johnny? Bist du nicht auch seiner Meinung?«

»Ja, das bin ich!«, erklärte Johnny Locke.

»Nun gut. Ich werde euch zeigen, dass das, was ihr Moral nennt, nur ein Luxus ist, den man sich leistet, wenn das eigene Leben und die eigene Macht gesichert sind.«

»Das hört sich aber interessant an!«, spottete Johnny.

»Das wird es auch«, erwiderte der König, während sich seine Augen fast in glühende Kohlen verwandelten. »Wie ihr wisst, ist morgen Sonntag, und ich muss dem Volk ohnehin ein Schauspiel bieten. Diesmal soll es ein ganz besonderes Ereignis werden.

Ich werde euch nämlich gegeneinander kämpfen lassen, mein Sohn. Du gegen deinen Freund Platonicus-Kanticus. Ihr beide ganz allein in der Arena des Zirkus. Ein Kampf auf Leben und Tod. Tausende von Zuschauern werden erleben, wie ihr eure Moral über Bord werft und nur noch an euer Überleben denkt. Der Sieg der Natur über die Moral!«

»Deine Zuschauer werden sich schrecklich langweilen«, erklärte Johnny Locke. »Ich werde nicht gegen meinen Freund kämpfen. Wir werden uns in den Sand der Arena setzen und uns unterhalten.«

»Genau das werdet ihr eben nicht tun«, zischte Nieetsche. »Wenn ihr nämlich nicht kämpft, dann müsst ihr beide sterben. Ihr werdet dann gefesselt und den Löwen zum Fraß vorgeworfen. Das Volk hat schließlich das Recht auf ein Schauspiel. Ihr könnt euch also entscheiden, ob ihr gemeinsam sterben wollt oder ob einer von euch weiterleben wird. Dem Sieger werde ich übrigens die Freiheit schenken.«

Damit wandte er sich um und wollte gehen.

Metaphysika rüttelte wütend an den Gitterstäben. »Sie sind ein abgrundtief böser Mensch!«, schrie sie.

»Ich bin Realist, meine Liebe. Bald werden auch Sie es sein. Sie alle werden morgen das Schauspiel ansehen. Danach werde ich Sie sicher überzeugt haben«, sagte der König und lachte verschlagen.

Es sollte der traurigste Tag werden, den sie je erlebt hatten. Alle zerbrachen sich den Kopf darüber, wie man dem grausamen Plan des Königs entkommen konnte. Einige versuchten, die Stimmung zu verbessern, indem sie behaupteten, es handle sich nur um eine leere Drohung. Doch an diese Hoffnung wollte sich so recht niemand klammern. Sie alle wussten, dass Nieetsche es ernst meinte. Und so saßen sie beisammen und schwiegen, während die Zeit zäh verrann.

Nur Johnny Locke und Platonicus-Kanticus sprachen sehr lange und leise miteinander. Gleich nachdem der König gegangen war, hatten sie sich in einem Winkel der Zelle niedergelassen. Dort beteuerten sie einander, wie traurig und verzweifelt sie seien.

»Du sollst wissen, dass, selbst wenn ich siege, ich mich immer dafür hassen werde«, sagte Johnny Locke mit trockener Stimme.

»Es ist einfach unfassbar«, stammelte Platonicus-Kanticus. »Ich achte dich als Mensch und schätze dich als meinen Freund. Auch ich würde mir im Falle meines Sieges mein Handeln niemals verzeihen.«

»Können wir denn nicht wenigstens diesen widerlichen Kampf vermeiden?«, fragte Johnny. »Vielleicht könnten wir eine Münze werfen oder einen Wettlauf machen?«

Platonicus-Kanticus sah ihn beinahe liebevoll an. »Wenn wir ganz ehrlich sind, dann wissen wir, dass das keine Lösung sein kann. Was ist mit dem, der den Wettlauf verliert? Er hängt noch immer am Leben und wird es auch verteidigen, wenn es so weit ist. Um sich anders zu verhalten, müsste man schon ein Heiliger sein.«

»Du hast Recht«, sagte Johnny und schluckte. »Das Einzige, was wir noch tun können, ist, zueinander ehrlich zu sein. Wir sind ganz normale Menschen. Wir werden beide kämpfen.«

»Hat dein Vater dann gewonnen und bewiesen, dass es keine Moral gibt?«, fragte Platonicus-Kanticus traurig.

»Nein, das hat er nicht!«, erklärte Johnny Locke. »Uns zu zwingen, gegeneinander zu kämpfen, widerlegt nicht die Existenz der Moral! Bewiesen wird nur, dass es Situationen gibt, in denen der Mensch einfach nicht mehr stark genug ist, um moralisch zu handeln. Als Wunsch, als Sollensforderung bleibt die Moral aber bestehen, und ihr Ruf ist nicht zu überhören.«

»Das stimmt«, bestätigte Platonicus-Kanticus. »Für ein

moralisches Zusammenleben bedarf es gewisser Voraussetzungen. Sind diese Grundvoraussetzungen nicht gegeben, fällt der Mensch zurück in eine Art Naturzustand und lässt sich von seinen Trieben leiten.«

»Du solltest jetzt schlafen. Du musst morgen fit sein«, sagte Johnny und versuchte zu lächeln.

Bevor jeder von ihnen zu seinen engsten Freunden ging, gaben sie sich die Hand.

»Ich werde dich immer achten«, versprach Platonicus-Kanticus, bevor sie auseinander gingen.

Johnny nickte stumm.

Am nächsten Morgen wurden Platonicus-Kanticus und Johnny Locke schon sehr früh aus der Zelle geholt. Es geschah so schnell, dass sie nicht einmal Zeit fanden, ihren Freunden Lebewohl zu sagen. Alles, was ihre Mitgefangenen zu tun vermochten, war, die Wärter heftig zu beschimpfen, wobei sich Kalle besonders hervortat. Nachdem die Eskorte den Kerker verlassen hatte, ging Kalle zu Metaphysika hinüber. Die Prinzessin und der Knappe versuchten, einander Trost zu spenden.

Erst Stunden später holte man die Gefangenen aus der Zelle. Sie wurden gefesselt und aus dem Palast geführt. Man brachte sie in die Gefängniskutschen und fuhr mit ihnen davon. Als die Türen wieder geöffnet wurden, befanden sie sich vor einem riesigen Amphitheater, dessen Ränge bis auf den letzten Platz gefüllt waren. Die Wachen führten die Gefangenen durch einen abgelegenen Eingang zu einer besonderen Plattform, von der aus sie das ganze Stadion überblicken konnten. Gefesselt standen sie nebeneinander und blickten ängstlich auf die Menge der erwartungsvollen Zuschauer. Unter einem Baldachin saß König Nieetsche und nickte ihnen gönnerhaft zu. Danach erhob er sich feierlich. Das Volk verfiel sofort in andächtiges Schweigen. Erst als der König ihnen verkündete, welches Schauspiel er ihnen zu bieten gedachte, ging ein Raunen durch die Menge.

»Ich glaube nicht, dass mir das gefallen wird«, hörte Metaphysika eine Wache zur anderen sagen.

»Du hast Recht«, sagte sein Gefährte. »Es mag ja sehr spannend sein, aber ich finde Grausamkeit nicht unterhaltend!«

»Dann tun Sie etwas dagegen!«, flehte die Prinzessin die beiden an.

»Was sollen wir schon tun?«, lachte eine der Wachen.

»Verhindern Sie diesen Kampf!«

»Dazu haben wir nicht die Macht. Wenn wir das versuchen, könnten wir uns gleich zu den beiden in die Arena stellen!«

»Sie wollen also tatenlos zusehen, wie zwei Freunde gezwungen werden, einander zu erschlagen?«, fragte die Prinzessin.

»Wir haben keine andere Wahl. Man muss sich nun einmal neigen, wohin der Wind weht.«

»Verfluchte Opportunisten«, schimpfte Metaphysika.

»Was soll denn das bedeuten?«, fragte eine Wache und kam drohend einen Schritt näher.

»Einen Opportunisten nennt man einen Menschen, der sich stets der herrschenden Macht anpasst, weil er auf seinen eigenen Vorteil bedacht ist«, erklärte Kalle und schob sich schützend vor Metaphysika.

»Nun ja. Vielleicht sind wir von dieser Art«, knurrte der zweite Wachmann und zog seinen Kollegen sanft zurück. »Aber der Mensch handelt nun einmal erst dann, wenn er Aussicht auf Erfolg hat.«

»Vielleicht«, erwiderte Metaphysika verbittert. »Und solange das so ist, wird sich an der Grausamkeit in der Welt nichts ändern.«

In diesem Augenblick betraten Platonicus-Kanticus und Johnny Locke von verschiedenen Seiten die Arena. Beide waren mit einem Netz und einem Knüppel bewaffnet. Johnny Locke trug eine Art Keule. Platonicus-Kanticus führte Kognitum, den Wanderstab, mit sich.

König Nieetsche erhob sich und erklärte mit lauter Stimme, dass der Kampf auf Leben und Tod zu führen sei.

»Ist das nicht schrecklich«, flüsterte eine dicke Frau einem Mann zu, der in der Reihe vor ihr saß. »Entsetzlich, diese Grausamkeit! Könnten Sie bitte ihren Hut abnehmen, ich möchte nämlich auf keinen Fall etwas verpassen.«

Der Mann erklärte ebenfalls seine Verachtung für das Geschehen in der Arena und nahm seinen Hut vom Kopf. Eine Fanfare verkündete den Beginn des Kampfes. Die Zuschauer beugten sich neugierig vor, um auch wirklich nichts zu versäumen.

Doch zunächst geschah etwas Unerwartetes. Die beiden Kämpfer ließen die Waffen fallen, gingen aufeinander zu und umarmten sich. Ein Murmeln lief durch die Menschenmasse. Irgendwo in der Nähe der Gefangenen schnäuzte sich jemand die Nase. Es dauerte einen Augenblick, bis sich die Verurteilten voneinander trennten und zu ihren Waffen zurückkehrten. Kalle und Metaphysika rückten näher zusammen.

Der Wärter, der neben ihnen stand, äußerte murrend sein Unbehagen.

Unten in der Arena entbrannte unterdessen der Kampf. Die Streiter versuchten, einander ihr Netz überzuwerfen. Beinahe wäre es Platonicus-Kanticus gelungen, Johnny einzufangen, doch dieser wand sich wie ein Aal. Er ergriff Platonicus-Kanticus' Netz und schleuderte es davon. Nun griff Johnny Locke an. Er täuschte mit seiner Keule einen Schlag vor und warf Platonicus-Kanticus mit der anderen Hand das

Netz über den Kopf. In letzter Sekunde gelang es diesem, Johnny gegen das Schienbein zu treten und ihn auf diese Weise zu Fall zu bringen. Während Johnny sich aufraffte, stemmte Platonicus-Kanticus Kognitum zwischen sich und die Maschen des Netzes und konnte sie so zerreißen. Wieder standen sich die beiden Kämpfer gegenüber.

»Ich weiß wirklich nicht, wozu das gut sein soll«, rief jemand aus der Menge mit einem Tonfall, als würde er von Bauchschmerzen geplagt. Niemand beachtete ihn. Alle verfolgten gebannt die Geschehnisse in der Arena. Zunächst ergriff Platonicus-Kanticus die Initiative. Er brachte Johnny mit einer Serie schneller Schläge in Bedrängnis, und dieser wurde mehrfach empfindlich getroffen. In seiner Verzweiflung trat der Sohn des Königs um sich und traf Platonicus-Kanticus am Kopf. Dieser stürzte zu Boden und war nun seinerseits den Angriffen von Johnny ausgesetzt. Wäre er nicht blitzschnell beiseite gerollt, der Kampf hätte ein jähes Ende gefunden.

Kalle schrie laut auf. Metaphysika drückte verzweifelt seine Hand.

Jetzt hatte Platonicus-Kanticus wieder die Oberhand gewonnen. Beide Streiter waren völlig erschöpft und hatten viele Wunden davongetragen. Kognitum und die Keule von Johnny Locke prallten mit großer Wucht aufeinander. Die Grausamkeit des Gefechts löste bei den Zuschauern offensichtlich immer größere Bestürzung aus. Plötzlich setzte Johnny Locke alles auf eine Karte. Er sprang unerwartet vor, und es gelang ihm, Platonicus-Kanticus zu Boden zu werfen. Dieser schlug rücklings hart auf dem Boden auf, wo er, gleich einem nach Luft ringenden Fisch, japsend liegen blieb. Johnny Locke erhob seine Keule und ging mit Tränen in den Augen auf ihn zu.

Kalle und Metaphysika schlossen die Augen. So konnten

sie nicht sehen, dass Platonicus-Kanticus mit letzter Kraft Kognitum gegen Johnny schleuderte. Dieser wurde mit großer Wucht am Kinn getroffen und sank benommen zu Boden. Platonicus-Kanticus raffte sich mühsam auf und schleppte sich zu Johnny. Er stellte sich hinter den Königssohn, zog ihn auf die Knie und legte Kognitum an dessen Hals. Nun musste er nur noch zudrücken.

Plötzlich herrschte im Stadion Grabesstille.

»Tu es nicht«, flüsterte Kalle.

Lange blieben die Kämpfer unbeweglich. Der hilflose Johnny Locke auf den Knien, dahinter Platonicus-Kanticus mit dem Stab an dessen Kehle. Platonicus-Kanticus hätte nur zudrücken müssen und wäre frei gewesen.

Tat er es nicht, so war auch er des Todes.

Doch er tat es nicht. Platonicus-Kanticus machte die wundervolle Erfahrung der Freiheit!

»Sieh her, du König!«, schrie er zu dem Baldachin hinauf. Seine Stimme hallte durch das Rund der Arena. »Hast du nicht behauptet, es gebe keine Freiheit, weil alles nur Naturgesetz sei? Nun, hier ist der Gegenbeweis! Du hast uns viel von unserer Freiheit genommen. Aber in diesem Augenblick bin ich vollkommen frei. Ich kann es ablehnen, diesen Menschen zu töten, auch wenn dies meinen Tod bedeutet. Ich habe immer noch die Freiheit, mich sogar gegen meinen Selbsterhaltungstrieb zu entscheiden, der ja wohl eine der stärksten Naturanlagen ist. Jetzt, da ich mich entscheide, bin ich absolut frei.

Im moralischen Urteil liegt die Erfahrung der Freiheit!«

Vereinzelt hörte man Bravorufe aus der Menge. König Nieetsche sprang wütend auf und gebot mit einer heftigen Armbewegung Schweigen.

»Bindet sie und lasst die Löwen in die Arena«, brüllte er.

»Nein!«, schrie plötzlich jemand mit lauter Stimme. »Bindet lieber den König und lasst die beiden frei!«

»Richtig!«, rief ein Zweiter. »Nieder mit dem König!«

»Ja, nieder mit dem König!«, schallte es jetzt von allen Seiten.

»Eine Revolte!«, stöhnte der König entsetzt.

»Revolution!«, rief Kalle begeistert.

Es entstand ein wildes Durcheinander. Einige Zuschauer sprangen in die Arena, und die Soldaten, die gegangen waren, um Platonicus-Kanticus und Johnny zu fesseln, wurden zu Boden geworfen und überwältigt. Wachen begannen, auf die Aufständischen einzuschlagen. Wieder andere zerrissen ihre Uniformen und schlugen sich auf die Seite des Volkes.

»Verflucht noch mal! Nieder mit dem König!«, knurrte die Wache, die neben Metaphysika stand, und zerschnitt die Fesseln der Gefangenen.

»Revolution, Revolution!«, rief Kalle mit glänzenden Augen und sprang davon, als habe ihn jemand zur Bescherung gerufen. Metaphysika kämpfte sich erst einmal bis in die Arena durch.

»Seid ihr in Ordnung?«, fragte sie Platonicus-Kanticus und Johnny, als sie die Freunde erreicht hatte. Die beiden lagen sich in den Armen und nickten stumm. Metaphysika half ihnen, sich mit dem Rücken an eine schützende Mauer zu lehnen. Danach gab sie Platonicus-Kanticus einen Kuss, ergriff Kognitum und warf sich in das dichteste Getümmel. Johnny und Platonicus-Kanticus blieben erschöpft zurück. Vor ihren Augen entwickelte sich eine wilde Schlacht, die bald nicht nur das Stadion, sondern die ganze Stadt ergriff. Die Masse der schlecht bewaffneten Revolutionäre kämpfte gegen die gut gerüsteten Königstreuen. Nach erbitterten Gefechten gelang es den Revolutionären, die Oberhand zu erringen. Immer dort, wo der Kampf am heftigsten tobte, tauchten Metaphysika und Kalle auf. Die Prinzessin schwang Kognitum mit vernichtender Wirkung, und Kalle sprang von einem kämpfenden Menschenknäuel zum nächsten.

»Revolution, Revolution!«, schrie er immer wieder. Kalle Max war in seinem Element.

Bis zum Abend waren der König und seine Gefolgsleute schließlich bis an die Pforten des Palastes zurückgedrängt. An dessen Erstürmung beteiligten sich auch Johnny und Platonicus-Kanticus. Geleitet wurde der Angriff von Metaphysika und Kalle. Die Menge ging mit derartiger Entschlossenheit vor, dass das Schloss schon im ersten Anlauf genommen wurde. Nur im Thronsaal formierte sich noch einmal erbitterter Widerstand.

Hier hatte König Nieetsche seine getreuesten Anhänger um sich geschart. Das Gefecht dauerte über eine Stunde, wobei ein Teil des Schlosses in Brand geriet. Metaphysika war es, die das Geschehen beendete, indem sie den König zu Boden streckte und ihn zwang, sich zu ergeben. Gerade in diesem Augenblick sah die Prinzessin voll Schrecken, dass Kalle sich mit zwei Gegnern im brennenden Teil des Schlosssaals herumschlug. Plötzlich brach krachend ein Teil des Dachstuhls über den Kämpfenden zusammen.

»Oh nein!«, rief Metaphysika mit Tränen in den Augen. Sie packte Nieetsche am Kragen. »Dafür wirst du mir büßen.«

Platonicus-Kanticus trat neben sie und stellte sich vor den König.

»Ich verachte dich«, sagte er mit fester Stimme. »Ich weiß jetzt, was an deinem Beispiel mit den Ameisen im Terrarium nicht stimmt. Deine Ameisen sind keine Helden, wenn sie sich für den Staat opfern. Nur Menschen können Helden sein. Die Ameisen können nicht anders, ihre Natur zwingt sie dazu. Der Mensch allein ist ein freies Wesen. Erst die freie Entscheidung kann ihn zu einem Helden oder zu einem Verbrecher machen. Eine Ameise hat keine Wahl, sie ist sich ihrer Handlung nicht einmal bewusst und trägt somit auch keine Schuld für ihr Handeln. Der Mensch aber ist immer auch frei und somit verantwortlich für sein Tun.«

»Was soll jetzt mit ihm geschehen?«, fragte Johnny Lockes kräftiger Freund, der ebenfalls an der Erstürmung des Palastes teilgenommen hatte.

»Nichts!«, sagte Johnny streng. »Wir wären nicht besser als er, wenn wir seinem grausamen Beispiel folgten.« Dann wandte er sich an seinen Vater. »Geh und kehre nicht zurück. Überdenke deinen Willen zur Macht und befasse dich mit jenen, denen die Macht über sich selbst genügt! Macht über sich selbst ist Freiheit. Macht über andere ist nicht mehr als Unterdrückung.«

König Nieetsche erhob sich und verließ ohne ein Wort das Schloss.

»Eine weise Entscheidung«, bemerkte eine bekannte Stimme hinter ihnen. Es war Kalle, der prustend und mit Asche bedeckt auf sie zuhinkte.

»Kalle!«, riefen Platonicus-Kanticus und die Prinzessin wie aus einem Mund. Sie liefen auf ihn zu und schlossen ihn in ihre Arme. »Wir dachten schon, du seist umgekommen!«

»Doch nicht von diesem bisschen Feuer oder dem Kämpfen«, spottete Kalle. »Ihr dürft nicht vergessen: Ich bin Berufsrevolutionär!«

»So groß die Freude auch sein mag, ich glaube, wir müssen uns zunächst um die Stadt kümmern«, unterbrach sie Johnny mit besorgtem Tonfall.

Er hatte Recht, denn nicht nur der Palast war in Flammen aufgegangen, auch in der Stadt loderten vielerorts verheerende Brände. Sie schufteten bis tief in die Nacht, und es dauerte manche Stunde, bis die einzelnen Feuer unter Kontrolle gebracht werden konnten. Viele Gebäude waren völlig zerstört.

»Das eigentliche Ausmaß der Schäden wird uns erst der nächste Tag zeigen«, sagte Metaphysika, während sie erschöpft und verschmutzt mit Kalle und Platonicus-Kanticus den Weg durch die Gassen zu ihrem Nachtquartier suchte.

X. Der Tag danach

Oder: Die Frage nach dem gerechten Staat

Erst die aufgehende Sonne zeigte den vollen Umfang der Zerstörung.

Ganze Straßenzüge lagen in Trümmern, und aus vielen Ruinen stieg noch immer Rauch. Sie gingen zum Marktplatz, auf dem Johnny Locke alle Bürger hatte zusammenrufen lassen. Es wurde beraten, wie das zukünftige Zusammenleben zu gestalten sei. Es galt, einen gerechten Staat zu schaffen.

»Die Frage, was einen guten Staat ausmacht, ist nicht leicht zu beantworten«, dachte Metaphysika bei sich.

Die Menschen strömten auf den Platz und versuchten, geeignete Sitz- oder Stehgelegenheiten zu ergattern. Nachdem Ruhe eingetreten war, ergriff Johnny Locke das Wort.

»Ich brauche euch nicht daran zu erinnern, welch große Dinge sich gestern ereignet haben. Vieles wird sich nun ändern. Die größte Anstrengung steht uns allerdings noch bevor. Es ist leichter, einen Staat zu zerstören, als ihn aufzubauen und zu erhalten. Ich habe euch zusammenrufen lassen, um mit euch zu beraten, wie wir unseren neuen, gerechten Staat gestalten wollen.«

»Das ist doch ganz einfach«, sagte eine alte Frau und erhob sich mühsam. »Du bist der Sohn des Königs und somit sein rechtmäßiger Nachfolger. Dein Vater war ein schlechter König, sei du ein guter, und wir werden alle zufrieden sein.«

»Ich glaube nicht, dass dies eine Lösung ist«, entgegnete

Johnny. »Meiner Meinung nach gibt es keinen durch Geburt erworbenen Anspruch auf die Macht. Selbst wenn ich ein guter König sein könnte, was wäre mit meinen Kindern? Was wäre, wenn ich eine böse Tochter bekäme und diese die Regentschaft antritt, nur weil sie meine Tochter ist?«

»Ich sehe das ähnlich!«, sagte Metaphysika. »Ich will mich nicht zu sehr einmischen, denn meine Freunde und ich werden euch wieder verlassen, aber ich möchte euch vorschlagen, das Königtum abzuschaffen.«

»Wer dafür ist, das Königtum aufzulösen, der hebe die Hand«, rief Johnny.

Eine überwältigende Mehrheit besiegelte die Entscheidung.

»Ihr seid mir vielleicht schöne Politiker«, lachte ein Mädchen, das sich der Stimme enthalten hatte. »Da schafft ihr etwas ab, ohne zu wissen, was danach kommen soll!«

»Das Mädchen hat vollkommen Recht«, rief ein Mann. »Wir sollten erst einmal klären, welche Alternativen wir bei der Errichtung eines Staates haben.«

»Vielleicht kann ich dabei behilflich sein«, erklärte Platonicus-Kanticus und trat vor. »Mein Onkel Lasse Aristotel hat sich sehr lange mit Staaten und deren Verfassungen beschäftigt. Er ist sich sicher, dass es nur drei Gesellschaftsformen gibt, die sich jeweils positiv oder negativ entwickeln können. Die erste dieser Verfassungen ist das Königtum. Handelt es sich um einen guten König, so ist das Verhältnis zwischen Volk und König wie zwischen einem fürsorglichen Vater und seinen Kindern. Wenn das Königtum aber entartet, handelt es sich um eine Tyrannis, in der es zugeht, wie zwischen Herren und Sklaven.«

»Das kennen wir aus eigener Erfahrung. Erzähle uns etwas über die anderen beiden Staatsverfassungen!«, rief jemand aus der Menge.

»Die nächste positive Staatsverfassung nennt mein Onkel Aristokratie. Fällt sie negativ aus, spricht er von der Oligarchie.«

»Du sollst hier nicht mit Fremdwörtern um dich werfen, sondern diese Verfassungen erklären.«

»Entschuldigung!«, sagte Platonicus-Kanticus und versuchte zu erläutern. »Unter einer Aristokratie versteht man die Herrschaft einiger weniger über die breite Mehrheit der Bevölkerung. Mein Onkel hat dies mit der Beziehung zwischen Mann und Frau in einer gut funktionierenden Ehe verglichen. Der Mann hat die Oberherrschaft, weiß aber die Rechte und Ansprüche der Frau zu achten. In einer Oligarchie ist die Macht der wenigen entgleist oder wird von jenen ausgeübt, denen sie nicht zusteht. Der Mann übt totale Unterdrückung gegen die Frau aus, oder die Frau beherrscht den Mann, was nach Ansicht meines Onkels in keinem Fall zulässig ist.«

Metaphysika liefen vor Lachen die Tränen über das Gesicht.

»Die Sache mit der Herrschaft der wenigen leuchtet mir ja noch ein, aber der Vergleich mit einer Ehe ist eine absolute Frechheit!«, prustete sie. »Dein Onkel spricht Frauen ohne ein einziges Argument die Fähigkeit zum Regieren ab.«

»Ja«, gestand Platonicus-Kanticus. »Mein Onkel hat ein recht negatives Frauenbild.«

»Dein Onkel ist ein hoffnungsloser Frauenfeind!«, rief Metaphysika amüsiert.

»Was ist mit der dritten Staatsform?«, fragte Johnny, um wieder Ernst in die Unterhaltung zu bringen.

»Die dritte Staatsverfassung bezeichnet mein Onkel Lasse als Timokratie oder Demokratie«, sagte Platonicus-Kanticus. »In dieser Staatsform herrscht Freiheit, Gleichheit und Brüderlichkeit. Demokratie bedeutet Volksherrschaft, was besagt, dass alle Macht vom Volk auszugehen hat. Allerdings besteht auch hier die Gefahr, dass die Verfassung in eine Herrschaft des Pöbels umschlägt, in der jeder nur seine eigenen Interessen verfolgt.«

»Das hört sich fast so an, als wenn Ihr Onkel das gute Königtum für die beste aller Lösungen hält!«, rief jemand.

»Das kann durchaus sein«, antwortete Platonicus-Kanticus.

»Dann sollten wir das Königtum vielleicht doch weiterführen«, bemerkte die Stimme aus der Menge.

»Nein!«, sagte der kräftige Freund von Johnny Locke und trat vor. »Für die, die mich noch nicht kennen: Mein Name ist Karl von Klopper, und ich bin ein entschiedener Vertreter der Demokratie. Ich glaube nämlich, dass die Vorstellung eines perfekten Königtums eine Selbsttäuschung ist. Sie mag in der Theorie überzeugen, taugt aber nicht für die Praxis.«

Mit diesen Worten wandte er sich an Platonicus-Kanticus. »Die Mutter unseres Freundes hier hat, so viel ich weiß, das Modell eines perfekten Staates entworfen. Vielleicht sollten wir dieses Modell einmal studieren, um uns eine Meinung zu bilden.«

Karl von Klopper trat beiseite und überließ Platonicus-Kanticus das Feld.

»Nun gut!«, begann dieser. »Meine Mutter hat den idealen Staat mit dem menschlichen Körper verglichen. Sie hielt es für sehr wichtig, dass jeder das Seine tut. In einem funktionierenden Körper dürften die Beine nicht einfach versuchen, das Denken zu übernehmen, und der Kopf sollte nicht die Arbeit der Arme tun.«

Zustimmendes Murmeln ging durch die Menge.

»Die einzelnen Teile des Staates lassen sich nun gut mit den Körperteilen vergleichen«, fuhr Platonicus-Kanticus fort. »Die Handwerker, Bauern, Händler und Arbeiter entsprechen den Beinen, auf denen der Staat steht und ohne die er nicht vorankommt. Die Mutigen, also die Krieger, entsprechen dem Herzen des Körpers. Der Kopf besteht aus den weisen Führern des Staates. Diese Weisen haben eine besondere Erziehung genossen. Sie lieben die Gerechtigkeit und wissen mehr über sie als alle anderen. Da die Weisen die Gerechtigkeit über alles lieben, handeln und regieren sie auch gerecht. Sie sind nicht einmal gern an der Macht. Sie würden ihre Zeit viel lieber mit Gesprächen über die Gerechtigkeit verbringen. Aus diesem Grund übernehmen sie nicht freiwillig die Regierung, sondern müssen von den Regierten dazu genötigt werden.«

»Das klingt doch alles sehr gut«, rief eine Frau aus der Menge.

»Ich sehe ein Problem«, sagte Johnny Locke nachdenklich. »Das Modell beschreibt einen Idealzustand. Woher sollen wir diese idealen Weisen nehmen?«

Niemand antwortete.

»Es gibt noch mehr Schwierigkeiten«, betonte Karl von Klopper. »Wenn jeder das Seine tun soll, dann bleibt die Gesellschaft ewig in drei Klassen eingeteilt. Was ist mit der Gleichheit, die wir erreichen wollen?«

»Auch ich habe meine Zweifel«, ergänzte Metaphysika. »Wenn dies tatsächlich der ideale Staat sein sollte, dann braucht er sich nicht mehr zu verändern. Ich glaube, dass sich eine Gesellschaft an dem allgemeinen Willen der Bevölkerung orientieren sollte. Einer meiner Lehrer, ein Herr Rosshaut, nannte diesen allgemeinen Willen ›Volonté générale‹. Eine Gesellschaft sollte nicht darauf vertrauen, dass ihre Weisen diesen allgemeinen Willen immer erkennen und befolgen. Erst wenn die Organisation des Staates mit dem allgemeinen Willen zusammenfällt, ist die Freiheit der Bürger verwirklicht.«

»Aber wie soll man diesen allgemeinen Willen in Erfahrung bringen?«, fragte ein alter Mann.

»Eine Möglichkeit sehe ich in der demokratischen Mehrheitsabstimmung«, antwortete Metaphysika. »Wenn alle Bürger und Bürgerinnen frei abstimmen dürfen, kommt das Ergebnis dem allgemeinen Willen schon sehr nah.«

»Richtig!«, lachte Johnny Locke begeistert. »Meiner Ansicht nach sollte das Volk eine Regierung wählen und kontrollieren. Im Naturzustand sind alle Menschen gleich frei und gleich besitzend. Die Aufgabe einer Regierung ist es, die Freiheit und den Besitz jedes Einzelnen zu schützen. Wichtig ist vor allem, dass nicht alle Macht an einen Einzelnen vergeben wird. Sie muss auf verschiedene Gruppen verteilt werden, denen die Aufgabe zukommt, sich gegenseitig zu kontrollieren. Die Regierung darf nicht gleichzeitig das oberste Gericht sein. Das oberste Gericht sollte aus einem unabhängigen Gerichtshof bestehen, der auch die Regierung verurteilen darf.«

»Ich würde die Macht noch weiter aufteilen«, sagte Karl von Klopper. »Ich denke, das Volk sollte ein Parlament wählen, aus dem dann eine Regierung hervorgeht. Nur die Mehrheit des Parlamentes darf Gesetze erlassen. Der Regierung kommt es nur zu, diese Gesetze durchzusetzen und zu garantieren.«

»Wunderbar«, rief Johnny. »Dann hätten wir drei Gewalten, die alle abhängig vom Volke sind und sich gegenseitig kontrollieren. Die richterliche, die gesetzgebende und die vollstreckende Gewalt.«

»Vielleicht könnte man sogar noch eine vierte Gewalt einführen«, überlegte Platonicus-Kanticus. »Mein Vater meint, es sei von entscheidender Bedeutung für einen guten Staat, dass jeder sagen und schreiben könne, was er denkt. Durch freie Meinungsäußerung und die Freiheit der Presse werden die Regierenden kontrolliert und die Regierten informiert. Solange die Freiheit der Feder und das Recht zur freien Meinungsäußerung nicht eingeschränkt werden, sind alle notwendigen Veränderungen in einem Staat friedlich zu erreichen. Werden sie verboten, fällt die Gesellschaft zurück in den Naturzustand, und das Volk hat das Recht zum Widerstand.«

Die dargelegten Vorstellungen trafen auf große Zustimmung. Einige Menschen riefen laut, dass sie es mit der Demokratie versuchen wollten. Kalle hatte bisher nachdenklich geschwiegen. Nun stand er auf und ergriff das Wort.

»Lasst uns noch einmal überlegen, ob sich das Modell von Platonicus-Kanticus' Mutter nicht vielleicht modernisieren lässt. Was mir daran nicht gefällt, ist das Fortbestehen der Gesellschaftsklassen. Die Idee von einer perfekten Gesellschaft aber, die nicht mehr verbessert werden muss, scheint mir durchaus reizvoll zu sein. Man könnte das Privateigentum abschaffen und den Reichtum der Gesellschaft zu gleichen Teilen unter allen Menschen verteilen. Wenn die Regierenden für ihre Arbeit nicht mehr erhalten als die Regierten, dann gibt es für sie keinen Grund mehr, ihren Aufgaben nicht zum Wohle aller nachzukommen. Die Regierung könnte sich dann aus jenen zusammensetzen, die am besten wissen, worin das Gute für alle besteht. Wenn die ideale Gesellschaft erst einmal auf den Weg gebracht worden ist, kann die Regierung ganz aufgelöst werden, weil alle genug haben und niemand mehr über den anderen herrschen will.«

»Das hört sich alles sehr gut an!«, sagte Johnny Locke. »Aber was ist mit dem Problem, das wir vorhin besprochen haben. Woher nehmen wir diese wundervollen Regierenden, die völlig selbstlos das Volk in die perfekte Gesellschaft führen?«

»Zudem glaube ich, dass diese Idealvorstellung keine echte

Alternative zur Demokratie sein kann«, meinte Karl von Klopper. »Den größten Nachteil des Modells von Platonicus-Kanticus' Mutter sehe ich darin, dass es sich um eine geschlossene Gesellschaft handelt. Diese Gesellschaft ist auf zwei Weisen geschlossen. Zunächst einmal soll jeder nur das Seine tun. Das bedeutet, dass er an jenem Platz in der Gesellschaft ausharren muss, an den man ihn setzt. Es gibt kein Auf und Nieder, kein Hin und Her. Zum anderen ist diese Gesellschaft an ihrem Ende angelangt. Wer glaubt, einen Zustand der Vollkommenheit erreicht zu haben, der wird sich allen Neuerungen verschließen, da jeder Wandel Rückschritt bedeutet. Das bedeutet aber, dass sie sich gegen alles Neue verschließen wird. Auf die Dauer, so fürchte ich, wird daraus Intoleranz und vielleicht sogar Unterdrückung entstehen.«

»Aber nur, wenn es schief geht«, bemerkte Kalle Max.

»Richtig!«, antwortete Karl von Klopper. »Doch wir haben ja gesehen, dass die Menschen vielleicht nicht gut genug für dieses Modell sind. Aus diesem Grund plädiere ich für eine offene Gesellschaft. Eine Gesellschaft, die es ihren Mitgliedern erlaubt, sich nach ihren Möglichkeiten zu verändern und zu entfalten, eine Gesellschaft, die bereit ist, neue, positive Veränderungen in sich aufzunehmen.«

»Ich bin ganz seiner Meinung«, rief Johnny Locke. »Deshalb stimme ich für Gewaltenteilung und Volksherrschaft, also Demokratie.«

Die Mehrheit der Anwesenden erhob sich und spendete Beifall.

An diesem Tag wurde in der Stadt am Fluss des Willens beschlossen, die Demokratie einzuführen. Es wurde eine Versammlung gewählt mit dem Auftrag, eine Verfassung auszuarbeiten, welche die Rechte und Pflichten der Bürger und der Gewalten definierte. Nach dem Entwurf dieser Verfassung sollten freie Wahlen stattfinden, an der alle Frauen, Männer und Kinder teilnehmen konnten. Aus der so gewählten Versammlung sollte die erste vom Volke kontrollierte Regierung hervorgehen.

»Es wird ein langer und harter Weg werden«, erklärte Johnny Locke, als er am Abend mit seinen Freunden um ein Lagerfeuer saß.

»Ja«, sagte Metaphysika. »Es tut mir Leid, dass wir euch nicht dabei helfen können, aber wir müssen weiterziehen.«

XI. Die Oase der Freude

Oder: Haben Sie heute schon geträumt?

Am Mittag des folgenden Tages verließen die Prinzessin Metaphysika, Kalle Max und Platonicus-Kanticus die Stadt am Fluss des Willens. Johnny Locke und Karl von Klopper geleiteten sie noch weit bis vor die Stadttore.

»Wohin gedenkt ihr euch nun zu wenden?«, fragte Johnny, als sie schließlich stehen blieben.

»Ganz sicher sind wir noch nicht«, antwortete Platonicus-Kanticus. »Wir sind gestern Abend übereingekommen, dass wir uns auf die Suche nach dem Glück machen wollen. Die Ereignisse der letzten Zeit lassen darauf schließen, dass das Streben nach Glück eine wichtige Rolle im Leben des Menschen spielt. Vielleicht handelt der Mensch nur dann moralisch, wenn er eingesehen hat, dass ein unmoralisches Leben ihn nicht glücklich macht.«

»Es könnte auch sein, dass wir eine Handlung böse nennen, wenn sie das Streben eines anderen nach Glück beschneidet«, ergänzte Metaphysika.

»Um es kurz zu machen«, unterbrach Kalle, »wir werden versuchen, etwas über das Glück herauszufinden.«

»Ich glaube, da kann ich euch einen guten Rat geben!«, erklärte Johnny. »Seit alter Zeit erzählt man sich in unserer Stadt von der Insel des Glücks, die irgendwo im Meere Vita liegen soll.«

»Wie gelangt man auf diese Insel?«, fragte Kalle neugierig.

»In einer geschützten Bucht des Meeres befindet sich der Hafen der Prinzipien. Dort ist es möglich, ein Schiff zu besteigen und auf das raue und gefährliche Meer hinauszufahren.«

»Hat jemals ein Mensch diese Insel des Glücks erreicht?«, fragte die Prinzessin.

»Ich bin mir nicht sicher, aber wie sollte es sonst zu den Geschichten und Legenden um die Insel gekommen sein?«, antwortete Johnny.

»Bleibt nur die Frage, wie wir den Hafen der Prinzipien finden«, überlegte Platonicus-Kanticus.

»In diesem Punkt kann ich euch weiterhelfen«, sagte Karl von Klopper. »Der Hafen liegt hinter der großen Wüste, die sich von hier zu eurer Rechten erstreckt. Eine Reise von mehreren Tagen und vielen Entbehrungen liegt vor euch bis zum Ziel.«

Kalle atmete hörbar durch. »Uns bleibt aber wirklich nichts erspart«, bemerkte er.

»Auf geht's«, rief Metaphysika. »Wenn man schon eine Wüste durchqueren muss, bevor man zu den Prinzipien gelangt, dann sollten wir es gleich tun!«

Es wurde ein sehr warmer und herzlicher Abschied.

»Ich hoffe sehr, dass ihr die Insel des Glücks findet«, sagte Johnny.

»Wir wünschen, dass es euch gelingt, eine offene Gesellschaft zu verwirklichen«, meinte Metaphysika.

»Das hoffen auch wir sehr«, sagte Karl von Klopper. »Es gilt noch viele Schwierigkeiten zu überwinden, und sicher werden uns immer wieder Gegner zu schaffen machen.«

»Wenn es uns gelingt, unsere Probleme zu lösen, werden wir euch einmal besuchen«, meinte Platonicus-Kanticus. »Dann werden wir sehen, was aus der offenen Gesellschaft und ihren Feinden geworden ist.«

Damit wandten die drei Freunde sich um und brachen zu ihrer mühsamen Wanderung durch die Wüste auf.

Johnny Locke und Karl von Klopper sahen ihnen noch lange nach.

Die drei Freunde kamen nur langsam voran. Tagelang schleppten sie sich durch den heißen Wüstensand. Die Sonne brannte erbarmungslos vom Himmel herab, und selten fanden sie etwas Trinkbares. Zudem gab es einen weiteren Grund dafür, dass sie nicht recht vorwärts kamen. Die Gefangenschaft und die Strapazen während der Revolution hatten ihre Spuren hinterlassen und sie alle deutlich geschwächt. Ihre Gedanken drehten sich unaufhörlich um alles, was seit ihrem Eintreffen in Philosophica geschehen war.

Am vierten Tag ließ sich Metaphysika erschöpft in den Sand fallen. »Ich glaube, wir hätten noch ein paar Tage mit unserer Abreise warten sollen«, seufzte sie.

»Ich habe unsere Abenteuer einfach noch nicht verarbeitet.«

»Mir geht es ähnlich«, gestand Kalle. »Mein Kopf ist noch ganz wirr, und ich kann mich gar nicht auf den Weg konzentrieren. Habt ihr bemerkt, dass wir heute im Kreis gegangen sind?«

»Ja, das ist mir auch aufgefallen«, sagte Platonicus-Kanticus und ließ sich neben Metaphysika in den heißen Sand fallen. »Unsere Köpfe sind einfach noch zu sehr belastet, um sich mit Schwung auf etwas Neues einzulassen.«

»Vielleicht finden wir einen Ort, an dem wir uns eine Weile erholen können«, sagte Metaphysika und stand auf. »Hier sitzen zu bleiben, ist jedenfalls keine Lösung. Also weiter!«

Sie taten ihr Bestes, aber ihr Zustand verschlechterte sich von Stunde zu Stunde. Sie wären wohl verloren gewesen, wenn Kalle nicht am Abend des nächsten Tages eine Entdeckung gemacht hätte.

»Seht doch mal! Dort drüben muss eine Oase sein!«, rief er.

»Ja, wirklich«, lachte Platonicus-Kanticus überglücklich. »Ein See, Palmen und Orangenbäume.«

Mit letzter Kraft schleppten sie sich in den wohltuenden Schatten der Bäume. Gerade als sie das erste Grün erreichten, bemerkten sie einen schwarz gekleideten Mann. Als dieser ihren elenden Zustand erkannte, lief er ihnen entgegen.

»Du lieber Himmel«, rief er. »Wartet, ich werde euch helfen! Ihr braucht dringend etwas zu trinken. Vor allem benötigt ihr Schlaf! Habt ihr heute schon geträumt?«

»Wir sind so erschöpft, dass wir kaum noch zwischen Traum und Wachsein unterscheiden können«, stöhnte Kalle.

»Ja, so ist es, wenn man sein Bewusstsein überfordert«, sagte der Mann und griff Kalle unter die Arme. »Ich werde dir helfen.«

»Wo sind wir, und wer bist du?«, fragte Platonicus-Kanticus dankbar.

»Dies ist die Oase der Freude, und ich bin ihr Hüter. Mein Name ist Sigmund«, lächelte der Mann.

Die drei Freunde ließen sich bereitwillig in die Oase zu einer schattigen Terrasse am Seeufer führen, die von hohen Palmen umstanden war. Dort angekommen, reichte er ihnen sogleich wohltuende Getränke. Danach hieß er sie, sich in den Fluten des Sees zu erfrischen. Während sie schwammen, brach der Abend herein, und die kühlen Stunden des Tages begannen. Als sie dem Wasser entstiegen, hatte Sigmund ihnen frische Kleider zurechtgelegt. Zudem stand auf der Terrasse für jeden von ihnen eine breite Couch, auf die sie sich dankbar fallen ließen.

»Ich schlage vor, dass ihr nun schlaft«, empfahl Sigmund. »Ihr scheint viel erlebt und ebenso viel davon verdrängt zu haben. Gute Nacht.«

Die Freunde waren viel zu müde, um noch zu widersprechen. Das Letzte, was sie an diesem Abend sahen, war Sigmund, der sich eine dicke Zigarre anzündete, während er durch den Orangenhain davonschlenderte.

Als Platonicus-Kanticus am nächsten Morgen erwachte, sah er als erstes Metaphysika, die sich in einiger Entfernung die Haare kämmte. Er sprang erfrischt von seiner Couch und begann sich zu waschen. Fröhlich rief er der Prinzessin zu: »Ich habe heute Nacht viel wirres Zeug geträumt.«

»Mir ist es ähnlich ergangen!«, berichtete sie.

In diesem Augenblick kamen Kalle und Sigmund mit einem reichhaltigen Frühstück. Alle setzten sich im Kreis auf ihre Liegen und ließen es sich schmecken. Vor allem genossen sie die frischen Orangen, die für sie nach der Zeit in der Wüste eine besondere Wohltat waren. Während sie frühstückten, entspann sich eine lebhafte Unterhaltung.

»Warum wird dieser Ort eigentlich Oase der Freude genannt?«, fragte Kalle.

»Die Oase bekam ihren Namen, weil ich hier Menschen behandle, die ihre Freude am Leben verloren haben«, berichtete Sigmund.

»Was befähigt dich dazu?«, wollte Metaphysika wissen.

»Ich gehe davon aus, dass Menschen immer dann unglücklich, bedrückt, aggressiv oder sogar krank sind, wenn ihre Seele oder ihre Psyche aus dem Gleichgewicht geraten ist.«

»Dafür musst du aber erst einmal wissen, wie die menschliche Seele aufgebaut ist.«

»Ich habe ein Modell der menschlichen Seele oder, wie ich es nenne, der Psyche entwickelt«, sagte Sigmund. »Anhand dieses Modells kann ich erkennen, wie und wo die Probleme der Menschen entstehen.«

»Ist dieses Modell sehr schwer zu verstehen?«, fragte Platonicus-Kanticus.

»Eigentlich nicht«, meinte Sigmund. »Nach dieser Theorie besteht die Psyche aus drei Teilen. Dem Ich, dem Es und dem Über-Ich. Das Es besteht aus dem Verlangen des Menschen, seinen Trieben und geheimen Wünschen. Das Ich ist jene Instanz, die die Ansprüche des Es befriedigen will. Dabei nimmt das Ich aber Rücksicht auf die Umstände der Welt.

Wenn das Es zum Beispiel eine schöne Frau küssen will, wird das Ich dies nur in einem Augenblick zulassen, in dem nicht gerade ihr Freund drohend neben ihr steht.«

»Aber selbst wenn die Frau allein ist und sich nicht wehren könnte«, überlegte Kalle, »küsst man sie doch nur dann, wenn sie damit einverstanden ist!«

»Richtig«, erwiderte Platonicus-Kanticus. »Vielleicht würde man es gerne wollen, aber man tut es nicht. Das Gewissen hält einen zurück.«

»Genau so ist es!«, lachte Sigmund. »Die Instanz des Gewissens nenne ich das Über-Ich. Das arme Ich muss somit nicht nur versuchen, den Trieben des Es zu entsprechen, es muss sich immer auch vor den moralischen Ansprüchen des Über-Ich rechtfertigen.«

»Und dies alles geschieht im Inneren eines einzigen Menschen?«, fragte Metaphysika interessiert.

»So ist es«, bestätigte Sigmund.

»Ganz schön aufregend!«, rief Kalle.

»Nicht wahr?«, lächelte Sigmund.

»Und diese drei Teile der Psyche, Ich, Es und Über-Ich, sind in jedem Menschen von Geburt an zu finden?«

»Nein«, erklärte Sigmund. »Ein Baby besteht zunächst nur aus dem Es. Aus seinen Trieben nach Nahrung, Wärme und Geborgenheit. Nach und nach entdeckt der kleine Mensch sein Ich. Er erkennt, dass seine Arme zu ihm gehören, nicht aber das Bett, in dem er liegt. Er muss auch erkennen, dass sein Wille ein anderer sein kann als der seiner Mutter oder seines Vaters.«

»Und woher kommt das Gewissen, das Über-Ich?«, wollte Kalle wissen.

»Das Über-Ich dringt von außen in die Psyche ein«, berichtete Sigmund. »Es wird quasi von dem kleinen Menschen in sich aufgenommen. Zunächst besteht das Über-Ich noch außerhalb der eigenen Psyche. Normalerweise sind es die Eltern, die dem Kind das Gefühl für gutes oder schlechtes Handeln vermitteln. Nach und nach übernimmt der heranwachsende Mensch die Wertvorstellungen seiner Eltern und nicht nur ihre, sondern auch jene der Schule, der Freunde und der Gesellschaft, in der er lebt.«

»Wenn er die Wertvorstellungen übernimmt, wird er doch sicher damit beginnen, sich selbst und seine Handlungen zu bewerten«, sagte Metaphysika.

»Genau so ist es«, bestätigte Sigmund.

»Und wie versuchst du nun, psychische Leiden zu heilen?«, wollte Platonicus-Kanticus wissen.

»Ich gehe davon aus, dass entweder das Es oder das Über-Ich zu stark ausgebildet ist oder zu wenig berücksichtigt wird. Das Ich ist dann nicht mehr in der Lage, einen gesunden Ausgleich zwischen den beiden Größen zu ermöglichen.«

»Kannst du uns ein Beispiel nennen?«, fragte Platonicus-Kanticus weiter.

»Sicher«, antwortete Sigmund. »Eine Krankheit, die sehr oft auftritt, ist das Unbehagen in der Kultur.«

»Das Unbehagen in der Kultur«, wiederholte Metaphysika lächelnd. »Darunter kann ich mir nichts vorstellen.«

Sigmund von der Oase der Freude räusperte sich. »Ich nenne diese Krankheit so, weil sie in Kulturgesellschaften auftritt. Ihr könnt euch sicher vorstellen, dass es in einer

Horde von Steinzeitmenschen leichter gewesen ist, den Forderungen des Es freien Lauf zu lassen.«

»Richtig«, schmunzelte Kalle. »Die gesellschaftlichen Normen, also das Über-Ich, waren ja auch wesentlich freizügiger.«

»Genau das ist der Punkt«, betonte Sigmund. »In vielen Kulturgesellschaften ist das Über-Ich einfach zu streng. Beispielsweise muss man sich in vielen Gesellschaften der Nacktheit schämen, die in der Vorzeit als selbstverständlich angesehen wurde.«

»Und wie wirkt sich dies nun auf den Einzelnen aus?«

»Nun ja, sein Es wird zunehmend unterdrückt, und die aufgestauten Triebe erzeugen Frustrationen. Da er das Über-Ich aber in sich aufgenommen hat, schämt er sich sogar vor sich selbst wegen seiner Triebe und Wünsche. Der Leidensdruck der unbefriedigten Triebe wird immer größer, und somit die Vorwürfe durch das Über-Ich. In seiner Not sucht sich der Mensch dann eine Ersatzbefriedigung, die das Über-Ich akzeptieren kann.«

»Wie ist das gemeint?«

»Vielleicht wünscht sich eine Frau Sex mit einem fremden Mann. Da das Über-Ich dies aber nicht erlaubt, kauft sie sich lieber ein Eis, um so ein positives Gefühl zu bekommen.«

»Das kann wohl kaum ein Ersatz sein«, lachte Metaphysika.

»Genau so ist es«, bestätigte Sigmund. »Der Sexualtrieb des Es ist damit nicht befriedigt und Frustration ist die Folge. Es entsteht Frust. Der Trieb wird noch stärker und die Vorwürfe des Über-Ichs auch. Es entsteht ein Teufelskreis und ein totales Unbehagen des Menschen in der Kulturgesellschaft.«

»Und wie lässt sich dies verhindern?«, fragte Platonicus-Kanticus.

»Indem man das Über-Ich schwächt und den Menschen hilft, ihre Triebe als natürlichen Bestandteil ihres Wesens anzunehmen«, erklärte Sigmund.

»Wäre es nicht auch wünschenswert, das vorherrschende Über-Ich der Gesellschaft zu entschärfen?«, überlegte Kalle. »Man könnte zum Beispiel Eltern sagen, dass sie ihren Kindern nicht verbieten sollen, an ihren Genitalien herumzuspielen, weil die Kinder sonst das Gefühl bekommen, etwas Schmutziges zu tun.«

Metaphysika schmunzelte leicht. Sie schüttelte den Kopf und zwinkerte Platonicus-Kanticus zu. »Ein Eis!«, kicherte sie.

Platonicus-Kanticus versuchte, sachlich zu bleiben. »Ich stelle mir das sehr schwierig vor herauszufinden, auf welche Art das Gleichgewicht von Es, Ich und Über-Ich bei einem Menschen gestört ist«, sagte er.

»Das ist auch nicht einfach«, bemerkte Sigmund. »Die große Schwierigkeit ist, dass die Leute meist selbst nicht wissen, worin ihr Problem besteht. Vielleicht hatten sie ein schreckliches Erlebnis oder man hat sie schlecht behandelt. Leider können sie es nicht berichten, weil sie es vergessen haben oder vergessen wollten.«

»Aber wenn sie es vergessen haben, können sie dir nichts erzählen, und du kannst ihnen nicht helfen«, sagte Kalle.

»Wenn sie es wirklich für immer vergessen hätten, würde ich dir Recht geben«, erwiderte Sigmund.

»Dann vergessen sie also doch nicht.«

»Nein. Sie haben es nicht vergessen«, erklärte Sigmund. »Ich gehe davon aus, dass die Menschen nie etwas von dem vergessen, was sie erlebt haben. Sie verdrängen es nur.«

»Das bedarf einer Erklärung«, forderte Metaphysika. »Was bedeutet verdrängen?«

»Verdrängen bedeutet, einen unangenehmen Gedanken

oder eine schreckliche Erinnerung in das Unterbewusstsein abzuschieben.«

»Was ist das nun wieder?«, fragte Kalle. »Das Unterbewusstsein. Gibt es vielleicht auch ein Überbewusstsein?«

»Nein«, antwortete Sigmund. »Es gibt nur ein Bewusstsein und ein Unterbewusstsein. Das Bewusstsein besteht aus all den Gedanken und dem Wissen, das wir jederzeit abrufen können. Im Unterbewusstsein befinden sich Gedanken und Erinnerungen, die uns entfallen sind oder die das Ich dorthin verdrängt hat.«

»Warum verdrängt das Ich etwas in das Unterbewusstsein?«, wollte Metaphysika wissen.

»Ein Grund könnte sein, dass der Gedanke an gewisse Ereignisse einfach zu schmerzhaft geworden ist«, erwiderte Sigmund.

»Kannst du uns ein Beispiel geben?«

»Natürlich kann ich das«, sagte Sigmund und zündete sich eine Zigarre an. »Vor wenigen Wochen war ein Mann bei mir, der ein großes Problem mit Hunden hatte. Immer, wenn er einen Hund sah, trat ihm kalter Schweiß auf die Stirn, und er fühlte sich elend. Seine Probleme waren mit der Zeit immer größer geworden. Irgendwann war es so weit, dass sich dieses Gefühl schon einstellte, wenn er nur das Wort Hund hörte. Im Gespräch ließ sich erkennen, dass seine Probleme Ausdruck eines verdrängten Erlebnisses waren, das in dieser ›Verkleidung‹ durch sein Bewusstsein spukte. In seiner Jugend hatte der Mann während eines Badeurlaubs auf den Hund seines kleinen Bruders Acht geben müssen. Der kleine Bruder hatte das Tier sehr geliebt und den Mann extra darum gebeten, den Hund angeleint zu lassen, weil das Tier im Umgang mit Wasser noch unerfahren war. Unser Mann hatte den Hund aber lieber frei laufen lassen, um auf diese Weise besser hübschen Mädchen nachstellen zu können. Leider ist der

Hund dann ins Wasser gefallen und ertrunken. Das Über-Ich des Mannes hat dem Ich deshalb so unerträgliche Vorwürfe gemacht, dass er die Erinnerung an jenen Badeurlaub verdrängen musste, um überhaupt weiterleben zu können. Alles, was ins Unterbewusstsein abgeschoben wird, lauert jedoch nur darauf, ins Bewusstsein zurückzukehren. Auf diese Weise wurde ganz unerwartet der Anblick von Hunden für unseren Mann zur Qual.«

»Ist es ihm denn wieder besser gegangen, als du das herausgefunden hattest?«, fragte Kalle.

»Ja«, lachte Sigmund. »Er hat sich sogar selbst einen Hund angeschafft. In der Regel ist schon viel erreicht, wenn die Leute erkennen, woher ihre Probleme stammen.«

»Eines ist mir noch immer nicht klar«, sagte Platonicus-Kanticus. »Wie gelingt es dir, die Ursache für die psychischen Probleme der Menschen herauszufinden? Es mag ja sein, dass der Mensch nichts vergisst, sondern nur verdrängt; aber du kannst den Menschen doch nicht ins Unterbewusstsein schauen.«

»In gewisser Weise kann ich das schon«, erklärte Sigmund und lächelte. »Ihr müsst wissen, die Träume der Menschen verraten sehr viel.«

»Wieso, lebt sich in den Träumen das Unterbewusstsein aus?«

»Vielleicht könnte man das so sagen«, bestätigte Sigmund. »Habt ihr noch nie von etwas geträumt, das in der Realität ganz undenkbar wäre?«

»Aber sicher habe ich das«, schmunzelte Metaphysika.

Platonicus-Kanticus sagte nichts. Er biss sich auf die Lippen und bekam mal wieder einen roten Kopf.

»Da seht ihr es«, schmunzelte Sigmund. »In Träumen erfüllen wir uns Wünsche. Hier werden die Triebe des Es befriedigt, die das Über-Ich sonst nicht zulassen würde. Es können auch negative Erlebnisse verarbeitet werden, die im wachen Zustand nicht zu verkraften sind. Aus diesem Grund ist es so wichtig zu träumen. Träume helfen, das Gleichgewicht der Psyche zu erhalten.«

»Schläft das Über-Ich denn?«, fragte Kalle.

»Nicht ganz«, erklärte Sigmund. »Aus diesem Grund verbergen viele Träume ihre eigentliche Bedeutung hinter harmlosen Bildern und Symbolen.«

»Es kommt also darauf an, den Grund für die Traumbilder herauszufinden«, sagte Platonicus-Kanticus.

»Genau so ist es«, meinte Sigmund, ohne die Zigarre aus dem Mund zu nehmen. »Die Menschen, die zu mir kommen, erzählen mir ihre Träume, und wir versuchen gemeinsam herauszufinden, was sich dahinter verbirgt. Auf diese Weise gelingt es uns oftmals, etwas Unbewusstes ins Bewusstsein zurückzuführen und dort zu verarbeiten.«

Kalle tippte Platonicus-Kanticus vergnügt auf die Schulter. »Traumdeutung hat ein bisschen etwas von der Arbeit einer Hebamme«, grinste er. »Es wird nichts Neues geschaffen, sondern man bringt nur etwas ans Licht, was schon da ist.«

Platonicus-Kanticus begriff, dass Kalle auf ihre Gespräche über die Ideenschau anspielte.

»Ja«, rief er. »Der Traumdeuter ist wie ein Angler an einem See. Der Fisch, der angebissen hat, ist der Traum. Noch schwimmt er aber in der Tiefe, im Unterbewusstsein. Erst wenn man ihn an die Oberfläche, ins Bewusstsein, gebracht hat, ist es möglich zu erkennen, wer da das Ziehen und Reißen an der Leine verursacht hat.«

Sie lachten. Sigmund paffte vor sich hin.

»Die Theorie über die Psyche hat mich jedenfalls überzeugt«, meinte Metaphysika. »Das Es steht für die Triebe und das Über-Ich für das Gewissen. Das Ich versucht, beiden Instanzen gerecht zu werden. Wenn der Ausgleich nicht gelingt, kommt es zu Störungen. Wenn das Ich nicht mehr weiter weiß, verdrängt es die entsprechenden Erfahrungen in das Unterbewusstsein. Da man aber nicht vergisst, sondern nur verdrängt, melden sich die Erfahrungen oftmals zurück. Eine wichtige Rolle spielen hierbei die Träume. Sie können Auskunft darüber geben, welche unverarbeiteten Probleme im Unterbewusstsein schlummern. Weiterhin können die Träume dem Ich helfen, die Triebe des Es zumindest in der Vorstellungskraft auszuleben.«

»Du hast sehr aufmerksam zugehört«, lobte Sigmund.

»Und was ist mit uns?«, fragte Kalle. »Unser Vergleich mit der Hebamme und dem Angler war doch auch nicht schlecht.«

»Sicher, auch der war sehr schön«, räumte Sigmund ein.

»Ich möchte einen Vorschlag machen«, sagte Kalle mit gespieltem Ernst. »Mein Lusttrieb hat ein starkes Verlangen danach, baden zu gehen. Ich möchte vorschlagen, dass wir uns in die Fluten werfen. Ich hoffe nicht, dass ich dafür ein schlechtes Gewissen haben muss, weil ich die Unterhaltung an dieser Stelle unterbreche. Andernfalls würde ich mich sehr unbehaglich fühlen. Wer weiß, welches psychische Unbehagen in mir entsteht, wenn jener Trieb nicht ausgelebt wird.«

»Alter Kasper«, kicherte Platonicus-Kanticus und sprang auf, um Kalle ins Wasser zu jagen.

»Ich könnte euch noch etwas über die Triebe des Menschen erzählen«, rief Sigmund schnell. »Vereinfacht gesagt wird der Mensch von zwei Trieben beherrscht. Dem Libido- oder Erostrieb, der alles erhalten, zusammenschließen und schützen will, und dem Todes-, Destruktions- oder Thanatostrieb, der versucht, alles aufzulösen und zu zerstören. Diese beiden Triebe stehen sich in einem ewigen Titanenkampf gegenüber.«

Platonicus-Kanticus und Kalle drehten sich kurz um und

nickten freundlich, waren aber offensichtlich nicht länger für ein Gespräch zu gewinnen.

»Das Handeln des Menschen setzt sich aus beiden Trieben zusammen. Dabei kommt es zu vielen interessanten Mischformen. Die Sexualität zum Beispiel braucht auch etwas von der Aggressivität des Destruktionstriebs«, dozierte Sigmund.

»Sei uns nicht böse, Sigmund,« sagte Platonicus-Kanticus, »aber wir möchten jetzt gern schwimmen gehen.«

»Ich kann euch auch davon berichten, dass ihr alle während einer gewissen Phase eurer Kindheit euren Vater töten wolltet«, erklärte Sigmund, um seine Zuhörer zurückzuhalten.

»Oh, nein!«, riefen nun alle drei und rannten zum Wasser.

In den nächsten Tagen führten sie keine weiteren wichtigen Gespräche. Sie verbrachten die Zeit damit, sich zu erholen und viel zu schlafen.

Eines Nachts fuhr Metaphysika aus einem Traum auf. Ihr Herz schlug heftig, und sie war viel zu aufgewühlt, um sich wieder hinzulegen. Sie beschloss daher, einen Spaziergang um den kleinen See zu machen. Nachdem sie eine Weile zwischen den Orangenbäumen umhergegangen war, sah sie in einiger Entfernung das Ende von Sigmunds Zigarre in der Dunkelheit glühen. Sie schlenderte zu ihm hinüber und setzte sich neben ihn auf einen Baumstamm.

»Hast du schlecht geträumt?«, erkundigte sich Sigmund.

»Nein«, überlegte Metaphysika. »Schlecht war dieser Traum eigentlich nicht, nur verworren. Ich habe von Platonicus-Kanticus geträumt. Er hatte eine Blume versteckt, die ich gerne haben wollte. Leider war er nicht bereit, sie mir zu zeigen. Gerade als er diese Scheu zu überwinden schien, bin ich aufgewacht.«

Sigmund lächelte Metaphysika an. »Brauchst du für diese Geschichte wirklich einen Traumdeuter?«

»Nein!«, antwortete Metaphysika vergnügt. »Ich frage

mich nur, was der Unsinn mit der Blume soll. Mein Ich hat es in dieser Beziehung wirklich nicht nötig, dem Über-Ich etwas vorzumachen.«

»Vielleicht hat dein Traumbild Rücksicht auf die Hemmungen deines Freundes genommen«, lächelte Sigmund.

»Wie wahr!«, seufzte Metaphysika.

Sie saßen eine Weile beisammen und genossen die Stille der Nacht.

»Was ist mit dir?«, fragte Metaphysika schließlich. »Warum bist du noch wach? Hattest du einen schlechten Traum?«

Sigmund seufzte.

»Ja, leider!«, meinte er traurig. »Ich habe diesen Traum seit vielen Jahren. Manchmal bleibt er über Monate aus, und dann verfolgt er mich wieder viele Nächte hintereinander.«

»Möchtest du darüber sprechen?«, fragte die Prinzessin.

»Es fällt mir nicht leicht, darüber zu berichten«, sagte Sigmund leise. »Der Traum ist ein so wichtiger Teil in meinem Leben geworden, dass ich ihm sogar einen Namen gegeben habe. Ich nenne ihn den Elektra-Komplex.«

»Erzähl ihn mir einfach!«, sagte Metaphysika ruhig.

»Es ist immer dasselbe«, begann Sigmund zögernd. »Ich träume von mehreren jungen Frauen. Die Frauen kommen zu mir in die Oase. Sie geben mir eine Peitsche, mit der sie als Kinder von ihrem Onkel geschlagen worden sind. Ich nehme ihnen die Peitsche ab und verspreche ihnen, den Onkel hinter Gitter zu bringen. Dann bekomme ich plötzlich große Angst vor dem Onkel und seinen Freunden und breche mein Versprechen. Ich zerschneide die Peitsche in zwei Teile. Aus der einen Hälfte bastele ich einen Heiligenschein für den Onkel, und aus der anderen fertige ich eine Schlinge, mit der die jungen Frauen gefesselt werden.«

»Und warum nennst du diesen Traum den Elektra-Komplex?«, setzte Metaphysika nach.

»Weil ich in meinem Traum den gefesselten Frauen ein Schild in die Hand drücke, auf dem Elektra steht«, stammelte Sigmund.

»Was bedeutet das alles?«, fragte die Prinzessin.

»Es bedeutet, dass ich zumindest an einem Punkt meiner Karriere uneingeschränkt versagt habe«, sagte Sigmund. Er stand auf und ging schweigend in die Dunkelheit hinein. Nur das Glimmen seiner Zigarre war noch lange zu sehen.

Metaphysika ging ihm nicht nach. Sie glaubte, den Traum auch so verstanden zu haben, und verspürte kein Bedürfnis, Sigmund zu trösten.

Seit jenem Abend gingen sich Sigmund und Metaphysika aus dem Weg. Sie waren nicht unfreundlich zueinander, aber die unbeschwerte Leichtigkeit der ersten Tage war dahin. So war es Metaphysika, die Kalle und Platonicus-Kanticus zum Aufbruch überredete. Am achten Tag nach ihrem Eintreffen verließen sie die Oase der Freude. Ausgeruht und in bester körperlicher und psychischer Verfassung machten sie sich bei Sonnenuntergang auf den Weg, um die Kühle der Nacht für die Fortsetzung ihrer Reise zu nutzen.

Sigmund entließ sie an jener Stelle, an der sie sich zum ersten Mal begegnet waren. Er wünschte ihnen alles Gute für ihre Suche nach dem Glück.

Danach ging er in seine Oase zurück und beschloss, ein wenig zu schlafen, um im Traum die Eindrücke der vergangenen Tage zu verarbeiten.

XII. Der Hafen der Prinzipien

Oder: Das Schiff der Mitte

Die Freunde waren bester Stimmung, als sie in der klaren Nacht durch die Wüste zogen. Es wehte ein angenehm kühler Wind, und sie konnten den Sternenhimmel bewundern.

»Wenn Sigmund Recht hat, dann müssten wir schon bei Sonnenaufgang den Hafen der Prinzipien in der Ferne sehen«, sagte Platonicus-Kanticus.

»Ich hoffe nur, dass das Glück den ganzen Aufwand wert ist«, meinte Kalle.

»Na hör mal!«, lachte Metaphysika. »Kannst du dir etwas besseres vorstellen als das Glück?«

»Na sicher. Das kollektive Glück«, verkündete Kalle Max.

»Dummkopf«, kicherte die Prinzessin und schubste Kalle, sodass sie sich überschlugen und unter lautem Juchzen eine große Sanddüne hinunterrollten.

Platonicus-Kanticus trennte die beiden nach einer Weile. Es war ihm nicht recht, dass Kalle so lange mit Metaphysika herumtollte. Darum nahm er die Unterhaltung wieder auf.

»Das mit dem Glück ist wirklich ein wichtiger Punkt«, sagte er. »Mein Onkel Lasse hat das Glück sogar als das höchste Gut im Leben eines Menschen bezeichnet.«

»Genau das habe ich auch überlegt«, sagte Metaphysika, während sie sich den Sand aus den Haaren schüttelte. »Was hat dein Onkel noch gesagt?«

»Ich habe ihm nicht sehr genau zugehört«, gestand Platonicus-Kanticus. »Er meinte, dass hinter allen Handlungen ein Ziel, eine Absicht, also ein Streben nach einem gewissen Gut steht. Es sind aber nicht alle Güter gleich, sondern es herrscht eine Hierarchie. Aus diesem Grund sind uns einige Dinge wichtiger als andere, und wir sind bereit, etwas aufzugeben, um etwas anderes zu erlangen.«

»Und das Glück soll das wichtigste dieser Güter sein?«, fragte Kalle, während sie weitergingen.

»Ich glaube, so hat es mein Onkel gemeint«, erinnerte sich Platonicus-Kanticus. »Das Glück ist das höchste Gut, weil es nicht möglich ist, etwas zu erdenken, das noch erstrebenswerter für den Menschen sein könnte, als das Glück.«

Nachdenklich gingen die Freunde eine Weile vor sich hin, bis Metaphysika das Schweigen brach.

»Lasst uns überlegen, ob das Glück wirklich als das höchste Gut im Leben des Menschen gelten kann«, forderte sie. »Wenn etwas als das Höchste gelten soll, so muss es doch gewissen Anforderungen genügen. Ich sehe da drei Punkte. Erstens: Wenn es wirklich das oberste Gut ist, dann doch auch das oberste Ziel, das heißt, alles andere Erstrebenswerte ist in ihm enthalten. Zweitens: Dieses oberste Gut muss um seiner selbst willen erstrebenswert sein. Es ist selbst das Ziel aller Anstrengungen, nicht Mittel, um etwas zu erreichen. Und zudem muss es mehr als nur die Summe seiner Teile sein. Was ich sagen will, ist: Man kann das höchste Gut nicht erreichen, indem man alle seine Bestandteile zusammenträgt.«

»Das ist ein wichtiger Gedanke«, bestätigte Kalle. »Allerdings glaube ich, dass das Glück diesen Kriterien genügt.«

»Das sehe ich auch so«, sagte Platonicus-Kanticus und ergriff das Wort. »Wir haben uns schon darüber verständigt, dass das Glück als das höchste Ziel des Menschen gelten kann, weil nichts existiert, was wertvoller als das Glück zu sein scheint. Darüber hinaus dürfte das vollkommene Glück alles andere Erstrebenswerte in sich vereinigen. Das Glück ist zudem nicht Mittel, um etwas, das sich von ihm unterscheidet, zu erreichen. Es ist Selbstzweck aller menschlichen Bemühungen.«

»Wahrscheinlich hast du Recht«, stimmte die Prinzessin zu. »Das Glück scheint mir mehr als nur die Summe seiner Teile zu sein. Jedenfalls ist es mir nicht möglich, genau zu sagen, was einen Menschen halb glücklich oder ganz glücklich machen soll.«

»Na gut«, unterbrach sie Kalle. »Nehmen wir einmal an, das Glück sei wirklich das höchste Gut. In diesem Fall sollten wir uns fragen, ob das gute Handeln oder das gute Leben gemeint ist.«

»Ich glaube, es ist beides gemeint«, überlegte Platonicus-Kanticus. »Das wahrhaft gute Leben bedeutet für meinen Onkel nämlich nicht das bequeme Leben in Reichtum und Wohlstand. Das gute Leben ist ein Leben der guten Handlungen. Allerdings ist es notwendig, einigermaßen gut zu leben, um gut handeln zu können.«

»Das ist mir alles noch zu ungenau«, unterbrach Metaphysika. »Ich denke, wir müssen erst einmal herausfinden, was das Wesen dieser Glückseligkeit ausmacht. Lasst uns versuchen, die Natur des höchsten Gutes näher zu bestimmen.«

»Ich bin dabei«, rief Kalle. »Dass das Glück einen hohen Stellenwert hat, wissen wir ja nun.«

In diesem Augenblick erschien die Sonne als blutroter Ball am Horizont.

»Ihr hättet euch keinen besseren Zeitpunkt für eure Erklärungen aussuchen können«, sagte Platonicus-Kanticus. »Unter uns liegt der Hafen der Prinzipien.«

Sie hatten den Kamm einer hohen Düne erklommen und sahen vor sich eine Landschaft von herber Schönheit, die in einiger Entfernung von einem Küstenstreifen begrenzt wurde. Hinter diesen Klippen erstreckte sich die endlose Weite eines gewaltigen Meeres, dessen Wogen sich zu beängstigenden Bergen auftürmten. Selbst aus der Ferne funkelten die Schaumkronen. Hinter hohen Felsen war ein Meerbusen mit einem sehr schmalen Zugang zur aufgewühlten Brandung zu erkennen. In dieser geschützten Bucht war das Wasser ruhiger und beinahe friedlich. Dort, wo ein schmaler Fluss in den Meerbusen mündete, lag eine kleine Hafenstadt.

»Auf geht's!«, rief Kalle. »Wir dürften den Hafen der Prinzipien gefunden haben.«

Es wurde Nachmittag, bis sie die Stadt erreichten, in der es für die Freunde nicht viel zu sehen gab. Das einzig Interessante in diesem Ort war der Hafen mit seinen vielen Schiffen, mächtigen Booten aus dickem, dunklen Holz, die im Hafenbecken auf und nieder dümpelten.

»Entschuldigung«, sagte Platonicus-Kanticus zu einem Seemann. »Wir suchen ein Schiff, das uns zur Insel des Glücks bringt.«

»Da sind Sie nicht die Einzigen!«, lachte der Seemann. »Alle Menschen hier wollen zur Insel des Glücks.«

»Was haben wir zu tun?«, erkundigte sich Kalle.

»Ganz einfach«, erwiderte der Matrose. »Sie suchen sich ein Schiff aus, sprechen mit dem Kapitän, beteiligen sich an den Kosten und fahren mit.«

»Und alle Schiffe fahren zur Insel des Glücks?«, fragte Kalle weiter.

»Sie versuchen es«, antwortete der Seemann. »Deshalb ist es ratsam, mit dem Kapitän zu sprechen. Jedes Schiff schlägt seinen eigenen Kurs ein und versucht auf seine Weise, die Insel zu erreichen.«

»Das klingt so, als wenn sich das ganze Leben hier nur um die Insel des Glücks dreht.«

»So ist es. Alle Menschen, die sich in der Stadt befinden, sind entweder Seeleute oder Menschen, die auf der Suche nach der Insel sind.«

»Ist es überhaupt schon einmal jemandem gelungen, auf die Insel zu gelangen?«, fragte die Prinzessin.

»Hin und wieder wird schon jemand durchgekommen sein«, sagte der Seemann. »Leider gibt es nicht viele, die verraten haben, auf welche Weise die Insel zu erreichen ist. Andere sind nie zurückgekehrt. Entweder sind sie ertrunken, oder sie sind für immer auf der Insel geblieben.«

Damit wandte sich der Matrose um und wollte gehen.

»Eine letzte Frage noch!«, rief Platonicus-Kanticus schnell. »Warum wird diese Stadt der Hafen der Prinzipien genannt?«

Der Matrose sah sie verwundert an. »Na, weil die Schiffe aus demselben Holz erbaut werden wie Ihr Wanderstab da«, erklärte er und zeigte auf Kognitum, den Metaphysika gerade als Stütze benutzte. »Alle Schiffe in diesem Hafen sind aus dem Holz des Prinzipienbaums gebaut«, erklärte der Matrose. »Ihr müsst wissen, das Meer der Vita ist sehr rau und stürmisch. Wenn die Schiffe also nicht zerbrechen sollen, ist es notwendig, sie aus sehr hartem Holz zu bauen. Das Holz des Prinzipienbaums ist das härteste, das in Philosophica zu finden ist.«

»Haben Sie vielen Dank«, sagte Metaphysika freundlich zu dem Seemann. »Wir werden bei der Auswahl unseres Schiffes sehr gründlich vorgehen.«

Der Matrose war gerührt von dieser Dankbarkeit und trat noch einmal an die Freunde heran. Er sah sich kurz um und flüsterte ihnen dann hinter vorgehaltener Hand zu: »Geht nicht auf das Schiff mit dem Namen *Droge*. Der Kapitän heißt Kommerz und behauptet, seine Passagiere immer zur Insel des Glücks hinüberzubringen. In Wirklichkeit setzt er

Sie auf einer anderen, sehr trockenen Insel aus oder wirft Sie einfach über Bord.«

»Ganz schön raue Sitten hier!«, rief Metaphysika erstaunt.

Kalle setzte ein sehr ernstes Gesicht auf. Er trat an den Seemann heran und legte ihm die Hand auf die Schulter.

»Danke, Genosse«, sagte er feierlich. »Hab Dank, dass du uns vor diesem Ausbeuter bewahrt hast.«

»Was ist denn in den gefahren!«, fluchte der Matrose und machte sich empört los, als Kalle versuchte, ihn auf beide Wangen zu küssen.

»Lass mich gefälligst in Ruhe!«

Er stieß Kalle von sich und verschwand laut schimpfend in einer Gasse.

Enttäuscht drehte sich Kalle zu seinen Freunden um.

Metaphysika und Platonicus-Kanticus konnten vor Lachen kaum an sich halten. Sie stützten einander, schlugen sich auf die Schenkel und meinten, vor Vergnügen platzen zu müssen.

»Lacht ihr nur«, knurrte Kalle gekränkt. »Die Matrosen haben ein Klassenbewusstsein. Von ihnen wird eines Tages eine wichtige Revolution ausgehen!«

Damit wandte er sich um und ging beleidigt weiter.

Platonicus-Kanticus und die Prinzessin brauchten eine ganze Weile, bis sie sich beruhigt hatten und ihm folgen konnten.

Erst unmittelbar an der Mole holten sie ihren Freund ein.

Dort blieben sie stehen und bestaunten die lange Reihe der mächtigen Schiffe. Alle sahen sehr stabil aus, und man war geneigt, sich mit jedem von ihnen auf das Meer der Vita hinauszuwagen. Sie begutachteten ein Gefährt nach dem anderen, wobei sie heftig darüber diskutierten, mit welchem Prinzipienschiff sie die Reise zur Insel des Glücks wagen sollten.

Den Dreimaster namens *Droge* ließen sie links liegen. Sie

schenkten seinen schillernden Farben keine Beachtung. Im Vorübergehen bemerkten sie allerdings, dass der Boden dieses Schiffes viel dünner war als der der anderen Schiffe. Nachdem sie den Kai mehrfach auf und nieder gegangen waren, standen nur noch vier Schiffe in ihrer engeren Wahl, an deren Bug in goldenen Lettern die Namen *Macht, Gleichgültigkeit, List* und *Mittelmäßigkeit* prangten.

»Ich glaube nicht, dass man auf dem Schiff der *Macht* die Insel des Glücks erreichen kann«, bemerkte Metaphysika.

»Wieso nicht?«, fragte Kalle. »Macht ist doch nicht an sich schlecht. Sie wird erst gut oder schlecht durch die Art, in der sie gebraucht wird.«

»Da magst du Recht haben«, gestand die Prinzessin. »Aber erinnere dich doch an all das, was wir mit König Nieetsche erlebt haben. Willst du wirklich auf der *Macht* durch das wilde Meer Vita segeln?«

»Vielleicht lieber nicht«, antwortete Kalle. »Ich stelle mir das Leben auf diesem Schiff sehr einsam vor.«

Sie gingen weiter und kamen zum Schiff der *Gleichgültigkeit.*

»Hier brauchen wir gar nicht erst stehen zu bleiben«, nörgelte Platonicus-Kanticus. »Seit ich bei den Bedürfnislosen gewesen bin, habe ich ein sehr gestörtes Verhältnis zur *Gleichgültigkeit.*«

»Ich wäre da nicht so schnell mit einem Urteil bei der Hand«, lachte Metaphysika. »Wenn das Meer der Vita wirklich so gefährlich ist, mag es von großem Vorteil sein, mit Gelassenheit dem Ansturm der Wellen entgegenzusehen.«

»Alles schön und gut«, meinte Platonicus-Kanticus. »Gegen eine äußere Gelassenheit aufgrund einer inneren Festigkeit ist nichts einzuwenden. Dieses Schiff aber heißt *Gleichgültigkeit.* Wer jedoch wirklich gleichgültig sein will, den müssen die Leiden anderer Menschen ebenfalls unberührt lassen. Willst du, dass es Kalle und mir egal ist, ob es dir gut oder schlecht geht?«

Metaphysika schüttelte den Kopf. Platonicus-Kanticus ergriff die Gelegenheit und ging zum Schiff der *Lust* hinüber, das genau neben dem der *Gleichgültigkeit* vor Anker lag.

Er stellte sich vor ein Plakat und las laut die Ankündigungen der *Lust*-Reederei.

»An Bord erwarten sie großartige Sensationen, Freude, Lust und wilde Feste rund um die Uhr.«

Metaphysika war amüsiert. »Dass gerade du Werbung für das Schiff der *Lust* machst, hätte ich nicht von dir erwartet!«, rief sie.

»Immerhin scheint mir Lust doch etwas mit Glück zu tun zu haben«, rechtfertigte sich Platonicus-Kanticus.

»Ich weiß nicht«, sagte Kalle. »Erinnert ihr euch noch daran, was wir in der Oase der Freude über das Gleichgewicht der Psyche gelernt haben? Ich habe den Eindruck, dass das Schiff der *Lust* den Trieben des Es ein absolutes Übergewicht einräumt. Sigmund hat aber gesagt, dass der Mensch nur dann glücklich wird, wenn seine Psyche im Gleichgewicht ist.«

»Wahrscheinlich hast du Recht«, gab Platonicus-Kanticus zu. »Auch ich glaube, dass man noch mehr als nur Vergnügen braucht, um wahrhaft glücklich zu werden.«

»Der Mensch lebt nicht von Brot und Lust allein«, bemerkte Metaphysika hochmütig. »Für die Glückseligkeit bedarf es auch der Gerechtigkeit und Ehrlichkeit.«

»Dann bleibt nur noch das Schiff der *Mittelmäßigkeit* übrig«, stellte Kalle fest.

Sie gingen zu dem breiten, grauen Kahn hinüber, der da *Mittelmäßigkeit* hieß.

»Willkommen«, rief der Kapitän, der gerade über die Reling schaute. »Mein Name ist Biedermaier. Ich bin der Kapitän dieses Schiffes. Ihr habt eine gute Wahl getroffen. Die *Mittelmäßigkeit* ist vielleicht nicht das schönste und auch nicht das schnellste, aber das sicherste aller Schiffe.«

Die drei Freunde zögerten. Sie hatten noch immer das Gefühl, nicht das richtige Schiff gefunden zu haben.

»Können Sie uns etwas darüber sagen, wie Sie zur Insel des Glücks kommen wollen?«, rief Metaphysika zu dem Kapitän hinauf.

»Unsere Methode ist ganz einfach«, sagte Biedermaier. »Wir setzen nicht zu viele Segel und laden nicht zu viel Ballast. Vor allem aber richten wir uns immer nach der vorherrschenden Strömung. Es ist wichtig, sich den Gewalten stets anzupassen, um nicht gegen sie ankämpfen zu müssen. Nur nicht auffallen, das ist unsere Parole.«

»Gilt dies auch dann, wenn die Strömung Sie in die falsche Richtung treibt?«, fragte Metaphysika.

»Das kommt nicht vor«, antwortete Biedermaier. »Der Kurs ist immer richtig, der von der vorherrschenden Strömung bestimmt wird.«

»Aber wie wollen Sie dann jemals die Insel des Glücks erreichen?«

»Bestimmt nicht dadurch, dass wir unsere Kräfte dabei verbrauchen, gegen eine Strömung zu kämpfen, die doch stärker ist als wir«, erwiderte der Kapitän.

Die drei Freunde sahen sich an.

»Wenn ihr da mitfahrt, bitte, aber ich komme nicht mit!«, stellte Metaphysika klar. »Diese Mittelmäßigkeit ist nur eine andere Form der Gleichgültigkeit. Lieber kämpfe ich bis zum Letzten, als dass ich meinen Willen derart aufgebe.«

»Ich denke, du hast Recht«, stimmte Kalle zu. »Aber wir haben nach wie vor das Problem, ein Schiff finden zu müssen.«

»Auch ich stimme dir zu, Metaphysika«, bemerkte Platonicus-Kanticus. »Die *Mittelmäßigkeit* ist kein Schiff für uns! Dabei war mir die Idee mit der Mitte eigentlich recht sympathisch. Ich glaube schon, dass es wichtig ist, das richtige Maß zu finden.«

Ein alter Mann war neben ihnen stehen geblieben und hatte ihr Gespräch verfolgt.

»Entschuldigt bitte!«, sagte der Alte nun. »Ich will euch nicht stören, aber ich glaube, ich habe das richtige Schiff für euch.«

Die drei Freunde fuhren herum.

»Was ist das für ein Schiff?«, fragte Metaphysika freundlich.

»Es handelt sich um das Schiff der *Mitte*«, antwortete der Alte.

Kalle verdrehte die Augen. »Vielen Dank, Väterchen, aber gerade eben haben wir uns gegen die *Mittelmäßigkeit* entschieden.«

»Da habt ihr ganz recht getan«, lachte der Alte. »Ich würde diesen grauen Frachter auch niemals besteigen. Die *Mitte* und die *Mittelmäßigkeit* sind voneinander sehr verschieden.«

Kalle sah sich nach seinen Freunden um. »Ansehen können wir uns den Kahn doch mal.«

Also folgten sie dem alten Mann entlang der Kaimauer.

Während sie neben ihm hergingen, fragte Metaphysika: »Wie heißen Sie, Väterchen?«

»Mein Name ist Nikomachos«, antwortete der Alte. »Wer seid ihr?«

»Ich bin die Prinzessin Metaphysika aus dem Hause König Huxleys, und das sind meine Freunde Platonicus-Kanticus und Kalle Max«, stellte die Prinzessin sich und ihre Begleiter vor. Nikomachos nickte freundlich.

»Haben Sie schon einmal die Insel des Glücks erreicht?«, fragte Kalle.

»Ja, ich bin einmal dort gewesen«, sagte der Alte. »Es war vor vielen Jahren, gleich nachdem wir die *Mitte* erbaut hatten.«

»Wen meinen Sie mit wir?«, hakte Platonicus-Kanticus nach. »Hat noch jemand mit an der *Mitte* gebaut?«

»Oh ja!«, lachte Nikomachos. »Ich habe das Schiff zusammen mit Lasse Aristotel entworfen. Mit ihm bin ich damals zur Insel des Glücks gesegelt.«

»Dann kennen Sie meinen Onkel!«, rief Platonicus-Kanticus. »Ich bin nämlich der Neffe von Lasse Aristotel.«

»Ich habe mir so etwas gedacht«, bemerkte Nikomachos. »Wie sonst hättet ihr an Kognitum kommen sollen.« Während er dies sagte, langte er Kalle über die Schulter und zog Kognitum, den Wanderstab, aus dessen Rucksack.

»Grüß dich, Nikomachos!«, sagte Kognitum und hustete. »Ich hätte dich gerne schon früher vorgestellt, aber wie du siehst, haben die jungen Leute mich tief in ihrem Rucksack verstaut. Sie finden sich mittlerweile ganz gut ohne mich in Philosophica zurecht und holen mich nur noch hervor, wenn Not am Mann ist.«

Nikomachos lachte. »Wie geht es Lasse?«, fragte er.

»Wie du weißt, hat er sein Glück gefunden!«, antwortete der Wanderstab. »Allerdings lässt ihm sein altes Magenleiden nur wenig Ruhe.«

»Dass ausgerechnet dem Sohn eines Arztes so etwas passieren muss«, sagte Nikomachos und schüttelte den Kopf.

Während die beiden plauderten, erreichte die kleine Gruppe das Ende des Hafenbeckens. Der Anblick, der sich ihnen nun bot, war ernüchternd. In einem unauffälligen Winkel lag an einem verfallenen Steg ein altes, ungepflegtes Boot. Es schien, als sei seit langer Zeit niemand mehr mit diesem Schiff gesegelt. Die Takelage war feucht und schmutzig, und an der Bordwand hatten sich ganze Kolonien von Muscheln angesiedelt. Die Taue, mit denen das Schiff an Land befestigt war, waren gänzlich mit Seetang überwachsen.

»Du meine Güte!«, entfuhr es Kognitum. »Ich hatte die gute alte *Mitte* in besserer Erinnerung.«

»Das ist wahr«, bestätigte Nikomachos. »Die *Mitte* ist in Vergessenheit geraten. Nachdem Lasse Aristotel weitergezogen war, wollte niemand glauben, dass wir die Insel des Glücks erreicht hatten, und keiner wollte mehr mit meinem Schiff fahren. Die Menschen wandten sich lieber den neuen Schiffen mit den großartigen Namen zu. Die gute alte *Mitte* geriet in Vergessenheit und ist kaum seetüchtig.«

»Aber was sollen wir mit diesem verrotteten Kahn anfangen?«, fragte Platonicus-Kanticus enttäuscht.

»Bringt ihn wieder auf Vordermann!«, lachte der Alte. »Nur weil man sich nicht mehr mit der *Mitte* beschäftigt hat, bedeutet dies nicht, dass man sie nicht wieder flottmachen könnte. Die *Mitte* ist immer noch ein sehr stabiles und leistungsfähiges Schiff.«

Die drei Freunde sahen einander an.

»Bevor ich mich auf ein solches Wagnis einlasse, möchte ich erst einmal erfahren, was die *Mitte* denn so stabil macht«, sagte Metaphysika.

»Genau! Vor allem möchte ich erfahren, worin sich die *Mitte* von der *Mittelmäßigkeit* unterscheidet«, stimmte Kalle zu.

Platonicus-Kanticus wandte sich dem Alten zu.

»Nikomachos!«, bat er. »Erkläre uns, was es mit dem Prinzip der Mitte auf sich hat!«

Nikomachos setzte sich auf ein Bündel Taue. »Als Lasse Aristotel und ich das Schiff der *Mitte* vor vielen Jahren entwarfen, gingen wir davon aus, dass alles in der Welt durch ein zu viel oder zu wenig verdorben wird«, begann er.

»Das kommt mir bekannt vor«, bemerkte Metaphysika.

»Gibt es da nicht diesen Spruch, wonach alles Gift sein kann, es kommt nur darauf an, welche Dosis verabreicht wird?«

»Ja, das geht in diese Richtung«, bestätigte der Alte. »Wir nennen etwas dann schön, gesund oder gerecht, wenn es das richtige Maß zwischen einem Zuviel oder Zuwenig gefunden hat. Wir alle werden Feigheit sicher nicht besonders schätzen. Blinder Mut ist aber auch nicht erstrebenswert. Dazwischen, in der Mitte sozusagen, liegt jedoch die Tapferkeit, die als eine ausgesprochene Tugend angesehen wird. Lasse und ich waren der Meinung, dass alle positiven Charaktereigenschaften der Menschen eine solche Mitte darstellen. Diese positiven Eigenschaften nennen wir Tugenden.

Man darf annehmen, dass es das Ziel der meisten Menschen ist, ein gutes Leben zu führen. Dies gilt besonders, wenn man nach dem Glück strebt. Wir meinen nun, dass ein gutes bzw. glückliches Leben darin besteht, dass der Mensch seine Tugenden entwickelt, dass er also gut ist und gut handelt. Wenn die Tugenden aber aus einer Mitte entstehen, dann erscheint es doch nur logisch, dass der Mensch, der nach einem guten und glücklichen Leben strebt, darum bemüht sein sollte, eine Mitte zu gewinnen und zu bewahren.«

Die drei Freunde waren sich noch immer nicht ganz schlüssig.

»Das klingt wesentlich überzeugender als bei dem Schiff der *Mittelmäßigkeit*«, sagte Metaphysika. »Vielleicht kannst du uns aber einmal wesentliche Unterschiede erläutern.«

Nikomachos lächelte. »Die Unterschiede liegen eigentlich auf der Hand«, antwortete er.

»Das Prinzip der Mittelmäßigkeit ist darum bemüht, in der Masse einer Gesellschaft unterzutauchen. Man versucht, mit dem Strom zu schwimmen, ohne zu fragen, wohin er treibt. Es gilt, weder im Positiven noch im Negativen hervorzutreten. Menschen, die ihr ganzes Leben nach den Regeln der Gesellschaft ausrichten, nennt man Konformisten.«

»Und wer sich an dem Prinzip der Mitte orientiert, ist kein Konformist?«, fragte Kalle.

»Nein«, erklärte Nikomachos. »Das Prinzip der Mitte richtet sich nicht nach den Vorschriften einer Gesellschaft, sondern versucht, das richtige Maß der Dinge selbst zu erkunden. Wenn ich in einer Gesellschaft von Geizhälsen lebe, kann ich dennoch zu dem Schluss kommen, dass es das richtige Maß zwischen Geiz und Verschwendung ist, großzügig zu sein. Es geht um eine Mitte, die der Einzelne sich erschließen muss.

Die Mitte soll zu einem gelungenen Leben verhelfen, weil sie schließlich eine innere Harmonie erzeugt.«

»Aber manchmal kann es doch sehr richtig sein, sich aufzuregen statt entspannt und harmonisch zu reagieren«, wandte Platonicus-Kanticus ein.

»Sicher!«, meinte Nikomachos. »Dies widerspricht aber nicht dem Prinzip der Mitte. Beachtet bitte, dass die Mitte nicht als ein mathematisches Maß zwischen zwei Polen zu verstehen ist. Vielmehr ist eine Ausgewogenheit gemeint, die der Mensch verspürt, wenn er sittlich, das heißt moralisch handelt. Es kann sogar Ausdruck meiner gesunden Mitte sein, wenn ich mich über böse Handlungen aufrege. Der sittliche Mensch zeichnet sich ja gerade durch richtiges Denken und Handeln aus. Das Ausbleiben einer berechtigten moralischen Empörung kann sogar dafür sprechen, dass die Mitte des Menschen gestört ist.«

Sie schwiegen, beeindruckt von den Worten des Alten.

»Ich weiß nicht, wie es euch geht, aber immerhin finde ich das Prinzip der Mitte überzeugender als die Angebote, die wir bei den anderen Schiffen bekommen haben«, sagte Kalle nach einer Weile.

»Worauf warten wir dann noch?«, lachte Platonicus-Kanticus. »Machen wir diesen alten Kahn wieder flott. Wir werden bald sehen, ob er in der Lage ist, den Stürmen auf dem Meer der Vita zu trotzen. Vielleicht können wir auf ihm wirklich die Insel des Glücks erreichen.«

»Wir haben viel zu tun«, rief Nikomachos begeistert. »Die Takelage muss erneuert werden, und das ganze Schiff braucht einen neuen und zeitgemäßen Anstrich. Es ist Eile geboten, denn in zwei Tagen werden die Hafentore geöffnet, und alle Schiffe gehen wieder auf große Fahrt!«

Die folgenden beiden Tage vergingen wie im Fluge. Sie arbeiteten von morgens bis abends. Das Deck wurde geschrubbt, die Segel erneuert, und das ganze Schiff erhielt einen neuen Anstrich. Sie schufteten, aber sie hatten auch Freude daran zu verfolgen, wie durch ihre Arbeit die *Mitte* ihren alten Glanz zurückgewann.

Während sie unter großer Anstrengung das neue Hauptsegel setzten, zwinkerte Kalle Platonicus-Kanticus zu.

»Ich weiß, dass dies nicht unbedingt im Sinne deines Onkels wäre«, schnaufte er.

»Aber ich bin mir ganz sicher, dass auch handwerkliche Arbeit dazu beitragen kann, die eigene Mitte zu finden. Man kann sich mit seinem Tun identifizieren, wenn unter den eigenen Händen etwas entsteht.«

»Du hast Recht«, erwiderte Platonicus-Kanticus. »Dieses Gefühl ist besonders stark, wenn man für sich selber arbeitet. Ich glaube nicht, dass wir genauso viel Freude an der Arbeit hätten, müssten wir sie für einen Fremden tun.«

Als sie fertig waren, klopfte Kalle Platonicus-Kanticus auf die Schulter. »Noch schlimmer wäre es, wenn uns die Arbeit selbst fremd wäre. Wenn jeder nur einen ganz kleinen Teil der Arbeit erledigen würde, von der er gar nicht mehr weiß, wozu sie da ist. Personen, die in einer großen Manufaktur tätig sind, befestigen vielleicht ihr Leben lang immer nur eine

Schraube an immer neuen Maschinenteilen, ohne den Arbeitsablauf bis zum Endprodukt zu überblicken. In diesem Fall erscheint dem Arbeiter seine Tätigkeit sinnlos, und er vermag weder Freude noch Stolz durch sie zu gewinnen.«

»Wie gut, dass es uns da besser geht!«, meint Platonicus-Kanticus und wischte sich den Schweiß von der Stirn.

Sie lächelten und gingen unter Deck. Das Schiff war durch ihrer Hände Arbeit wiederhergestellt worden. Alles war nun bereit für die Abfahrt.

Am nächsten Morgen wurden auf allen Schiffen die Segel gesetzt. Dann öffneten sich die Hafentore, und die Schiffe zogen eines nach dem anderen in das raue Meer der Vita hinaus. Der Sturm schlug ihnen so heftig entgegen, dass es einigen Schiffen nicht gelang, das Hafenbecken zu verlassen. Eine Jacht mit Namen *Hamlet* wurde so stark gegen ihren Liegeplatz gedrückt, dass nicht einmal Segel gesetzt wurden, da die Mannschaft sich nicht dazu durchringen konnte, die Anker zu lichten.

Als Erstes zog die *Droge* davon. Unter dem lauten Jubel der Passagiere rauschte sie in eine Richtung, von der eigentlich jeder hätte wissen müssen, dass dort kein Land zu finden war.

Danach übernahm die *Macht* die Führung. Zunächst kam man auf diesem Schiff gut voran, und es gelang der Mannschaft, den gewaltigsten Wellen zu trotzen. Am dritten Tage der stürmischen Fahrt kam es jedoch zu einem tragischen Untergang. Es ist nie ganz in Erfahrung gebracht worden, warum die *Macht* ein Opfer der Fluten wurde.

Viele behaupten, dass alles zunächst so gut gelaufen sei, weil die ganze Mannschaft in Furcht vor dem strengen Kapitän gelebt habe und darum bemüht gewesen sei, ihm durch ihre Leistung zu gefallen. Kurz darauf soll es aber zu einer Meuterei gekommen sein. Ein neuer Kapitän sei ernannt worden; aber auch dieser habe sich nicht lange auf seinem Posten halten können. Schließlich habe jeder von sich behauptet, der beste Kapitän zu sein, und es wird von einem offenen Kampf auf Deck berichtet. Aus diesem Grund hätten die Seeleute ihre Posten verlassen, und das Schiff wurde von den Wellen hin- und hergeworfen, bis die See es verschlang.

Anderen Berichten zufolge soll das Schiff der *Macht* gesunken sein, weil der Kapitän die tückischen Gewässer unterschätzt hat. Da er allein aber die Macht der Entscheidung trug, und weder Lotse noch Steuermann es gewagt hätten, ihm zu widersprechen, sei das Schiff in einen Strudel geraten und hinabgezogen worden.

Der *Lust* erging es ähnlich. Zu Beginn der Reise konnte man mit den anderen Booten mithalten. Nach und nach verflog jedoch die gute Laune an Bord, und man beschloss, immer mehr Segel zu setzen, um das herrliche Kribbeln weiter genießen zu können. Es folgte eine halsbrecherische Fahrt durch die tobenden Wellen. Als auch dies nicht mehr genügte, beschloss man, das Steuer über Bord zu werfen, um von den Ereignissen besser überrascht zu werden. Das Ergebnis war, dass man die anderen Schiffe aus den Augen verlor und sich um die eigene Achse drehte.

Die *Lust* kehrte niemals wieder in den Hafen zurück. Man sagt, dass sie für alle Ewigkeit auf dem Meer der Vita hin- und hergeworfen werde und dazu verdammt sei, sich unablässig um die eigene Achse zu drehen.

Nachdem die Flotte der Schiffe auf diese Weise auseinander gerissen worden war, brach auf der *Mittelmäßigkeit* große Panik aus. Es gab keine Führung mehr, der man hinterhersegeln konnte. Voll Entsetzen stellte die Besatzung fest, dass es nun vonnöten war, eigene Entscheidungen zu treffen. Da man auf diesem Schiff nichts mehr fürchtete, als einen eigenen Standpunkt vertreten zu müssen, beschloss man, in den

Hafen zurückzukehren. Wirklich unglücklich war man an Bord jedoch nicht. Immerhin war man nicht ertrunken, und ein sicherer Hafen erschien viel angenehmer als die stürmische Suche nach dem Glück.

Somit blieb das Schiff der *Mitte* allein auf dem tosenden Meer zurück. Platonicus-Kanticus und seine Freunde gerieten von einem Unwetter ins andere. Die Planken knarrten fürchterlich, und so manches Mal fürchteten sie, dass der Mast brechen würde. Dennoch bemühten sie sich, ihre innere Ruhe nicht zu verlieren. Oft kam die kleine Mannschaft auf Deck zusammen und beriet, wie viel Segel sie setzen sollten und welcher Kurs zu steuern war, um die tosenden Wellen zu überwinden. Es ging ihnen darum, das richtige Maß zu finden, um sich auf dem Meer der Vita zu behaupten.

Ihre Bemühungen blieben nicht ohne Erfolg, denn nach vielen stürmischen Tagen schrie Metaphysika, die sich in den Mastkorb hinaufgewagt hatte, jubelnd zu ihnen hinunter.

»Land!«, rief sie. Und noch einmal aus voller Kraft: »Land in Sicht! Vor uns liegt eine Insel!«

XIII. Die Insel des Glücks und der Weg der Dialektik

Oder: Von Freundschaft und Liebe

»Ja, das ist sie! Das ist die Insel des Glücks!«, rief Nikomachos begeistert, als sie gemeinsam zum Bug des Schiffes liefen.

»Die sieht aber gar nicht so einladend aus«, sagte Kalle enttäuscht. »Alles was ich sehe, sind steile und ziemlich raue Felswände.«

»Genau darin besteht das Geheimnis der Insel«, bemerkte Nikomachos. »Alle Mann Kurs auf die Insel! Habt Vertrauen! Dieses Eiland ist die Insel des Glücks.«

Metaphysika kam vom Mast heruntergeklettert, und auf dem Schiff der *Mitte* wurden noch einmal alle Segel gesetzt. Es dauerte nicht lange, da hatten sie die Insel erreicht und tauchten ein in den Windschatten der steilen Klippen. Die Felswände ragten an Steuerbord empor und boten einen bedrohlichen Anblick.

»Und du bist dir ganz sicher, dass dies die Insel des Glücks ist?«, fragte die Prinzessin den alten Nikomachos.

»Ich habe sie schließlich selbst schon einmal durchwandert«, antwortete dieser.

»Ich denke, ihr solltet nicht über die Insel urteilen, bevor ihr nicht die Täler auf der anderen Seite der Felsen erblickt habt.«

»Unter diesen Umständen sollten wir nicht zögern«, meinte Platonicus-Kanticus. »Lasst uns die Anker werfen und an Land gehen.«

Gesagt, getan. Kurze Zeit später waren sie so dicht wie möglich an das Ufer herangesegelt, und Nikomachos ließ ihnen ein Beiboot hinunter.

»Willst du denn nicht mitkommen?«, fragte Kalle.

»Nein«, antwortete der Alte. »Ich habe mein Glück bereits vor vielen Jahren gefunden. Es wäre nicht gut, wenn ich euch begleite. Schließlich sollt ihr eure eigenen Erfahrungen mit dem Glück machen. Ich werde um die Insel herumsegeln und euch auf der anderen Seite erwarten.«

Niemand widersprach. Sie kletterten in das Beiboot und ruderten zum Ufer.

Es wurde ein sehr langer und harter Aufstieg. Das Felsgestein war nass, kalt und äußerst glatt. Immer wieder rutschte einer der Wanderer ab und stieß gegen vorstehende Felskanten. Völlig erschöpft sowie über und über mit Schürfwunden und Kratzern übersät, lagerten sie am Abend auf halber Höhe. Angesichts der Felsen, die über ihnen drohend in den Himmel ragten, breitete sich langsam Verzweiflung aus.

»Am liebsten würde ich umkehren«, jammerte Platonicus–Kanticus.

»Du weißt, dass das nicht stimmt«, sagte Metaphysika. »Zum einen kannst du es nicht, weil das Schiff bereits weitergefahren ist, und zum anderen würdest du dir nie verzeihen, nicht die andere Seite gesehen zu haben.«

»Vielleicht hast du Recht«, murmelte Platonicus-Kanticus, bevor er einschlief. »Manchmal könnte man glauben, dass nur die Sehnsucht nach der anderen Seite uns noch vorantreibt.«

Also machten sie sich am nächsten Tag erneut auf den Weg. Wieder ging es steil bergauf, und wieder mussten sie sich bis zur Erschöpfung anstrengen.

Am Abend jedoch, kurz vor Sonnenuntergang, erreichten sie den Bergkamm.

Unter ihnen lag ein Tal des Glücks.

Die Täler des Glücks sind von unbeschreiblicher Schönheit. Die menschliche Fantasie hätte sich das Tal artenreicher, eindrucksvoller und berauschender nicht ausmalen können. Die Pracht ist kaum in Worte zu fassen. Wohltuende Düfte und harmonische Klänge schmeicheln Nase und Ohren, während sich die Augen an lieblichen Farben erfreuen. Überraschend war, dass jeder das Glück auf eine andere Art und Weise erfährt. Metaphysika sah das Tal in anderen Farben als Platonicus-Kanticus, und dieser verspürte ein anderes Hochgefühl als Kalle. Gemeinsam empfanden sie überwältigende Freude.

Sie ließen sich laut lachend in das grüne Tal hinunterrollen und begannen dort zu singen und zu tanzen. Einfach so, nicht weil sie damit etwas erreichen wollten: Sie tanzten um des Tanzens willen und sangen, weil sie singen wollten.

Nachdem sie sich nach Herzenslust ausgetobt hatten, pflückten sie saftige Früchte von den Bäumen und genossen das herzhafte Fruchtfleisch.

»Eindeutig«, lachte Platonicus-Kanticus. »Dies ist die Insel des Glücks.«

»Genau«, sagte Kalle. »Dabei weiß ich noch nicht einmal, was mich hier so glücklich macht.«

»Auch ich finde keine Worte«, gestand Metaphysika. »Auf eine unerklärliche Art erscheint mir alles so richtig, so gut, so perfekt.«

»Vielleicht erinnert uns dieser Ort an ein Urbild, das wir während einer Seelenwanderung gesehen haben, oder er bringt den Funken vom Feuer der Erkenntnis in uns zum Leuchten. Vielleicht vermittelt dieser Augenblick des Wiedererkennens Glück«, überlegte Platonicus-Kanticus.

»Willst du damit sagen, dass dieser Ort Glück spendet, weil er der Idee eines guten Ortes entspricht?«, fragte Kalle.

»Das wäre möglich«, erwiderte Platonicus-Kanticus. »Er macht uns glücklich, weil wir erkennen, dass er der Idee des Schönen und Guten ähnlich ist.«

»Da ist etwas dran«, lachte Metaphysika und machte einen Luftsprung. »Doch was macht diesen Ort eigentlich so schön?«

»Vielleicht die Tatsache, dass alles hier sein Wesen so weit wie möglich verwirklichen kann«, sagte Kalle und legte sich genüsslich ins weiche Gras.

»Wie meinst du das?«, fragte Platonicus-Kanticus.

»Ich glaube, dass alle Wesen, vom Grashalm bis zum Menschen oder Walfisch, danach streben, die eigenen Anlagen so gut wie nur irgend möglich zu entfalten.

Alle Zellen eines Grashalms verwenden ihre ganze Energie darauf, Wasser und Licht zu speichern, damit sie einen möglichst starken und perfekten Grashalm ergeben. Genauso strebt eine Maus danach, eine Maus zu sein, und ein Mensch danach, sich als Mensch zu verwirklichen.«

»Soll das heißen, dass diese Blumen glücklich sind?«, fragte Metaphysika und strich über eine Unzahl von farbigen Blüten. »Können Blumen glücklich sein?«

»Wahrscheinlich nicht!«, lachte Kalle. »Das Streben nach Vollkommenheit ist in ihnen unbewusst vorhanden. Pflanzen fühlen noch nicht einmal. Jedenfalls nicht so wie Tiere oder Menschen.«

»Wir Menschen denken und fühlen aber«, sagte Platonicus-Kanticus nachdenklich. »Auf diese Weise können wir ein Bewusstsein von der Welt und von uns haben. Wenn es wirklich so ist, dass alle Wesen nach Vollkommenheit streben, und die Verwirklichung der eigenen Anlagen Glück bedeutet, dann könnte dies der Schlüssel zu einem glücklichen Leben sein.«

»Das musst du erklären«, sagte Metaphysika.

»Das Bewusstsein, seine Anlagen so gut wie möglich zu verwirklichen, bedeutet Glück, nicht wahr?«, entgegnete Platonicus-Kanticus mit einer Frage.

»Das haben wir gesagt«, erinnerte sich die Prinzessin.

»Und wir haben auch gesagt, dass der Mensch in der Lage ist, ein solches Bewusstsein zu entwickeln.«

»Richtig«, stimmte Metaphysika zu.

»Wenn das so ist, dann besteht logischerweise ein gelungenes oder glückseliges Dasein darin, in dem Bewusstsein zu leben, seine Anlagen so gut wie möglich zu verwirklichen«, erklärte Platonicus-Kanticus.

Sie lachten einander an. Es war ein gutes Gefühl, auf dem richtigen Weg zu sein.

»Aber man kann doch unmöglich alle seine Anlagen verwirklichen«, überlegte Kalle nach einer Weile.

»Das stimmt«, meinte die Prinzessin. »Wahrscheinlich kommt es mehr darauf an, die wesentlichen Begabungen, die man als Mensch hat, auszubauen.«

»Wie meinst du das?«, wollte Kalle wissen.

»Nun ja«, begann Metaphysika. »Jedes Wesen trägt doch eine Anlage in sich, durch die es besondere Qualitäten entwickeln kann. Ein Gepard kann besonders schnell laufen, und ein Adler ist kein richtiger Adler, wenn er sich niemals majestätisch in die Lüfte erhebt. Ein Gepard ist natürlich dann noch ein Gepard, wenn er in Gefangenschaft gerät und nicht laufen darf, aber die Veranlagung zum schnellen Lauf schlummert weiter in ihm.«

»Jetzt verstehe ich dich«, sagte Kalle. »Du willst sagen, es kommt darauf an, dass jedes Wesen jene Eigenschaften verwirklichen sollte, die in ihm angelegt sind. Natürlich kann man einen Elefanten dazu zwingen, Handstand zu machen. Meist ist dies aber nur ein trauriger und bemitleidenswürdiger Zustand. Ein Elefant, der trompetend durch die freie

Wildbahn trabt, ist hingegen ein erhebender Anblick. In diesem Zustand ist der Elefant in seinem eigentlichen Element.«

»Wenn dies alles zutrifft«, lachte Platonicus-Kanticus, »dann müssen wir nur noch herausfinden, was die wichtigste Begabung des Menschen ist. Diese Veranlagung zu verwirklichen würde dann bedeuten, ein gelungenes Leben zu führen.«

»Aber was macht den Menschen zum Menschen? Wo ist er besonders tüchtig? Was ist seine eigentliche Begabung?«, fragte Kalle.

»Na, das kann doch wohl nur das Denken sein«, meinte Platonicus-Kanticus. »Soweit wir wissen, besitzen nur wir Menschen einen ausgeprägten Verstand. Unsere wesentliche Begabung besteht darin, in Begriffen denken zu können.«

»Das könnte sein!«, rief Metaphysika. »Demnach wäre ein glückliches Leben nur zu führen, wenn der Mensch von seiner Vernunft Gebrauch macht.«

»Ist das nicht ein bisschen zu einfach?«, fragte Kalle. »Ich strenge einmal meinen Kopf an, und schon bin ich mein ganzes Leben lang glücklich.«

»So ist das ja auch nicht gemeint«, erklärte Platonicus-Kanticus. »Eine Schwalbe macht noch keinen Sommer. Es reicht nicht, nur einmal nachgedacht zu haben. Das rationale Überlegen und Abwägen muss schon das ganze Leben hindurch gepflegt werden.«

»Und das soll mich glücklich machen?«, neckte Kalle. »Ich finde, das klingt sehr anstrengend!«

»Du darfst nicht vergessen, dass es um glückliches Leben und nicht um ein Lustgefühl geht«, erinnerte Metaphysika. »Es kommt darauf an, die wesentlichen Veranlagungen auszubilden, um die innere Mitte zu finden und somit in innerer Harmonie leben zu können. Hierfür scheint mir das Denken die Voraussetzung zu sein. Zum Beispiel wird es einem doch ein starkes Gefühl der Sicherheit vermitteln, wenn man Entscheidungen erst fällt, nachdem sie nach bestem Wissen und Gewissen durchdacht worden sind.«

»Diese Lehre bedeutet nicht, dass man nur noch denken soll. Sicher braucht man erst einmal einen gewissen Lebensstandard, um überhaupt viel Zeit auf das Nachdenken verwenden zu können«, ergänzte Platonicus-Kanticus und lächelte.

Seine Freunde nickten zustimmend.

»Vielleicht haben wir wirklich einen Schlüssel für ein erfülltes Leben gefunden!«, sagte Metaphysika stolz.

Sie blieben noch einen Tag in dem schönen Tal und genossen all die Herrlichkeit, die sie umgab. Sie bewunderten die überwältigende Vielfalt der Pflanzen und Tiere und berauschten sich an deren Schönheit. Sie bemerkten auch, dass eine gewisse Nachdenklichkeit in der Tat hilfreich war, um die Schönheit vieler Dinge zu entdecken. »Wer nie darüber nachgedacht hat, wie das Leben in die Welt gekommen ist, der wird auch nicht nachvollziehen können, was wir jetzt empfinden!«, lachte Metaphysika. »Ich weiß nicht, wie ich es sagen soll, aber es ist, als könnte ich jenes fantastische Wunder erahnen, das sich hinter allem Lebendigen verbirgt.«

Die Klarheit der eigenen Gedanken machte ihnen große Freude. Die Harmonie war dauerhaft und wurde zu einem festen Bestandteil ihrer Persönlichkeiten. Der Reiz der Umgebung nahm jedoch langsam ab. Das Tal war immer noch sehr schön, aber sie hatten sich an den Anblick gewöhnt. Die Schönheit löste nicht mehr jene Begeisterung in ihnen aus, die sie am ersten Tag verspürt hatten.

Es war an der Zeit, etwas Neues zu beginnen.

»Ich glaube, wir sollten weiterziehen und den Rest der Insel erforschen«, regte Platonicus-Kanticus an.

»Ich bin ganz deiner Meinung«, erklärte Kalle. »Ich habe hier sehr viel über das bleibende Glück eines bewussten Lebens gelernt. Was mir aber noch fehlt, ist eine Erklärung für das spontane Glücksgefühl, das Menschen empfinden können.«

»Dieser Punkt ist mir ebenfalls sehr wichtig«, betonte Metaphysika. »Zudem habe ich einige Probleme damit, das Glück nur vom Denken abhängig zu machen.«

»Wieso?«, erkundigte sich Platonicus-Kanticus.

»Was ist mit Menschen, die diese entscheidende Veranlagung zum rationalen Denken nicht haben?«, fragte Metaphysika. »Denke doch einmal an geistig behinderte Menschen. Sie können diese Anlage nicht oder kaum verwirklichen. Sind sie deshalb weniger Mensch oder sogar weniger wert?«

»Auf keinen Fall«, betonte Platonicus-Kanticus. »Wer so etwas sagt, der hat die Theorie nicht verstanden. Vielleicht könnte man sagen, dass geistig behinderte Menschen weniger Möglichkeiten haben, glücklich zu werden, weil es ihnen an einer rationalen Mitte mangelt. Weniger wert sind sie deshalb auf keinen Fall.«

»Gut«, sagte Metaphysika. »Dieser Interpretation kann ich unter Umständen zustimmen. Trotzdem möchte ich noch mehr über das Glück erfahren. Das Denkvermögen zu entwickeln, erscheint mir sehr erstrebenswert, dennoch muss es noch andere Formen des Glücks geben. Lasst uns weiterziehen!«

Sie zogen gemeinsam bis an das Ende des Tales. Vor ihnen taten sich drei Wege auf. Nikomachos hatte ihnen von den drei Wegen berichtet und empfohlen, sie alle zu beschreiten, um möglichst viel über das Glück in Erfahrung zu bringen.

Die Wege waren von sehr unterschiedlicher Natur. Der erste schien in seiner Breite eine Verlängerung des Tales zu sein. An den Seiten dieses Weges wucherten die gleichen herrlichen Pflanzen, die sie schon kennen gelernt hatten. Die anderen beiden führten links und rechts davon steil bergauf und waren mit Wegweisern gekennzeichnet. Auf einem stand das Wort *Dialektik*, auf dem nächsten das Wort *Eros.*

»Was bedeuten diese Wörter?«, fragte Platonicus-Kanticus.

»Das Wort Dialektik bedeutet Wechselwirkung«, erklärte Kognitum, der nach langer Zeit wieder Gelegenheit fand, etwas vorzutragen. »Eros ist der Gott der Liebe. Erinnert euch an die Oase der Freude. Sigmund hatte uns von einem Destruktionstrieb und einem Erostrieb erzählt. Letzteren hat er nach jenem Gott benannt.«

»Wohin führen diese Wege?«, fragte Kalle.

»Sie führen alle in das nächste Tal des Glücks«, antwortete der Wanderstab. »Sicher habt ihr schon während der Ersteigung der Felswand bemerkt, dass nicht alle Teile der Insel glücklich machen. Es gibt hier lediglich mehrere Täler des Glücks. Die einzelnen Täler sind durch Wege miteinander verbunden, die von großer Bedeutung sind. Die Art und Weise, wie ein Tal des Glücks erlebt wird, hängt entscheidend davon ab, welcher Weg zuvor zurückgelegt worden ist.«

»Dann schlage ich vor, dass wir uns trennen und jeder einen der drei Wege nimmt«, bemerkte Metaphysika kühn. »Wir treffen uns dann im nächsten Tal.«

»Wenn es euch nichts ausmacht, würde ich gerne den mittleren Weg wählen«, sagte Kalle schnell. »Er sieht so herrlich bequem aus, und mir ist wirklich nicht nach Klettern zumute.«

»Nun gut!«, rief Metaphysika. »Dann werde ich den Pfad des Eros ersteigen. Vielleicht erfahre ich dort etwas über jene anderen Formen des Glücks, nach denen ich gefragt habe.«

»Ich habe nichts dagegen, den Weg der Dialektik zu gehen«, meinte Platonicus-Kanticus unwillig. »Dennoch finde ich es nicht gut, wenn du allein den Pfad des Eros hinaufkletterst. Was ist, wenn dir der Gott der Liebe begegnet?«

»Ich glaube nicht, dass der Pfad so genannt wird, weil dort oben der Gott der Liebe wohnt«, lachte die Prinzessin und warf sich ihren Rucksack über die Schulter.

»Und wenn doch?«, knurrte Platonicus-Kanticus.

»Dann werde ich mit Sicherheit ein göttliches Erlebnis haben«, lächelte Metaphysika. Sie zwinkerte ihm zu und schritt entschlossen davon, während Kalle und Platonicus-Kanticus fassungslos zurückblieben.

Was hätte Kalle sagen sollen? Er klopfte Platonicus-Kanticus nur mitleidig auf die Schulter und machte sich ebenfalls auf den Weg. Platonicus-Kanticus brummte noch etwas über die Charaktereigenschaften von Frauen vor sich hin und stieg dann widerwillig den Weg der Dialektik hinauf.

Die drei machten in den folgenden Tagen sehr unterschiedliche Erfahrungen.

Kalle verbrachte eine ruhige Zeit. Er schlenderte den bequemen Weg entlang und betrachtete mit Wohlgefallen seine Umgebung. Nichts änderte sich. Er hatte gar nicht das Gefühl, das Tal des Glücks verlassen zu haben. Es handelte sich nur um einen Übergang von einem Tal in das andere. Auch wenn die Umgebung sich nicht wandelte, so gewann Kalle doch den Eindruck, als verändere sich etwas in ihm. Erst war er sich nicht sicher, aber dann wurde ihm klar, dass die herrlichen Farben um ihn herum verblassten. Natürlich veränderten sie sich nicht wirklich, aber sie übten nicht mehr jenen wunderbaren Reiz auf ihn aus, den er bei ihrer Ankunft im Tal genossen hatte.

»Na schön!«, überlegte Kalle. »Das Glücksgefühl lässt leider nach, aber ich kann immer noch sehr zufrieden mit dem sein, was um mich herum ist. So war es schon im letzten Tal.«

Nach und nach verwandelte sich das Glücksgefühl in einen Zustand der Zufriedenheit.

»Schade«, dachte Kalle. »Zufriedenheit scheint etwas anderes zu sein als Glück. Was ihr fehlt, ist dieses besondere Etwas.«

Auch als Kalle am dritten Tag seiner Wanderung das nächste Tal des Glücks erreichte, kehrte das alte Hochgefühl nicht zurück. In der Tat hatte sich in die Zufriedenheit sogar schon ein wenig Langeweile eingeschlichen. Kalle setzte sich an die schönste Stelle des herrlichen Tales und wartete auf die anderen. Es war eigentlich nicht schlimm, warten zu müssen. Schließlich befand er sich in einem Tal des Glücks. Dennoch verblassten die Farben immer schneller, und Kalles Langeweile begann in Unzufriedenheit umzuschlagen.

Vielleicht wäre Kalle weniger unzufrieden mit seiner Lage gewesen, hätte er geahnt, wie es Platonicus-Kanticus auf seinem Weg erging. Vielleicht hätte er aber auch gerade deshalb mit seinem Freund tauschen wollen.

Jedenfalls verlief die Reise des Platonicus-Kanticus wesentlich beschwerlicher. Kaum hatte er das Tal des Glücks verlassen, da befand er sich schon mitten in einer Steinwüste. Nach Verlassen des lieblichen Tales verschwand das Gefühl des Glücks im Handumdrehen. Platonicus-Kanticus zog seinen Mantel fest an sich, um dem eisigen Wind zu trotzen, der unbarmherzig über die graue Hochebene fegte. Eine menschenleere, bedrohliche Landschaft umgab ihn, und er hatte große Mühe, den Weg der Dialektik nicht zu verlieren.

Er hatte nur einen Begleiter, die Einsamkeit. Nicht einmal Kognitum war bei ihm. Der Wanderstab befand sich in Kalles Rucksack. Platonicus-Kanticus war ganz allein. Um so unerträglicher wurde das unheimliche Heulen, das bei Nacht anschwoll und aus der Ferne zu ihm herübergetragen wurde. Die Berge hallten wider von einem schrecklichen Wehklagen.

Es schien, als habe die Einsamkeit selbst ihre Stimme erhoben.

Platonicus-Kanticus bemühte sich, die Angst zu vertreiben. Er versuchte, sich daran zu erinnern, wie glücklich er im Tal des Glücks mit seinen Freunden gewesen war. Doch je lebhafter er sich die Erinnerungen an diese glückliche Zeit ins Gedächtnis rief, desto unglücklicher und einsamer fühlte er sich. Nachts war es ihm kaum möglich, ein Auge zuzumachen. Immer wieder schreckte er hoch und vermutete etwas Unheimliches in der Dunkelheit, die ihn umgab. Angst war ein schreckliches Gefühl. Sie legte sich wie eine bleierne Decke über ihn und erstickte jede positive Erinnerung.

Während des Tages schleppte er sich mutlos weiter.

»Ich muss es schaffen«, sagte er zu sich selbst. »Wenn ich die anderen nicht finde, werde ich vor Einsamkeit umkommen.«

In der folgenden Nacht versuchte Platonicus-Kanticus, sich mit Gedanken an Metaphysika zu trösten.

Doch diese Gedanken waren ihm keine Hilfe. Sie verschlimmerten sein Leid nur um eine weitere Qual, die Sehnsucht. Oh ja, er sehnte sich nach seinen Freunden und besonders nach Metaphysika. So intensiv wie er noch vor zwei Tagen mit ihnen das Glück verspürt hatte, so intensiv peinigte ihn nun das Unglück.

Die Gedanken an Metaphysika waren besonders schmerzhaft. Er malte sich aus, dass sie den Gott Eros getroffen habe und nun in seinen Armen läge.

»Sicher kann sie sich schon gar nicht mehr an mich erinnern«, dachte Platonicus-Kanticus voll Schmerz. Er fühlte sich zutiefst unglücklich.

Als dann noch heftiger Schneefall einsetzte, und seine Beine tief im weißen Untergrund versanken, hätte Platonicus-Kanticus am liebsten aufgegeben. Dennoch schleppte er sich weiter. Er wusste, dass es noch etwas anderes als ein solches Unglück gab. Irgendwo vor ihm lag ein neues Tal des Glücks. So unglücklich er sich auch fühlte, er stapfte weiter. Es gab schließlich noch Hoffnung.

Als Platonicus-Kanticus dann am fünften Tag um eine Felsnase bog, konnte er es nicht fassen, als er unter sich das nächste Tal des Glücks erblickte, das in seiner ganzen Herrlichkeit vor ihm lag.

Das Glücksgefühl erfasste ihn wie eine Woge. Er sah dasselbe Tal, das auch Kalle erreicht hatte, aber er empfand es mit anderer Kraft. Er wurde beinahe geblendet von der Schönheit und Farbenpracht, und vor lauter Freude traten ihm die Tränen in die Augen. Platonicus-Kanticus verspürte einen überwältigenden Wechsel der Gefühle. Ebenso stark wie er noch vor kurzem das Unglück empfunden hatte, kam nun das Glück über ihn.

So verwundert es nicht, dass er laut jauchzend in das Tal hinunterstürmte. Er tanzte, lachte, schrie und weinte vor Freude. Er wandelte durch das herrliche Tal und wusste sich erfüllt von Glück. Es dauerte eine ganze Weile, bis er überhaupt in der Lage war, sich auf die Suche nach seinen Freunden zu machen, von denen er zu seiner großen Verwunderung Kalle, gelangweilt und verdrossen auf einem Stein sitzend, fand.

»Hallo Kalle!«, rief Platonicus-Kanticus. »Wie siehst du denn aus? So ein Gesicht passt nun wirklich nicht in das Tal des Glücks.«

Kalle drehte sich um. Als er Platonicus-Kanticus sah, hellte sich seine Miene sofort auf. Er lief seinem Freund lachend entgegen und umschlang ihn mit seinen Armen.

»Meine Güte, habe ich dich vermisst!«, rief er.

Während sie herumtobten, gewannen die Farben der Umgebung auch für Kalle ihre alte Pracht zurück.

»Setz dich!«, sagte Kalle schließlich. »Ich will alles erfahren.«

Sie sprachen lange darüber, wie das Gefühl des Glücks für Kalle mit der Zeit verblasst war und einer stumpfen Zufriedenheit weichen musste. Platonicus-Kanticus berichtete von all dem Leid und dem Unglück, das über ihn gekommen war, und davon, wie intensiv er das Glück angesichts des Tals empfunden hatte.

»Es war gewaltig«, berichtete Platonicus-Kanticus. »Ebenso stark, wie ich zuvor das Leid und das Unglück erfahren habe, kamen nun Freude und Glück über mich. Es war ein unbeschreibliches Wechselspiel.«

»Ist das nicht der Name des Weges gewesen, den du gegangen bist?«, fragte Kalle. »Dialektik bedeutet doch Wechselwirkung.«

»Genauso ist es!«, rief Platonicus-Kanticus. »Vielleicht benötigt der Mensch diese Wechselwirkung, um das Glück mit aller Kraft erfahren zu können. Vielleicht ist es ihm nicht vergönnt, das Glück als ewigen Dauerzustand zu erleben. Wenn das so ist, dann erlebt derjenige das Glück am intensivsten, der auch Bekanntschaft mit Unglück und Leid gemacht hat.«

»Ja. Das würde erklären, warum für mich das Glück mehr und mehr verblasste«, überlegte Kalle. »Es fehlte an der Wechselwirkung. Ständiges Glück schlägt irgendwann in Zufriedenheit um.«

»Demzufolge wäre der Mensch ein dialektisches Wesen«, fasste Platonicus-Kanticus zusammen. »Er weiß das Licht nur dann zu schätzen, wenn er auch die Dunkelheit kennt.«

Prinzessin Metaphysika hatte unterdessen ihren eigenen Weg zwischen den Tälern des Glücks eingeschlagen.

Zu Beginn der Wanderung war sie sehr verärgert.

»Warum läuft der Trottel mir denn nicht nach?«, murrte sie und meinte damit Platonicus-Kanticus.

Deutlicher als durch das Gerede von einem göttlichen Erlebnis hatte sie ihn nun wirklich nicht provozieren können. Dieser Tölpel aus einem Fischerdorf ließ sie doch tatsächlich ziehen. Wenn er Mumm in den Knochen gehabt hätte, wäre er ihr nachgelaufen und hätte darauf bestanden, mit ihr gemeinsam den Pfad des Eros zu beschreiten, Dialektik hin, Dialektik her!

»Na gut«, dachte Metaphysika trotzig. »Dieser Fischerjunge soll nur nicht glauben, dass ich nicht auch ohne ihn zurechtkomme.«

Schon bald war sie dem Pfad des Eros bis tief in die Berge gefolgt.

Die Luft war schwül, und Pflanzen verströmten aus ihren roten Blüten einen betäubenden Duft.

»Woher diese Wärme wohl kommt?«, fragte sich die Prinzessin, während sie ihr Hemd über dem Bauch zusammenknotete. »Wahrscheinlich brodeln hier einige Vulkane in der Nähe.«

Viele Leute waren unterwegs auf dem Pfad des Eros. Junge und alte Menschen aller Hautfarben und aus vielen Kulturen. Einige waren dick, andere dünn, einige schön, die anderen eher unscheinbar. Alle waren rastlos; niemand blieb lange an einem Ort stehen. Alle eilten weiter, als seien sie auf der Suche nach etwas. Auch Metaphysika kam gut voran. Von Zeit zu Zeit erlaubte sie einem schönen Jüngling, sie ein Stück des Weges zu begleiten.

Sie genoss es, die geschmeidigen Bewegungen der jungen Körper zu beobachten und fand Freude am Austausch von Gedanken.

Einer dieser Jünglinge war es denn auch, der Metaphysika dazu überredete, in ein Gasthaus einzukehren.

»Der Wirt ist mein Onkel«, erklärte der Jüngling. »Er heißt Aristophanes und gibt heute Abend ein großes Gastmahl. Er hat angekündigt, eine Rede über die Liebe zu halten.«

Metaphysika ließ sich überreden. Sie hatte schon lange nicht mehr ausgiebig gespeist oder in einem richtigen Bett geschlafen. Am Abend machte sie sich so ansprechend zurecht, wie es ihre bescheidene Garderobe erlaubte, und ging zum Gastmahl hinunter.

Das Essen fand an einer gewaltigen rechteckigen Tafel statt. Viele Menschen saßen um den Tisch. An der Stirnseite erhob sich nach einer Weile ein älterer Mann.

»Das ist mein Onkel, Aristophanes«, flüsterte der Jüngling Metaphysika ins Ohr.

»Seid gegrüßt, ihr Reisenden auf dem Pfade des Eros«, rief Aristophanes.

Augenblicklich schwiegen alle.

»Ich hoffe, euch mit diesem Gastmahl eine kleine Stärkung für euren rastlosen Weg geben zu können.« Einige der Anwesenden klatschten in die Hände.

»Doch auch Wissen will ich euch angedeihen lassen!«, verkündete Aristophanes feierlich.

»Ich möchte ein Geheimnis lüften und euch erklären, warum ihr alle so rastlos auf diesem Pfade wandelt.«

»Kläre uns auf, Aristophanes!«, rief jemand aus der Menge.

»Nun gut«, begann der Gastgeber selbstgefällig. »Wir alle suchen nach Liebe, weil wir nach Vollkommenheit streben. Vor langer Zeit war der Mensch nämlich von anderer Gestalt und Natur. Es gab keine Geschlechter. Der Mensch war ein kugelrundes Wesen, mit vier Beinen, vier Armen und zwei Gesichtern, die männliche und weibliche Züge in sich vereinten.«

Metaphysika musste kichern.

Aristophanes fuhr unbeirrt fort. »Dieses runde menschliche Wesen war vollkommen glücklich«, sprach er. »Es liebte sich selbst und war zudem sehr mächtig.«

»Was ist mit diesen Menschen geschehen?«, fragte ein Gast vom anderen Ende der Tafel.

»Die runden Menschen gerieten in Streit mit den Göttern«, erklärte Aristophanes.

»Sie glaubten, die Götter unterwerfen zu können. Als Strafe hat der Göttervater Zeus sie dann in zwei Teile geschnitten. Der Gott Apollo half ihm dabei. Er band die zerschnittene Haut an jener Stelle wieder zusammen, an der sich bis heute der Nabel befindet.«

»Auf diese Weise entstanden also Frau und Mann?«, fragte Metaphysika.

»Nicht sofort«, antwortete Aristophanes. »Zunächst hatten die getrennten Hälften keine Geschlechter. Sie sehnten sich aber unbeschreiblich nach ihrer alten Vollkommenheit und waren unablässig auf der Suche nach ihrer anderen Hälfte. Wenn sie sich fanden, umschlangen sie einander mit den Armen und verharrten auf diese Weise, bis sie verhungerten. Als Zeus sah, dass die Menschen dahinstarben, hatte er Erbarmen. Er verlegte ihre Geschlechtsteile nach außen und erschuf Mann und Frau. Nun war es den beiden Hälften wenigstens zeitweilig vergönnt, sich zur alten Vollkommenheit zu vereinen. Nach einer solchen Vereinigung hatten sie genug Kraft und Trost erfahren, um sich wieder um das Überleben kümmern zu können. Bis heute aber bestimmt die Suche nach der verlorenen Hälfte das Leben der Menschen. Dies ist auch der Grund für euer Wandeln auf dem Pfade des Eros.«

»Dann sucht also jede Frau ihre männliche Hälfte?«, fragte Metaphysika nachdenklich.

»Oh«, lachte Aristophanes. »Die andere Hälfte muss nicht notwendig vom anderen Geschlecht sein. Zeus hat nicht aus jedem runden Menschen einen Mann und eine Frau erschaffen. Aus einigen entstanden zwei Männer oder zwei Frauen. Die Hälfte, die man sucht, um die alte Vollkommenheit zu erreichen, kann durchaus vom gleichen Geschlecht sein.«

Die Rede war beendet, und die Gesellschaft begann nach Herzenslust zu schmausen.

Nach einer Weile erhob sich Metaphysikas Begleiter.

»Ich gehe jetzt auf das Zimmer. Es befindet sich am Ende des Ganges«, flüsterte er ihr zu und strich ihr durch das Haar.

Die Prinzessin blieb noch eine Weile sitzen. Unschlüssig rutschte sie auf ihrem Stuhl hin und her.

»Was ist mit dir, Mädchen?«, fragte plötzlich eine ältere Frau, die neben ihr saß. »Den hübschen Burschen würde ich mir nicht entgehen lassen.«

»Vielleicht bin ich mir nicht sicher, ob er wirklich meine verlorene Hälfte ist«, gestand Metaphysika wahrheitsgemäß.

»Halb so schlimm«, lachte die Alte. »Es muss nicht immer die Vollkommenheit sein.« Sie lächelte Metaphysika aus einem sehr lieben Gesicht an und zwinkerte ihr vergnügt zu.

»Wie heißen Sie?«, erkundigte sich Metaphysika.

»Mein Name ist Diotima«, antwortete die Alte.

»Ich heiße Metaphysika und ich weiß nicht recht, ob ich auf das Zimmer gehen will oder nicht«, vertraute sich die Prinzessin der Alten an.

»Na, dann tue es auch nicht, solange du dir nicht sicher bist! Schließlich sollst du deine Freude haben und nicht unter Zweifeln leiden«, sagte Diotima.

»Vielleicht muss ich einfach noch zu viel über diese Legende von der Teilung der Menschen nachdenken«, gestand Metaphysika.

»Ach was! Nimm den alten Herrn nur nicht zu ernst«, lachte Diotima und nickte zu Aristophanes hinüber. »Ich halte diese Zerschneidungstheorie für ein Märchen. Das Einzige, was daran zutrifft, ist, dass der Mensch nach Vollkommenheit und nach Glück strebt. Wir streben nach dem Guten und dem Schönen, weil wir es besitzen und in ihm zeugen wollen.«

Metaphysika musste lachen. »Nun ja, das mit dem Zeugen muss doch wohl nicht immer sein!«, scherzte sie.

»Richtig!«, meinte Diotima. »Wenn es sich um wahre Liebe handelt, wollen wir aber nicht nur dem Leibe nach, sondern auch in der Seele des anderen zeugen. Wir wollen in seiner und in unserer Seele schöne und gute Gedanken entwickeln, die von Dauer sind.«

»Das klingt eher nach Freundschaft«, wandte Metaphysika ein.

»Freundschaft und Liebe sind auch schwer voneinander zu trennen«, erklärte Diotima. »Was aber die Liebe betrifft, so steigert sie sich von Stufe zu Stufe. Auf vielen Stufen kann man kaum einen Unterschied zur Freundschaft bemerken.«

»Willst du damit sagen, dass Liebe auch ohne Sexualität auskommt?«, fragte Metaphysika erstaunt.

»Natürlich«, antwortete die Alte. »Sexualität ist sogar eine der untersten Stufen.«

»Das musst du erklären«, forderte Metaphysika. »Was sind das für Stufen, von denen du sprichst?«

»Nun gut«, begann die Alte. »Wir waren uns einig, dass die Liebe die Suche nach dem Guten und Schönen ist.«

»Einverstanden«, sagte Metaphysika.

»Wenn dies der Fall ist, dann schreitet die Qualität der Liebe in aufsteigenden Stufen fort. Als Erstes liebt der Mensch einen schönen Körper, weil er an ihm die Schönheit entdeckt hat. Danach wird er feststellen, dass viele Körper schön sind, und er wird ein Liebhaber aller schönen Körper werden. Während er sich in seiner Jugend auf diese Weise austobt, wird unser Mensch in einer weiteren Entwicklungsphase die Schönheit in einer Seele entdecken und diese dafür lieben.«

»Lass mich raten«, unterbrach Metaphysika. »Nachdem er die Schönheit in einer Seele entdeckt hat, wird er bemerken, dass es viele schöne Seelen gibt, und ein Liebhaber aller schönen Seelen werden.«

»Sehr richtig«, lobte Diotima. »Und worin findet die Schönheit vieler Seelen ihren Ausdruck?«

»Ich weiß nicht«, gestand Metaphysika ein. »Vielleicht in der Art, wie sie zusammenleben, oder durch die Formen ihres Denkens.«

»Genau so verhält es sich«, lachte Diotima. »Da der Mensch erkennt, dass die Schönheit der Seelen in Gesetzen und Wissenschaft ihren Ausdruck findet, wird er ein Liebhaber der guten Gesetze und der Wissenschaft.«

»Den Gedanken kenne ich«, rief Metaphysika. »Auf diese Weise verwirklicht der Mensch jene Anlage, die ihn erst zum Menschen macht, das rationale Denken.«

»Meinetwegen«, meinte Diotima gleichgültig. »Die höchste Stufe des Glücks bedeutet in jedem Fall, die Gerechtigkeit selbst zu schauen. Sich der Idee der Gerechtigkeit zu nähern.«

»Wird das Sexualleben vielleicht überflüssig, sobald man eine der oberen Stufen erreicht hat?«, fragte Metaphysika.

»Ich bin mir nicht sicher, ob man noch auf Sexualität angewiesen ist«, lachte Diotima. »Genießen kann man sie in jedem Fall noch immer.«

»Vielen Dank für das Gespräch«, sagte Metaphysika und stand auf. »Ihre Theorie war für mich eine sinnvolle Ergänzung zu der Rede des Aristophanes. Ich weiß zwar nicht, auf welcher Stufe ich mich befinde, aber ich weiß jetzt, wie ich meine eigenen Gefühle bewerten kann.«

Gegen ihre Gewohnheit machte die Prinzessin vor Diotima eine tiefe Verbeugung. Erst dann drehte sie sich um und verließ das Gastmahl.

»Viel Glück«, rief Diotima ihr wohlwollend nach.

Metaphysika stampfte energisch die Treppe zu ihrem Zimmer hinauf.

»Aus dem Weg!«, rief sie, als sie dort unerwartet ihren Wegbegleiter antraf.

»Es tut mir Leid, aber du bist nicht meine verlorene Hälfte, und ich habe jetzt weder die Zeit, die Schönheit deines Körpers noch die deiner Seele zu ergründen.«

Mit diesen Worten ergriff sie ihren Rucksack und verließ das Zimmer.

Die Tür fiel ins Schloss, und zurück blieb ein ebenso enttäuschter wie verwirrter Jüngling.

Prinzessin Metaphysika wanderte die ganze Nacht hindurch. Sie wusste jetzt, was gut für sie war, und sie wollte alles daran setzen, es zu erlangen.

»Verdammt noch einmal«, sagte sie zu sich selbst. »Wir streben nach Liebe, Glück und Schönheit, um daran teilzuhaben, und nicht, um es nur aus der Ferne zu betrachten.«

Am Nachmittag des folgenden Tages erreichte sie das Tal des Glücks. Metaphysika hielt sich nicht lange auf, sondern machte sich sofort auf die Suche nach ihren Freunden. Schon nach kurzer Zeit vernahm sie deren Stimmen.

»Demzufolge wäre der Mensch ein dialektisches Wesen«, hörte sie Platonicus-Kanticus gerade sagen.

»Hallo, ihr beiden«, rief Metaphysika schon von weitem, während sie zielstrebig auf ihre Kameraden zuging.

»Metaphysika«, sagte Platonicus-Kanticus mit leuchtenden Augen. Kalle lief ihr sogar ein Stück entgegen und umarmte sie.

»Meine Güte!«, entfuhr es ihm, als er den Ausdruck in ihrem Gesicht bemerkte.

»Weißt du was?«, lachte Kalle und küsste sie auf die Stirn. »Ich werde jetzt ein guter Freund sein und mich bis morgen früh verdrücken.«

»Das ist wirklich lieb von dir!«, bemerkte Metaphysika. Kalle verschwand, und die Prinzessin ging auf Platonicus-Kanticus zu.

»Ich bin mir noch nicht ganz sicher, ob du so etwas wie meine verlorene Hälfte bist«, sagte sie und stieß ihn ins Gras. »In jedem Fall aber hast du eine Schönheit, an der ich Anteil haben will.«

»Gerne«, stotterte Platonicus-Kanticus ein wenig verlegen, bevor die Farben des Glücks ihre Sinne berauschten.

Kalle kehrte wie versprochen erst am Morgen des folgenden Tages zurück. Er berichtete ihnen, dass sich auf der anderen Seite des Tales eine Bucht befände, in der Nikomachos mit der *Mitte* vor Anker gegangen sei. Kalle hatte bereits die letzte Nacht an Bord des Schiffes verbracht und forderte seine Freunde nun auf, ihm zu folgen, da Nikomachos für sie ein herzhaftes Frühstück bereitet hätte. Metaphysika und Platonicus-Kanticus zwinkerten sich vergnügt zu, rafften ihre Sachen zusammen und folgten ihm.

Während die *Mitte* in der sonnigen Bucht lag und die Freunde an Deck ihr Frühstück genossen, berichteten sie Nikomachos von ihren Abenteuern. Auch für ihn war vieles darunter, was er selbst nicht erlebt hatte.

»Wie denkt ihr nun über das Glück?«, fragte Nikomachos und forderte sie auf, nichts auszulassen.

»Zunächst einmal meine ich, dass alle Menschen nach dem Glück streben«, sagte Platonicus-Kanticus. »Sie streben nach Vollkommenheit, und das Erreichen dieses Zustandes bedeutet Glück.«

»Aus diesem Grund gibt es wohl nur eine Form des Glücks, die man als Dauerzustand bezeichnen könnte«, ergänzte Metaphysika. »Dieses bleibende Glück ist nichts anderes als die Mitte, die sich der Mensch erhält, indem er seine wesentlichen Anlagen ausbildet. Die entscheidende Fähigkeit, die der Mensch mitbringt, um dies zu erreichen, ist das rationale Denken. Durch sein Denken ist er in der Lage zu erkennen, was gut ist, und hat so die Möglichkeit, entsprechend seiner Erkenntnis zu leben. Auf diese Weise findet er seine Mitte. Die Mitte oder die innere Harmonie ist ein Glück, das bei ständiger Pflege ein Leben lang erhalten werden kann.«

»Die innere Harmonie ist zudem von anderer Natur als das stürmische, intensive Glücksgefühl, das von einem Besitz ergreift«, sagte Kalle. »Dieses intensive Glück ist nur von kurzer Dauer. Auch wenn man mit allen Mitteln versucht, den Zustand aufrechtzuerhalten, beginnt das Glück zu verblassen und wandelt sich nach kurzer Zeit in Zufriedenheit.«

»Wir haben festgestellt, dass das spontane, kurzfristige Glück von Veränderungen abhängig ist«, fuhr Platonicus-Kanticus fort. »Der Mensch ist ein dialektisches Wesen. Er empfindet Glück dann am stärksten, wenn er auch Unglück erfahren hat.«

»Die Liebe ist ebenfalls eine Form des Glücks«, ergänzte Metaphysika, wobei sie Platonicus-Kanticus anlächelte. »Die rein körperliche Liebe besteht mehr aus Lust denn aus Glück. Das wahre Glück stellt sich erst ein, wenn die Menschen nicht nur den Körper, sondern auch die Seele des anderen lieben.«

Sie schwiegen eine Weile und sahen auf das Meer hinaus.

»Eine Erscheinung des Glücks haben wir noch vergessen«, bemerkte Platonicus-Kanticus plötzlich und legte den Arm um Kalles Schultern. »Es handelt sich um die Freundschaft.«

Kalle schaute beschämt zu Boden.

»Ja, die Freundschaft ist ein wichtiger Begriff«, betonte Nikomachos. »Aber welche Freundschaft meinst du? Es gibt so viele Arten der Freundschaft. Viele Menschen sind miteinander befreundet, weil sie einen Nutzen vom anderen haben.

Diese Freundschaft ist weit verbreitet unter Geschäftspartnern. Doch Geschäftsfreunde lassen einander nicht selten fallen, sobald sie keinen Nutzen mehr durch die Verbindung erlangen. Weiterhin gibt es Freundschaft, die auf Lustgewinn basiert. Der andere ist nur so lange mein Freund, wie er mich zu aufregenden Festen einlädt, oder mir Dinge ermöglicht, die ich begehre.«

»Von dieser Art der Freundschaft spreche ich nicht«, entgegnete Platonicus-Kanticus. »Ich meine wahre Freundschaft, die man für einen anderen Menschen empfindet, weil er so ist, wie er ist. Ich meine Freundschaft um des Freundes willen.«

»Kann es eine solche Freundschaft überhaupt geben?«, fragte Nikomachos.

»Natürlich«, rief Metaphysika. »Ich kann doch mit jemandem befreundet sein, einfach weil er oder sie ein guter Mensch ist. Man ist doch gerne mit moralisch guten Menschen befreundet. Sie sind einem sympathisch, ohne dass man etwas Bestimmtes von ihnen will.«

»Um diesen Wert zu erkennen, muss man allerdings selbst ein guter Mensch sein«, überlegte Nikomachos. »Anderenfalls weiß man die moralischen Qualitäten des Freundes gar nicht zu schätzen.«

»Vielleicht ist das richtig«, sagte Kalle. »Demnach würde wahre Freundschaft nur unter sittlich Guten bestehen. Aber ist es nicht in der Tat so, dass wir erst dann von einem wahren Freund sprechen, wenn wir wissen, dass er uns nicht ausnutzen will und auch sonst Rücksicht auf andere nimmt?«

»Genau«, bestätigte Metaphysika. »Ein echter Freund ist wie ein zweites Ich. Es gibt so etwas wie eine Freundschaft zu sich selbst. Wenn ich ein moralisches Bewusstsein habe, handle ich nicht zuletzt deshalb gut, um mit mir selbst oder meinem Freund weiter in Freundschaft leben zu können.«

»Wisst ihr was?«, fragte Platonicus-Kanticus. »Die wahre Freundschaft zu sich selbst und zu anderen scheint mir so etwas wie eine Mitte zu sein. Sie ist ein anhaltendes Glück und trägt zur Dauer der inneren Harmonie bei.«

»Auf die Mitte, das Glück, die Liebe und die Freundschaft«, rief Metaphysika und erhob ihr Glas. »Möge uns ein gelungenes Leben vergönnt sein!«

Sie stießen miteinander an. Danach setzten sie die Segel und fuhren hinaus auf das weite Meer der Vita.

XIV. Die Katzen des Zen

Oder: Da ist mehr als nur Denken

»Was ist das nächste Ziel eurer Reise?«, fragte Nikomachos am Morgen des folgenden Tages.

»Darüber habe ich noch nicht nachgedacht«, gestand Platonicus-Kanticus. »Es ist so viel geschehen, seit wir Philosophica betreten haben, dass ich den Anlass unserer Reise ganz aus den Augen verloren habe.«

»Dennoch waren all unsere Abenteuer nicht umsonst!«, erklärte Kalle. »Wir kamen in dieses Land, um etwas über den Menschen zu erfahren. Wir hatten uns gefragt, was er wissen kann, was er tun soll und was er hoffen darf.«

»Du hast Recht«, lachte Platonicus-Kanticus. »Auf einige dieser Fragen können wir mittlerweile eine gut begründete Antwort geben. In der Savanne der Ästhetik und dem Gebirge der Erkenntnis haben wir erforscht, was der Mensch wissen kann.«

»Die Auseinandersetzung mit König Nieetsche hat uns ebenfalls weitergebracht«, ergänzte Kalle. »König Nieetsche hat uns gezeigt, was man nicht tun sollte, und uns somit die Gelegenheit gegeben, das Problem der Moral zu überdenken.«

»Wir haben uns nach der Revolution sogar damit beschäftigt, wie sich die Moral auf einen gerechten Staat auswirken muss«, erinnerte sich Metaphysika. »Somit haben wir nicht nur die Frage, was der Einzelne tun soll, sondern auch das Problem des gerechten Zusammenlebens erörtert.«

»Und damit nicht genug«, betonte Platonicus-Kanticus. »Unsere letzten Abenteuer haben zudem gezeigt, warum man moralisch handeln sollte. Sofern man Sigmund von der Oase der Freude Recht geben will, gefährdet unmoralisches Handeln das psychische Gleichgewicht, verursacht Verdrängungsprozesse und erzeugt Komplexe.«

»Aus diesem Grund erscheint es sinnvoll, sich am Prinzip der Mitte zu orientieren, um ein glückliches und gelungenes Leben zu führen«, meinte Metaphysika. »Die Mitte jedoch ist ohne Moral nicht zu denken.«

Die drei Freunde lächelten zufrieden, während sie ihre bisherigen Abenteuer Revue passieren ließen.

»Auf eine Frage habt ihr aber noch keine Antworten gefunden«, bemerkte Nikomachos. »Es handelt sich um die Frage: Was darf ich hoffen?«

»Das stimmt«, sagte Platonicus-Kanticus. »Ich muss gestehen, ich habe völlig vergessen, wie wir überhaupt auf diese Frage gekommen sind.«

»Daran erinnerst du dich nicht!«, rief Kalle empört. »Mich hat diese Frage beinahe das Leben gekostet. Weißt du nicht mehr, wie Ritter Hero von Dot mir den Kopf abschlagen wollte, weil er meinte, ich hätte den Weisen der Mönche des Nordens beleidigt?«

»Ja. Ich erinnere mich wieder«, kicherte Platonicus-Kanticus.

»Das tue ich auch«, räusperte sich Kognitum. »Schließlich ist an mir das Schwert des Ritters abgeprallt.«

»Ich werde dir ewig dankbar sein«, erwiderte Kalle und strich dem Wanderstab über den Knauf.

»Allerdings sollten wir bedenken, dass wir die Frage ›Was darf ich hoffen?‹, bei unseren bisherigen Abenteuern immer wieder berührt haben«, überlegte Platonicus-Kanticus. »Insbesondere die Suche nach dem Glück darf an dieser Stelle nicht vergessen werden. Die Frage, ob der Mensch zu einem erfüllten, glücklichen Leben gelangen kann, betrifft immer auch den Bereich der Hoffnungen. Das Problem ist damit noch lange nicht erschöpfend behandelt, aber man sollte diesen Beitrag nicht unterschätzen.«

»In jedem Fall hat diese dritte Frage auch etwas mit Religion zu tun«, sagte Metaphysika. »Es war doch so, dass der Weise von den Mönchen des Nordens mich dazu bewegen wollte, alle Entscheidungen mit blindem Vertrauen in Gottes Hände zu legen. Dabei hat er sich nicht darum gekümmert, ob es überhaupt einen Gott gibt, oder ob dieser will, dass wir ihm alle Entscheidungen überlassen.«

»Also sollten wir uns in nächster Zeit mit der Frage beschäftigen, was der Mensch hoffen darf«, folgerte Platonicus-Kanticus.

»Aber wohin sollen wir uns wenden?«, fragte Metaphysika. »Ich kenne niemanden, der von sich behauptet, ein Experte für Glaube und Hoffnung zu sein.«

»Da kann ich euch weiterhelfen«, sagte Nikomachos. »Ich könnte euch an der Küste des Jenseitigen absetzen.«

»Was hat es mit dieser Küste für eine Bewandtnis?«, fragte Kalle, der bei diesem Thema äußerst misstrauisch wurde.

»Die Küste des Jenseitigen hat ihren Namen deshalb erhalten, weil sie jenseits der üblichen Handelswege liegt, die auf dem Meer der Vita befahren werden«, berichtete Nikomachos. »Immer wieder sind Priester, Ordensschwestern und Mönche dorthin aufgebrochen, weil sie meinten, dass sich die Insel des Glücks überhaupt nicht im Meer der Vita befände, sondern vielmehr ein Teil des jenseitigen Küstenstreifens sei.«

»Sind jemals Personen von dort zurückgekehrt?«, fragte Platonicus-Kanticus.

»Ja, sicher«, lachte Nikomachos. »Einige wenige haben auf der Rückfahrt sogar die Insel des Glücks mitten im Meer der Vita gefunden.«

»Was geschah mit den anderen?«, forschte Metaphysika weiter.

»Einige von ihnen wanderten so tief in das Hinterland hinein, dass sie das Meer der Vita ganz vergaßen und den Rest ihres Lebens mit Gedanken an das Jenseitige verbrachten. Andere kehrten zurück. Die Rückkehrer waren entweder enttäuscht oder predigten, dass die Küste des Jenseitigen schöner sei als die Insel des Glücks.«

»Warum sollten wir uns dorthin wenden?«, fragte Metaphysika weiter.

»Weil dort unter anderem zwei Weise hausen, von denen man sagt, sie seien in Glaubensfragen sehr bewandert. Sie können euch sicher eure Fragen beantworten.«

»Erzähle uns mehr über die beiden Weisen«, forderte die Prinzessin.

Nikomachos rümpfte die Nase. »Nun ja«, begann er. »Diese Weisen des Glaubens sind alte Männer, die meinen, die Existenz Gottes beweisen zu können. Sie leben in einer Grotte, die man Ontologia nennt.«

»Wenn etwas bewiesen ist, dann weiß man es doch und glaubt nicht mehr daran«, fauchte Kalle, der das Gespräch über Gottesbeweise gar nicht mochte.

»Genau darin liegt eines der Probleme der Weisen«, erklärte Nikomachos. »Die beiden alten Weisen des Glaubens haben nämlich zwei verschiedene Götter bewiesen.«

»Du liebe Güte!«, lachte Platonicus-Kanticus. »Wahrscheinlich ist es zu allem Überfluss so, dass sie nur ihren eigenen Gott gelten lassen wollen und den anderen als Hirngespinst bezeichnen.«

»So ist es«, bestätigte Nikomachos und schüttelte den

Kopf. »Sie haben sich in die Grotte zurückgezogen, um dort einander ungestört befehden zu können!«

»Das klingt wie ein Bericht aus dem Tollhaus«, kicherte Metaphysika. »Wir müssen also erst einmal versuchen, die beiden von ihrem Kleinkrieg abzubringen, um Antworten auf unsere Fragen zu bekommen.«

»Noch schwieriger wird es sein, überhaupt in die Grotte zu gelangen«, sagte Nikomachos.

»Was meinst du damit?«

»Man sagt, vor der Grotte lauert ein Ungeheuer.«

»Ein Ungeheuer?«

»Ja. Ein Untier. Die beiden Weisen des Glaubens lassen es vor der Grotte Wache halten, damit ihr Streit von niemandem unterbrochen werden kann. Ich weiß nicht, wie das Ungeheuer aussieht, aber ich habe gehört, dass es sich um ein schreckliches Ungetüm handelt.«

»Wollen wir diese ganze unangenehme Jenseitsthematik nicht lieber lassen?«, fragte Kalle.

»Auf keinen Fall«, sagte Metaphysika streng. »Wir sind nach Philosophica gekommen, um möglichst viel über den Menschen zu erfahren. Ich bin der festen Überzeugung, dass der Glauben für den Menschen immer eine große Rolle spielen wird.«

»Aber vielleicht ist das alles doch nur Einbildung«, überlegte Kalle. »Was, wenn da gar nichts ist, an das man glauben kann?«

»Das ist nicht entscheidend!«, erwiderte Metaphysika. »Wichtig ist nur, dass der Mensch immer von einer Sehnsucht nach etwas Göttlichem beeinflusst wird. Wenn es aber dieses Bedürfnis gibt, dann ist es sinnvoll, dem nachzugehen.«

So kam es, dass sie den Kurs wechselten und die Küste des Jenseitigen ansteuerten.

Die Fahrt verlief verhältnismäßig ruhig, und sie verbrachten noch einige Nächte in ihren weich gepolsterten Kojen. Am Morgen des fünften Tages verließen sie die *Mitte*, sagten Nikomachos Lebewohl und gingen an Land.

Die Landschaft, die sich den drei Freunden bot, versetzte sie in Erstaunen. Alles schien größer zu sein als üblich. Die Bäume erreichten einschüchternde Höhen und die Steine hatten gewaltige Ausmaße.

»Man kommt sich als Mensch in diesen Dimensionen ganz klein und verloren vor«, meinte Platonicus-Kanticus.

Nach kurzer Wanderung erreichten sie eine Stadt, aus der zahlreiche Gebäude herausragten, die offensichtlich der Ausübung ritueller Handlungen dienten. Auf einer steinernen Treppe saß ein farbiger Mann und sang ein rhythmisches Lied.

»Entschuldigung!«, sagte Metaphysika. »Wir suchen die Grotte der Ontologia.«

Der Farbige sah zu ihnen auf und machte ein mitleidiges Gesicht. »Wollt ihr wirklich dorthin gehen?«, fragte er. »Die Höhle wird von einem Ungetüm bewacht!«

»Das wissen wir«, antwortete Platonicus-Kanticus. »Aber wir haben uns nun einmal in den Kopf gesetzt, den Weisen des Glaubens einige Fragen zu stellen.«

»In diesem Fall kann ich nicht mehr für euch tun, als euch eindringlich zu warnen«, sagte der Mann und wies ihnen den Weg.

Es dauerte nicht lange, und sie hatten das Felsmassiv erreicht, in dem sich die Grotte befand. Schon von weitem war der dunkel drohende Eingang der Höhle zu erkennen. Sie pirschten sich vorsichtig näher heran. Der Anblick, der sich ihnen bot, als sie zwischen einigen Felsen hindurch auf die Grotte blickten, war alles andere als ermutigend. Unmittelbar vor dem Eingang lag eine gewaltige Ratte und schnarchte vor sich hin. Die drei Freunde wichen erschrocken zurück.

»Was für ein Untier!«, stöhnte Platonicus-Kanticus. »Die Ratte ist mindestens so groß wie ein Bernhardiner.«

»Eines steht jedenfalls fest«, sagte Kalle. »Ohne Waffen kommen wir an diesem Monster nicht vorbei.«

»Mit mir könnt ihr diesmal nicht rechnen«, versicherte Kognitum trotzig. »Es ist unter meiner Würde, auf Ratten einzuschlagen.«

»Ich glaube, dass wir mit dir hier sowieso nicht weiterkommen«, meinte Metaphysika.

»Waffen sind nicht das geeignete Mittel, um eine Ratte aus dem Weg zu schaffen. Was wir brauchen, ist eine Katze.«

»Na großartig«, lachte Platonicus-Kanticus. »Die Katze möchte ich sehen, die es mit solch einer Riesenratte aufnimmt.«

»Wer weiß?«, sagte die Prinzessin. »Wenn es hier derart große Ratten gibt, dann existieren in diesem Land vielleicht auch ganz besondere Katzen. Lasst uns zurückgehen und in der Stadt um Hilfe fragen.«

Als sie in die Stadt zurückkehrten, saß der Farbige noch immer auf der Treppe und sang sein Lied.

»Na, habt ihr es euch doch anders überlegt?«, fragte er.

»Nein«, erklärte Platonicus-Kanticus. »Wir wollen noch immer in die Grotte der Ontologia hinein. Wir suchen allerdings eine Katze, die uns dabei behilflich sein könnte.«

»Da geht ihr am besten zum Tempel des Zenmeisters«, riet ihnen der Mann. »In seinem Tempel leben viele Katzen, die ein starkes Ki besitzen.«

»Was ist ein Zenmeister, und was bedeutet Ki?«, fragte Kalle.

»Ganz sicher bin ich mir nicht«, gestand der Mann. »Zen ist eine Form der Meditation. Meistens wird sie im Sitzen ausgeführt. Das nennt man dann Zazen. Ki ist jene Energie, die die ganze Natur durchfließt und somit auch im Menschen vorkommt. Ein starkes Ki zu haben, bedeutet jene Energie nutzen zu können.«

»Wunderbar«, rief Metaphysika. »So etwas suchen wir! Wie gelangt man zu diesem Tempel?«

Der Mann war auch diesmal so freundlich, ihnen den Weg zu weisen, und wiederum bedankten sie sich für seine Hilfe.

Sie betraten den Tempel durch ein großes hölzernes Tor. Tatsächlich bevölkerten zahllose Katzen den Tempelgarten. In einem Hof der Anlage waren mehrere Katzen damit beschäftigt, sich im Kampf zu stählen. Unermüdlich schlugen sie ihre Krallen blitzartig in einen Holzpfahl, wichen hin- und herpendelnden Gewichten aus, bissen in Bretter hinein und machten gewaltige Sprünge. Alle Tiere waren größer als gewöhnliche Katzen, aber keines von ihnen erweckte den Eindruck, als könnte es der riesigen Ratte gefährlich werden.

Die drei Freunde fanden den Zenmeister in sich vertieft an einem kleinen Teich sitzen. Höflich warteten sie, bis er ihnen Aufmerksamkeit schenkte.

»Was führt euch zu mir?«, fragte er sie schließlich mit freundlicher Stimme.

»Wir haben eine große Bitte. Würden Sie uns vielleicht eine Ihrer Katzen leihen, damit sie uns hilft, in die Grotte der Ontologia zu gelangen?«, brachte Platonicus-Kanticus ihr Anliegen vor.

»Ah, es geht um die Ratte«, lachte der Meister.

»Können Sie uns eine Ihrer Katzen überlassen?«, fragte Kalle.

»Die Katzen gehören mir nicht«, antwortete der Zenmeister. »Sie sind ihre eigenen Herren. Es steht euch frei, die Tiere selbst zu fragen. Die Katzen in unserem Land können nämlich mit Menschen sprechen.«

»Aber welche Katze sollen wir fragen? Welche ist in der

Lage, die Ratte zu besiegen?«, fragte Platonicus-Kanticus erstaunt.

»Dies ist eure Angelegenheit«, lächelte der Zenmeister. »Es wäre nicht recht, euch zu beraten. Ihr hieltet euch nur streng an meine Anweisungen und würdet somit eure intuitive Entscheidung blockieren.«

»Ist das Erlernen dieser intuitiven Entscheidung auch ein Teil dessen, was Sie hier im Tempel durch Meditation anstreben?«, fragte Metaphysika erstaunt.

»Ja, so ist es«, bestätigte der Meister. »Es geht darum, direkte intuitive Erfahrungen zu machen. Das Ziel ist es, das Ich aufzulösen, um zu erfahren, dass alles eins ist.«

»Aber warum sollte ich mich darum bemühen, mein Ich aufzulösen?«, fragte Kalle.

»Weil es zwischen dir und der Erkenntnis des Wahren stehen kann«, kam die Antwort.

»Habt ihr nie daran gedacht, dass das Ich oder der Verstand ein Gefängnis sein können?«

»Doch!«, rief Platonicus-Kanticus. »In der Savanne der Ästhetik hatten wir solch ein Erlebnis. Wir haben erfahren, dass alles, was wir wahrnehmen, innerhalb von Raum und Zeit geschieht, ohne dass die Dinge wirklich innerhalb von Raum und Zeit sein müssen. Der Verstand ordnet die Eindrücke der Sinne ebenfalls nach gewissen Kategorien, ob wir nun wollen oder nicht.«

»Seht ihr«, lachte der Zenmeister. »Aus diesem Grund versuchen wir, in unserem Tempel, das Monopol des Verstandes zu umgehen und in der unmittelbaren Erfahrung die Wahrheit der Welt zu erkennen.«

»Na gut«, sagte Kalle mit sichtlichem Unbehagen. »Können wir trotzdem eine Katze bekommen?«

Der Meister lächelte und deutete ihnen mit einer Handbewegung an, dass sie freie Auswahl hätten.

Die drei Freunde gingen in den Hof und beobachteten die Katzen bei ihren Übungen. Schließlich einigten sie sich darauf, dass jeder eine Katze um Hilfe bitten sollte.

Platonicus-Kanticus wählte einen weißen Kater mit sehr kräftigem Rücken, der sich schnell und geschickt bewegte und mit großer Kraft seine Krallen in das Holz schlug.

Kalle bat eine getigerte Katze um Hilfe. Diese Katze schien von starker Energie durchdrungen zu sein und zeigte einen großen Kampfgeist.

Metaphysika fragte, zum großen Erstaunen ihrer Freunde, eine sehr alte Katze, die den ganzen Tag müde mit halb geschlossenen Augen die Wand angesehen hatte. Dieses bedauernswerte Tier hatte bereits kahle Stellen in seinem Fell.

Alle drei Katzen sagten ihre Hilfe zu und folgten ihnen zur Grotte, vor der noch immer die gewaltige Ratte Wache hielt.

Auf dem Weg dorthin flüsterte Platonicus-Kanticus Metaphysika leise ins Ohr.

»Was sollen wir denn mit diesem bemitleidenswerten Tier?«, flüsterte er und blickte auf die alte dürre Katze.

»Ich weiß auch nicht«, sagte Metaphysika leise und zuckte mit den Schultern. »Ich habe nicht darüber nachgedacht. Irgendetwas ging von ihr aus, das mich glauben machte, die richtige Wahl getroffen zu haben.«

»Auf jeden Fall sollen es erst einmal die beiden jüngeren Katzen versuchen«, schlug Platonicus-Kanticus vor. »Ich finde den Gedanken unerträglich, ein altes Mütterchen an die Riesenratte zu verfüttern.«

Platonicus-Kanticus wagte aber nicht, Metaphysika offen auszulachen, denn er bemerkte, mit welchem Respekt die beiden jungen Katzen dem alten Tier begegneten.

Als sie die Grotte erreichten, zögerte der weiße Kater nicht lange und stürzte sich als Erster auf die Ratte. Das Nagetier fuhr in die Höhe und beantwortete den Angriff mit einer schrecklichen Serie von Bissen und Schlägen. Der weiße Kater musste sich geschlagen geben und die Flucht ergreifen. Mit Wunden übersät kehrte er zu seinen Gefährten zurück.

Daraufhin näherte sich die getigerte Katze dem Ungetüm. Die Ratte blickte ihr drohend entgegen. Mehrfach umkreiste die Katze das riesige Nagetier, welches bewegungslos deren Manöver beobachtete. Man konnte förmlich spüren, wie versessen die Katze darauf war, die Ratte zu töten. Schließlich tat sie den entscheidenden Sprung. Ein heftiger Kampf entbrannte. Beide fügten einander tiefe Wunden zu. Dennoch behielt die Ratte die Oberhand, und die getigerte Katze musste weichen, um nicht getötet zu werden.

Da erhob sich die alte graue Katze und schlich auf leisen Pfoten gemächlich zum Platz vor der Grotte. Die Ratte zischte ihr Furcht erregend entgegen. Die alte Katze ließ sich jedoch dadurch nicht beeindrucken, setzte sich ruhig nieder und verharrte bewegungslos. Die Ratte schien verunsichert.

Sie zeigte ihre grässlichen Zähne, machte mehrere Drohgebärden und bewegte sich zögernd auf die graue Katze zu. Diese aber rührte sich immer noch nicht. Sie schien die Ratte gar nicht zu bemerken. Sie saß einfach nur da und atmete entspannt mit halb geschlossenen Augen. Das irritierte die Ratte, und sie wusste nicht recht, was sie tun sollte. Sie kam beinahe zaghaft noch einige Schritte näher. Da plötzlich schoss die alte Katze blitzschnell empor. Sie packte die Ratte am Hals und tötete sie mit einem einzigen Biss. Danach schleppte sie ihre Beute von der Grotte fort.

»Habt ihr das gesehen!«, staunte Platonicus-Kanticus.

»Ja«, antwortete der weiße Kater und leckte seine Wunden. »Die alte Katze ist wirklich eine Meisterin ihrer Kunst. Wir wollen sie über ihr Können befragen, um von ihr zu lernen.«

Als die alte graue Katze zurückkehrte, setzten sie sich in einem Kreis zusammen und baten das alte ehrwürdige Tier um Unterweisung.

»Ich bin sehr stark«, sagte der weiße Kater. »Ich beherrsche viele Techniken des Rattenfangs. Meine Pfoten sind sehr gut ausgebildet und meine Sprünge kräftig, dennoch konnte ich diese Ratte nicht besiegen.«

Die alte Katze erwiderte lächelnd: »Deine Kraft und deine Technik gingen eben nicht über jene der Ratte hinaus. Es genügt nicht, allein Techniken zu erlernen.«

»Aber ich schule auch meine Energie, mein Ki«, überlegte der Kater. »Die Ratte hat mich besiegt, obwohl ich ihr außer meiner Technik und Kraft auch meine Energie entgegengestellt habe.«

»Die Energie der Ratte ging eben über die deine hinaus. Aus diesem Grund warst du deiner Gegnerin unterlegen«, erklärte die alte Katze. »Du vertraust zu sehr auf deine Energie, dein Ki, und machst es so zu einer leeren Kraft. Wenn dein Ki stürmisch und zu kurz ist, dann bist du einfach nur leidenschaftlich. So könnte man etwa sagen, dass deine Energie wie das Wasser aus einem kurzem Gewitter gewesen ist, die Energie der Ratte aber glich einem stetigen Strom. Selbst wenn du viel Energie besitzt, so bleibt sie doch schwach, solange du Sklave deiner Leidenschaft bist.«

Der weiße Kater bedankte sich für die Unterweisung und schwieg.

»Warum bin ich gescheitert?«, fragte die getigerte Katze. »Ich habe lange Jahre meine Kraft und meine Techniken verbessert. Dann begann ich, meine Energie zu steigern. Seit langer Zeit liegt dies nun hinter mir, und ich bemühe mich, meinen Geist für den richtigen Augenblick zu schulen.«

Die graue Katze nickte mit dem Kopf und sprach: »Du bist sehr intelligent und stark. Doch du hast die Ratte nicht besiegen können, weil du ein Ziel hattest! Dein Wunsch, die Ratte zu töten, lag wie ein Käfig über deinem Bewusstsein und hielt dich davon ab, im entscheidenden Augenblick instinktiv das Richtige zu tun. Als du den Kampfplatz betratest, hat die Ratte sofort deinen Zustand durchschaut. Deshalb konntest du nicht siegen. Es war dir nicht möglich, deine Kraft, deine Technik und dein handelndes Bewusstsein in Harmonie zu bringen. Sie blieben getrennt, statt ineinander zu verschmelzen.«

Die getigerte Katze verneigte sich und schwieg.

»Aber wie war es dir möglich, die riesige Ratte zu besiegen?«, fragte Metaphysika beeindruckt.

»Ich habe meiner Intuition den nötigen Raum gewährt«, erklärte die alte graue Katze und räkelte sich in der Sonne. »Ich habe in einem einzigen Augenblick alle meine Fähigkeiten unbewusst, automatisch und natürlich benutzt.«

»Du bist sicher die stärkste Katze der Welt«, sagte Kalle voll Respekt.

»Oh nein!«, lachte die Katze. »Ganz in der Nähe, in einem Nachbardorf, kenne ich eine Katze, die ist viel stärker als ich. Sie ist sehr, sehr alt, ihr Fell ist struppig und grau. Ich habe sie einmal getroffen. Sie macht durchaus keinen gewaltigen Eindruck.

Sie schläft den ganzen Tag und frisst nur noch wenig. Man sagt, sie habe in ihrem ganzen Leben noch keine Ratte gefangen; alle Nager fürchten sie so sehr, dass sie sofort flüchten, wenn sie in ihre Nähe kommt. Aus diesem Grund hatte sie einfach noch keine Gelegenheit, eine Ratte zu fangen! Einmal kam sie in ein Haus, das voll von Ratten war. Alle Nager verließen fluchtartig das Gebäude und suchten sich eine neue Unterkunft. So kann die alte Katze Ratten sogar im Schlaf vertreiben. Diese Katze ist wirklich sehr geheimnisvoll und stark. Ich wäre dankbar, einmal so zu werden wie sie. Ihr ist es gelungen, über die Haltung, die Atmung und das Bewusstsein hinauszugehen.«

»Ich habe große Schwierigkeiten mit der Zielsetzung, mein Bewusstsein auszuschalten«, sagte Platonicus-Kanticus.

»Das sollst du ja gar nicht«, erklärte die alte Katze und lächelte milde. »Es geht doch nur darum, dass eine verkrampfte Reflexion ein intuitiv richtiges Handeln nicht behindern soll. Wenn eine Vase zu Boden fällt, dann besteht die richtige Reaktion darin, schnell und spontan zuzugreifen, bevor sie zerbricht. Bewusstes Handeln wäre hier fehl am Platz. Der Geist ist wie das Wasser. Er muss von einengenden Gedanken befreit werden, damit er spontan zu jedem Ort fließen kann.«

»Dennoch bin ich sehr skeptisch«, meinte Kalle.

»Diese Haltung ist nicht ungewöhnlich. Besonders bei Menschen, die mit der Idee des Zen bisher keine Erfahrungen gemacht haben«, lachte die alte Katze. »Ihr solltet aber bedenken, auch in euren Kulturkreisen geht man davon aus, dass der Mensch nicht allein aus Reflexion besteht.«

»Sicher nicht«, bemerkte Metaphysika. »Der Mensch hat Gefühle, einen Willen und Fantasie.«

»Seht ihr?«, fragte die Katze. »Wenn dies alles den Menschen ausmacht, ist es dann nicht selbstverständlich, dass er mehr als nur seine Reflexionskraft schulen sollte, um ein gelungenes Leben zu führen?

Ich sage euch, da ist mehr als nur Denken!«

Hiermit verabschiedete sie sich und verschwand, gefolgt von den beiden anderen.

Platonicus-Kanticus, Metaphysika und Kalle Max sahen ihnen noch lange nach.

»Vielleicht hat die alte Katze Recht«, sagte Platonicus-Kanticus nachdenklich. Und mit einer Pose, als zitiere er aus einem Theaterstück, fügte er hinzu:

»Es gibt mehr Dinge im Himmel und auf Erden, als unsere Schulweisheiten sich träumen lassen.«

Sie nickten einander zu und betraten die Grotte der Ontologia.

XV. Die zerstrittenen Heiligen

Oder: Die drei großen Kränkungen

Sie waren noch nicht weit in die Höhle eingedrungen, als sie wütende Stimmen vernahmen. Offensichtlich stritten zwei Männer heftig miteinander.

»Kommt weiter!«, rief Metaphysika. »Das müssen die beiden Heiligen sein.«

Neugierig tasteten sie sich voran. Nach einer Wegbiegung bot sich ihnen ein merkwürdiges Bild. Sie sahen in einer geräumigen Grotte zwei einander gegenüber errichtete Barrikaden. Dazwischen lag eine Unzahl kleiner und großer Steine. Hinter den Schutzwällen verbarg sich jeweils einer der beiden Streithähne. Von einem sahen sie dessen Glatze, den anderen zierte ein langer Bart. Beide beschimpften sich heftig und hoben ständig Steine auf, um sich gegenseitig damit zu bewerfen.

»Du Gotteslästerer!«, schrie der Alte mit der Glatze und schleuderte einen Stein in die Befestigung des Bärtigen.

»Teufelsanbeter«, brüllte dieser und erwiderte den Angriff mit einem kräftigen Wurf.

»Entschuldigen Sie bitte!«, rief Metaphysika so laut sie nur konnte. »Wir sind zu Ihnen gekommen, weil wir Sie etwas fragen möchten. Wir benötigen Ihren Rat in Glaubensfragen.«

Die beiden Weisen des Glaubens hielten inne und betrachteten die Neuankömmlinge staunend. Danach sahen sie einander ratlos an.

»Was ist denn das?«, fragte der Bärtige den Glatzköpfigen schließlich.

»Ich bin mir nicht sicher«, stammelte der Glatzkopf. »Aber ich vermute, dass dies Schäfchen sind.«

»Schäfchen?«, fragte der Bärtige.

»Ja, Menschen! Du weißt doch, die Wesen, um die wir uns kümmern wollten, wenn wir unseren Streit beendet haben.«

»Ja, richtig!«, staunte der Mann mit dem Bart. »Schäflein. Aber die sind viel zu früh gekommen. Wir haben unseren Zwist noch lange nicht ausgestanden. Erst muss ich dich noch ausschalten, dann habe ich Zeit für die Menschen.«

Mit diesen Worten bückte er sich und schleuderte erneut einen Stein gegen den Glatzkopf. Das Geschoss sauste nur wenige Zentimeter an dessen Ohr vorbei.

»Das zahle ich dir heim, du Gottloser!«, rief dieser und warf gleich eine ganze Ladung Steine gegen den Bärtigen.

»Könnte sich jemand von Ihnen etwas Zeit für uns nehmen?,« brüllte Kalle wütend.

»Tut mir Leid, ich habe die Welt vor dem Bösen zu bewahren!«, rief der Bärtige, während er neue Steine sammelte.

»Auch ich habe keine Zeit!«, schrie der Glatzkopf und deckte sein Gegenüber mit gezielten Würfen ein. »Ich verteidige gerade das Gute!«

Danach würdigten die beiden Weisen des Glaubens die Neuankömmlinge keines Blickes mehr und verloren sich wieder in ihrem Zweikampf.

Alles Rufen und Bitten half nichts, die beiden Alten waren zu sehr mit sich selbst beschäftigt.

»So kann das nicht weitergehen!«, schnaufte Metaphysika ärgerlich. »Ich schlage vor, dass wir uns von hinten an die beiden heranschleichen, sie überwältigen und zu einem Gespräch zwingen.«

»Au fein!«, lachte Kalle. »Das wird mir ein Vergnügen sein. Ich übernehme den Bärtigen. Packt ihr den Glatzkopf. Wir treffen uns in der Mitte der Höhle. Dort werden wir uns dann in einen Kreis setzen und die beiden zur Rede stellen.«

Gesagt, getan. Es war ein Leichtes, die beiden Alten zu überwältigen. Diese waren so sehr damit beschäftigt, einander unter Beschuss zu nehmen, dass sie gar nicht bemerkten, wie die Häscher in ihre jeweilige Festung eindrangen. Metaphysika und Platonicus-Kanticus packten den Glatzkopf an Armen und Beinen und schleppten ihn in die Mitte der Grotte. Bald darauf erschien Kalle mit dem Bärtigen. Fröhlich grinsend hielt er seinen Gefangenen im Schwitzkasten.

Die beiden zerstrittenen Heiligen waren so verwirrt, dass sie sich bereitwillig auf zwei Gesteinsbrocken setzten, die Platonicus-Kanticus zurechtgeschoben hatte.

»Entschuldigen Sie bitte unser grobes Vorgehen«, sagte Metaphysika, während die Alten versuchten, sich auf die neue Situation einzustellen. »Es ist wirklich sehr wichtig für uns, dass Sie unsere Fragen beantworten.«

»Worum geht es denn?«, fragte der Bärtige schließlich widerwillig.

»Es geht um die Frage, was der Mensch hoffen darf.«

»Das ist kein Problem«, bemerkte der Glatzkopf. »Der Mensch darf nicht nur hoffen, er soll glauben.«

»Er kann sogar wissen«, ergänzte der Bärtige stolz. »Wir haben nämlich die Existenz Gottes bewiesen.«

»Ist das wirklich wahr?«, fragte Metaphysika. »Das wäre ja großartig!«

»Ja, das ist es«, bestätigten die beiden Alten wie aus einem Mund.

»Aber warum bekämpfen Sie einander dann?«

»Weil dieser glatzköpfige Scharlatan einen falschen Gott bewiesen hat!«, schimpfte der Bärtige.

»Das ist nicht wahr«, brüllte dieser. »Du hast deinen Gott erlogen!«

»Worin bestehen denn die Unterschiede zwischen Ihren Göttern?«, wollte Platonicus-Kanticus wissen.

»Mein Gott heißt Necessario und ist schwarz-weiß-kariert«, sagte der Glatzkopf.

»Mein Gott heißt Perfectico und besteht aus weißen und schwarzen Karos«, fauchte der Bärtige.

Die drei Freunde sahen einander erstaunt an.

»Sind das alle Unterschiede zwischen Ihren Göttern?«, fragte Kalle missmutig.

»Oh nein!«, rief der Glatzkopf. »Mein Gott ist der Gott des Friedens. Er will, dass die Menschen in seinem Namen einander lieben.«

»Und was ist mit Ihrem Gott«, wandte sich Metaphysika an den Bärtigen.

»Mein Gott ist der Gott der Liebe. Er will, dass die Menschen in seinem Namen in Frieden miteinander leben.«

»Aber dann wollen Ihre Götter ja dasselbe«, rief Platonicus-Kanticus gereizt. »Zwischen Liebe und Frieden sowie Frieden und Liebe besteht kein Unterschied.«

Die beiden Alten wussten zunächst keine Antwort und hüllten sich in empörtes Schweigen.

»Was die Ziele betrifft, so mögen Ihre Überlegungen zutreffen«, gestand der Bärtige schließlich ein. »Aber mein Gott will, dass dies in seinem Namen geschieht, und sein Gott will, dass es unter dessen Namen praktiziert wird.«

»Ja!«, rief der Glatzige erleichtert. »Wir können weiter Feinde bleiben. Unsere Götter wollen vielleicht dasselbe, aber es soll in ihrem Namen geschehen. Sein Gott heißt aber

Perfectico und meiner Necessario. Wir müssen uns also weiter bekriegen.«

»Jetzt habe ich langsam genug!«, fluchte Platonicus-Kanticus. »Ihre Götter wollen beide Liebe und Frieden, und Sie praktizieren Hass und Krieg, nur weil die beiden Götter verschiedene Namen haben?«

»Was bleibt uns denn übrig?«, fragte der Bärtige kleinlaut.

»Haben Sie sich schon einmal überlegt, dass es zwei Namen für ein und denselben Gott geben könnte? Ein Gegenstand bleibt immer noch, was er ist, auch wenn man ihm einen anderen Namen gibt. Ein Dreieck ist ein Dreieck, auch wenn einer sagte, es sei ein Kreis, und der Nächste von einem Quadrat spricht!«

»Ein sehr mutiger Gedanke«, überlegte der Glatzkopf und rümpfte die Nase.

»Das ist nicht mutig, das ist logisch«, betonte Metaphysika. »Aber ich habe noch einen anderen Gedanken für Sie. Haben Sie sich schon einmal überlegt, was Ihrem Gott wichtiger sein könnte? Ist es entscheidend, so zu leben, wie er es wünscht, oder dies unter seinem Namen zu tun?«

Die beiden Heiligen zwinkerten einander zu und murmelten etwas von Hexenverbrennung.

»Einen Moment!«, unterbrach sie Kalle. »Wir sind noch nicht fertig! Was ist, wenn es überhaupt keinen Gott gibt? Vielleicht bilden Sie sich Ihre Götter nur ein und tyrannisieren mit Ihren Wahnvorstellungen die Welt.«

»Oh, nein«, rief der Bärtige. »Es gibt einen Gott, das haben wir bewiesen!«

»Dann lassen Sie doch Ihren Gottesbeweis hören«, forderte Metaphysika.

Der Glatzkopf warf sich in Positur. »Ich werde beginnen«, rief er. »Oder willst du den Anfang machen?«, fragte er den Bartträger höflich.

»Oh, nein. Fang du ruhig an«, antwortete dieser. »Dein Beweis ist ja sehr hübsch. Leider hast du nur den falschen Gott damit bewiesen!«

»So soll es denn sein«, verkündete der Glatzkopf. »Mein Gott heißt Necessario, weil er das höchst notwendige Wesen ist.«

»Wollen Sie damit sagen, dass Sie Gott mit Notwendigkeit bewiesen haben?«, fragte Kalle.

»Ja«, rief der Glatzkopf begeistert. »Gott existiert notwendigerweise. Es gibt zwei eindeutige Belege für seine Existenz. Der erste ist die Welterkenntnis des Menschen. Der Mensch wäre überhaupt nicht in der Lage, die Welt zu erkennen, wenn es nicht ein höchstes Wesen gäbe, in dem alles seinen Ursprung nimmt und das selbst nicht dem ständigen Wandel der Welt unterworfen ist. Wie sollte der Mensch zu einem sicheren Wissen gelangen, wenn es nicht etwas gäbe, das sich nicht verändert? Gott ist der Anfang aller Dinge und die Ursache allen Wandels, ohne sich selbst zu verändern. Er ist ein unbewegter Bewegter!

Ohne diesen festen Ausgangspunkt wäre es dem Menschen nicht möglich, die Welt zu erkennen.«

Der Glatzkopf legte eine selbstzufriedene Pause ein, während ihm der Bärtige anerkennend auf die Schulter klopfte.

»Aber wer sagt denn, dass wir Menschen zu wahrer Welterkenntnis gelangen müssen?«, fragte Metaphysika gelassen. »Was Sie uns da erzählen, besitzt doch keine logische Gültigkeit.«

»Was wollen Sie damit sagen?«, zischte der Glatzkopf.

»Ich will damit sagen, dass Ihr Beweis kein Beweis ist«, lachte Metaphysika. »Alles, was Sie gesagt haben, ist Folgendes: Damit der Mensch zu einer Welterkenntnis kommen kann, ist ein Gott notwendig. Das mag ja stimmen, aber der Mensch muss nicht zu einer Welterkenntnis gelangen. Die

Unvollkommenheit des Menschen beweist doch nicht die Existenz eines vollkommenen Wesens.«

Der Glatzkopf errötete vor Wut. »Diese Gottlosigkeit ist doch nicht zu fassen«, knurrte er. »Aber ich bin in der Lage, Gott noch auf einem anderen Weg zu beweisen, den ihr nicht untergraben könnt.«

»Ich kann es kaum erwarten!«, sagte Kalle herausfordernd.

Der Glatzkopf holte tief Luft. »Es ist möglich, die Existenz Gottes aus dem Begriff ›Gott‹ zu beweisen«, sagte er.

»Wie soll das geschehen?«, fragte Kalle.

»Ihr werdet doch wohl zugeben, dass es das Wort, also den Begriff ›Gott‹ gibt?«, fragte der heilige Mann.

»Einverstanden«, antwortete Kalle.

»Der Begriff ›Gott‹ beschreibt ein Wesen, dem uneingeschränkte Macht zukommt«, erklärte der Alte. »Ein allmächtiges Wesen ist aber nur zu denken, wenn es existiert. Ein Wesen, dem totale Macht zukommt, existiert nämlich notwendigerweise aus seiner eigenen Allmacht heraus.«

Der Glatzkopf warf stolz den Kopf zurück.

»Bravo, mein Guter, bravo!«, applaudierte der Bärtige.

»Entschuldigung«, meldete sich Platonicus-Kanticus zu Wort. »Aber auch dies ist für mich kein Beweis. Sie können nicht einfach von der Existenz eines Begriffes das Sein eines Wesens ableiten. Der Begriff des Einhorns beweist noch lange nicht dessen Existenz.«

»Schweigt!«, brüllte der Bärtige plötzlich. »Bevor du es wagst, weiter zu lästern, werde nun ich meinen Beweis nennen und somit jeden Zweifel an der Existenz Gottes ausräumen.«

»Nur zu«, sagte Metaphysika.

»Die Beweise meines kahlen Kollegen sind richtig!«, begann der Bärtige. »Er hat nur einen Fehler gemacht. Der Name Gottes ist nicht Necessario, sondern Perfectico. Er heißt

Perfectico, weil er das höchst perfekte, höchst vollkommene Wesen ist. Ihr werdet doch sicher darin zustimmen, dass das Wort ›Gott‹ ein vollkommenes Wesen beschreibt.«

Die drei Freunde nickten still.

»Gott ist also ein vollkommenes Wesen«, fuhr der Bärtige fort. »Ein vollkommenes Wesen besitzt aber alle Eigenschaften der Vollkommenheit, sonst wäre es nicht vollkommen. Existenz ist eine Eigenschaft, die zur Vollkommenheit gehört. Daraus folgt, dass Gott existent ist.«

»Hervorragend, wirklich hervorragend«, bemerkte der Glatzkopf. »Damit dürfte die Angelegenheit wohl erledigt sein, und wir können wieder zu unserem Streit um die Namensgebung zurückkehren.«

»Das sehe ich ganz anders«, unterbrach ihn Platonicus-Kanticus. »Ich bin noch lange nicht überzeugt.«

»Willst du unsere Beweise etwa anzweifeln?«, riefen die beiden Alten empört.

»Genauso ist es«, sagte Platonicus-Kanticus ruhig. »Diese Beweise haben einen ganz entscheidenden Fehler. Sie schließen von den Eigenschaften eines Begriffes auf das Sein eines Wesens. Dies ist aber nicht zulässig. Es mag sein, dass Begriffe die Eigenschaften von Dingen wiedergeben, aber nicht jedem Begriff entspricht ein Ding, das existiert. Wir haben Worte für viele Dinge, die es nur in der Fantasie gibt. Der Begriff ›Gott‹ beweist nur, dass es die Vorstellung von einem vollkommenen und allmächtigen Wesen gibt, dies beweist aber nicht, dass dieses Wesen existiert. Denken Sie nur an das Einhorn!«

Die beiden Alten zeigten sichtliches Unbehagen.

»Begriffe entstehen nicht aus dem Nichts«, argumentierte der Bärtige mit bebender Stimme. »Der Begriff des Einhorns setzt sich zum Beispiel aus zwei Erfahrungen zusammen. Er vereint die Vorstellung des Pferdes mit der eines Horns. Beiden Vorstellungen liegen aber Erfahrungen zugrunde. Die Vollkommenheit ist jedoch keine menschliche Erfahrung. Somit steht fest, das da etwas sein muss, dem diese Vollkommenheit zukommt.«

»Leider muss ich auch diesen Einwand zurückweisen«, antwortete Platonicus-Kanticus. »Ich stimme Ihnen so weit zu, dass jedem Begriff ein Minimum an Erfahrung zugrunde liegt und dass Vollkommenheit keine Eigenschaft des Menschen ist. Leider folgt daraus nicht, dass es ein vollkommenes Wesen geben muss. Viel wahrscheinlicher ist es, dass der Mensch mit diesem Begriff das genaue Gegenteil seiner selbst bezeichnet. Der Mensch ist unvollkommen und entwickelt aus diesem Mangel die verschwommene Vorstellung der Vollkommenheit. Wenn ich der größte Mensch auf der Erde wäre, so könnte ich mir dennoch einen Mitmenschen denken, der meine Größe weit übertrifft, ohne dass dieser wirklich existiert. Unvollkommene Wesen können die Hoffnung auf ein vollkommenes Wesen entwickeln. Die Existenz dieses vollkommenen Wesens ist damit jedoch nicht bewiesen.«

Die beiden Weisen des Glaubens wurden leichenblass.

»Was für eine Unverschämtheit«, wütete der Bärtige.

»Verstehen Sie mich nicht falsch«, sagte Platonicus-Kanticus schnell. »Es geht mir nicht darum, Ihre Götter zu beleidigen. Vielleicht gibt es sie sogar, nur beweisen kann man sie nicht.«

Die beiden Alten rückten näher zusammen und schüttelten mit verbitterter Miene die Köpfe.

»Was ich damit sagen will ist, dass Sie zwei Ebenen vermischt haben«, fuhr Platonicus-Kanticus fort. »Es gibt ein rein begriffliches oder gedankliches Sein und die räumliche Existenz als Ding, Gegenstand oder Wesen. Fast jedes Ding hat einen Namen, aber nicht jedem Begriff kommt ein Ding zu. Deshalb kann man auch nicht von der Existenz eines Begriffes auf die eines Dinges oder Wesens schließen.«

Weil die beiden Alten ihn jetzt ignorierten, wurde Platonicus-Kanticus ärgerlich und beschloss, noch einen Schritt weiterzugehen.

»Sie brauchen gar nicht so beleidigt zu sein!«, begann er. »Ich behaupte sogar, dass es grundsätzlich unmöglich ist, Gott zu beweisen.«

Die beiden Weisen des Glaubens versuchten, sich gegenseitig die Ohren zuzuhalten, doch Kalle wusste dies zu verhindern.

»Weiter! Sie hören dich wieder klar und deutlich«, sagte er zu Platonicus-Kanticus.

»Ich bin der Meinung, dass der Mensch gar nicht in der Lage ist, Gott zu beweisen«, fuhr Platonicus-Kanticus fort. »Der Mensch ist unvollkommen. Somit sind auch sein Handeln und Denken nicht perfekt. Beweisen kann der Mensch aber nur durch sein Denken. Wie soll man nun aber von etwas Unvollkommenem, wie dem menschlichen Denken, auf etwas Vollkommenes, wie ein göttliches Wesen, schließen können. Mein Vater würde sagen, dass man nicht von einem Bedingten auf ein Unbedingtes schließen kann.«

Die beiden Weisen des Glaubens saßen mit offenem Mund nebeneinander.

»Das ist eine ganz üble Gotteslästerung«, jammerte der Glatzkopf.

»Es handelt sich um eine niederträchtige Verschwörung«, betonte der Bärtige. »Am besten ignorieren wir diese Gottlosen einfach und suchen uns einen neuen Ort, an dem sie uns nicht stören.«

»Ja«, erwiderte der Glatzkopf. »Wir beginnen ein neues Zeitalter, ein New Age und beachten Ihre abwegigen rationalen Überlegungen einfach nicht.«

»Nun laufen Sie doch nicht gleich davon«, beschwichtigte Metaphysika. »Wir wollten Ihnen wirklich nicht zu nahe treten, aber wir sind schon so lange durch Philosophica gewandert, dass wir das Hinterfragen weder abstellen können noch wollen.«

»Na ja«, meinte der Bärtige. »Vielleicht seid ihr einfach noch zu jung.«

»Wir vergeben euch«, bemerkte der Glatzkopf mit großmütigem Tonfall.

»Ja! Wir vergeben euch!«, wiederholten sie gemeinsam und warfen sich dabei in die Brust.

»Bevor ihr geht, werden wir euch noch ein paar Weisheiten mit auf den Weg geben«, versprach der Bärtige gnädig. »Richtet euer Leben am Willen Gottes aus, denn ihr seid sein Ebenbild.«

»Aber wir wissen doch gar nicht, ob es überhaupt einen Gott gibt«, stöhnte Platonicus-Kanticus.

»Natürlich wisst ihr es!«, unterbrach ihn der Glatzkopf. »Der Mensch selbst ist der beste Beweis für die Existenz Gottes. Das Leben des Menschen lässt sich nur dadurch erklären, dass es einen Gott gibt, der ihn nach seinem Ebenbild erschaffen hat. Es wäre sonst nicht zu verstehen, warum der Mensch der wichtigste Teil der Schöpfung ist. Alles dreht sich um den Menschen. Die Erde wurde erschaffen, um ihm Untertan zu sein. Sogar das ganze Universum dreht sich um den Planeten Erde, auf dem das Ebenbild des Schöpfers wohnt. Dies ist auch der Grund dafür, warum die Sonne um die Erde kreist.«

Ein kurzes Schweigen folgte diesen Worten. Die drei Freunde sahen einander verwundert an.

»Wie lange sind Sie schon in dieser Höhle?«, fragte Platonicus-Kanticus vorsichtig.

»Schon sehr lange, wieso?«, antwortete der Bärtige.

Platonicus-Kanticus schmunzelte. »Haben Sie schon einmal von Kopernikus oder von Galilei gehört?«

»Nein. Wer waren diese Leute?«, fragten die Alten.

»Diese Leute haben nachgewiesen, dass sich die Sonne eben nicht um die Erde dreht. Ich muss Ihnen sagen, dass die Bewegung der Planeten genau andersherum erfolgt. Die Erde dreht sich um die Sonne.«

Die beiden frommen Männer wurden blass.

»Bist du da ganz sicher?«, fragte der Glatzkopf entsetzt.

»Das bin ich«, antwortete Platonicus-Kanticus. »Die Lehren des Kopernikus und des Galilei sind mir gut bekannt. Kopernikus war für meinen Vater so etwas wie ein Vorbild.«

»Aber das würde ja bedeuten, dass sich die Schöpfung gar nicht um den Menschen dreht«, stöhnte der Glatzkopf.

»So ist es«, stellte Platonicus-Kanticus fest.

»Sie wissen ja gar nicht, wie sehr uns das kränkt«, jammerte der Bärtige.

»Es ist natürlich schwer für die Menschen einzusehen, dass sie nicht die Krönung der Schöpfung sind«, tröstete Metaphysika.

»Nein, nein, und nochmals nein«, schimpfte der Glatzkopf. »Der Mensch ist und bleibt das Abbild Gottes, selbst wenn diese Theorie der Erdbewegungen der Wahrheit entsprechen sollte. Gott hat alle Dinge gemacht. Als Letztes schuf er den Menschen, um seiner Schöpfung die Krone aufzusetzen. Der Mensch ist das Ebenbild Gottes.«

»Dann hat Gott aber auch etwas von einem Affen«, kicherte Kalle boshaft.

»Was soll das heißen?«, schrie der Bärtige.

»Sie haben wohl noch nie etwas von einem gewissen Charles Darwin gehört?«, lachte Kalle vergnügt. »Dieser Mann hat eine sehr interessante Lehre über die Entwicklung des Lebens vertreten. Die einzelnen Lebewesen entstanden im Laufe von Jahrmillionen durch die Anpassung ihrer Vorfahren an veränderte Lebensbedingungen. Nach dieser Lehre ist der Mensch nicht die Schöpfung Gottes, sondern hat sich aus einem affenähnlichen Wesen entwickelt.«

»Soll das bedeuten, dass der Mensch vom Affen abstammt?«, schrie der Glatzkopf verzweifelt.

»Nicht ganz«, kicherte Kalle bösartig. »Menschen und Affen haben nur einen gemeinsamen Vorfahren. Affen und Menschen haben sich durch verschiedene Arten der Anpassung entwickelt. Diese Anpassung wird begünstigt durch genetische Veränderungen. Zufällig weicht ein Nachkomme in seinen Eigenschaften ein wenig von seinen Eltern ab. Das nennt man dann Mutation. Wirken sich diese Eigenschaften positiv auf das Überleben aus, so pflanzt sich die Mutation erfolgreich fort, andernfalls erlischt sie.«

»Das ist schrecklich!«, jammerte der Glatzkopf. »Der Mensch als Ergebnis eines Zufalls. Eine Mutation!«

»Noch schlimmer«, wimmerte der Bärtige. »Wenn der Mensch nicht mehr als das Ebenbild Gottes gelten kann, dann ist er auch nicht länger der Herr der Schöpfung. Er hat keinen höheren Rang.«

»Beeindruckend, nicht wahr?«, lachte Kalle. »Ich verehre diesen Darwin. Wenn ich jemals ein Buch schreiben sollte, werde ich ihn fragen, ob ich es ihm widmen darf.«

»Diese Kränkung ist fast noch schwerer zu ertragen als die erste«, stammelte der Glatzkopf.

»Nicht aufgeben«, sagte der Bärtige und klopfte ihm auf die Schulter. »Der Mensch ist und bleibt die Krone der Schöpfung. Vielleicht ist der Schöpfer einige Umwege gegangen, aber er hat den Menschen nach seinem Ebenbild geschaffen. Die Erde ist dazu gedacht, dem Menschen untertan zu sein.«

»Wie kommen Sie zu dieser Behauptung?«, wollte Metaphysika wissen.

»Ganz einfach«, erklärte der Bärtige. »Der Mensch ist das einzige Wesen, das sich allein von seinem Verstand leiten lässt. Die Tiere werden von ihren Trieben beherrscht. Nur der Mensch ist Herr seiner Gedanken und Taten. Aus diesem Grund ist er dazu bestimmt, die Schöpfung zu regieren.«

»Es wird Sie sicher sehr schmerzen zu hören, dass auch dies nicht ganz stimmt«, entgegnete Metaphysika. »Der Mensch wird stärker von seinen Trieben geleitet, als allgemein angenommen. Sigmund von der Oase der Freude hat herausgefunden, dass ein ganzer Teil unserer Psyche, das so genannte Es, nur aus Trieben besteht. Das Es bestimmt das Denken und Handeln des Menschen in starkem Maße. Ein neugeborener Mensch wird sogar ausschließlich von seinen Trieben geleitet.«

»Willst du damit etwa sagen, dass der Mensch nicht einmal mehr Herr im eigenen Haus ist?«, fragte der Bärtige bestürzt.

»So könnte man das ausdrücken«, antwortete Metaphysika.

Die beiden Weisen des Glaubens hatten sich mittlerweile bei den Händen gefasst und starrten in die Ferne wie die machtlosen Zeugen eines Schiffsunterganges.

»Was für eine Kränkung«, jammerte der Glatzkopf noch immer.

»Teufelswerk«, zischte der Bärtige, während sie gemeinsam aufstanden und in den hinteren Teil der Grotte gingen.

»Genau!«, grollte der Glatzkopf. »Es handelt sich um Gottesfeinde.«

»Schert euch zum Teufel!«, rief er, während er einen Stein aufhob.

»Ja, fort mit euch, ihr sündigen Rationalisten!«, schrie der

Bärtige und warf den ersten Stein. »Ihr wisst ja gar nicht, was ihr angerichtet habt. Ihr habt Gott getötet.«

»Halt, halt, einen Moment«, rief Metaphysika. »Wir wollten doch gar nichts gegen Ihren Glauben sagen. Er sollte nur nicht zum Maßstab genommen werden, um das Handeln der Menschen zu beurteilen.«

Ihre Bemühungen waren zwecklos. Schon flog ein weiterer Stein an ihren Ohren vorüber.

»Schert euch fort, ihr Gottesmörder!«, grölten die beiden Alten und warfen jeden Stein, den sie in die Finger bekommen konnten.

»Lasst uns gehen!«, kicherte Kalle. »Wir verlassen diese gastliche Grotte.«

Damit wandte er sich um und ging seinen Freunden voran.

Als sie ans Tageslicht kamen, lief Kalle laut pfeifend und singend ins Freie. Er war offensichtlich hochzufrieden mit dem Verlauf ihres letzten Abenteuers. Nur Metaphysika und Platonicus-Kanticus blieben bedrückt am Eingang zur Höhle zurück.

»Haben wir Gott wirklich getötet?«, fragte Platonicus-Kanticus traurig.

»Natürlich nicht«, entgegnete Metaphysika. »Wir haben nur gezeigt, dass man ihn nicht beweisen kann, und dass man sein Leben nicht auf etwas ausrichten sollte, von dem man noch nicht einmal weiß, ob es existiert.«

»Was bleibt dann noch übrig?«, überlegte Platonicus-Kanticus. »Selbst wenn es Gott gibt, welchen Stellenwert hat es, wenn wir ihm keine Bedeutung für die Menschen mehr zugestehen?«

»Aber das tun wir doch gar nicht«, antwortete die Prinzessin. »Alles, was wir verlangt haben, war, dass die Menschen sich nicht auf Gott berufen sollen, um etwas voneinander zu fordern. Deshalb muss Gott nicht aus unserem Leben verschwinden. Die Menschen können weiter an ihn glauben und ihr Leben nach seinen Worten ausrichten. Niemand hat jedoch das Recht, dies auch von anderen zu verlangen oder sie gar dazu zu zwingen.«

»Ja, richtig«, stimmte Platonicus-Kanticus zu. »Wir können an Gott glauben, aber wir dürfen ihn nicht benutzen, um jemand anderem etwas aufzuzwingen. Gott ist eine Instanz des Glaubens, die jeder Einzelne für sich bewerten muss, aber er ist kein Argument für öffentliche Entscheidungen. Wir können weder beweisen, dass er existiert, noch was er von uns verlangt.«

»War dies nicht genau unsere Frage«, lachte Metaphysika. »Hatten wir uns nicht gefragt, was der Mensch hoffen darf?«

»So ist es«, sagte Platonicus-Kanticus. »Hoffen darfst du alles, nur wissen kannst du wenig!«

XVI. Die Rückkehr zum Spiegel

Oder: Das Rätsel des Schmetterlings

»Ich denke, es ist an der Zeit, dass wir unsere Reise beenden«, sagte die Prinzessin am nächsten Morgen zu ihren beiden Gefährten.

»Willst du damit sagen, dass wir zurückkehren sollten?«, fragte Kalle.

»Vielleicht!«

»Aber wir haben doch längst nicht alles über den Menschen in Erfahrung bringen können!«

»Das mag sein«, antwortete die Prinzessin. »Ich denke, dass es ohnehin unmöglich ist, alle Theorien über den Menschen bei einer Wanderung durch Philosophica zu erforschen.«

Kalle reckte sich und kam mühsam auf die Beine.

»Ich möchte euch an den Grund für unsere Reise erinnern«, fuhr Metaphysika fort, während Platonicus-Kanticus seinem Schlafsack entstieg. »Wir kamen hierher, um zu erkennen, wie der Glückstrunk meines Vaters zu bewerten ist. Was mich betrifft, so habe ich genug erfahren, um mir eine Meinung bilden zu können.«

»Was kann ich wissen? Was soll ich tun? Was darf ich hoffen? Was ist der Mensch?«, wiederholte Kalle die Ausgangsfragen ihrer Reise. »Vielleicht hast du Recht. Wenn wir zurückkehren, werden wir sehen, wie es den Menschen mit dem Glückstrunk ergangen ist. Erst nachdem ich dies beobachtet habe, will ich ein Urteil fällen.«

»Ihr stimmt also zu, dass wir Philosophica fürs Erste verlassen?«, vergewisserte sich Metaphysika.

Die Freunde nickten.

»Allerdings bin ich mir nicht sicher, wie wir Philosophica verlassen können«, sagte Platonicus-Kanticus nachdenklich. »Vielleicht müssen wir den ganzen Weg, den wir gekommen sind, wieder zurückgehen.«

Kalle kratzte sich am Hinterkopf. Mit einem Mal hatte er eine Idee. Er lief zu seinem Rucksack und zog Kognitum hervor.

»Kognitum«, rief er. »Wir brauchen deinen Rat! Wie wird es uns gelingen, dieses Land wieder zu verlassen?«

»In jedem Fall müsst ihr nicht ganz zurück in die Savanne der Ästhetik«, murmelte Kognitum. Der Wanderstab war ein wenig beleidigt, so selten befragt worden zu sein.

»Es ist möglich, Philosophica von jedem Ort aus zu betreten und zu verlassen«, erklärte er. »Wenn ihr entschlossen seid, das Land zu verlassen, so braucht ihr nur unbeirrt einer Richtung zu folgen, und ihr werdet auf einen Ausgang stoßen. Es ist allerdings hilfreich, sich zuvor zu vergegenwärtigen, was man in Philosophica in Erfahrung gebracht hat. Wer weiß, wo er steht, kann besser beurteilen, wohin er seine Schritte lenken will.«

»Vielen Dank«, sagte Kalle und steckte Kognitum zurück in den Rucksack.

Daraufhin machten die drei Freunde sich auf den Weg. Sie durchquerten ein ausgetrocknetes Flussbett und erklommen einen kleinen Hügel, wobei sie peinlich darauf achteten, nicht von der eingeschlagenen Richtung abzuweichen. Die Landschaft zeigte immer zartere Konturen. Es hatte beinahe den Anschein, als sei sie auf Seide gemalt.

»Dort drüben ist ein Ausgang!«, rief Platonicus-Kanticus plötzlich.

Nur wenige Meter von ihnen entfernt stand ein großer Spiegel zwischen einer jungen Weide und einem zerklüfteten Felsen. Zu ihrem Unbehagen entdeckten sie einen Mann, der offensichtlich den Spiegel bewachte. Er trug ein wertvolles Seidengewand und hatte die Haare zu einem Knoten zusammengeschlungen. In den Händen hielt er ein langes, gekrümmtes Schwert.

Es bestand kein Zweifel, sie waren an der richtigen Stelle, denn auch auf dem Rahmen dieses Spiegels waren die Worte »Sapere Aude« eingraviert.

»Dort müssen wir hindurch«, sagte Platonicus-Kanticus zu seinen Freunden.

»Allerdings sieht dieser Bursche dort nicht so aus, als wenn er uns ohne weiteres passieren lassen würde.«

In der Tat stellte sich der Schwertträger vor den Spiegel, als sie sich näherten.

»Was ist euer Begehr?«, fragte er.

»Wir wollen Philosophica verlassen«, erwiderte Kalle. »Also sei so freundlich und tritt beiseite.«

»Das werde ich gerne tun«, sprach der Fremde. »Aber erst möchte ich wissen, warum ihr nach Philosophica gekommen seid, und was ihr in Erfahrung gebracht habt.«

»Wir kamen in dieses Land, um etwas über den Menschen zu erfahren«, berichtete Metaphysika. »Es ging uns um sein Erkenntnisvermögen, seine moralischen Fähigkeiten und seine Hoffnungen.«

»Das lässt sich hören«, bemerkte der Schwertträger. »Was habt ihr gelernt?«

»Es würde wirklich zu lange dauern, alles zu berichten«, erklärte Platonicus-Kanticus. »Also sei so gut und lass uns durch!«

Der Fremde sprang direkt vor den Spiegel und hob drohend sein Schwert.

»Es tut mir Leid«, rief er. »Es ist nun einmal meine Bestimmung, alle in ihrem Wissen zu überprüfen, die auf diesem Wege Philosophica verlassen möchten. Wenn ihr nicht bereit seid, aus freien Stücken Rechenschaft abzulegen, so werde ich euch ein Rätsel aufgeben müssen.«

»Ganz wie du willst!«, sagte Kalle selbstbewusst.

»Es handelt sich um eine Frage, die mich seit langer Zeit beschäftigt«, begann der Fremde. »Stellt euch vor, ihr liegt unter einem Apfelbaum in der Sonne und träumt, ihr wäret Schmetterlinge. Dann stellt ihr euch plötzlich zwei Fragen: Woher weiß ich, ob ich wach bin oder träume? Bin ich ein Mensch, der träumt, er wäre ein Schmetterling, oder bin ich ein Schmetterling, der glaubt, er sei ein Mensch, der unter einem Baum liegt und träumt?«

»Ach, du Heiliger!«, rief Kalle. »Was für ein Unsinn!«

»Von der Beantwortung dieses Unsinns wird es abhängen, ob ich euch passieren lasse oder nicht«, entgegnete der Schwertträger gekränkt. »Ihr habt behauptet, etwas über den Menschen zu wissen. Also solltet ihr beurteilen können, ob es sich bei euch um Menschen handelt, und ob ihr gerade träumt oder wach seid.«

Es dauerte nicht lange, und der Schwertträger wünschte sich, diese Frage niemals gestellt zu haben. Was nun folgte, war ein schier unerschöpflicher Schwall von Bemerkungen, Anmerkungen, Berichten und Verbesserungsvorschlägen, die auf ihn niederprasselten.

Als Erste trat Metaphysika, das schöne dunkelhaarige Mädchen, vor. Sie berichtete von einer Savanne und der Wahrnehmung des Menschen, die notwendig durch Raum und Zeit bestimmt sei. Sie erzählte auch von Kategorien, nach denen die Wahrnehmung gegliedert werde. Der Bericht des Mädchens endete damit, dass nur im Traum die Naturgesetze aufgehoben werden könnten.

Danach ergriff der Junge mit dem kleinen Bauch und dem glücklichen Gesicht, der sich Kalle nannte, das Wort. Er definierte den Menschen als ein vernunftbegabtes Wesen. Allein die Tatsache, dass man sich mit Rätseln beschäftige, weise auf einen Menschen hin, behauptete er. Eine derartige Beschäftigung bei einem Schmetterling anzutreffen, hielt er für recht unwahrscheinlich. Zudem betonte Kalle, dass auf die Erfahrung großer Wert zu legen sei. Diese könne zwar getäuscht werden, sei jedoch von hoher Bedeutung.

»Wenn man sich selbst als Mensch empfindet und von anderen als Mensch behandelt wird, steigt die Wahrscheinlichkeit, dass man ein Mensch ist«, so Kalle. Es sei sehr ungewöhnlich für einen Schmetterling, in enger Beziehung mit Menschen zu leben.

Ihren Höhepunkt erreichte die Argumentationskette in den Ausführungen des Jungen, der sich Platonicus-Kanticus nannte. Dieser behauptete, dass man nie sicher sein könne, ob man wach sei oder gerade träume. Er meinte auch, dass man nicht mit Sicherheit ausschließen könne, ein Schmetterling zu sein.

»Alles, was wir wissen, ist, dass wir sind. Wir denken, also sind wir. Wir sind denkende Wesen. Wenn Schmetterlinge ebenfalls in der Lage wären zu reflektieren, dann könnten auch wir Schmetterlinge sein.«

»Damit gebe ich mich nicht zufrieden!«, rief der Fremde und fuchtelte mit seinem Schwert. »Ihr habt das Rätsel nicht beantwortet, ihr habt die Sache nur kompliziert!«

»Ist das etwa keine Antwort?«, fragte Metaphysika. »Es kann von großem Wert sein zu erkennen, dass die Dinge oftmals schwieriger zu beurteilen sind, als es scheint.«

»Ausreden, alles Ausreden«, fluchte der Schwertträger.

»Hör zu!«, sagte Platonicus-Kanticus. »Wenn du nicht mit unserer Antwort auf dein Rätsel zufrieden bist, finde ich es nur gerecht, wenn auch wir dir eine Frage stellen dürfen.«

Der Fremde schwieg.

»So sei es«, stimmte er schließlich zu.

»Wieso ist es überhaupt wichtig zu wissen, ob man ein denkender Mensch oder ein denkender Schmetterling ist?«, fragte Platonicus-Kanticus.

Der Schwertträger sah ihn verwundert an.

»Könnte es nicht gleichgültig sein, ob ich wache oder träume, ob ich Mensch oder Schmetterling bin, solange ich ein denkendes Wesen bin?«, fuhr Platonicus-Kanticus fort. »Eines ist doch sicher: Ich existiere. Wenn ich aber bin, dann hat mein Sein für mich selbst und für andere Konsequenzen. Sofern ich meiner bewusst bin, und das ist der Fall, stehe ich in der Verantwortung.«

»Ja, genau«, lachte Metaphysika. »Gegenüber den anderen habe ich mich moralisch zu verhalten. Die Forderungen der Moral haben Bestand, ob ich nun ein Schmetterling oder ein Mensch bin. Was mich selbst betrifft, so strebe ich nach dem Glück. Glück besteht aber zu einem großen Teil darin, seine wesentlichen Anlagen zu verwirklichen. Wie wir gesehen haben, verfügen wir über eine ganz entscheidende Fähigkeit: das Denken. Also kommt es darauf an, unsere rationalen Anlagen zu verwirklichen.«

»Wollt ihr damit sagen, dass es keinen Unterschied macht, ob man ein Schmetterling oder ein Mensch ist?«, fragte der Fremde entsetzt.

»Nein«, antwortete Platonicus-Kanticus freundlich. »Es lässt sich jedoch nicht endgültig beweisen. Sicher ist nur, dass wir denkende Wesen sind. Also scheint es doch nur sinnvoll zu sein, unser Leben an der Vernunft auszurichten.«

»Man darf nicht übersehen, dass es sich bei der Frage, ob wir Menschen oder Schmetterlinge sind, um eine Kopfgeburt handelt«, lachte Kalle. »Einmal ehrlich: Wir wissen doch alle, dass wir Menschen sind, auch wenn wir den Beweis in letzter Instanz schuldig bleiben. Wir spüren es aus dem Bauch heraus. Du weißt doch selbst, dass nicht alle Gewissheiten dem Denken entspringen. Es gibt mehr als nur das Denken!«

Der Fremde war ganz wirr im Kopf. Er legte sein Schwert beiseite, setzte sich auf einen Stein und rieb sich die Stirn.

»Wollen wir ihn hier so zurücklassen?«, fragte Metaphysika.

»Warum nicht?«, meinte Platonicus-Kanticus. »Er hat es nicht anders gewollt, und es besteht kein Grund zur Sorge. Ich kann mir für jemanden, der derartig ins Staunen geraten ist, keinen besseren Ort denken als Philosophica.«

»Also springen wir wieder durch den Spiegel!«, sagte Kalle.

Sie fassten einander an den Händen. Dem Schwertträger schenkten sie keine weitere Beachtung. Er saß grübelnd auf seinem Stein.

»Wir kamen aus Neugierde!«, rief Kalle, als sie losliefen.

»Aus Interesse am Menschen, am Wissen, an der Moral und der Hoffnung!«, lachte Platonicus-Kanticus, als sie nur noch wenige Meter vom Spiegel entfernt waren.

»Aus Liebe zur Weisheit!«, rief Metaphysika, als sie sprangen.

XVII. Eine harte Landung

Oder: Der Unterschied zwischen Sein und Sollen

»Au, verdammt!«, schrie Kalle, als sie landeten.

Auch die anderen beiden stöhnten vor Schmerz.

»Wo ist denn die Matratze hin, die Gery Matthust vor dem Spiegel bereitgelegt hatte?«, fragte Platonicus-Kanticus und rieb sich seinen schmerzenden Rücken.

Sie befanden sich wieder auf dem Dachboden des Schlosses, von dem aus sie damals aufgebrochen waren. Allerdings sah alles noch viel verwahrloster aus. Obwohl draußen heller Tag herrschte, waren die Fenster derartig verstaubt, dass kaum ein Lichtstrahl hereindrang. Auch waren viele weitere Gegenstände auf den Dachboden gebracht worden. Wohl nicht ohne Absicht standen gerade vor dem Spiegel viele Kisten aufgestapelt. Hier waren die drei Freunde unsanft gelandet.

»Helft mir hier heraus!«, jammerte Metaphysika aus dem Halbdunkel.

»Wo bist du?«, rief Kalle.

»Ich bin hier, hier hinter der alten Fahne.«

Platonicus-Kanticus und Kalle sahen sich um und begannen, den Dachboden nach der Prinzessin abzusuchen. Bald darauf fanden sie Metaphysika, die zwischen großen Paketen zusammengeschnürter Bücher eingeklemmt war. Ein Teil der Pakete war bei ihrem Sturz aufgerissen, und die Bücher hatten die Prinzessin unter sich begraben. Ihre beiden Freunde konnten sich eines Lächelns nicht erwehren, während sie die Prinzessin aus dieser misslichen Lage befreiten.

»Eine Gemeinheit!«, schimpfte Metaphysika, während sie auf die Beine kam und die herumliegenden Bücher betrachtete. Dann hob sie schnell ein Buch auf, danach ein Nächstes und wieder eines. Erschrocken musste sie feststellen, dass die Seiten all dieser Bücher geschwärzt worden waren. Nur auf der ersten Seite war ein dicker, roter Stempel zu erkennen, der nachträglich in die Bücher eingedruckt worden war.

»No happy end«, stand dort zu lesen.

»Das ist nicht zu fassen«, fluchte Platonicus-Kanticus, der ebenfalls die Bücher betrachtete. »Soll das vielleicht heißen, dass man alle Bücher vernichtet hat, die ein trauriges Ende haben? Dabei sind diese oft die besten.«

»So scheint es«, sagte Kalle. »Allerdings verstehe ich nicht, welchen Sinn das ergeben soll.«

»Der Glückstrank!«, rief Metaphysika. »Ihr wisst doch, mein Vater will, dass alle Menschen immer glücklich sind, und Romane mit einem traurigen Ende stören ihn offensichtlich bei diesem Vorhaben.«

»Das wäre eine Erklärung«, meinte Kalle nachdenklich.

»Lasst uns gehen«, sagte Platonicus-Kanticus. »Ich habe das ungute Gefühl, dass dies nicht die einzige unangenehme Überraschung ist, der wir heute begegnen.«

»Nun gut«, stimmte Kalle zu. »Zuerst sollten wir aber den Spiegel in Sicherheit bringen. Ich habe die Befürchtung, dass er sich in Gefahr befindet.«

»Das können wir gerne tun«, sagte Metaphysika. »Allerdings glaube ich nicht, dass es möglich ist, den Spiegel zu zerstören. Er ist zu stabil. Wer wirklich nach Philosophica gelangen will, der kann dies jederzeit tun.«

Sie verbargen den Spiegel hinter einem großen alten Wandschrank und verdeckten ihn mit weißen Laken. Danach tasteten sie sich durch den dunklen Dachboden und schlüpften in den Geheimgang, der zu den Gemächern der Prinzessin hinabführte. Wieder gingen Platonicus-Kanticus und Metaphysika nebeneinander her, und wieder verspürten sie ein aufregendes Gefühl. Aber als sie das Zimmer der Prinzessin erreichten, machten sie die nächste schlimme Entdeckung.

»Meine Bücher! Wo sind meine Bücher hin?«, rief Metaphysika entsetzt.

Sämtliche Bände waren aus dem Raum verschwunden, die prachtvollen Regale standen nun leer, und die Wände wirkten kahl und nackt. Da gab es auch kein Bild mehr an der Wand. Alles war verschwunden. Nur eine in die Wand eingelassene gläserne Scheibe warf in ununterbrochenem Wechselspiel grelle Farben in den Raum.

Metaphysika rannen Tränen über die Wangen.

»Das kann er doch nicht machen!«, schluchzte sie. »Ich liebte diese Bücher. Einige von ihnen habe ich drei Mal gelesen. Ich kenne die Figuren und deren Gedanken, als wären es meine Freunde. Ich habe mit ihnen gelacht und gelitten. Ich konnte sogar böse auf sie werden, wenn sie etwas unternahmen, was ich nicht billigen konnte.«

Platonicus-Kanticus schloss Metaphysika in die Arme. Dies war der einzige Trost, den er in diesem Augenblick spenden konnte.

»Ich glaube, du musst noch wesentlich mehr ertragen«, sagte Kalle mit heiserer Stimme. Er stand an der großen Fensterscheibe, hatte die Hände zu Fäusten geballt und biss sich auf die Unterlippe.

Metaphysika und Platonicus-Kanticus schrien laut auf, als sie zu ihm traten und aus dem Fenster blickten.

Viel hatte sich verändert, seit sie das letzte Mal hier den Ausblick genossen hatten, sehr viel. Die herrlichen Bäume, die unmittelbar vor dem Fenster gestanden hatten, waren gefällt worden. Ihre Stümpfe ragten wie kahle Gespenster in einen Himmel, der ganz voller Rauch war. Überall fraßen sich breite, graue Straßen durch die Landschaft. Gewaltige Werkhallen waren errichtet worden, aus denen die Menschen wie Ameisen hinein und hinaus eilten. Zwischen den Werkshallen standen große Feldküchen, an denen Köche etwas ausschenkten, das wohl der Glückstrank sein musste.

Die Menschen waren das Erschreckendste an diesem Anblick. Platonicus-Kanticus wurde unweigerlich an die Ameisen im Terrarium des Königs Nieetsche erinnert. Dabei machten alle einen recht zufriedenen Eindruck. Sie sahen stumpf und sonderbar leer aus, schienen aber darüber kein Leid zu empfinden. Mit stetem Fleiß waren sie bei der Arbeit und niemand schien zu klagen.

»Sie sind dabei, die Wälder abzuholzen«, klagte Platonicus-Kanticus. »Wie können sie so gleichgültig die Umwelt zerstören?«

Keiner seiner Freunde antwortete ihm. Erschüttert verfolgten sie das Schauspiel, das sich ihnen bot. Gerade in diesem Augenblick geschah etwas, was ihren Abscheu noch verstärkte. Einer der Holzfäller hatte einen Unfall. Lächelnd hatte er sich versehentlich eine Axt in das eigene Bein geschlagen. Er brüllte wie wahnsinnig, doch niemand kam ihm zu Hilfe. Alle arbeiteten unbekümmert weiter.

»Man muss dem armen Teufel doch helfen«, empörte sich Kalle.

Es dauerte eine ganze Weile, bis eine Frau, die in der Nähe des Holzfällers stand, innehielt und unsicher zu dem Verwundeten hinüberblickte.

Erst jetzt kamen zwei Männer mit einer Trage herbeigelaufen und luden den Verwundeten auf, während alle anderen mit alter Zufriedenheit wieder ihrer monotonen Tätigkeit nachgingen. Die Prinzessin Metaphysika, Kalle Max und Platonicus-Kanticus konnten vom höheren Standpunkt ihres Fensters aus das weitere Schicksal des Holzfällers verfolgen.

Die beiden Träger brachten den Holzfäller nicht etwa in ein Krankenhaus. Sie liefen nur um eine Felsnase herum, wo sie den Verletzten einfach von der Trage schubsten und dort liegen ließen. Er war nicht der Einzige, den man an dieser Stelle zurückgelassen hatte. In dem kleinen Sumpfgebiet, das sich hinter der Felsnase erstreckte, waren mehrere armselige Gestalten zu erkennen, die man offensichtlich dorthin abgeschoben hatte.

Die drei Freunde standen noch lange schweigend vor der großen Fensterscheibe. Sie blieben dort, bis es Abend wurde, die Leute draußen Feierabend machten und sich einen Trank aus der Feldküche abholten.

Die drei Freunde beobachteten auch, dass die Menschen kaum miteinander sprachen. Jeder war für sich zufrieden und setzte sich allein vor eine jener Scheiben, wie sie jetzt auch in den Räumen der Prinzessin angebracht worden war. Dort betrachteten sie wie gebannt die schillernden Farbspiele und nahmen von Zeit zu Zeit einen Schluck aus einer Flasche. Selbst wenn zwei Menschen miteinander zärtlich wurden, beachteten sie den anderen kaum. Eigentlich konnte man nicht von Zärtlichkeit sprechen, denn alles geschah mechanisch und ohne ein Anzeichen von Leidenschaft.

Es waren noch viele Tränen, die über Metaphysikas Gesicht rannen, während ihre Miene hart und bitter wurde.

»Ich kann einfach nicht begreifen, warum die Menschen so etwas mitmachen. Selbst König Nieetsche wäre niemals so weit gegangen«, sagte Platonicus-Kanticus, als er sich endlich vom Fenster abwandte.

»Sie begreifen nicht, was mit ihnen gespielt wird«, vermutete Kalle und ließ sich in einen Haufen Kissen fallen. »Dein

Vater hat mit seinem Zaubertrank wirklich Erfolg. Der ideale Zustand für einen Ausbeuter ist erreicht, wenn die Ausgebeuteten gar kein Bewusstsein mehr dafür entwickeln, dass sie ausgenutzt werden.«

»Aber wie ist es ihnen möglich, diese wundervollen Bäume abzuhacken?«, rief Platonicus-Kanticus.

»Ganz einfach«, antwortete Kalle. »Dieser Zustand der Zufriedenheit, in dem sich die Menschen befinden, hat sie blind gemacht für die einmalige Schönheit der Natur.«

»Aber sie zerstören doch ihren eigenen Lebensraum!«

»Das stimmt«, bemerkte Kalle. »Aber sie haben überhaupt kein Gespür mehr für ihre eigentlichen Bedürfnisse.«

»Was ist mit dem Verwundeten? Warum hat ihm niemand geholfen?«, fragte Metaphysika, während sie sich endlich vom Fenster losriss.

»Ja, der Verwundete«, meinte Kalle. »Die Menschen sind gleichgültig gegenüber dem Leid der anderen geworden. Müssten sie sich um die anderen kümmern, geriete ihre ganze schöne Zufriedenheit ins Wanken. Deshalb beachten sie einander nicht mehr.«

»Aber eine Frau hätte dem Holzfäller beinahe geholfen«, wandte Platonicus-Kanticus ein.

»Aus diesem Grund kamen ja gleich die beiden Männer mit der Trage herbeigelaufen«, erklärte Kalle. »Wenn die Frau sich um den Holzfäller gekümmert hätte, hätte sie sein Leid richtig begriffen. Wäre das geschehen, hätte die Frau nicht mehr glücklich und zufrieden sein können. Ist sie aber nicht zufrieden, fängt sie an nachzudenken, und wer nachdenkt, kann das ganze System infrage stellen.«

»So ist es«, stimmte Platonicus-Kanticus zu. »Der Holzfäller war nicht der Einzige, der aus dem Wege geräumt worden ist. Wer nicht zufrieden ist, stört die Gesellschaft und wird ausgestoßen.«

»Aber wir wissen doch alle, dass dies unrecht ist«, klagte Metaphysika.

»Das ändert nichts daran, dass es so ist«, stellte Kalle nüchtern fest.

»Es soll aber nicht so sein«, rief Platonicus-Kanticus.

»Genau«, ergänzte Metaphysika und stemmte die Hände in die Hüften. »Hier herrscht ein ganz gewaltiger Unterschied zwischen dem, was ist, und dem, was sein sollte.«

Mit diesen Worten schritt die Prinzessin energisch auf die Zimmertür zu.

»Wo willst du hin?«, riefen ihr Platonicus-Kanticus und Kalle nach.

»Zu meinem Vater«, schrie sie und riss die Tür auf.

»Bist du sicher, dass das jetzt der richtige Augenblick ist?«, fragte Platonicus-Kanticus und versuchte, sie zurückzuhalten.

»Ja, verdammt!«, wütete Metaphysika. »Wenn ich es nicht gleich tue, verliere ich meine Mitte!«

Platonicus-Kanticus und Kalle Max liefen durch die breiten Flure des Schlosses hinter der aufgebrachten Prinzessin her.

»Was willst du deinem Vater denn sagen?«, fragte Kalle.

»Eine ganze Menge!«, schnaubte Metaphysika.

Als die Prinzessin den Thronsaal erreicht hatte und gerade die mächtigen Türen aufstoßen wollte, machte Kognitum einen letzten Versuch, sie zurückzuhalten.

»Meinst du nicht, wir sollten noch etwas warten?«, empfahl er. »Vielleicht wären wir gut beraten, erst darüber nachzudenken, wie wir vorgehen sollten.«

»Nein«, erwiderte Metaphysika. »Ich habe das richtige Gefühl. Ich bin ganz eins mit mir und meiner Handlung. Man soll nicht immer nur grübeln. Du weißt ja selbst, dass da mehr ist als nur Denken!«

Sie warf ihren Begleitern einen trotzigen Blick zu und stieß energisch die großen Flügeltüren des Saales auf.

Im Thronsaal herrschte gähnende Leere. Außer König Huxley und dem Zauberer war niemand anwesend.

Die beiden staunten sehr, als sie Metaphysika, gefolgt von ihren Freunden, auf sich zukommen sahen.

»Oh, meine Tochter!«, rief König Huxley. »Wie schön, dass du wieder bei uns bist.«

»Was hast du mit diesem Land und seinen Menschen gemacht?«, fauchte die Prinzessin.

»Ich habe sie glücklich gemacht, was sonst!«

»Das hast du nicht. Du hast aus ihnen einen Haufen Ameisen gemacht. Wo sind meine Bücher?«

»An einem sicheren Ort. Ich war gezwungen, die Bücher einzusammeln. Viele von ihnen hindern die Menschen daran, glücklich zu werden.«

»Aber diese Menschen da draußen sind nicht glücklich.«

»Natürlich sind sie das. Du kannst sie selber fragen«, lachte König Huxley.

»Wie können sie glücklich sein, wenn sie die Natur zerstören«, rief Platonicus-Kanticus.

»Die Menschen brauchen die Natur nicht mehr«, erklärte der Zauberer. »Sie haben keine Ehrfurcht mehr vor der Natur. Wir mussten die Religionen verbieten. Daher gibt es niemanden mehr, der die Menschen dazu auffordert, unnötigerweise Achtung vor der Schöpfung zu haben.«

»Die Natur braucht keine Religion, um wertvoll zu sein«, schnaubte Kalle. »Sie ist an sich schützenswert.«

»Langsam, langsam«, sagte König Huxley gelassen. »Als Menschen können wir doch nur etwas in Beziehung auf den Menschen als gut oder schlecht bewerten. Für meine Untertanen hat die Natur keinen Wert mehr. Sie sind auch ohne die Natur glücklich.«

»Das ist nicht wahr!«, widersprach Metaphysika. »Die Menschen in diesem Land sind nicht glücklich.«

»Wollen Sie damit sagen, dass mein Zaubertrank versagt hat?«, fragte der Zauberer und rollte drohend die Augen.

»Genau das will ich!«, bestätigte die Prinzessin. »Ihr habt übersehen, dass der Mensch überhaupt nicht in der Lage ist, das Glück als Dauerzustand zu erleben. Der Mensch ist ein dialektisches Wesen. Er weiß das Gute erst richtig zu schätzen, wenn er das Böse gesehen hat, und er empfindet das Glück am stärksten, wenn er auch Erfahrungen mit dem Leid machen musste. Jedes Glück verkommt ohne diese Wechselwirkung nach einiger Zeit zu einer schnöden, blassen Zufriedenheit.«

»Na und?«, sagte der König gelassen. »Zufriedenheit ist doch wohl besser als Leid.«

»Das ist allein deine Meinung«, rief seine Tochter empört. »Die Menschen haben das Recht, diese Entscheidung für sich allein zu treffen.«

»Das wäre ja noch schöner«, lachte der Zauberer. »Dann müssten wir zulassen, dass jeder sein Leben selbst bestimmt.«

»Genau darin liegt das Verbrechen. Sie treten ein grundsätzliches Recht mit Füßen«, bemerkte Platonicus-Kanticus. »Durch Ihre Herrschaft hören die Menschen auf, Mensch zu sein. Wir haben beobachtet, dass sie sich kaum noch miteinander unterhalten. Der Mensch ist aber ein soziales Wesen. Die Menschen in Ihrem Land sind total entmündigt und verlieren somit ihre Freiheit. Sie verweigern Ihren Untertanen das selbstständige Denken. Die Möglichkeit zum freien und eigenmächtigen Denken aber ist es, die uns von den Tieren unterscheidet. Wenn es überhaupt so etwas wie ein bleibendes Glück gibt, dann besteht es in der Verwirklichung dieser Anlage.«

Für kurze Zeit herrschte eisiges Schweigen.

»Selbst wenn dies alles richtig wäre«, sagte der König schließlich. »Warum sollte ich diesen Zustand ändern? Ich habe durch ihn große Vorteile. Die Geschäfte gingen noch nie so gut.«

»Was du tust, ist böse, Vater«, sagte Metaphysika leise, aber mit fester Stimme. »Man darf Menschen nicht als Mittel zum Zweck missbrauchen.«

»Wieso? Niemand leidet darunter. Ich bin sehr zufrieden, und die Leute bemerken nicht, dass ich sie benutze. Niemand hat etwas einzuwenden. Du solltest einmal sehen, wie sie sich um ihre Rationen des Zaubertranks reißen!«

»Es bleibt dennoch Unrecht«, erwiderte Metaphysika. »Du hinderst die Menschen daran, sich individuell zu entfalten und ihr persönliches Glück zu finden. Das ist selbst dann böse, wenn die Betroffenen es nicht bemerken. Als wir in Philosophica waren, sind wir auf eine Höhle gestoßen, in der man Gefangenen eine falsche Welt vorgegaukelt hat. Sie waren zufrieden mit diesem Trugbild und haben sich sogar gegen ihre Befreiung gewehrt. Dennoch bin ich sehr glücklich, dass wir versucht haben, sie zu befreien.«

»Richtig!«, rief Kalle. »Hier geschieht genau dasselbe. Auch Sie halten Ihre Untertanen wie in einer Höhle. Nur das Gaukelspiel ist raffinierter geworden.«

»Sei vorsichtig mit dem, was du sagst!«, fauchte der Zauberer und brachte Kalle mit einer herrischen Handbewegung zum Schweigen.

König Huxley lehnte sich amüsiert auf seinem Thron zurück.

»Angenommen, ihr habt Recht, und mein Verhalten ist böse. Was sollte mich dazu bewegen, mein Vorgehen zum Guten zu ändern, wo mich der jetzige Zustand doch so glücklich macht?«

»Sie sind nicht glücklich, Sie sind reich. Das ist nicht dasselbe«, wandte Platonicus-Kanticus ein. »Auch Sie sind ein soziales Wesen. Auch Sie brauchen Freunde, um glücklich zu sein. Doch wie sollte jemand Ihr Freund sein wollen, da Sie alle Menschen nur benutzen. Was noch schlimmer ist: Sie können noch nicht einmal Ihr eigener Freund sein. Wer sich bewusst ist, immer nur auf Kosten anderer zu leben, der wird eines Tages nicht mehr ohne Scham in den Spiegel sehen können.«

»Bisher habe ich damit keine Schwierigkeiten«, höhnte der König.

»Dann benutze deine Vernunft!«, forderte seine Tochter. »Kannst du wirklich wollen, dass sonst jemand so etwas tut wie du? Könntest du dir vorstellen, dass dein Handeln Grundlage für das Verhalten aller Menschen sein würde?«

»Nein, das kann ich nicht«, gestand Huxley gelassen ein. »Ich habe doch schon zugegeben, dass meine Herrschaft böse sein könnte. Selbstverständlich will ich nicht, dass andere sich so verhalten. Aber für mich mache ich eine Ausnahme.«

»Du entscheidest dich also ganz bewusst für das Unrecht, sofern es für dich von Vorteil ist?«, fragte Metaphysika.

»Ja, na und?«, bestätigte der König lachend.

»Du solltest wissen, dass du soeben eine Grundsatzentscheidung getroffen hast«, klagte seine Tochter. »Du hast dich dagegen entschieden, ein soziales Wesen zu sein, das mit anderen kooperiert. Du siehst die menschliche Gemeinschaft nur noch als Mittel zum Zweck und bist nicht bereit, ihr einen höheren Stellenwert einzuräumen.«

»So ist es!«, bestätigte ihr Vater.

»Jenseits dieser Grundhaltung versagt jedes Argument«, sagte die Prinzessin verbittert. »Es bleibt mir nur noch die Gewalt, um dich von deinem Vorhaben abzubringen.«

Mit diesen Worten stürmte sie auf den Zauberer zu.

»Sie werden sofort diesen Zaubertrank aus der Welt schaffen und seine Formel vernichten!«, rief Metaphysika schneidend, während sie sich auf den Magier stürzte.

»Endlich! Es geht wieder los«, jubelte Kalle und versuchte, König Huxley am Kragen zu packen.

In diesem Augenblick erhob der Zauberer die Hände und sprach mit herrischer Stimme eine magische Formel. Die drei Freunde fielen zu Boden und blieben dort wie versteinert liegen. Es war ihnen unmöglich, sich zu rühren. Sie wollten sprechen, aber ihre Lippen blieben stumm. Platonicus-Kanticus erinnerte sich an das Gespräch, das er zusammen mit Kalle belauscht hatte, und daran, wie augenblicklich Kassandrus der Postmann verstummt war. So wie ihnen musste es wohl auch ihm ergangen sein. Hilflos mussten sie mit anhören, wie der König mit seinem Zauberer über ihr Schicksal beriet.

»Ich habe dir gesagt, dass sie bei ihrer Rückkehr Unruhe stiften würden«, bemerkte der König und machte sich einen Spaß daraus, Kalle an den Ohren zu ziehen.

»Was soll nun mit ihnen geschehen?«, fragte der Zauberer.

»Wir haben drei Möglichkeiten«, erklärte der König. »Wir können sie auf die Insel in den Großen Seen verbannen wie das übrige unbeugsame Volk. Ebenso wäre es möglich, ihnen so viel von dem Glückstrank einzuflößen, dass sie jeden Gedanken an Widerspruch vergessen. Die dritte Möglichkeit ist der Elfenbeinturm, in dem wir all die beschlagnahmten Bücher und Bilder untergebracht haben.«

»Ich würde die dritte Möglichkeit bevorzugen, Majestät«, empfahl der Zauberer. »Wir haben bisher noch niemanden dorthin abgeschoben. Es wäre interessant zu erfahren, ob sich dieser Ort dazu eignet, Menschen aus dem Verkehr zu ziehen und damit mundtot zu machen.«

»Einverstanden«, lachte König Huxley. »Versuchen wir es mit dem Elfenbeinturm. Die drei werden dort sicher sehr friedlich sein. Sie beschäftigen sich doch so gern mit wichtigen Gedankengängen. In der Bequemlichkeit des Elfenbeinturms wird das eine wahre Freude für sie sein.«

XVIII. Wozu das alles?

Oder: Die Bequemlichkeit des Elfenbeinturms

Erst am nächsten Morgen waren die drei Freunde wieder in der Lage, sich zu bewegen und miteinander zu sprechen. Doch kaum konnten sie sich rühren, wurden sie gefesselt und abgeführt.

Das Gerede über den Elfenbeinturm hatten sie für einen Geheimcode gehalten und erwarteten nun, in einen finsteren Kerker geworfen zu werden.

Um so erstaunter waren sie, als man sie durch den immer noch in alter Pracht erblühten Schlosspark zu einem eleganten weißen Turm führte, der sich kühn in den Himmel schwang und weithin im Licht des Tages glänzte.

An der Pforte nahm man ihnen die Fesseln ab, hieß sie eintreten und verschloss die Tür sorgsam hinter ihnen. Die Überraschung war groß, als sie erkannten, wie angenehm auch das Innere des Turmes gestaltet war. Fenster gab es, wohl wegen der Fluchtgefahr, nur in den oberen Stockwerken. Das Gebäude war jedoch so geschickt konstruiert, dass der Sonnenschein jeden Raum erfüllte. Eine Wendeltreppe schraubte sich geschmeidig von Stockwerk zu Stockwerk empor und endete in einem kleinen behaglichen Kaminzimmer.

Doch auch die anderen Etagen luden zum Verweilen ein. Auf jeder Plattform standen bequeme Sofas oder lagen weiche Kissen. Besonders begeistert waren die drei von den vielen Büchern. An allen Wänden standen voll gestapelte Bücherregale. Wie sie später erfuhren, hatte man das gesamte verbotene Schrifttum eingesammelt und in den Elfenbeinturm geschafft. Die Bücher waren sorgfältig sortiert, und so war es möglich, sogleich jede Schrift zu finden, die das Herz begehrte.

Es dauerte nicht lange, da fanden sie die vollständigen Werke von Lasse Aristotel. Metaphysika verschlang sofort den Bericht über seine Erlebnisse mit Nikomachos und dem Schiff der *Mitte*. Platonicus-Kanticus stieß auf die Schriften seiner Eltern und entschied sich, den Reisebericht zu lesen, den sein Vater über die Savanne der Ästhetik geschrieben hatte.

Kalle stürzte sich auf die Abhandlung von Frau Platonicus über den gerechten Staat.

So verbrachten sie die nächsten Tage mit gierigem Lesen und die Nächte mit anregenden Gesprächen.

Wenn sie ihre Lektüre beendet hatten, machten sie sich erneut auf die Suche und fanden Bücher, die sie für die Schriften von René dem Zweifler, Sigmund von der Oase der Freude, Thomas Hupps und Arthuro Weltschmerz hielten. Sonderbar war lediglich, dass die Verfasser nicht denselben, sondern nur einen ähnlichen Namen trugen. Oft unterschieden sich die Namen nur durch winzige Feinheiten von denen der Menschen, denen sie in Philosophica begegnet waren. So fanden sie viele Schriften eines Herrn Schopenhauer. Arthuro Weltschmerz war jedoch nicht aufzufinden. Ein David Hume war zu finden, und in einem Regal standen die Werke eines Sir Karl Popper. David Hummel und Karl von Klopper waren allerdings trotz intensiver Suche nicht aufzutreiben.

Was den Inhalt betraf, so stimmte er zumindest in groben Zügen mit jenen Ideen überein, die ihnen in Philosophica vorgestellt worden waren. Allerdings behandelten die Autoren viele andere faszinierende Gedanken, die den drei Freunden nicht vertraut waren. Eine Besonderheit stellte ein Autor mit Namen Friedrich Nietzsche dar. Seine Schriften konzentrierten sich ebenfalls auf einen Willen zur Macht, wiesen aber in vielen Punkten deutliche Unterschiede zu den Ansichten König Nieetsches auf.

»Ich denke, man kann die Haltung von König Nieetsche als eine extreme Interpretation jener Lehren verstehen, die bei Friedrich Nietzsche zu finden sind«, sagte Kalle eines Abends, nachdem er seine Lektüre beendet hatte. Anschließend entdeckten sie die Schriften eines Plotin, John Locke, René Descartes und Jean-Paul Sartre. Kein Lexikon enthielt Informationen über die Existenzpflanze Heideegger oder den Mann vom Kirkegarten. Dafür stießen sie auf die Namen Martin Heidegger und Sören Kierkegaard. Platonicus-Kanticus schlug nach, in welcher Beziehung das hölzerne Pferd, welches sie in den Bergen der Erkenntnis benutzt hatten, mit dem Patentamt in Ithaka stand, und Kalle fand einen Stammbaum der Familie Herodot. Es gab einfach zu viel, was sie überprüfen mussten. Über den bedürfnislosen Diogenes, den jungen Wärter, die Katzen des Zen, Kopernikus und Charles Darwin. Sie konnten nicht anders, sie mussten alles genau nachlesen.

Tagelang versenkten sie sich in die Bücher, und jeden Abend führten sie lange, anregende Gespräche über ihre neuen Erkenntnisse. Sie verglichen verschiedene Werke, überprüften die angeführten Argumente und diskutierten die zentralen Thesen. So verstrichen ganze Wochen. Sie lagen auf den komfortablen Sofas, lasen die herrliche Literatur und führten fesselnde Diskussionen. Täglich wurde ihnen ein köstliches Mahl heraufgebracht, sodass sie keinen Mangel litten. Wahrscheinlich würden sie sich noch immer im Elfenbeinturm befinden, hätte Kalle sich nicht eines Tages von seiner Lektüre losgerissen und aus dem Fenster die Außenwelt gesehen.

Als Platonicus-Kanticus und Metaphysika eines Morgens einen der höher gelegenen Leseräume betraten, fanden sie Kalle nachdenklich am offenen Fenster. Gerade als die beiden im Begriff waren, sich behaglich auf ein Sofa fallen zu lassen, drehte Kalle sich zu ihnen herum.

»Wir dürfen so nicht weiter machen!«, begann er entschlossen.

»Was meinst du?«, fragte Platonicus-Kanticus.

»Ich meine damit, dass wir nicht weiter hier herumliegen dürfen, während es in der Welt immer schlimmer zugeht«, erklärte Kalle ernst. »Habt ihr in letzter Zeit einmal aus dem Fenster gesehen? Der Anblick ist grauenhaft!«

»Du hast Recht«, stimmte Metaphysika zu. »Wir sind meinem Vater auf den Leim gegangen. Wir sind nicht besser als die Menschen, die da draußen die Welt zerstören. Sie konsumieren ihren Glückstrank, und wir haben uns in die Bequemlichkeit des Elfenbeinturms zurückgezogen. Wir beteiligen uns zwar nicht direkt an der Zerstörung, aber wir verhindern sie auch nicht.«

Platonicus-Kanticus nickte still. »Mir kamen in den letzten Tagen ähnliche Gedanken«, gestand er schließlich.

»Du machst dir Sorgen um deine Familie, nicht wahr?«, fragte Kalle.

»Ja, sicher«, stimmte Platonicus-Kanticus zu. »Aber das ist es nicht allein. Ich habe gerade ein Buch mit dem Titel *Prinzip Verantwortung* gelesen. Dabei musste ich einsehen, dass aus ethischen oder moralischen Erkenntnissen auch eine Pflicht zum Handeln erwächst. Erinnert euch an unseren Freund Glaukon! Auch für ihn zog Erkenntnis Verantwortung nach sich. Er ließ es nicht bei der eigenen Befreiung bewenden, sondern ist in die Höhle zurückgekehrt. Wie aber steht es mit uns? Welchen Sinn machen unsere Studien und Diskussionen im Elfenbeinturm, wenn sie für unser Handeln in der Welt außerhalb des Turmes folgenlos sind? Was soll das alles, wenn Denken keine Konsequenzen nach sich zieht?«

Metaphysika hielt gleich zwei Bücher in ihren Händen. Auf dem einen stand: Die Ästhetik des Widerstandes. Das andere Buch trug den Titel *Erziehung zur Mündigkeit.*

»Ich möchte euch nur einen Satz aus diesem kleinen Buch vorlesen«, erklärte sie und schlug das letztere Werk auf. »Die Konkretisierung der Mündigkeit besteht darin, dass die paar Menschen, die dazu gesonnen sind, mit aller Energie darauf hinwirken, dass die Erziehung eine Erziehung zum Widerspruch und zum Widerstand ist.«

»Damit ist eigentlich alles gesagt«, bemerkte Platonicus-Kanticus nach einer kurzen Pause. »Es ist unsere Pflicht, Widerstand zu leisten. Tun wir dies nicht, so verlieren wir unsere Mündigkeit. Ich denke, wir werden den Elfenbeinturm verlassen müssen. Das Leben außerhalb des Turms wird mit Sicherheit nicht diese Bequemlichkeiten bieten. Sofern wir aber bestrebt sind, uns selbst treu zu bleiben, ist dieser Schritt unvermeidlich.«

»In der Annahme moralischer Pflichten liegt die Erfahrung der Freiheit«, erinnerte sich Kalle Max.

»Bleibt nur noch die Frage, wie unser Widerstand aussehen soll?«, überlegte Metaphysika.

»Das hängt ganz von deinem Vater ab«, antwortete Platonicus-Kanticus. »Erinnerst du dich noch an unser Gespräch über den gerechten Staat am Tage nach der Revolution?«

»Natürlich.«

»An jenem Tag hatten wir uns darauf geeinigt, dass Gewalt abzulehnen sei, solange es möglich ist, seine freie Meinung in Sprache und Schrift zu äußern. Ist die Freiheit der Feder allerdings verboten, so ist der Staat in den Naturzustand zurückgefallen, und es ist jedermann erlaubt, sich zu wehren.«

»In diesem Fall kann Widerstand sogar zur Pflicht werden und einen ästhetischen Wert erhalten«, bemerkte Metaphysika und schwenkte das zweite Buch, das sie noch immer in den Händen hielt.

»Wir verlassen also den Elfenbeinturm«, stellte Platonicus-Kanticus fest.

»Ja«, bestätigte Metaphysika.

»Was ist mit dir, Kalle?«, fragten beide wie aus einem Mund.

»Ich bin ohnehin entschlossen, Widerstand zu leisten«, sagte dieser und zuckte mit den Schultern.

»War es der Blick aus dem Fenster, der dich überzeugte?«, fragte Platonicus-Kanticus.

»Zum einen der Blick und zum anderen dieses lateinische Wörterbuch«, erwiderte Kalle und grinste. »Ich habe endlich nachgeschlagen, um zu erfahren, was die Worte ›Sapere Aude!‹ bedeuten.«

Nachdem Kalle ihnen laut die Bedeutung des Spruches verlesen hatte, beschlossen sie, ihn zu ihrem Wahlspruch zu machen und verließen noch am selben Abend den Elfenbeinturm.

Über ihren Ausbruch ist nur wenig bekannt. Man vermutet, dass sie sich mit Bettlaken abgeseilt oder eine Wache überwältigt haben. Sicher ist nur, dass mit diesem Tag die turbulente Zeit des Widerstandes begann.

Ihre erste Aktion bestand darin, in die Schlossküche vorzudringen und eine Tagesration des Glückstrankes zu verderben. Später verteilten sie Bücher unter der Bevölkerung, die sie aus dem Elfenbeinturm entwendet hatten. Sie begannen, Wagenkolonnen mit dem Glückstrank aufzulauern und deren Ladung zu vernichten. Sie drangen in Häuser und

Wohnungen ein, und erreichten es, durch eindringliche Gespräche und hartnäckige Fragen den Bewohnern ihr Glück madig zu machen. Für viele ihrer Zuhörer gewann das Glück des Zaubertrankes auf diese Weise einen faden Beigeschmack.

Ein harter Kampf entbrannte zwischen König Huxley und den drei Freunden. Immer wieder entgingen sie mit knapper Not seinen Häschern. Doch trotz der Strapazen hätte keiner von ihnen die aufregenden und glücklichen Erlebnisse jener Jahre missen wollen. Ihre kleine Schar erhielt stetigen Zulauf. Unter ihren neuen Mitstreitern waren Menschen unterschiedlichster Herkunft. Ausgestoßene waren unter ihnen, denen ein ähnliches Schicksal zuteil geworden war wie dem Holzfäller, dessen Unfall sie am Abend ihrer Ankunft beobachtet hatten. Auch Geächtete stießen zu ihnen. Es handelte sich vornehmlich um Personen, die die Einnahme des Trankes verweigert hatten.

Unterschlupf fand die Gruppe in den unwegsamen Sümpfen an den großen Seen. Platonicus-Kanticus war mit dem Gelände vertraut. Mehr und mehr erhielten sie heimliche Unterstützung aus seinem Dorf. Von hier aus operierten sie sehr erfolgreich. Immer wieder gelang es ihnen, Menschen von der Einnahme des Trankes abzuhalten und kleine Gruppen zu Reisen nach Philosophica zu bewegen.

Wer aus dem Lande Philosophica zurückkehrte, war fast immer bereit, sich ihnen anzuschließen. Auf diese Weise wuchs die Widerstandsgemeinschaft langsam, aber stetig an.

König Huxley sah sich mehrmals gezwungen, seine Taktik zu ändern. Er suchte stets neue Wege, um den Menschen ihre tägliche Glücksdosis zu verabreichen. Pillen, präpariertes Brot und schließlich Belüftungsanlagen, die in jedem Haushalt installiert wurden, kamen zum Einsatz.

Dennoch leistete die Gruppe weiterhin hartnäckig Widerstand. Platonicus-Kanticus' Eltern und andere Denker aus der Verbannung zu befreien, war ein Erfolg, auf den sie besonders stolz waren. Auf diese Weise stießen auch Kassandrus der Postmann sowie Gery Matthust und seine Freunde zu ihnen. Sie führten ein hartes, gefährliches Leben, aber sie waren glücklich dabei.

Eines Morgens saßen Prinzessin Metaphysika, Platonicus-Kanticus und Kalle Max am Ufer des Sees und betrachteten andächtig den Sonnenaufgang, während wie üblich am Horizont Nebelschwaden vorüberzogen.

»Niemals habe ich den See frei von Nebel sehen können«, flüsterte Metaphysika nachdenklich.

»Mir geht es nicht anders«, gestand Kalle. »Es ist aber ein tröstliches Gefühl zu wissen, dass es sonnige Abschnitte gibt. Mehr dürfen wir wohl nicht erwarten. Es bleibt fraglich, ob der Nebel jemals vollkommen verschwinden wird.«

»Ich glaube nicht, dass es uns eines Tages vergönnt sein wird, die Weite des Sees ganz zu überblicken«, lachte Platonicus-Kanticus. »Aber der Versuch allein ist aufregend genug!«

Kapitel I

Platonicus-Kanticus:
Ahnenforscher glauben beweisen zu können, dass es sich bei den Familien Kantici bzw. Platonici um Nachfahren der Philosophen Kant bzw. Platon handelt.

Immanuel Kant:
Kant (Königsberg, 22.04.1724 – 12.02.1804) ist wohl der berühmteste deutsche Philosoph. Hauptwerke: *Kritik der reinen Vernunft*, 1781, *Kritik der praktischen Vernunft*, 1788, *Kritik der Urteilskraft*, 1790.

Platon:
Platon (Athen, 427–347 v. Chr.) gilt als einer der bedeutendsten griechischen Philosophen der Antike. Er war Schüler des Sokrates. Diesem zu Ehren verfasste Platon seine Werke in Dialogen, in denen Sokrates zu Wort kommt. Eines seiner Hauptwerke: *Politeia/Der Staat.*

Dogmatikerin bzw. Dogmatismus:
Aufwertung unbewiesener Lehrsätze zu absoluten Wahrheiten.

Das Wasser des Vergessens:
Fachleute halten das Wasser für einen weiteren Hinweis auf

Platon. Das Wasser des Vergessens spielt in dessen Gleichnissen zur Seelenwanderung eine wichtige Rolle.

Simone, Freundin des Platonicus-Kanticus:
Will man gewagten Auslegungen glauben, könnte es sich um Simone de Beauvoir handeln. Die französische Philosophin und Schriftstellerin (Paris, 1908–1986), war Lebensgefährtin von Jean-Paul Sartre und ist eine der großen Figuren der Frauenbewegung des 20. Jahrhunderts.

Prämisse:
Voraussetzung, Grundlage für eine logische Folgerung.

Ich, Gott, Welt:
In der Philosophie Kants sind diese drei Größen notwendige, wenn auch nicht bewiesene Voraussetzungen für eine sinnvolle menschliche Welterkenntnis. Kant spricht daher von regulativen, nicht von konstitutiven Ideen.

Feudalicus:
Der Ritter verkörpert eine typische Erscheinung des Feudalismus. Als Feudalismus bezeichnet man die Wirtschaftsform des Mittelalters und der frühen Neuzeit. Die meist adligen Grundherren stützten ihre Macht und ihren Reichtum auf die Arbeit der von ihnen abhängigen Bauern und Leibeigenen.

Die Epikureer:
Mit dieser Äußerung wollten Frau Platonica und Herr Kanticus die Schüler des antiken Philosophen Epikur (Samos, 342 – Athen, 271 v. Chr.) bezeichnen. Die Philosophie der Epikureer erhebt die Freude und das Glück zum höchsten Ziel menschlichen Lebens. Ein Teil von Epikurs Theorie

über den Tod ist auch in den Reden des Diogenes (Kapitel VII) zu finden.

Autonomie:
(griech. *autos*: »selbst« und *nomos*: »Gesetz«) Kant definierte die Autonomie im Sinne einer Selbstbestimmung vernunftbegabter Wesen als Schlüsselbegriff seiner Ethik. Demnach ist der Mensch frei, sofern sein Denken und Handeln, unabhängig von Zwang und Neigung, von einem durch Vernunfteinsicht autonom gewählten Sittengesetz bestimmt wird.

König Huxley:
Der Namensvetter des Königs, Aldous Huxley (Godalming, 1894 – Los Angeles, 1963) hat einen Roman geschrieben, um vor den Machenschaften des Königs zu warnen. Das Buch trägt den Titel: *Brave New World/Schöne Neue Welt.*

Kalle Max:
Die Ähnlichkeiten mit dem dt. Philosophen Karl Marx (Trier, 1818 – London, 1883) sind nicht zu übersehen und finden sich in allen Kapiteln der Erzählung. Marx entwickelte eine ökonomische Gesellschaftstheorie, derzufolge die Geschichte der Menschheit durch Revolutionen und Aufstände auf das Endziel einer freien Gemeinschaft der arbeitenden Bevölkerung ohne Privatbesitz zustrebt.

Metaphysika:
Diesen Namen soll die Prinzessin von Andronicos von Rhodos erhalten haben. Als Metaphysika werden allgemein jene Überlegungen bezeichnet, die sich streng physikalischen oder logischen Beweisführungen entziehen. Seit Aristoteles wird beispielsweise nach den letzten Prinzipien gefragt, nach denen die Welt geordnet ist.

Lasse Aristotel:
Angesehene Forscher sind sich sicher, dass es sich um den griechischen Philosophen Aristoteles (Stagira, 394 – Chalkis, 322 v. Chr.) handelt. Aristoteles gilt neben Platon, dessen Schüler er war, als der bedeutendste Philosoph der Antike. Er distanzierte sich von Platons Ideenlehre und versuchte verstärkt, sich auf empirische und logische Beweise zu stützen. Im Jahre 343 v. Chr. ging Aristoteles an den makedonischen Königshof, wo er bis 336 v. Chr. als Erzieher Alexanders des Großen wirkte.

Kategorien:
(griech. *kategoria*: »Aussage, Prädikat«) Seit Aristoteles gelten die Kategorien als die einfachsten und grundlegendsten Formen und Begriffe des menschlichen Denkens.

Kapitel II

Weltbürgertum:
Immanuel Kant verfasste 1784 eine Schrift mit dem Titel *Idee zu einer allgemeinen Geschichte in weltbürgerlicher Absicht.*

Ausbeuter:
Dieser Begriff stammt aus der marxistischen Gesellschaftstheorie. Ein Ausbeuter ist in der Regel Besitzer von Produktionsmitteln wie Geräten, Maschinen usw. Je nach Entwicklungsstand der Gesellschaft wird die Arbeitskraft von Sklaven, Leibeigenen oder Arbeitern ausgebeutet, ohne diese am entstehenden Mehrwert zu beteiligen.

Kognitum:
Es besteht begriffliche Verwandtschaft zum lateinischen Wort *cognoscere*: »erkennen«.

Tales:
Hier dürfte Thales von Milet (um 625–545 v. Chr.) gemeint sein. Er gilt als erster griechischer Philosoph. Die so genannten Vorsokratiker, zu denen Thales zählte, waren bemüht, die Grundbausteine der physikalischen Welt zu identifizieren. Thales zufolge entstand alles aus Wasser.

Sokraticus:
Es kann sich hier nur um den griechischen Philosophen Sokrates (Athen, um 469–399 v. Chr.) handeln. Sokrates war dafür bekannt, seinen Mitbürgern bohrende Fragen zu stellen. Wegen Gottlosigkeit und Verführung der Jugend wurde er schließlich zum Tode verurteilt. Aufgrund seiner Weisheit und Lebensfreude verglich man Sokrates schon zu Lebzeiten mit einem weisen Silen, dem Erzieher des Weingottes Dionysos.

Dionysos:
In der griechischen Mythologie ist Dionysos der Gott des Weines, der Fruchtbarkeit und der Ekstase. Begleitet wird Dionysos in der Regel von dem weisen Silen, der das ausschweifende Leben seines Schützlings durch rationale Reflexion bereichert.

Der Mann vom Kirkegarten:
Da Kalle Max in diesem Zusammenhang von einem Nordmeer spricht, liegt die Vermutung nahe, dass es sich um den dänischen Existenzphilosophen Sören Kierkegaard (Kopenhagen 1813–1855) handelt. Für Kierkegaard ist die Angst prägendes Element im Leben des Menschen, der sich mit seinem zunächst objektiv als sinnlos erscheinenden Dasein konfrontiert sieht.

Existenzpflanze Heideegger:
Hier haben wir es mit einer Anspielung auf den deutschen Existenzphilosophen Martin Heidegger (Meßkirch, 1889 – Freiburg, 1976) zu tun.

Das Seiende:
Mit diesem abstrakten Begriff wird etwas bezeichnet, das an sich selbst real ist, ohne in seiner Existenz auf etwas Weiteres angewiesen zu sein. Ideales Sein wäre demnach sowohl raum- als auch zeitlos.

Paul:
Es ist nicht sicher, ob Kalle Max jemals Jean-Paul Sartre gelesen hat, aber er könnte auf den französischen Existenzphilosophen (Paris 1905–1980) angespielt haben.

Stallknecht Wladimir-Ilitsch:
Experten sind sich sicher, in dieser Person Wladimir-Iljitsch Lenin sehen zu können. Der russische Marxist und sowjetische Politiker (Simbirsk, 1870 – Gorki, 1924) definierte die Bauern als Proletarier und stärkte die Rolle der kommunistischen Partei. Schließlich entfachte er die Revolution in Russland, wo Marx aufgrund der mangelnden Industrialisierung ein solches Geschehen für ausgeschlossen gehalten hätte.

Kalles Gespenst:
Das erstmals 1848 erschienene Manifest der Kommunistischen Partei von Karl Marx und Friedrich Engels beginnt mit den Worten: »Ein Gespenst geht um in Europa.«

Kapitel III

Kassandrus, der Postmann:
Um diese Figur ist ein Streit der Fakultäten entbrannt. Altphilologen glauben, in ihr Kassandra, eine Gestalt der griechischen Mythologie, erkennen zu können. Vom Gott Apoll erhielt Kassandra die Gabe der Weissagung. Da sie jedoch seine Liebeswerbungen zurückwies, bewirkte Apoll, dass ihre Weissagungen stets ungehört blieben. So warnte Kassandra die Trojaner vergebens vor dem hölzernen Pferd. Bis heute spricht man von Kassandrarufen. Führende Kommunikationswissenschaftler sehen in Kassandrus, dem Postmann, indes einen Hinweis auf Neil Postman. Der amerikanische Medienwissenschaftler veröffentlichte zahlreiche kultur- und medienkritische Werke. Darunter: *Das Technopol*, 1992, und: *Wir amüsieren uns zu Tode*, 1985.

Graf Weis von Schedel:
Es ist kein Philosoph bekannt, der Geheimtreppen baute. Allerdings schrieb ein Prof. Dr. Weischedel 1966 eine Einführung in die Philosophiegeschichte mit dem Titel *Die philosophische Hintertreppe.*

Dogma:
Als ein Dogma wird ein nicht hinterfragter Lehrsatz bezeichnet. Die Lehre erlangt ihre Autorität in der Regel durch die Berufung auf eine göttliche Offenbarung, ohne dass sie auf empirische oder logische Beweisführungen gestützt werden kann.

Ritter Hero von Dot:
Es besteht eine entfernte Verwandtschaft zu Herodot (um 425 v. Chr. gestorben), dem Vater der griechischen Geschichtsschreibung.

Opium:
Opium ist zunächst ein Rauschmittel. Karl Marx bezeichnete allerdings die Religion als »Opium fürs Volk«, weil diese dazu beitrage, die Menschen auf ein besseres Jenseits zu vertrösten und herrschende Umstände zu ertragen.

A. Paul Kleber:
Vielleicht ist der Lithograph A. Paul Weber (Arnstadt, 1893 – Ratzeburg, 1980) gemeint. Unter dessen Werken findet sich in der Tat ein Bild mit dem Titel *Der Schlag ins Leere.*

Gräfin Barbie:
Diese Dame kann wegen einer drohenden Verleumdungsklage nicht identifiziert werden.

Andronicos von Rhodos:
Dieser Mann soll angeblich die Schriften des Aristoteles gesammelt und geordnet haben. Diejenigen Schriften, die er nicht in die Rubriken Ethik, Logik oder Physik einordnen konnte, nannte er Metaphysik.

Der Mann auf dem Berg:
Das Bild zeigt Jesus während der Bergpredigt (Mt. 5–7).

»... Weg zum Frieden ...«:
Dieser Satz stammt von dem indischen Philosophen und Staatsmann Mahatma Gandhi und lautet vollständig: »Es gibt keinen Weg zum Frieden, der Friede ist der Weg!«

»I have a dream«:
Mit den Worten »I have a dream« begann der amerikanische Bürgerrechtler Martin Luther King seine berühmte Rede am Lincoln Memorial.

Sapere Aude:
(lat.: »wage zu wissen!«) Der von Kant geprägte Wahlspruch der Aufklärung bedeutet: »Habe den Mut, dich deines eigenen Verstandes zu bedienen!« (Kant: *Beantwortung der Frage: Was ist Aufklärung?*, 1784).

Mystik:
Zu lat. *mysticus*: »geheimnisvoll, dunkel«

Gery Matthust, Lippenmann und Mart Henns:
Die Begegnung mit diesen Gestalten kann nur als eine leidenschaftliche Werbung für das Philosophieren mit Kindern verstanden werden. Alle drei Figuren weisen starke Ähnlichkeiten mit Personen auf, die sich diesem Projekt verschrieben haben:
Gereth Matthews. Er schrieb u.a. *Philosophische Gespräche mit Kindern*, 1989.
Matthew Lipman. Er schrieb u.a. *Growing up with Philosophy*, 1978.
Ekkehard Martens. Er schrieb u.a. *Sich im Denken orientieren. Philosophische Anfangsschritte mit Kindern*, 1990, bzw. *Philosophieren mit Kindern. Eine Einführung in die Philosophie*, 1999.

Kapitel IV

Ästhetik:
In der Regel wird die Ästhetik als Lehre vom Schönen angesehen. Bei Kant bezeichnet die transzendentale Ästhetik eine Abhandlung über die Bedingungen der Möglichkeiten menschlicher Wahrnehmung.

Transzendentale Methode:
Dieser Ausdruck wurde von Kant geprägt. Er beschreibt ein Vorgehen, das zunächst nicht ein Objekt selbst, sondern vorrangig die Bedingungen seiner Möglichkeit untersucht.

Inquisition:
(lat.: »Untersuchung«) Die erstmals 1232 unter Papst Gregor IX. eingerichtete Institution zum Aufspüren und Bekämpfen des Irrglaubens entwickelte sich insbesondere unter dem Einfluss der Gegenreformation zur Schaltstelle der gewaltsamen Verfolgung Andersgläubiger durch die katholische Kirche. Allein in Spanien wurden zwischen 1481 und 1808 mindestens 31 000 Menschen als Ketzer verbrannt.

Chaos:
Der Begriff des Chaos findet sich in der Philosophiegeschichte stets aufs Neue. Gemeint ist eine Unordnung, die der Entstehung bzw. Schöpfung der Welt vorausgegangen ist (Hesiod), der leere Raum (Aristoteles) oder der gesetzlose Zustand gesellschaftlicher Anarchie (Hobbes). Das Chaos ist aber auch eine strukturlose Unordnung, deren Eigenart der menschlichen Wahrnehmung verborgen bleibt.

Skeptizismus:
(griech. *skeptesthai*: »prüfen«) Es handelt sich um eine philosophische Weltanschauung, die sich dem Prinzip des Zweifelns verschrieben hat.

René der Zweifler:
Es gilt als sicher, dass hier auf René Descartes angespielt wird. Der französische Naturwissenschaftler und Philosoph (La Haye, 1596 – Stockholm, 1650) begegnete vor allem der religiös dominierten Weltanschauung seiner Zeit mit Zweifel. In

seinem Hauptwerk, den *Meditationes de prima philosophia* von 1641, stellt Descartes deshalb das gesamte als gesichert geltende Wissen infrage.

Anglicanica:
Über diese Frau ist wenig bekannt. Allerdings teilte sich die europäische Philosophie nach Descartes in zwei wesentliche Richtungen auf: den Empirismus und den Rationalismus. Der Empirismus, der allen rein rationalen Ableitungen sehr skeptisch gegenübersteht, wurde vor allem in England gepflegt und wird deshalb oft als angelsächsische Philosophie bezeichnet.

Friedrich, der Freund von Kalle Max:
Sollte es sich bei Kalle Max wirklich um Karl Marx handeln, so ist kein anderer gemeint als dessen Freund und Förderer, der Philosoph Friedrich Engels (Barmen, 1820 – London, 1895).

A priori:
Immanuel Kant unterscheidet die konkreten Inhalte menschlichen Denkens, die stets der Erfahrung entspringen (lat. *a posteriori*), von den Grundformen der menschlichen Wahrnehmung, die dem Denken schon vor aller Erfahrung zugrunde liegen (lat. *a priori*).

David Hummel:
Hier haben wir es wohl mit David Hume zu tun. Den englischen Philosophen (Edinburgh, 1711–1776) als Gnom des Skeptizismus zu beschreiben, scheint jedoch stark übertrieben, auch wenn Hume den Gehalt menschlicher Welterkenntnis in ihrem Kern als reine Vorstellungen bezeichnet hat.

Idealist/Idealismus:
Der Idealismus bezeichnet eine philosophische Position, nach der der Mensch mittels Geistes- bzw. Vernunfteinsicht zu letzten Erkenntnissen gelangen kann.

Das Wachsbeispiel:
Eine ähnliche Beschreibung findet sich in den *Meditationes* von René Descartes.

Rationalismus:
Der Rationalismus erklärt die Vernunft als praktisches und theoretisches Vermögen zum obersten Prinzip menschlichen Lebens, dem es unter anderem zukommt, die Einflüsse von Trieben und Sinnlichkeit zu begrenzen.

Kapitel V

Logarithmen:
Begriff der Mathematik.

Frau Hera Kliet:
Sie wurde als Ehefrau des griechischen Philosophen Heraklit (Ephesos, um 540–480 v. Chr.) identifiziert. Nach seinem Naturverständnis befindet sich die Welt in einem ständigen Fluss von Veränderungen.

Carpe diem:
(lat.: »Nutze den Tag!«) Diese durchaus philosophische Aufforderung, das Leben in jedem Augenblick zu genießen und zu nutzen, geht auf die Oden des römischen Dichters Horaz (Venosa, 08.12.65–27.11.08 v. Chr.) zurück.

Pythagoras:
Es existierte ein gleichnamiger griechischer Mathematiker, Astronom und Philosoph (Samos, 570–496 v. Chr.).

Die Höhle:
Niemand weiß, ob die Erzählung bereits so alt ist, dass Platon sich von ihr inspirieren ließ. Tatsache ist, dass sich in Platons Werk *Der Staat* ein Höhlengleichnis findet, welches verblüffende Ähnlichkeiten aufweist (*Der Staat*: 7. Buch 514a–517b).

Aktion Spartacus:
Eine weitere Vorliebe des Kalle Max. Im Jahre 1917 wurde in Deutschland der sozialistische Spartakusbund durch Rosa Luxemburg und Karl Liebknecht gegründet. Der Name bezieht sich auf den Anführer eines römischen Sklavenaufstandes in der Antike.

Troja, Ithaka, Homer:
Sowohl die Stadt Troja als auch die Insel Ithaka spielen in den Erzählungen des griechischen Dichters Homer eine wichtige Rolle. In der sog. *Ilias* beschreibt Homer die zehnjährige Belagerung der Stadt Troja durch die Griechen. Diesen gelang es schließlich, durch List in die Stadt einzudringen. Odysseus hatte ein riesiges hölzernes Pferd mit einem Hohlraum bauen lassen, in dem er sich mit seinen Gefährten versteckte. In seinem zweiten Werk, der *Odyssee*, beschreibt Homer die Irrfahrt, mit der die Götter den Helden straften, bevor er in sein Königreich, die Insel Ithaka, zurückkehren durfte.

Glaukon:
Ein weiterer Hinweis auf Platon. Glaukon war der jüngere Bruder Platons. Er tritt auch in dessen Werk *Der Staat* als Gesprächspartner des Sokrates auf.

Ideenlehre:
In Platons Ideenlehre bezeichnen die Ideen eine übergeordnete Qualität, an der Einzeldinge nur begrenzt teilhaben können. Kein Haus ist wie das andere, und dennoch sind es alles Häuser, weil sie Anteil an der Idee des Hauses haben. Die Erkenntnis reiner Ideen ist die höchste und absolute Erkenntnis. In mehreren Gleichnissen hat Platon zu erklären versucht, dass die Ideen dem Menschen nicht unbekannt sind. Während einer Art Seelenwanderung begegnet der Geist den ewigen Ideen. Da dieses Erlebnis bei der Wiedergeburt in Vergessenheit gerät, gilt es, die Erinnerung an die reine Ideenschau mittels der Philosophie wiederzubeleben.

Hebammenkunst:
In Platons Dialogen bezeichnet Sokrates das Philosophieren wiederholt als Hebammenkunst. Wie die Hebamme der Frau beisteht, das Kind ans Tageslicht zu bringen, so bemüht sich der Philosoph darum, die Erinnerung an die ewigen Ideen ins Bewusstsein zurückzuführen.

Poltin:
Es könnte sich um Plotin (um 205–270 n. Chr., Minturnae, Campanien) handeln, der als Neuplatoniker die Gedankengänge Platons mit der christlichen Weltanschauung verband.

Kapitel VI

Nieetsche:
Experten sind sich darüber einig, dass hier ein entfernter Verwandter des deutschen Philosophen Friedrich Nietzsche

(Röcken, Sachsen, 1844 – Weimar, 1900) gemeint ist. Nach seinem Tode wurde das Werk *Der Wille zur Macht* durch Nietzsches Schwester Elisabeth Förster-Nietzsche und Peter Gast veröffentlicht.

Thomas Hupps:
Vielen Stimmen zufolge verbirgt sich hinter dieser Person kein anderer als Thomas Hobbes. Der englische Philosoph und Staatstheoretiker (Westport, 1588 – Hardwick Hill, 1679) vertrat sehr ähnliche Ansichten wie Herr Hupps. In seinem Hauptwerk *Leviathan* von 1651 erklärt Hobbes die Entstehung des Staates aus der Notsituation eines latenten Krieges aller gegen alle. Der Staat, so Hobbes, sei zum Schutz des Menschen geschaffen worden, denn im Naturzustand ist »der Mensch des Menschen Wolf«.

Arthuro Weltschmerz:
Diese Person lässt sich leicht mit dem deutschem Philosophen Arthur Schopenhauer (Danzig, 1788 – Frankfurt am Main, 1860) in Verbindung bringen.

Moral:
(lat. *mores*: »Sitten, Gebräuche«) Als positive Moral ist das durch Sitte und Gebräuche entstandene System von Werten und Normen zu verstehen. Die philosophische Reflexion bezüglich der objektiven Gültigkeit und individuellen Akzeptanz dieser Werte schafft moralische Konflikte und wird in der Disziplin der Ethik behandelt.

Kapitel VII

Der junge Wärter:
Der deutsche Dichter Johann Wolfgang von Goethe (Frankfurt am Main, 1749 – Weimar, 1832) war von dieser Gestalt so angerührt, dass er ihr einen ganzen Roman widmete: *Die Leiden des jungen Werther.*

Diogenes:
Es gilt als erwiesen, dass es sich um den gleichnamigen griechischen Philosophen (Sinope, 412 – Korinth, 323 v. Chr.) handelt.

Gyges/Lydien:
In Platons Werk *Der Staat* wird von dem Hirten Gyges berichtet, der einen magischen Ring findet und durch dessen Zauberkraft König von Lydien wird (*Der Staat*: 2. Buch, 359b–360d).

Kapitel VIII

»Es rühme der blut'ge Tyrann sich nicht, daß der Freund dem Freunde gebrochen die Pflicht«:
In seiner Verzweiflung zitiert Platonicus-Kanticus aus der *Bürgschaft*, einem Gedicht des deutschen Dichters und Philosophen Friedrich Schiller (Marbach, 1759 – Weimar, 1805).

Kategorischer Imperativ:
Dieser Begriff bezeichnet das von Immanuel Kant formulierte und für uneingeschränkt gültig erachtete Gesetz der Moral. Eine der bekanntesten Formulierungen lautet: »Handle

nur nach derjenigen Maxime, durch die du zugleich wollen kannst, daß sie allgemeines Naturgesetz werde!« (*Grundlegung zur Metaphysik der Sitten*, 1785)

Kapitel IX

Naturzustand:
Der Naturzustand bezeichnet die philosophische Idee eines menschlichen Zusammenlebens vor der Schaffung gesellschaftlicher oder staatlicher Institutionen. Je nach Interpretation wird diese Situation als Zustand friedlicher Einsamkeit (Rousseau) oder als latenter Krieg aller gegen alle (Hobbes) verstanden.

Opportunismus:
Grundhaltung, die sich nicht nach ethischen Einsichten, sondern nach Zweckmäßigkeit und persönlichen Interessen richtet.

Berufsrevolutionäre:
In der marxistisch-leninistischen Tradition wurden jene Personen als Berufsrevolutionäre bezeichnet, die sich der Vorbereitung und Durchführung der kommunistischen Revolution verschrieben hatten und entsprechende Parteiämter bekleideten.

Kapitel X

Karl von Kopper:
In dieser Figur erkennt man den österreichischen Philosophen Sir Karl S. Popper (Wien, 1902 – London, 1994). 1945 schrieb er das Buch *Die offene Gesellschaft und ihre Feinde.*

volonté générale:
Der von dem französischen Philosophen Jean Jacques Rousseau (Genf 1712 – Ermenonville 1778) geprägte Begriff beschreibt den allgemeinen Willen des Volkes, der in der Gestaltung der Regierung zum Ausdruck kommen muss.

Timokratie:
Staatsverfassung, in der die politischen Rechte der Bürger nach Einkommensgraden abgestuft sind.

Demokratie:
Gleichberechtigte Herrschaft des gesamten Volkes, die in der Regel durch Wahlen und Gewaltenteilung garantiert wird.

Oligarchie:
(griech.: »Herrschaft weniger«) Herrschaft einer kleinen Führungsgruppe, die ihre Macht durch Abstammung, Reichtum oder Wissen erlangt. Im alten Griechenland benutzten politische Theoretiker seit Aristoteles den Begriff zur Bezeichnung einer entarteten Form der Aristokratie.

Aristokratie:
(griech.: »Herrschaft der Vornehmsten«) Herrschaft einer kleinen, durch Geburtsrecht legitimierten Gruppe. Theoretisch soll diese Minderheit zum Wohle aller regieren. Orien-

tiert sich die Regierungsgewalt nicht an den Interessen des Volkes, sondern an der Eigensucht der Herrschenden, verkommt die Aristokratie zur Oligarchie.

Herr Rosshaut:
Es gibt nur wenige Anhaltspunkte, doch immer wieder wird hinter dieser Figur der französische Philosoph Jean Jacques Rousseau (Genf, 1712 – Ermenonville, 1778) vermutet.

Kapitel XI

Sigmund von der Oase der Freude:
Hätte der österreichische Begründer der Psychoanalyse, Sigmund Freud (Pribor, 1856 – London, 1939), dazu Gelegenheit, er würde sicher Protest gegen diese Verunglimpfung seines Namens einlegen.

Psyche:
(griech.: »Seele«) Der geistige und emotionale Wesensteil des Menschen.

Libido:
In der Lehre Freuds ist Libido die Bezeichnung einer positiven Lebensenergie, die vorrangig von der Sexualität in Anspruch genommen wird und gleichzeitig aus dieser gewonnen werden kann.

Eros:
Als Eros bezeichnet Freud den positiven Trieb zur liebevollen Vereinigung mit der Welt.

Destruktionstrieb:
Der Destruktions-, Thanatos- oder Todestrieb ist der Gegenpart des Eros und zielt auf die Zerstörung des eigenen Selbst und der Umwelt.

Elektrakomplex:
Mit diesem Begriff schuf Freud ein Gegenstück zum Ödipuskomplex und tat die Berichte von sexuellen Übergriffen auf junge Mädchen als reine Fantasie ab.

Kapitel XII

Prinzipien:
(lat. *principium*) Das Prinzip ist in der Logik ein Axiom, in der Ethik eine Handlungsnorm und allgemein eine grundlegende Regel.

Vita:
lat.: »Leben«

Biedermaier:
Biedermeier ist die Bezeichnung für einen treuherzigen, spießbürgerlichen und obrigkeitshörigen Menschen. Besonders in Deutschland und Österreich bezeichnet dieser Begriff eine Stilepoche in der Zeit zwischen Romantik und Realismus (etwa zwischen 1815 und 1860), die ihre Ausprägungen in Malerei, Literatur, Musik aber auch politischer Gesinnung fand.

Konformität:
Bezeichnung für ein Verhalten, in dem der Einzelne kritiklos die Übereinstimmung mit den herrschenden Wertvorstellungen seiner Umgebung sucht.

Nikomachos:
Der alte Mann war so gut mit Lasse Aristotel befreundet, dass dieser ihm und seinem Schiff »Mitte« ein ganzes Buch zueignete. Auch hier drängt sich eine Parallele zu dem griechischen Philosophen Aristoteles auf. Dieser widmete sein Hauptwerk über die Ethik seinem Sohn, Nikomachos: *Die Nikomachische Ethik.*

Hamlet:
Tragischer Held in Shakespeares Werk *Hamlet, Prinz von Dänemark*, 1601.

Kapitel XIV

Dialektik:
hier: Wechselwirkung

Eros:
(griech. *eros*: »Liebe«) Gott der Liebe, entspricht dem *Amor* der römischen Mythologie.

Aristophanes:
Dieser Herr tritt ebenfalls in Platons Werk *Das Gastmahl* auf.

Zeus:
Göttervater der griechischen Mythologie.

Apoll:
Ein Gott der griechischen Mythologie. Gott der Weisheit, der Städte und der Kriegsführung.

Diotima:
Auch Diotima erscheint in Platons *Gastmahl*. Sie belehrt Sokrates über das Wesen der Liebe.

Kapitel XIV

Zen:
Der Zen-Buddhismus gilt als eigene Ausrichtung des Buddhismus. Ihn prägt ein tiefes Misstrauen gegenüber allen Verstandeserkenntnissen.

Zazen:
Methode der Meditation im Sitzen.

Ki:
Bezeichnung für die natürliche und ursprüngliche Energie, die sich vor allem durch richtige Atmung im Menschen anreichern lässt.

Kapitel XV

Ontologia bzw. Ontologie:
Lehre vom Sein

Perfectico / Necessario:
Die beiden Priester sind Betrüger. Es gilt als erwiesen, dass beide Beweise von René Descartes stammen. Descartes bemühte sich in seinen ontologischen Gottesbeweisen darum, Gott aus dem Begriff Gott nachzuweisen. Dabei bezeichnete er Gott als *ens necessario* und als *ens perfectico.*

Kopernikus, Galileo Galilei:
Nikolaus Kopernikus (Thorn, 1473 – Frauenburg, 1543) erforschte die Umläufe der Himmelskörper. Gegen die Lehre der katholischen Kirche vertrat er die Auffassung, dass sich die Erde um die Sonne dreht. Von Galileo Galilei (Pisa, 1564 – Arcetri, 1642) wurden seine Behauptungen empirisch belegt.

Darwin:
Der englische Naturforscher Charles Robert Darwin (Shrewsbury, 1809 – Down House, 1882) entwickelte während einer mehrjährigen Weltumseglung eine Theorie, nach der die vorhandenen Arten nicht in ihrer heutigen Gestalt erschaffen wurden, sondern sich durch Mutation und Anpassung an neue Lebensräume entwickelten.

New Age:
(engl.: Neues Zeitalter) Bezeichnung für eine selbst ernannte Gegenbewegung zum vorherrschenden rationalistischen, wissenschaftlich geprägten Weltbild. Als Ziel der New-Age-Bewegung gilt unter anderem die Bewusstseinserweiterung, die es auf verschiedenen Wegen (Psychotechniken, Meditation, Drogen) zu erreichen gilt.

Kapitel XVI

Schmetterlingsrätsel:
Die Erzählung von Platonicus-Kanticus und seinen Freunden ist offensichtlich auch in China bekannt, denn der so genannte Schmetterlingstraum ist ein fester Bestandteil der chinesischen Philosophie.

Kapitel XVIII

Das Prinzip Verantwortung:
1979 erschienene Veröffentlichung des deutschen Philosophen Hans Jonas.

Erziehung zur Mündigkeit:
1969 veröffentlichte Radiodiskussionen mit Theodor Wiesengrund Adorno (Frankfurt am Main, 1903 – Visp im Wallis, Schweiz, 1969), einem der führenden Köpfe der so genannten Frankfurter Schule.

Ästhetik des Widerstandes:
Der deutsche Dichter Peter Weiss schrieb diese Erzählung als einen leidenschaftlichen Appell gegen jedes Mitläufertum.

Liebe Leserin, lieber Leser!

Wenn deine Freude am philosophischen Denken geweckt ist, wirst du sicher an weiterführender Literatur interessiert sein. Einige der infrage kommenden Werke dürfen wir hier aufführen:

VON ASTER, ERNST, *Geschichte der Philosophie*, 18. Auflage, durchgesehen und ergänzt von Ekkehard Martens, Stuttgart 1998.

GAARDER, JOSTEIN, *Sofies Welt*, München 1993.

HÖFFE, OTFRIED (Hg.), *Klassiker der Philosophie*, 3. Auflage, München 1994.

HÖSLE, VITTORIO UND K., NORA, *Das Café der toten Philosophen*, München 1996.

MARTENS, EKKEHARD, *Zwischen Gut und Böse. Elementare Fragen angewandter Philosophie*, Stuttgart 1997.

NAGEL, THOMAS, *Was bedeutet das alles? Eine kurze Einführung in die Philosophie*, Stuttgart 1990.

OSBORNE, RICHARD, *Philosophie. Eine Bildgeschichte für Einsteiger*, München 1996.

SAVATER, FERNANDO, *Tu was Du willst*, Frankfurt am Main 1993.

WEISCHEDEL, WILHELM, *Die philosophische Hintertreppe. Von Alltag und Tiefsinn großer Denker*, München 1966.